SUR LE SEUIL

Du même auteur

5150 rue des Ormes. Roman.
Laval, Guy Saint-Jean Éditeur, 1994. (épuisé)
Beauport, Alire, Romans 045, 2001.
Lévis, Alire, GF, 2009.

Le Passager. Roman.
Laval, Guy Saint-Jean Éditeur, 1995. (épuisé)
Lévis, Alire, Romans 066, 2003.

Sur le seuil. Roman.
Beauport, Alire, Romans 015, 1998.
Lévis, Alire, GF, 2003.

Aliss. Roman.
Beauport, Alire, Romans 039, 2000.

Les Sept Jours du talion. Roman.
Lévis, Alire, Romans 059, 2002.

Oniria. Roman.
Lévis, Alire, Romans 076, 2004.

Le Vide. Roman.
Lévis, Alire, GF, 2007.

Le Vide 1. *Vivre au Max*
Le Vide 2. *Flambeaux*
Lévis, Alire, Romans 109-110, 2008.

Hell.com. Roman.
Lévis, Alire, GF, 2009.

SUR LE SEUIL

PATRICK SENÉCAL

ALIRE

Illustration de couverture
JACQUES LAMONTAGNE

Photographie
KARINE PATRY

Diffusion et distribution pour le Canada et les États-Unis
Messageries ADP
2315, rue de la Province, Longueuil (Québec) Canada J4G 1G4
Tél.: 450-640-1237   Télécopieur: 450-674-6237

Pour toute information supplémentaire
LES ÉDITIONS ALIRE INC.
C. P. 67, Succ. B, Québec (Qc) Canada G1K 7A1
Tél.: 418-835-4441   Fax: 418-838-4443
Courriel : info@alire.com
Internet : www.alire.com

Les Éditions Alire inc. bénéficient des programmes d'aide à l'édition de la
Société de développement des entreprises culturelles du Québec (SODEC),
du Conseil des Arts du Canada (CAC) et reconnaissent l'aide financière du
gouvernement du Canada par l'entremise du Programme d'aide au développement de l'industrie de l'édition (PADIÉ) pour leurs activités d'édition.

Gouvernement du Québec – Programme de crédit d'impôt pour l'édition
de livres – Gestion Sodec.

1er dépôt légal: 2e trimestre 1998
Bibliothèque nationale du Québec
Bibliothèque nationale du Canada

© **1998** ÉDITIONS ALIRE INC. & PATRICK SENÉCAL

39e MILLE

À Julie,
petite sœur, grande amie

TABLE DES MATIÈRES

D'abord la nuit.

Tu commences à distinguer des formes. Des nuages, des ombres. La lune, pleine et jaune, distille un éclairage blafard. Devant toi se dresse une masse sombre, imposante.

Une église.

Tu te mets en marche vers elle. Plus tu t'approches, mieux tu la distingues. C'est une vieille église, somme toute assez simple. Elle est faite de pierres grises, et le clocher est haut, très haut ; il se perd dans les nuages qui s'épaississent au-dessus de ce lieu sacré.

Non, ce n'est pas ça ; ce ne sont pas les nuages qui s'épaississent. Tu comprends qu'il y a un brouillard autour de l'église, un brouillard noir, plus noir que cette nuit malsaine. Tu ressens quelque chose d'extrêmement bizarre, de pas très agréable. Ce n'est pas vraiment de la peur, mais une sorte de lourdeur angoissante.

Tu sais que tu ne devrais pas aller dans cette église, tu le sais très bien. Mais tu te dis la même chose chaque fois, et chaque fois tu continues de t'approcher.

Tu arrives devant la double porte de l'entrée et tu t'arrêtes.

C'est presque le silence. Une rumeur plane dans l'air empli de brouillard. Une rumeur inquiétante, un amalgame de pleurs, de cris, de plaintes et de gémissements.

Tu ne veux pas entrer. Ton malaise s'intensifie. Tu sais qu'il y a quelque chose de malsain dans cette église, dans ce brouillard. Tu sais qu'en ce moment se manifeste le plus terrible, le plus vieux et le plus secret des sentiments humains.

Tu sens le Mal.

PREMIÈRE PARTIE

LE CAS ROY

CHAPITRE 1

On pouvait maintenant affirmer avec certitude qu'il avait tué onze enfants.

C'est ce qu'on disait à la radio, ce matin-là. L'avant-veille, c'était neuf, mais deux de plus étaient morts à l'hôpital depuis. Un petit garçon et une petite fille, tous deux de huit ans. De fait, les onze victimes avaient le même âge parce qu'elles faisaient toutes partie du même camp de jour. Ils étaient vingt et un enfants sur le trottoir de la rue Sherbrooke, sous l'œil pourtant protecteur de leurs deux moniteurs, lorsque le policier était arrivé.

C'est cette image du policier qui s'impose cruellement à mon esprit révolté. Car c'est bien cela qui est le plus terrible : il ne s'agissait pas d'un banal quidam, mais d'un agent de police. Un protecteur de la population. Celui qui aurait dû intervenir pour *empêcher* la tuerie... Je m'imagine le policier sortant de sa voiture, regardant les joyeux bouts d'chou se mettre en rang devant l'entrée du jardin botanique... Quelques-uns d'entre eux lui ont sûrement même envoyé la main.

Puis, les coups de feu.

Les témoins (il y en avait plusieurs, l'intersection Pie-IX et Sherbrooke n'est pas vraiment un coin désert) ont dû chercher longtemps d'où provenaient les détonations. Ils voyaient bien un policier qui braquait son arme, mais ils devaient croire que lui aussi cherchait le tireur fou.

Finalement, quand ils ont vu les enfants tomber, un à un, quand ils ont constaté que le policier ne bougeait pas et qu'il braquait justement son revolver vers ces enfants qui fuyaient en tout sens... alors oui, là, ils ont sûrement compris. Ils ont compris l'inadmissible.

Enfin... C'est là une façon de parler. On ne peut pas vraiment comprendre ce genre de choses. Et tandis que je roule dans ma voiture, ce mardi 13 mai 1996, en écoutant cette terrible histoire qu'on raconte pour la énième fois à la radio, je suis tenté de me reposer la question classique : qu'est-ce qui pousse des gens à accomplir de tels actes ?

Mais je repousse cette question. En près de vingt-cinq ans de psychiatrie, je n'ai jamais trouvé de réponse, même après avoir travaillé sur certains cas ignobles, dont cet homme qui démembrait ses victimes avant de les violer, ou encore cette femme qu'on avait trouvée chez elle en train de manger calmement ses enfants ; même après avoir étudié de très près de tels individus, je n'ai pas avancé d'un pas. Les gens appellent ces cas des « monstres ». En tant que psy, je ne peux pas les cataloguer ainsi. Mais ce n'est pas l'envie qui m'en manque...

Le plus déroutant est que ces «dangereux» (appelons-les ainsi...) ont souvent l'air de tout, sauf de monstres. Je serais prêt à gager beaucoup que cet Archambeault (c'est le nom du policier fou, un patronyme tellement banal...) menait une petite vie bien tranquille, qu'il accomplissait son travail depuis plusieurs années avec un sens exemplaire de la discipline. On a même dit qu'il est père de deux enfants et que sa femme, en ce moment, devient elle-même complètement dingue à essayer de comprendre ce qui a bien pu se passer dans la tête de son mari. D'ailleurs, dans les jours qui vont suivre, les journaux ne manqueront pas de nous donner ce genre de détails. On va nous demander ce que nous en pensons, nous, les psy. Et nous arriverons à la conclusion suivante : psychose. Du jour au lendemain. Comme ça. La veille, il aimait ses deux enfants. Le lendemain, il en a tué onze, en pleine rue. C'est parfaitement possible. On va sûrement découvrir qu'il avait des problèmes, financiers, amoureux ou autres... Mais est-ce suffisant ? Est-ce que cela explique l'horreur du geste ? Bien sûr que non.

C'est pour cette raison que j'ai quitté l'Institut Léno, il y a quatre ans, et demandé à être muté. Je ne pouvais plus côtoyer les « dangereux ». Bien sûr, il n'y a pas que ce genre de cas à Léno, mais il y en a beaucoup. Et après l'histoire de Jocelyn Boisvert, je ne pouvais plus rester là-bas. J'ai cinquante-deux ans et je veux terminer ma carrière dans le calme. Ici, à l'hôpital Sainte-Croix, c'est mieux. Mes petits schizophrènes et mes gentils PMD (maniaco-dépressifs) sont plus rassurants. Quand ils ont des problèmes, on les garde quelques jours ou quelques semaines, on les gave de médicaments, on les contrôle, et quand ils vont mieux, ils retournent chez eux ou dans leur famille d'accueil. Ils peuvent ainsi fonctionner des mois avant de revenir nous voir. On ne les comprend pas plus, on ne les guérira jamais vraiment, mais au moins ils sont inoffensifs, ou à peu près.

Cela ne m'empêche toutefois pas d'être blasé. Non pas des horreurs de notre monde (jamais l'horreur ne me blasera), ni de la folie humaine, mais de mon travail. J'en ai assez de cette course que je suis condamné à perdre, patient après patient. Si au début j'y voyais un défi, c'est devenu de la frustration, puis de la colère, et finalement, depuis quelques années, de la déprime. Le fait de travailler maintenant avec des cas plus doux ne me satisfait pas davantage. C'est peut-être moins pénible, mais l'échec est toujours là. Réussir à calmer un schizophrène en crise et le renvoyer dans la rue avec une prescription plus forte n'est pas pour moi un signe de succès. Et dans trois ans, quand je prendrai ma retraite, j'en saurai à peine plus sur l'être humain que lorsque je suis entré à l'université il y a de cela un siècle. Ce constat a suffi pour que je perde tout intérêt à mon travail, et ce, depuis plusieurs années déjà, bien avant de quitter Léno.

Aussi triste que soit cette désillusion, elle est néanmoins rassurante. Car même si je suis blasé, même si je ne crois plus à ce que je fais, j'ai au moins arrêté de me poser des questions.

Je sais que ce que je dis est terrible. Un bon psychiatre n'a pas le droit de penser ainsi, j'en suis conscient. Mais justement, je ne me sens plus un bon psychiatre. Ni même un psychiatre tout court !

Je me préparais donc à terminer ma carrière dans la certitude de l'échec lorsque, ce matin-là, Thomas Roy est apparu dans ma vie.

Et il a tout bouleversé. Non pas qu'il m'ait redonné espoir en la psychiatrie. C'est beaucoup plus complexe que cela.

Thomas Roy m'a obligé à me tenir sur le seuil.

◆

Je sors de l'ascenseur et me dirige vers l'aile psychiatrique en songeant sans enthousiasme aux patients que je dois voir aujourd'hui. À la réception, juste avant la porte d'accès à l'aile, Jeanne Marcoux pique un brin de jasette avec la réceptionniste, un café à la main, pétillante malgré ses yeux encore gonflés de sommeil. C'est le seul matin de la semaine où nous travaillons en même temps à l'hôpital, et tous les mardis, elle m'attend (elle arrive toujours avant moi) pour que nous commencions notre journée ensemble.

— Le docteur Marcoux vous embête encore, Jacqueline ?

— Pas du tout, docteur Lacasse. Elle m'expliquait les joies de la maternité, et j'avoue que ça me donne des idées.

Je regarde, moqueur, le ventre gonflé de Jeanne.

— Il n'y a rien de plus embêtant qu'une future maman, non?

Jeanne me lance un regard entendu, souriante.

— Dans moins de deux mois, j'embêterai plus personne avec ça, promis!

Nous nous donnons une poignée de main tous les deux. Quand nous sommes à l'extérieur, nous nous embrassons sur les joues, mais entre les murs de cette noble institution, il y a une éthique à laquelle il ne faut pas déroger. C'est plutôt embêtant, car Jeanne Marcoux est plus qu'une collègue; c'est une amie. Nous travaillons ensemble depuis un an et, malgré notre différence d'âge (elle a trente et un ans), nous nous sommes rapidement liés d'amitié, sans aucune arrière-pensée. Jeanne a encore le zèle et l'ardeur de la débutante: elle croit pouvoir sauver le monde, comme dans les films. Ce n'est certainement pas moi qui vais la désillusionner. Elle le sera bien assez vite. Et puis, son ardeur fait tellement plaisir à voir...

Nous nous tournons vers la porte sur laquelle est inscrit SECTION DE PSYCHIATRIE. PERSONNEL AUTORISÉ SEULEMENT.

— Grosse matinée? me demande-t-elle.

— J'en ai sept à voir ce matin. Il paraît que Simoneau a passé une mauvaise semaine. Il aurait encore harcelé les infirmières avec ses histoires d'agents secrets qui le cherchent.

Nous entrons et nous nous retrouvons dans ce décor désormais banal: l'aile, en son centre, est constituée d'une vaste pièce ronde que nous appelons entre nous le Noyau. Personnellement, j'ai toujours trouvé que l'aile ressemble davantage à une pieuvre, avec ses quatre corridors qui se dispersent en étoile. Trois de ces tentacules renferment les quarante lits disponibles tandis que dans le quatrième sont situés la cafétéria, la salle de repos, l'atelier d'ergo et l'infirmerie. Le point convergent de ces corridors-tentacules, qui est le bureau de notre infirmière-chef, ferait même une très belle tête de pieuvre. Mais mon sens de la métaphore n'a pas vraiment plu aux employés et ils ont vite rejeté mon allégorie. Nous traversons donc le « Noyau », Jeanne et moi, lorsque j'aperçois Simone Chagnon, l'une de nos patientes, une PMD qui nous visite régulièrement depuis une dizaine d'années.

— Bonjour, madame Chagnon, fait Jeanne. Vous allez bien ce matin ?

Madame Chagnon est la patiente de Louis Levasseur, le troisième psychiatre du département (que je ne vois à peu près jamais, puisqu'il est ici le lundi et le mercredi), mais elle sait qui nous sommes, Jeanne et moi. Les patients qui reviennent souvent finissent par tous nous connaître. C'est le cas de madame Chagnon. Elle hoche la tête mollement, avec un petit sourire.

— Boaf... Boaf...

Elle est dans la quarantaine avancée. Ses cheveux grisonnants sont attachés en chignon et sa robe trop grande pour elle semble lourde sur ses maigres épaules. Son sourire disparaît, puis réapparaît, puis disparaît de nouveau.

— En tout cas, vous avez l'air mieux que la semaine passée, ajoute Jeanne.

— Boaf... Boaf...

Elle ne répète que cela, ce qui prouve qu'elle est plutôt calme en ce moment. La semaine dernière, elle était en pleine crise. Les médicaments paraissent l'avoir proprement assommée. Même son regard, normalement vif et quelque peu inquiétant, erre dans le vague.

— M'en vais déjeuner, ajoute-t-elle d'une voix molle.

Et elle s'éloigne vers la cafétéria. Jeanne se penche vers moi.

— Elle a l'air pas trop mal. Louis va sûrement la laisser sortir la semaine prochaine...

« ... et elle va revenir dans six mois », me dis-je mentalement.

— Docteur Lacasse, docteur Marcoux...

C'est Nicole, l'infirmière-chef, qui marche vers nous. Toujours douce, toujours gentille, toujours souriante. Elle nous annonce une nouvelle peu réjouissante.

— On a un nouveau qui a été admis cette nuit.

— Un nouveau ?

— Oui... Il n'a jamais été hospitalisé en psy. Il est arrivé à l'urgence vers quatre heures du matin, dans la nuit de dimanche à lundi... On l'a gardé en observation pendant vingt-quatre heures, et cette nuit, le psy de l'urgence a appelé pour savoir si on avait un lit de libre. Il en restait quelques-uns, alors on l'a monté à cinq heures ce matin. Voilà.

Et elle tend un dossier vers nous, avec un sourire vaguement amusé. Je la regarde d'un air sombre. Elle s'amuse parce qu'elle voit venir le classique combat entre Jeanne et moi. Un combat non pas pour déterminer qui va s'occuper de ce nouveau cas, mais pour savoir qui ne s'en occupera pas.

Ma collègue et moi nous regardons, embêtés. Jeanne a beau être zélée, elle n'est pas masochiste. Elle finit par me sourire en me demandant d'un air faussement naïf :

— T'as pas un *caseload* plutôt allégé, ces temps-ci ?

— Tu veux rire de moi ou quoi ?

Elle ricane en haussant les épaules. Je soupire en contemplant mes pieds, puis reviens à Nicole. Elle tend toujours le dossier vers nous et son sourire de plus en plus radieux montre qu'elle apprécie le spectacle.

— Ça vous fait rire, vous !

— Oh, à peine, ment-elle sans scrupules.

Jeanne me montre son ventre d'un air tragique.

— Je vais prendre mon congé de maternité dans six semaines, Paul !

— La bonne raison !

— Mais attendez de savoir de qui il s'agit, ajoute soudain Nicole.

Nous nous tournons vers elle, vaguement intrigués. Il faut dire qu'il est de plus en plus difficile d'exciter notre curiosité vis-à-vis d'un cas ; quand il s'agit de quelqu'un de connu, ça nous allume un tantinet.

— Une personnalité ? demandé-je.

— Et comment ! Croyez-le ou non, c'est Thomas Roy.

— Thomas Roy ? s'écrie Jeanne. L'écrivain ?

Je fais une petite moue impressionnée. Évidemment, je connais aussi Thomas Roy, l'écrivain le plus célèbre que le Québec ait jamais enfanté, reconnu internationalement et traduit dans une dizaine de langues. Hollywood a même produit quelques films à partir de ses romans. Un cas unique dans notre littérature nationale.

— Lui-même, répond Nicole.

J'entends alors ma jeune collègue pousser cette remarque quelque peu déplacée :

— Voyons donc, ça se peut pas !

Je dis « déplacée » parce qu'un psychiatre n'a pas l'habitude de s'étonner à ce point devant un nouveau cas. Il y a quelques années, je me rappelle qu'on avait annoncé à Claude Letarte, un confrère de l'époque, qu'il allait devoir s'occuper du cas d'un politicien très connu (dont je tairai le nom) qui venait d'avoir une crise schizoïde. Letarte avait haussé légèrement les sourcils et avait commenté d'une voix sobre : « Vraiment ? Qui aurait cru... », puis s'était calmement dirigé vers la chambre dudit patient. Une attitude parfaite : calme, posée... bref, professionnelle. La réaction de Jeanne (qui, à mon sens, agit toujours en professionnelle) me paraît donc excessive et peu objective.

Je la considère avec étonnement, mais elle fixe toujours Nicole avec le même air incrédule et demande :

— Vous êtes bien sûre qu'il s'agit de lui ?

— Absolument, répond l'infirmière-chef, elle-même un peu surprise de la réaction du médecin.

Jeanne passe une main dans ses cheveux courts, déconcertée. On lui aurait appris que son amoureux est un ancien curé défroqué qu'elle n'aurait pas réagi autrement.

— Ah ben, ça ! J'en reviens pas !

Je suis sur le point de l'interroger sur les raisons de son ébahissement lorsqu'elle se tourne vers moi et me supplie presque :

— Paul, tu permets que je m'occupe du cas ?

C'est à mon tour d'être parfaitement ahuri, puis je ricane :

— Je t'en prie, Jeanne, si tu y tiens !

Je suis bien content de m'en tirer si facilement. Jeanne prend donc le dossier des mains de Nicole et se met à le feuilleter rapidement. Elle fronce les sourcils.

— Il n'a pas signé l'admission d'hospitalisation ?

— Non. Il est en état de catatonie. Et même s'il l'avait voulu, il aurait été incapable de signer quoi que ce soit.

— Pourquoi ça ? demande Jeanne sans quitter le rapport des yeux.

Nicole s'éclaircit la voix avant de répondre.

— Il n'a plus de doigts.

Jeanne lève un regard perplexe vers l'infirmière-chef.

— Pardon ?

J'avoue que la remarque m'intrigue aussi et j'observe Nicole avec intérêt. Celle-ci se gratte l'oreille et précise :

— Il a les dix doigts coupés.

◆

Le rapport comporte une bonne dose de mystère. J'en connais le contenu parce que Jeanne a absolument tenu à ce que j'en prenne connaissance. «Il faut que tu lises ça!», m'a-t-elle dit en me tendant le dossier.

Thomas Roy habite un condo luxueux d'Outremont, au troisième étage d'un immeuble de la rue Hutchison. Dans la nuit de dimanche à lundi, les autres habitants de l'immeuble ont entendu des bruits terribles provenant de chez l'écrivain, comme si on s'y battait. Puis, il y a eu un vacarme de verre brisé, et plus rien. Un locataire a appelé la police. Deux agents sont arrivés sur place et ont défoncé la porte de Roy.

— Pourquoi ont-ils défoncé? dis-je. Ils n'avaient pas de mandat...

Jeanne hausse les épaules et poursuit la lecture du rapport. À l'intérieur, les policiers ont découvert Roy qui gisait en travers de la fenêtre. La moitié inférieure de son corps était encore à l'intérieur, et l'autre moitié disparaissait à l'extérieur, pendant dans le vide.

— Ça doit être pour ça que la police a défoncé, explique ma collègue. Dans la rue, ils ont sûrement vu le corps qui pendait par la fenêtre.

On a dégagé Roy de sa position précaire: quelques centimètres de plus, et il basculait trois étages plus bas. En fracassant la vitre, il a subi plusieurs coupures, mais rien de sérieux. Quant à ses doigts, la fenêtre n'y est pour rien: on les aurait retrouvés sur son vaste bureau de travail, juste à côté d'un massicot (ce genre d'instrument muni d'un plateau et d'une longue lame qui sert à couper une cinquantaine de feuilles à la fois).

Il n'y avait personne d'autre dans l'appartement et l'ordinateur de l'écrivain était allumé. On a amené Roy à l'urgence de Sainte-Croix, il avait déjà perdu beaucoup de sang par ses doigts coupés. On a soigné ses blessures. Il a repris conscience peu après, mais il est demeuré dans un mutisme total. On l'a maintenu en observation vingt-quatre heures. Comme il est célibataire et sans enfants, on a appelé chez son agent, qui était absent. On a laissé un message chez lui.

Durant tout ce temps, Roy n'aurait eu aucune réaction, ni aux interventions des médecins, ni aux questions du psy de l'urgence, à rien. Quand on le mettait debout, il restait immobile, sans bouger. Catatonie. Une roche aurait été plus coopérative. Ce matin, à cinq heures, on l'a monté en psy.

— Tu te rends compte, Paul! me dit Jeanne discrètement en reprenant le dossier. C'est fou, cette histoire! Thomas Roy! C'est une vedette au même titre qu'un acteur ou un chanteur! On le voyait à toutes les émissions de télé, à tous les grands événements, partout!

Nous sommes au salon du personnel qui, à cette heure, est heureusement désert. Nous pouvons donc discuter de Roy sans problème.

— Je ne suis pas particulièrement sa carrière, mais il me semble qu'il a disparu de la circulation depuis un moment, non?

Jeanne fait un signe affirmatif, les yeux brillants d'excitation.

— Absolument! Depuis environ six mois, plus d'interviews, plus d'apparitions sur la scène publique, plus aucune publication... Médiatiquement parlant, il avait disparu. Les journalistes savaient bien où il habitait, mais il ne recevait plus personne et ne retournait pas ses appels. Lui qui avait toujours aimé le vedettariat! Ça intriguait les gens, tu comprends...

Je la regarde, impressionné.

— Comment ça se fait que tu sais tout ça, Jeanne?

Elle a un petit rire, à la fois amusé et gêné.

— T'as pas encore compris que je suis une fan de Roy? Une grande fan?

J'y avais effectivement pensé.

— Il écrit des romans d'horreur, non? Tu aimes ce genre de littérature?

— Et comment!

Et elle continue, toujours avec passion:

— Pas plus tard que la semaine dernière, un journal titrait: *Pourquoi Thomas Roy boude-t-il son public depuis six mois ?* Et voilà qu'on le retrouve à travers la fenêtre de son appartement, les dix doigts coupés, catatonique !

Elle lève les bras et les laisse retomber en soupirant.

— Ça me dépasse.

— Oui, j'ai cru le remarquer... Même que tu le montres un peu trop...

Manifestement, elle n'a pas saisi mon allusion, car elle poursuit :

— Écoute, il est à la chambre neuf, je vais le voir tout de suite... Tu viens ?

— Non. J'ai mes propres malades à visiter.

— Voyons, Paul, viens le voir deux minutes ! Une célébrité comme ça chez nous, c'est rare, non ?

Elle n'a pas tort. Ce soir, je suis sûr que j'épaterai Hélène si je lui annonce que j'ai vu Thomas Roy aujourd'hui. Un peu d'émotion forte, à la maison, ferait changement...

— Oui... Oui, pourquoi pas... Deux minutes, alors...

Nous nous engageons dans le couloir numéro un et marchons vers la chambre neuf. En route, nous croisons monsieur Lavigueur, un de nos schizophrènes réguliers. Je lui dis bonjour, mais Jeanne le regarde à peine, elle qui pourtant salue toujours les patients. Heureusement, monsieur Lavigueur ne semble pas trop conscient lui-même de ce qui l'entoure...

À la porte neuf, Jeanne hésite, puis frappe deux petits coups. Aucune réponse.

— Il est en catatonie, je lui rappelle.

— On sait jamais.

Elle hésite de nouveau, se ronge un ongle. On dirait un jeune évêque qui se prépare à rencontrer le Pape. Son attitude de *groupie* commence à m'agacer. Enfin, elle ouvre et nous entrons.

La chambre neuf est comme les trente-neuf autres chambres de l'étage : une petite table, deux chaises, quelques étagères et un lit simple. Les murs sont bleu pâle. Thomas Roy est assis sur le lit. Il est habillé d'un T-shirt blanc et noir et d'un blue-jeans. La première chose que je vois, ce sont ses deux bras, posés sur ses cuisses. Ses mains disparaissent sous des pansements, mais je constate qu'elles sont effectivement coupées de moitié. Plus de doigts.

Enfin, j'observe le visage de l'individu. Bien sûr, je l'ai vu plusieurs fois à la télé ou sur des affiches de librairies, mais voir une vedette en personne, c'est toujours découvrir une image différente de celle que projettent habituellement les médias. Premièrement, il a l'air plus vieux que sur ses photos. Je lui donne quarante-cinq ans, mais en fouillant dans ma mémoire, je crois qu'il est à la fin de la trentaine. Ses cheveux sont de plus en plus gris. Son visage plutôt long est fait tout en angles ; un menton carré, des pommettes pointues, un nez presque en triangle, une bouche extrêmement mince ; une face pleine de petites rides, partout, qui fuient vers le haut. Il a une barbe d'une semaine au moins et plusieurs coupures sans gravité, causées par la fenêtre et qui d'ailleurs ne saignent plus. Il est assis, mais je ne l'imagine pas très grand. Il est presque maigre. À la télé, il me semblait plus gras...

Et, évidemment, il y a ses yeux. Je me souviens que, sur ses photos, son regard était étonnant : étincelant, vivant, plein d'énergie et d'intelligence, des yeux noirs qui tranchaient sur le reste de son visage somme toute assez banal. Mais en ce moment, ses yeux ne séduiraient personne. Ils sont absents, vides, sans émotion, des yeux qui me sont familiers, que j'ai vus tant de fois chez les catatoniques. Un regard qui, la première fois, fait froid dans le dos tant il représente le néant.

En réalité, j'ai l'impression d'avoir devant moi un « cas » parmi tant d'autres, sans rien de surprenant ou de nouveau. Sauf ses mains. L'absence de ses doigts me fascine.

Et puis, il s'agit de Thomas Roy, tout de même...
Nous n'avions jamais reçu de personnalités à l'hôpital. Et avouons-le franchement : de me trouver ainsi
face à lui, même si je n'ai jamais lu un de ses livres,
me chatouille un peu le creux de l'estomac. Mais rien
de comparable à l'excitation de Jeanne.

Cette dernière est d'ailleurs plus calme, tout à coup.
Elle l'observe en silence, minutieusement. Son attitude
professionnelle est revenue. À preuve, elle demande,
la voix parfaitement calme et égale :

— Monsieur Roy, je suis le docteur Marcoux. Voici
mon collègue le docteur Lacasse. Vous me comprenez ?

Aucune réaction de l'écrivain. Il continue à fixer le
vide, la bouche légèrement entrouverte, le visage dénué d'émotion, ses moignons bandés sagement posés
sur ses cuisses...

Jeanne consulte rapidement le dossier, puis marmonne :

— Pas un mot depuis qu'on l'a trouvé chez lui.

Nous l'observons encore quelques instants. Roy est
si immobile qu'on dirait une sculpture.

Je hausse les épaules et me dirige vers la sortie.
Jeanne me suit et, dans le couloir, me questionne.

— Qu'est-ce que tu fais ?

— Comment, qu'est-ce que je fais ? Je vais travailler ! Roy est ton patient, pas le mien...

— Ses doigts coupés... C'est terrible, non ?

— C'est impressionnant, en effet... Mais j'ai déjà vu
des personnes en pleine crise psychotique s'affliger
des mutilations bien pires que de se couper les doigts...

Je m'assure que le couloir est vide, puis raconte :

— Il y a dix ans, une femme à Léno était allée aux
toilettes et s'était mise à hurler comme si on la tuait.
Quand on a ouvert la porte, elle était en train de se
déchiqueter le vagin avec les ongles. Elle disait que
le Diable était entré en elle par cet endroit et qu'elle

devait le faire sortir. Il y avait du sang partout, Jeanne. Elle s'arrachait le sexe à pleines mains et en éclaboussait les murs.

Jeanne s'est assombrie. L'histoire est répugnante, c'est vrai, mais je l'utilise toujours pour remettre les pendules à l'heure.

— Tu débutes, Jeanne. Tu vas en voir, des cas éprouvants... Même ici, à Sainte-Croix, il nous arrive des histoires pas toujours jojo...

Mon petit sermon fait paternel, mais tant pis. Je n'en pense pas moins ce que je dis.

— Ça, c'est en admettant que Roy se soit coupé les doigts lui-même, remarque-t-elle.

— C'est le rapport de police qui va nous le dire.

Je regarde de nouveau autour de moi, mal à l'aise de discuter d'un cas professionnel en plein milieu du couloir. J'oriente donc le sujet vers quelque chose de moins privé.

— Je n'en reviens pas que toi, tu aimes les romans d'horreur!

— Roy n'écrit pas des romans d'horreur, Paul. Il écrit l'Horreur avec un grand H! C'est pour ça qu'il est si adulé, c'est pour ça qu'il est traduit à travers le monde, c'est pour ça qu'il est l'écrivain le plus populaire de l'histoire du Québec : il a une façon unique de décrire l'horreur! Bon Dieu, Paul, je te jure que ses romans sont vraiment terrifiants! Vraiment!

Elle s'approche d'un pas et prend un air de confidence.

— J'ai beau être psychiatre, j'ai beau connaître les mécanismes de la pensée humaine, je tombe dans le piège à chacun de ses livres : je suis prise jusqu'à la dernière page, comme si j'avais seize ans! Je te jure, je suis incapable de lire ses romans le soir. Incapable! La dernière fois que j'ai essayé, j'ai eu la frousse comme jamais je ne l'avais eue... Il a le tour de nous faire entrer dans des choses insoutenables... Ses descriptions sont tellement détaillées... Et l'ambiance, Paul, l'ambiance de ses histoires...

Elle réprime un frisson et conclut, le plus sérieusement du monde :

— Je n'ai jamais rien lu de pareil.

Je me contente de secouer la tête, vaguement déconcerté. Étonnant, quand même, l'engouement que les gens ressentent pour l'horreur ! Comment peut-on avoir envie de lire un roman qui déclenche un sentiment qu'on devrait, de prime abord, vouloir éviter ? Pourtant, les faits sont là : Thomas Roy vend des millions de livres dans le monde. Cela m'échappe totalement.

Et Jeanne ! La délicate et paisible Jeanne qui lit ça !

— Alors, tu comprends, poursuit-elle, de retrouver le maître de l'horreur défenestré, les doigts tranchés par une cisaille de bureau... C'est un peu spécial...

— Pas plus que si c'était arrivé à un mécanicien, à un boxeur ou à un chômeur, Jeanne. Pas plus.

— Je sais, admet Jeanne avec un petit sourire. Je trouvais juste le hasard frappant. Mais ne t'inquiète pas : je suis une fan, pas une fanatique...

Je lui fais signe de se taire. Un patient s'approche de nous.

— Docteur Lacasse...

C'est le jeune Édouard Villeneuve. Il me regarde de ses yeux éternellement inquiets.

— Vous êtes supposé venir me voir, aujourd'hui, hein docteur Lacasse ?

— Oui... Oui, Édouard, j'y vais dans quelques minutes...

Je traite Édouard depuis six ans. Ces derniers mois, il vivait dans sa famille d'accueil, sans problème, puis, paf ! il est entré à l'hôpital, il y a quelques jours, en pleine crise de paranoïa. Rechute catastrophique.

— Vous m'oubliez pas, hein, docteur Lacasse ?

Je me tourne vers Jeanne.

— Écoute, j'ai ma tournée à faire... On en reparle ?

Nous nous saluons, puis je m'éloigne en compagnie d'Édouard.

Je passe la matinée à voir mes patients. Édouard a encore des tendances parano aiguës. Je songe à augmenter sa médication. Il va sûrement devoir rester ici quelques semaines. Julie Marchand, une autre jeune dans la vingtaine, continue à se maquiller à outrance. Elle est convaincue qu'on va lui offrir un rôle dans un film et m'accuse de m'interposer entre le producteur et elle. Jean-Claude Simoneau ne va pas trop bien non plus. La semaine dernière, il s'était pourtant calmé, mais voilà qu'il recommence à donner des messages aux infirmières pour qu'elles les envoient secrètement à la GRC. De plus, il persiste dans son idée que Nathalie Girouard, notre ergo, est une espionne qui s'est infiltrée dans l'hôpital afin de l'éliminer. Je lui ai parlé un peu plus longtemps qu'aux autres, jusqu'à ce qu'il paraisse relativement calme. Mais à la fin, alors que je marchais vers la porte, il m'a glissé un message dans la main en murmurant :

— Envoyez ça rapidement au gouvernement. Ils comprendront.

Les autres étaient plutôt stables. Même Louise Choquette, qui me boude presque continuellement, m'a fait un beau sourire en me demandant comment allait mon garçon (et pour la dixième fois, je lui ai dit que je n'avais pas de garçon, mais deux filles.). Elle semblait même plus jeune que ses cinquante ans. Encourageant.

Bref, ma petite tournée de routine se termine vers onze heures trente. Tandis que je monte à mon bureau au cinquième, je me dis que je vais faire un détour par celui de Jeanne. Elle doit avoir aussi terminé sa tournée et je décide de l'inviter à dîner.

Elle n'est pas à son bureau. Je m'informe auprès de sa secrétaire.

— Oui, elle a fini sa tournée, me répond-elle, mais elle s'est absentée pour une heure ou deux. Si on doit la rejoindre, elle a dit qu'elle était à cette adresse.

Et elle me tend un papier sur lequel je peux lire : *3241 Hutchison, Outremont*. Outremont, Hutchison... Ça me dit quelque chose. Je comprends soudain : cette petite écervelée s'est précipitée au condo de Roy ! Pour y faire quoi, Dieu seul le sait !

Elle dépasse les bornes. Je décide aussitôt d'aller la chercher et de la ramener illico, avant qu'elle se couvre de ridicule.

Vingt minutes plus tard, je me stationne devant un immeuble luxueux. Sur le trottoir, en levant la tête, je peux voir une fenêtre cassée : celle du condo de Roy. Puis, je baisse les yeux vers l'asphalte, approximativement à l'endroit où l'écrivain se serait écrasé s'il avait complètement traversé la fenêtre. Sûr qu'il se tuait.

J'entre dans l'immeuble. Dans le petit escalier bien entretenu, je croise deux policiers qui descendent en discutant. J'en déduis que la police enquête toujours dans l'appartement et Jeanne est venue voir où en était l'investigation. Je soupire de lassitude. Je l'imagine en train de se présenter aux policiers : « Je suis la psy de Thomas Roy et je viens aux renseignements. » Ridicule !

J'arrive devant la porte numéro 3241. Elle est ouverte. J'entre dans un salon coquet, de bon goût et richement décoré. Deux hommes en complet et cravate discutent. Je m'approche, me présente. Ils me dévisagent longuement. Deux psychiatres la même journée, ils vont en avoir un infarctus ! Je me sens grotesque et ma colère vis-à-vis de Jeanne s'en trouve décuplée.

— Votre collègue est dans le bureau, là-bas... Coudon, c'est nouveau, ça, les psy qui se déplacent ?

J'ignore la remarque et pénètre dans la pièce du fond.

Si le salon de l'appartement est propre et rangé, le bureau donne l'impression d'avoir été visité par une

tornade. Le plancher est jonché de feuilles, de bibe-
lots, de débris de toutes sortes. Sur les murs, les cadres
sont tous de travers. Dans un coin, la bibliothèque a
été saccagée et presque tous les livres gisent par terre,
lamentables. Contre l'un des murs de côté, le bureau
proprement dit est recouvert de feuilles de papier, de
crayons et de livres, tout cela dans un fouillis terrible.
Au milieu de cet amoncellement se dresse l'ordinateur,
miraculeusement épargné. Il est toujours allumé et,
de loin, je discerne du texte sur l'écran cathodique. Il y
a quatre autres personnes dans le bureau. Deux d'entre
elles ramassent les débris sur le sol et les déposent
dans des sacs. Un troisième homme, un quadragénaire
en costume trois pièces, est en train de discuter avec
Jeanne. Je m'approche le plus discrètement possible,
prends ma collègue par le bras et murmure :

— Bon. On en a assez vu, hein, docteur Marcoux ?
Qu'est-ce que vous diriez de revenir à l'hôpital, avec
moi, et d'attendre que la police nous envoie son rapport ?

— Paul ! s'exclame Jeanne. Tu es venu me rejoindre ! (Je grimace. Pour la discrétion, on repassera...) Je
te présente le sergent détective Goulet. C'est lui qui
s'occupe de l'enquête. Sergent, je vous présente mon
collègue, le docteur Lacasse.

Goulet me tend une main que je serre à contrecœur,
tout en décochant un regard noir à Jeanne.

— Enquête, c'est vite dit, précise Goulet. En fait, j'ai
l'impression qu'on va clore ce dossier aujourd'hui
pis que le reste, ça va être à vous de le découvrir.

Sa remarque m'intrigue et, en le regrettant presque,
je demande :

— Que voulez-vous dire ?

— Eh bien, depuis deux jours, on a pris des empreintes un peu partout. Les seules qu'on a trouvées,
c'est les siennes. Aucune autre. En plus, il y a une
caméra vidéo dans l'entrée de l'immeuble. On a

regardé la cassette. Personne n'est entré ni sorti du bloc entre minuit et six heures du matin dans la nuit de dimanche à lundi. À part les policiers, évidemment. C'est le sergent Caron qui a défoncé la porte de monsieur Roy. Elle était verrouillée de l'intérieur, et elle avait une chaînette de sécurité. Même chose pour la porte-fenêtre, qui donne sur la galerie. Comment un agresseur aurait-il pu verrouiller deux portes de l'intérieur après être sorti de l'appartement ?

— Donc, sergent, vous en concluez... ? fait Jeanne tout en me regardant.

Il est clair qu'elle connaît la réponse, mais elle veut que Goulet la répète pour moi. C'est inutile. J'ai déjà parfaitement compris. Néanmoins, Goulet hausse les épaules et dit :

— Ben, ç'a tout l'air que Roy a voulu se suicider.

— Et les doigts ? demande ma collègue.

— Il se les est coupés avant de se jeter contre la fenêtre.

— Vous êtes sûr ?

— Venez voir...

Il marche vers la table de travail, suivi de Jeanne. Je le suis aussi en soupirant intérieurement. Au point où nous en sommes, aussi bien écouter le raisonnement de Goulet jusqu'au bout... mais aussitôt revenus à l'hôpital, Jeanne va m'entendre !

À côté de l'ordinateur, il nous montre le massicot. La grande lame est abaissée contre le plateau ; il y a beaucoup de sang tout autour. Goulet désigne l'avant du plateau, là où il y a le plus de sang.

— On a découvert les dix doigts ici, juste devant la lame, bien rangés en ligne.

Puis, il désigne le levier de la lame.

— Sur le levier, il y a quelques empreintes de la main droite de Roy. Pis aussi quelques gouttelettes de sang. Pourtant, il n'y a aucune raison que du sang ait giclé sur le levier, qui se trouve derrière.

Goulet se met les mains dans les poches et explique avec le même air nonchalant :

— Roy s'est d'abord coupé les doigts de la main gauche en s'aidant de sa main droite. Ensuite, il s'est coupé les doigts de la droite en utilisant sa main charcutée pour abaisser le levier.

Nous regardons le sergent longuement, Jeanne et moi. Nous devons avoir l'air un peu ahuri. Même si j'ai déjà vu plusieurs automutilations, l'interprétation de Goulet me secoue un peu.

— C'est la seule explication, ajoute le policier.

Mes yeux reviennent au massicot. J'essaie d'imaginer Roy plaçant les doigts de sa main gauche sous la lame, abaissant d'un coup sec le levier... puis, après cette terrible mutilation, plaçant son autre main sous la lame et se servant de son moignon ensanglanté et douloureux pour répéter l'acte horrible. Je ne peux m'empêcher de frissonner.

— Et c'est sûr qu'il s'est coupé les doigts après avoir tout cassé dans la pièce, sinon on aurait retrouvé du sang sur les murs et les livres. On en a retrouvé une certaine quantité sur le sol devant son ordinateur, mais par sur l'appareil comme tel.

Goulet croise les bras et, méthodique, énumère les faits :

— Donc, dans l'ordre, il s'est passé à peu près ça : Roy était en train d'écrire sur son ordinateur, il a piqué une crise durant laquelle il a tout cassé, il s'est ensuite coupé les doigts, il est retourné devant son ordinateur (pour y faire quoi, je le sais pas) pis finalement, il s'est lancé contre la fenêtre, dans l'intention, j'imagine, de passer à travers. Mais il s'est coincé et il a perdu connaissance. Et depuis, d'après ce que vous m'avez raconté, docteur Marcoux, il a pas dit un mot.

— Pas un seul.

— Alors, voilà.

Jeanne regarde de nouveau la lame pleine de sang. Elle blêmit soudain et pose les mains sur son ventre distendu.

— Il faudrait que j'aille à la salle de bain...

— Le sang vous incommode, docteur?

Jeanne a un faible sourire d'excuse:

— Normalement non, mais disons que mon métabolisme est moins tolérant depuis que je suis enceinte...

J'esquisse un sourire, tandis que Goulet, d'un air entendu, l'accompagne hors de la pièce.

Seul, je ne sais trop quoi faire. Les deux autres individus continuent leur travail, sans s'occuper de moi. Machinalement, je jette un coup d'œil vers l'écran de l'ordinateur, recouvert de texte. Je mets mes lunettes et lis les deux dernières phrases:

« Il se dirigeait vers le rendez-vous ultime. Même avec son revolver, il passait inaperçu, et ce, grâce à son »

La phrase était incomplète.

J'observe le clavier de l'ordinateur. Je remarque qu'il y a des petites marques noires sur plusieurs touches, comme des rayures minuscules. L'usure, j'imagine. Puis, j'observe le désordre autour de l'ordinateur: les papiers, les disquettes... Un crayon à mine semble flotter parmi tout ce fatras. Distraitement (sans penser que la police ne serait peut-être pas d'accord), je le prends. Près de l'extrémité où se trouve la gomme à effacer, le crayon est presque coupé en deux. Je l'examine de plus près: des traces de dents. Je souris. Un autre qui a l'habitude de mordiller ses crayons. Sauf que, dans ce cas, on dirait carrément l'œuvre d'un castor...

Lorsque je viens pour redéposer le crayon sur le bureau, mon mouvement est stoppé par quelqu'un qui me tire le bras: Jeanne est de retour, et même si elle est encore un peu pâle, son excitation est revenue:

— Qu'est-ce que tu en penses?

— J'en pense qu'on parlera de ça entre nous et qu'on devrait partir d'ici tout de suite.

Goulet s'approche, les mains dans les poches.

— En tout cas, en ce qui nous concerne, l'enquête est finie. Aucun agresseur, juste une tentative de suicide. Pourquoi il a piqué une crise, pourquoi il s'est coupé les doigts, ça, c'est votre job de le découvrir...

Il montre l'ordinateur du menton.

— C'est pour ça qu'on n'a pas encore fermé l'ordinateur. On veut enregistrer tout le texte sur disquette, avant. Roy était en train d'écrire quand il a voulu se tuer... Ça a peut-être un rapport, pis ça pourrait peut-être vous aider à mieux comprendre ce qui s'est passé... Je veux dire, ce qui s'est passé dans sa tête. D'ailleurs, si vous avez besoin d'aide...

Il sort une carte et nous la tend. Je le remercie et la range dans mon veston. Goulet nous examine alors une ou deux secondes et un semblant de surprise traverse son regard terne.

— D'ailleurs, c'est ben la première fois que je vois des psychiatres venir sur les lieux de l'enquête... C'est une nouvelle méthode?

— Non, non... Un excès d'enthousiasme, tout simplement, dis-je froidement en prenant Jeanne par le bras. On s'en va. Merci, sergent. Si on a besoin de renseignements supplémentaires, notre travailleuse sociale entrera en contact avec vous...

Jeanne veut répliquer, mais, à mon expression, elle comprend qu'elle en a assez fait et, sans un mot, se laisse entraîner vers la sortie.

Nous descendons les marches en silence. Dehors, Jeanne jette un coup d'œil à la fenêtre brisée, puis se dirige vers sa voiture. Je lui lance alors:

— À l'hôpital, viens à mon bureau. Il faut que je te parle.

Elle n'émet aucune objection. Je crois qu'elle devine parfaitement ce qui l'attend. On dirait une petite fille qui sait qu'elle va se faire réprimander par son père.

En montant dans ma voiture, je réalise que je tiens toujours le crayon pris sur le bureau de Roy. J'ai dû oublier de le remettre en place. Je le range distraitement dans la poche de mon veston et n'y pense plus.

◆

— As-tu perdu la tête, Jeanne Marcoux?

Elle vient à peine d'entrer que je lui lance cette phrase sans ménagement. Moi, je suis debout, les bras croisés, les fesses appuyées contre mon bureau. Je ne crie pas, bien sûr, mais mon ton est assez dur et assez élevé pour que Jeanne me dévisage, vraiment étonnée.

— Voyons, Paul, pourquoi tu...

— Ton enthousiasme juvénile devant Nicole et moi, ça peut passer. Mais aller à l'appartement de Roy! Bon Dieu, Jeanne, t'es psychiatre, pas détective!

— Aller sur le terrain pour comprendre les agissements d'un patient, ça se fait, non?

— C'est à notre travailleuse sociale de faire ça, Jeanne, tu le sais très bien! T'aurais pu déléguer Josée pour ce travail et elle l'aurait très bien exécuté!

Jeanne lève les bras et soupire, un peu agacée.

— OK, j'ai eu un accès de zèle! Je suis désolée! On n'en fera pas un drame, hein, papa?

Elle me lance un sourire malicieux. Je reste de marbre, les deux mains appuyées sur mon bureau derrière moi.

— C'est la première fois que je te vois agir comme ça, Jeanne.

— C'est la première fois que je dois traiter Thomas Roy aussi, se justifie-t-elle, mais sans conviction, comme si elle savait très bien qu'elle n'avait pas d'excuses.

— Justement, tu fais du contre-transfert.

— Paul, voyons!

Je lève une main et poursuis calmement:

— Tu admires beaucoup Thomas Roy, et manifestement ça t'empêche de prendre la distance nécessaire pour t'occuper de son cas de façon parfaitement objective...

Elle me regarde enfin.

— Et tu sais que j'ai raison, Jeanne. Ton comportement de ce matin est assez révélateur là-dessus.

Jeanne se mordille les lèvres, le visage empourpré. Elle ouvre la bouche, mais je lève la main :

— Avant de dire quoi que ce soit, réfléchis deux secondes : ce n'est pas la *fan* qui doit répondre, mais la psychiatre.

Elle referme la bouche, réfléchis, l'ouvre de nouveau, puis la referme en grimaçant. Je devine quel genre de dilemme se joue en elle et j'ignore si je dois ressentir de la compassion ou de l'amusement.

Elle finit par soupirer, d'un air résigné et triste à la fois.

— Ah, merde !... T'as raison, Paul, je le sais bien... Je ne peux pas m'occuper de Roy, ça... ça me touche trop...

Je hoche la tête, satisfait. Je me sens soudain fier de Jeanne. Je n'en attendais pas moins de la professionnelle que je côtoie depuis un an et demi.

— Tu le prends ou tu le donnes à Louis ? me demande-t-elle, encore toute piteuse.

Je hausse les épaules, déjà résigné.

— Louis entre seulement demain... Et puis, j'ai déjà beaucoup de renseignements sur Roy.

Et je lui fais un clin d'œil, pour bien lui montrer que je ne lui en veux pas. Elle sourit légèrement. L'atmosphère s'adoucit. Papa et sa grande fille se réconcilient.

— Un patient de plus à ton *caseload,* mon Paul...

— Ouais... Mais tu m'en dois une, toi...

— Juste une chose, Paul... Permets-moi de... disons de suivre le cas de loin, avec toi... De façon informelle... Tu me tiens au courant, disons...

Elle est tout simplement adorable. C'est à mon tour de sourire.

— Ai-je le choix?

— Pas vraiment...

— Dans ces conditions...

— Merci, Paul.

Elle semble vraiment contente de ce compromis. Cela me fait plaisir aussi. Elle se lisse les cheveux, signe qu'elle est prête à se remettre au travail. Elle s'assoit dans un fauteuil et me demande:

— Bon. Qu'est-ce que tu en penses?

Je vais à mon tour m'asseoir derrière mon bureau.

— Son retrait du monde pendant six mois est un symptôme certain de dépression. Et un écrivain qui se coupe les doigts, ça ne peut vouloir dire qu'une chose: il ne veut plus écrire. Pas besoin d'être Freud pour comprendre ça...

— Peut-être bien, mais moi, j'aimerais comprendre pourquoi il a pris la peine de se couper les doigts s'il voulait se suicider. Je n'arrive pas à concevoir ça. Pourquoi avoir fait les deux?

— Peut-être qu'au départ il ne voulait pas mourir. Juste se couper les doigts.

— Pas très logique, murmure Jeanne, à moitié convaincue.

— Parce que tu penses qu'on traite des gens logiques, ici?

Elle soupire en se levant:

— Bon. De toute façon, il est trop tôt pour avancer quoi que ce soit, hein? Quand Roy recommencera à parler, on pourra voir plus clair... Pour l'instant, je dois partir. J'ai rendez-vous à treize heures trente à l'université...

— Mouais... Moi, je vais aller prendre une bouchée rapidement... Je voulais t'inviter, mais on se reprendra.

— On se voit jeudi au *Maussade*?

— Bien sûr...

Nous nous séparons. Avant de partir, je fais un détour par la chambre numéro neuf. Aucun changement chez Roy. Il est toujours dans son lit, sauf que cette fois il est étendu sur le dos, fixant sans expression le plafond. Sûrement une infirmière qui l'a placé ainsi.

— Vous êtes mieux couché, monsieur Roy ?

Aucune réponse. Je décide de mettre mes lunettes pour mieux examiner son regard. En fouillant dans la poche de mon veston, je sens quelque chose de long et dur sous mes doigts et le sors : c'est le crayon rongé que j'ai pris distraitement chez Roy.

Une drôle d'idée me traverse alors l'esprit. Sans trop savoir pourquoi, je m'approche de l'écrivain et, doucement, je lui glisse le crayon entre les lèvres. Il se laisse faire, sans me regarder. Je l'étudie une ou deux minutes ainsi, le crayon dans la bouche. Son image semble vouloir me dire quelque chose. Bien sûr, il rongeait son crayon, ce qui explique les marques de dents ; mais il y a autre chose, je ne sais pas quoi. Je l'étudie encore quelques secondes en frottant ma barbichette, puis, me traitant d'idiot, je reprends le crayon et le jette dans la poubelle.

— J'aimerais vous aider, monsieur Roy... Vous pouvez me faire confiance, vous savez...

Toujours rien. Je tente une ou deux autres approches, sans résultat. J'observe ses mains bandées. Se couper les doigts et tenter de se tuer ensuite... Curieux. Quand les journalistes vont apprendre que le célèbre écrivain est ici, ça va être le branle-bas de combat. Je soupire en songeant à ce brouhaha qui ne saurait tarder et, enfin, je sors.

◆

L'après-midi, alors que je reçois mes patients externes dans mon bureau, le coup de téléphone que je redoutais se manifeste vers quinze heures.

— Les journalistes, annonce tout simplement Jacqueline à l'autre bout du fil, d'une voix froide.

Je ferme les yeux quelques instants. J'ignore d'où ils tiennent leurs tuyaux, ceux-là, mais ils finissent toujours par tout savoir.

— Je vous rejoins dans dix minutes.

Je termine la consultation, puis je descends au Noyau. Je marche vers la porte d'accès avec l'enthousiasme d'un galérien qui effectue sa première traversée de l'Atlantique. Lorsque je me retrouve dans le couloir, j'aperçois les journalistes. Trois. C'est moins grave que je ne le craignais, ils ne sont pas encore tous au courant. Ils s'entretiennent orageusement avec Jacqueline qui, derrière son bureau de la réception, ne semble pas impressionnée le moins du monde. Ils doivent lui demander pourquoi ils n'ont pas le droit d'entrer dans l'aile psychiatrique, protester que c'est contre les droits du public, et ainsi de suite. Bande de vautours...

— Je peux vous aider, messieurs ? je demande calmement en franchissant la porte.

Ils me dévisagent tous les trois. L'un d'eux (cheveux frisés blonds, air arrogant) m'interroge sans préambule :

— Êtes-vous le responsable de l'aile psychiatrique ?

— Je suis un des psychiatres qui y travaillent, le docteur Paul Lacasse.

— Vous soignez Thomas Roy ?

Cette fois, c'est un petit gros à lunettes qui a parlé. Il a le souffle court, comme s'il venait de courir le Marathon de Montréal. J'hésite une seconde.

— Oui, c'est moi.

— Qu'est-ce qui est arrivé à Thomas Roy, au juste ? demande Blondinet.

— Depuis quand il est ici ? renchérit Petit-Gros.

— C'est grave ? (Blondinet)

— A-t-il commis un délit ? (Petit-Gros)

— Pourrais-je savoir à qui j'ai affaire ? dis-je toujours calmement, mais plus sec.

— Joseph Fraser, *La Presse,* se présente Blondinet.

— Paul Sirois, *Dernière Heure,* fait Petit-Gros.

Je me tourne vers le troisième, qui n'a pas encore dit un mot. Il est grand, il a les cheveux noirs et une barbe de la même couleur, bien taillée. Il sort une cigarette de sa poche de chemise et la porte à ses lèvres. Le visage neutre, il se présente :

— Charles Monette, *Vie de Stars.*

Je hoche la tête. Le magazine le plus potineux en ville. Celui dont je me sers pour garnir le fond de la litière de mon chat. Même si je n'ai pas de chat.

— Vous ne pouvez pas fumer ici, monsieur Monette. Comme dans n'importe quel hôpital, d'ailleurs.

— Ho !

Il remet la cigarette dans sa poche et sa barbe se fend d'un large sourire.

— J'oubliais...

Je le considère une seconde. Son sourire m'est franchement désagréable. Un sourire de rapace qui en a vu d'autres et qui ne lâche jamais les morceaux de viande qu'il réussit à happer.

Je m'adresse aux trois hommes :

— Messieurs, vous savez parfaitement que je ne peux rien dire sur le cas de monsieur Roy.

— Vous confirmez donc qu'il est ici ? demande Sirois de sa voix d'asthmatique.

— Oui, il est ici. Mais vous n'en saurez pas plus.

— On peut le voir ?

C'est Monette qui a demandé cela. Calmement. *Relax.*

— Absolument pas.

Il ne réagit pas, comme s'il s'attendait à cette réponse. Il me sourit de nouveau :

— Parfait. Je vous remercie, docteur Lacasse.

Et il s'éloigne d'un pas égal. Je n'aime pas cet homme. C'est clair et net.

— Je vous conseille d'imiter votre collègue, messieurs, je ne vous confierai rien de plus.

Ils protestent. J'en profite pour me pencher vers
Jacqueline et lui murmurer :

— S'ils ne sont pas partis d'ici cinq minutes, appelez
la sécurité.

Elle me fait signe qu'elle a bien saisi. Je me tourne
vers la porte sous un tollé de protestations que j'ignore
magistralement. J'entre et, une fois la porte refermée
derrière moi, je soupire longuement.

Je retourne à mon bureau.

◆

Je termine ma journée vers seize heures quinze et,
avant de partir, je rédige un mémo. Comme je ne reviens que jeudi et que ce sera la réunion interdiscipli-
naire hebdomadaire, je donne une série d'instructions
pour demain, mercredi. Un : je charge Nathalie Girouard,
notre ergothérapeute, d'examiner l'écrivain demain et
de dresser un premier rapport. Deux : je demande à
Josée, notre travailleuse sociale, de faire une petite
recherche sur Roy. Je lui suggère d'entrer en contact
avec Goulet si elle veut aller au condo de Roy et inscris
le numéro du sergent détective. Aucun médicament
pour l'instant. Je donne le mémo à Nicole et sors de
l'aile psychiatrique.

Tandis que je marche vers ma voiture garée dans le
stationnement intérieur de l'hôpital, j'entends une
voix derrière moi :

— Je me disais bien, aussi, qu'un psy ne devait pas
finir sa journée à cinq heures...

Je me retourne. Entre les voitures, un barbu marche
vers moi. Je le reconnais rapidement. Ce sourire dé-
testable, cet air calme et contrôlé... C'est Monette, de
Vie de Stars.

— Remarquez, ça fait mon affaire. Ça me fait moins
long à attendre...

Une vague de découragement et de colère me sub-
merge. Ce petit minable m'a attendu pendant plus

d'une heure dans le stationnement en espérant me soutirer des renseignements ? Cela me paraît à peine croyable. Immobile, je le regarde approcher. Lorsque je lui parle, ma voix est toujours calme mais froide :

— Monsieur Monette, j'ai bien peur que vous ayez attendu tout ce temps pour rien. Je n'en dirai pas plus que tout à l'heure.

Il s'arrête devant moi et sort une cigarette en me demandant, moqueur :

— Ici, je peux ?

Je ne me donne pas la peine de répondre, légèrement piqué. Il m'en tend une. Je refuse de la tête. Je suis fumeur, mais il est hors de question que j'accepte quoi que ce soit de lui. Il allume, prend son temps pour une bonne bouffée, la rejette longuement. Je suis sur le point de poursuivre mon chemin, agacé par ses petits airs, lorsqu'il se lance :

— Écoutez, j'irai pas par quatre chemins. Je suis en train d'écrire un livre sur Roy... Et, franchement, j'avoue que ça m'aiderait de savoir ce qui lui est arrivé. Pour mon livre, vous comprenez ?

— Désolé, mais il n'y a pas d'exception. Aucune information ne peut sortir de l'hôpital, vous devriez comprendre ça...

Monette fait un petit signe d'assentiment, mais il ajoute :

— Je sais bien, mais... On pourrait peut-être s'entraider... Pour mon livre, j'ai ramassé beaucoup de renseignements sur Roy. On sait jamais, ça pourrait vous aider pour le soigner...

Je le considère en haussant les sourcils, soudain amusé. Il adopte un petit air « mystérieux-de-film-policier » et je ne peux m'empêcher de le trouver totalement grotesque. Monette doit avoir dans le début de la quarantaine et il a sûrement travaillé pour *Vie de Stars* toute sa vie. Il doit encore rêver d'un article sensationnel qui le hissera au rang des vrais journalistes, qu'il envie et qu'il méprise par jalousie. En attendant, il se donne un air dur pour se faire croire qu'il est dans le coup. J'imagine que cela doit fonctionner à l'occasion. Tout à l'heure, par exemple, dans l'hôpital, son silence et son air assuré m'ont fait une certaine impression. Désagréable, mais c'est sûrement ce qu'il cherchait. Maintenant toutefois, dans le stationnement, avec sa cigarette et ses allusions bon marché, il est plutôt risible. Avec une pointe de moquerie que je n'essaie même pas de dissimuler, je réplique donc :

— Franchement, monsieur Monette, je ne crois pas que les potins concernant Roy puissent vraiment nous aider, je vous remercie...

Son sourire vacille, puis disparaît. J'ai touché juste. Je tourne les talons et m'éloigne, tandis qu'il lance dans mon dos, toujours très poli :

— Parfait, docteur... On en reparlera une autre fois...

— C'est ça, j'ajoute à voix basse.

Je rejoins ma voiture, y monte, et lorsque je me retrouve sur la route, Monette est déjà dans le dossier « oubli » de mon cerveau.

◆

Je soupe seul, car Hélène m'a prévenu qu'elle ne terminerait pas sa journée avant dix-neuf heures. En ce moment, elle met le point final au montage du dernier documentaire qu'elle a tourné pour Radio-Canada : un reportage sur les handicapés physiques, un projet qui l'emballe beaucoup.

Lorsqu'elle arrive en soirée, elle m'embrasse avec fougue et sort de son sac à main une cassette vidéo qu'elle brandit avec fierté :

— Voilà ! Le montage final est terminé !

— Je vais pouvoir le regarder ce soir ?

— Oui ! Tout de suite, si tu veux !

— Bien sûr ! dis-je en faisant de mon mieux pour paraître aussi fébrile qu'elle.

Le fait de voir Hélène pratiquer son métier de réalisa-
trice avec tant d'enthousiasme souligne de façon encore
plus amère mon marasme professionnel. Parfois, elle
retient même son excitation devant moi en apercevant
mon visage sombre et fade. Je me rends compte (surtout lorsque je soupe ainsi tout seul) que je suis un peu
jaloux de ma femme, malgré tout ce que cette idée
comporte de mesquinerie.

Deux minutes plus tard, nous sommes installés au
salon, Hélène avec un sandwich vite fait, moi avec une
bonne cigarette. Nous écoutons le documentaire tout en
respectant le rituel du silence. En effet, chaque fois
qu'Hélène me montre une de ses nouvelles réalisations,
nous la regardons sans un mot et, à la fin seulement, je
lui communique mes commentaires. Et je ne suis pas
toujours tendre. Comme lorsqu'elle m'avait montré ce
document sur les enfants de la rue, *Cul de Sac*. Je lui
avais dit que je trouvais cela beaucoup trop morali-
sateur, mélo et sans véritable point de vue analytique.
Elle avait respecté mon opinion, mais n'avait rien
changé au documentaire. L'avenir lui avait donné raison : six mois plus tard, *Cul de Sac* gagnait un prix.
Ce qui ne m'a pas empêché de continuer à le trouver
trop bonbon.

Après les dix premières minutes, je suis plutôt posi-
tif. Le document nous présente bon nombre de handicapés vraiment mal en point, mais ne tombe jamais
dans le pathos (après tout, peut-être Hélène s'est-elle
souvenue de ma critique de *Cul de Sac*). Je regarde
donc le document avec intérêt, tandis que je sens l'œil
nerveux de mon épouse qui guette chacune de mes
réactions, lorsqu'une scène déclenche soudain quelque
chose en moi.

L'écran montre un adolescent paraplégique de dix-
sept ou dix-huit ans. Il est assis devant un ordinateur,
dans un fauteuil roulant, tandis que la voix de la narra-
trice explique :

« Pour Benoît, tout est question de volonté. Son handicap ne l'a jamais empêché de lire, d'étudier, et même d'écrire... »

La caméra montre en gros plan comment le dénommé Benoît saisit avec sa bouche une longe tige de plastique. Puis, contrôlant cette tige du bout des dents, il atteint les touches de son clavier avec l'autre extrémité. La caméra zoome sur l'extrémité de la tige qui enfonce avec une précision étonnante les touches.

Une association d'idées s'impose alors dans mon esprit. Je revois le crayon tout rongé de Roy, à côté de l'ordinateur... Les petites marques noires, sur les touches de son clavier... Des petits traits sombres...

— Ah ben, maudit !

Hélène pointe un doigt vers moi, réprobatrice.

— Paul ! Tu n'es pas supposé passer de commentaires avant la fin !

— Ce n'est pas ça, Hélène, c'est... c'est juste que... Arrête le vidéo, tu veux bien ?

Elle s'exécute, légèrement vexée.

— Devine qui a été admis à l'hôpital, aujourd'hui ?

Hélène est la seule personne de l'extérieur de l'hôpital à qui je parle de mes patients. Du moins, à qui je *parlais* de mes patients car je ne lui en parle plus vraiment. Comme je ne lui parle plus de mes journées en général. En fait, je ne lui parle plus beaucoup tout court.

Elle hausse les épaules, étonnée.

— Ça doit être important, pour que tu m'en parles...

— C'est un gros morceau, Hélène... Plus que jamais, je compte sur toi pour ne rien dire à...

— Paul, tu me connais depuis assez longtemps pour ne pas avoir à me répéter ça !

Elle a raison. Je sais que je peux compter sur sa discrétion. En vingt-sept ans de mariage, elle ne m'a jamais déçu sur ce point.

— Je te le jure, c'est une bombe...

Elle hausse les sourcils. Cette fois, elle est vraiment intriguée.

— Thomas Roy, dis-je enfin.

Il y a d'abord l'incrédulité, puis la surprise, et enfin les questions. Je lui raconte toute ma journée, sans rien omettre. Mon Dieu, depuis quand cela ne m'est-il pas arrivé? Mais je le fais surtout pour elle: je savais que cette histoire l'intéresserait.

— C'est fou! s'exclame-t-elle à la fin. Se couper les doigts, c'est épouvantable! Surtout pour un écrivain!

— Oui... Et dans le documentaire, j'ai vu une scène qui m'a donné une idée, concernant Roy...

— C'est-à-dire?

J'hésite en faisant un signe vague de la main.

— C'est un peu trop tôt pour en parler, peut-être que je me trompe complètement... mais...

Je regarde alors ma montre: vingt heures. Je me lève, vais au téléphone, fouille dans mon agenda professionnel puis compose un numéro.

— Allô? fait une voix de femme.

C'est l'infirmière de soir, à l'aile psychiatrique. Je décline mon identité et lui demande d'ajouter une consigne au mémo que j'ai laissé à l'attention de Josée Poitras.

— J'aimerais qu'elle apporte le clavier de l'ordinateur de monsieur Thomas Roy, pour l'*inter* de jeudi. Si possible.

J'entends l'infirmière répéter ma consigne, puis m'assurer que c'est noté. Je la remercie et raccroche.

Si Jeanne me voyait agir ainsi, elle dirait sûrement que je me laisse moi-même gagner par la fièvre du «cas Roy». Mais elle aurait tort, car aussitôt cet appel terminé, je chasse complètement l'écrivain de mes pensées et, revenant au salon, propose à Hélène:

— Voilà! Alors, on le continue, ce documentaire?

CHAPITRE 2

Je ne vais à l'hôpital que le mardi et le jeudi. Durant les trois autres journées de la semaine, je fais soit de la consultation personnelle chez moi, soit de la recherche à l'université. Durant toute la journée de mercredi, je ne songe pas une seconde à Thomas Roy, du moins jusqu'à l'heure du souper (que je prends de nouveau seul). Tandis que je feuillette le journal, je tombe sur un article de la seconde page titré ainsi : *Thomas Roy dans un centre de psychiatrie.*

Je grimace, puis lis l'article. Les journalistes en savent plus que je ne le croyais. On raconte qu'il a tenté de se suicider après s'être coupé les doigts. Les voisins ont dû parler, peut-être même certains policiers... L'article s'achève par l'évocation du mystère entourant la cause de ce drame : « Est-ce que les six mois de réclusion de Thomas Roy camouflaient en réalité une profonde dépression qui s'est terminée en tentative de suicide ? »

— *Wow !* Un vrai psy ! j'ironise en tournant la page.

Puis, je me mets à lire un article traitant d'un nouveau scandale concernant l'armée canadienne. Lentement, Thomas Roy quitte mon esprit.

◆

Le jeudi, à neuf heures, a lieu notre réunion inter-disciplinaire. Autour de la grande table sont assises les infirmières (les gens me disent que je suis sexiste de mettre toujours ce mot au féminin, mais il n'y a pas d'infirmiers, ici; ce n'est quand même pas ma faute !), notre ergothérapeute Nathalie Girouard et notre travailleuse sociale Josée Poitras. Pendant environ une heure, nous passons en revue mes patients. Édouard Villeneuve a eu une crise de larmes, la veille, toujours convaincu que nous sommes tous contre lui. Ça ne va pas trop bien non plus avec monsieur Simoneau, Julie Marchand et madame Bouchard. Par contre, mon-sieur Picard, monsieur Jasmin et madame Choquette vont assez bien pour repartir. Les autres demeurent stables. On augmente ou on diminue les médications, on propose de nouveaux exercices thérapeutiques; le train-train habituel de ce genre de réunion...

Arrive enfin le dossier Roy.

— J'ai laissé un mémo le concernant. Vous avez eu le temps de le consulter?

Nathalie renvoie une mèche rebelle de son front. Je trouve ce tic charmant. Même si elle fait tout pour ne pas les paraître, elle trahit toujours ses vingt-huit ans en accomplissant ce geste.

— J'ai passé une heure avec lui, hier, explique-t-elle. J'ai tout fait pour le stimuler, en vain. Musique, pein-ture, histoires, stimulations tactiles, tout. Une fois ou deux, j'ai senti qu'il me regardait vaguement, mais sans plus. Son regard est vide. À tel point que je vois à peine la différence entre son œil réel et son œil artificiel.

Je m'étonne:

— Il a un œil artificiel?

— Oui... Il a perdu son œil gauche il y a environ un an... Les journaux en avaient parlé. Vous ne vous sou-venez pas?

Je réfléchis. Je hausse les épaules.

— Continuez.

— Donc, pas un mot. Pas un geste non plus, ou presque. Quand on le met debout, il ne tombe pas, mais impossible de le faire marcher. Si on le poussait un peu, il perdrait l'équilibre.

— Et la nourriture?

— Il se laisse nourrir. Mais il ne touchera à aucun aliment de par sa propre volonté.

— Et... ses besoins?

Nouveau mouvement pour repousser une mèche noire.

— Il a fallu lui mettre une couche.

Je me frotte la barbichette en prenant quelques notes.

— Bon. Josée, quelque chose?

Josée s'étire. On dirait toujours qu'elle est fatiguée. Elle a trente-sept ans mais en paraît dix de plus. Son travail n'a jamais semblé l'intéresser beaucoup et pourtant, elle fait preuve d'un perfectionnisme étonnant.

— Roy n'a pas de famille, sauf une sœur. Il n'a pas de petite amie connue non plus. J'ai visité son appartement, hier. Les voisins m'ont dit qu'on l'a vu sortir une ou deux fois seulement dans les deux dernières semaines. J'ai trouvé son bottin de numéros de téléphone. J'ai d'abord appelé son agent, un certain Michaud. Il arrivait de voyage, il n'avait pas encore pris ses messages et n'avait lu aucun journal. C'est donc moi qui lui ai appris la nouvelle. Il est fou d'inquiétude et veut absolument voir Roy. Je lui ai dit de venir vous rencontrer aujourd'hui.

J'esquisse un sourire sans joie.

— Trop aimable, Josée...

— J'ai aussi appelé son éditeur. Malgré les tentatives de ce dernier pour le contacter, il n'a pas de nouvelles de Roy depuis la sortie de son plus récent livre, en septembre.

Elle fait une moue contrariée.

— J'ai aussi appelé sa sœur, une certaine Claudette Roy, de Saint-Hyacinthe. J'ai commencé à lui expliquer que son frère avait été admis en psychiatrie, mais elle m'a tout de suite dit que ça ne l'intéressait pas, qu'elle avait coupé tout contact avec son frère depuis plusieurs années. Elle était très froide et m'a presque raccroché au nez. (Elle désigne le rapport que j'ai entre les mains.) J'ai indiqué tous ces numéros dans le dossier.

Elle ouvre alors sa serviette et en sort une sorte de cahier d'école.

— J'ai aussi trouvé quelque chose d'intéressant dans les affaires de Roy : un cahier dans lequel il collait des articles de journaux. Je me suis dit que ça pourrait servir à Nathalie.

Elle pousse le cahier vers l'ergo, qui se met à le feuilleter sur-le-champ.

— Quel genre d'articles de journaux ?

Josée a un petit air entendu.

— Des accidents tragiques, des meurtres, des catastrophes diverses. Bref, une panoplie de drames sanglants couverts par les journaux au cours des vingt dernières années. Il doit bien y avoir une cinquantaine d'articles dans ce cahier...

Je hoche la tête, pas vraiment surpris.

— J'imagine que ce genre de collection n'est pas réellement étonnant de la part d'un écrivain d'horreur...

— Ces articles devaient lui servir d'inspiration pour ses livres, ajoute Josée. Ça expliquerait l'efficacité de ceux-ci.

Je lui lance un regard presque méfiant :

— Vous êtes une fan de Roy, Josée ?

— J'ai lu un ou deux de ses bouquins. Disons que ça m'a valu quelques nuits blanches...

À voir l'approbation de la plupart des autres autour de la table, je comprends que je suis à peu près le seul ici à n'avoir jamais lu un roman de Roy. Je change de sujet :

— Ça va vous servir à quelque chose, Nathalie?

Toujours en feuilletant le cahier, elle répond:

— Je ne sais pas... Je peux toujours essayer de l'utiliser pour susciter une réaction chez lui...

— Bon... Autre chose, Josée?

— Oui. À propos de ce que vous aviez demandé...

Elle se penche vers le sol et dépose sur la table un clavier d'ordinateur, tout en précisant:

— J'avoue que je ne sais pas trop où vous voulez en venir avec ça...

— Ah, oui... Faites-le passer jusqu'ici, s'il vous plaît...

Le clavier fait le tour de la table, pour se retrouver devant moi. Je pose mes lunettes sur mon nez et l'examine de près. Les petits traits noirs sont toujours sur les touches.

Je repense au documentaire d'Hélène. Puis, je prends mon propre crayon à mine, le glisse dans ma bouche et penche la figure vers la table. Avec l'extrémité pointue du crayon, je commence à pianoter péniblement sur les touches, très lentement parce que je dois me concentrer pour atteindre la touche désirée. Je sens sur moi les regards ahuris de mes collègues, et cela m'amuse de façon puérile. J'avoue que je cherchais un peu cet effet. On s'amuse si peu, dans cet hôpital...

Chaque fois que la pointe du crayon percute une touche, un petit trait noir y apparaît, causé par la mine.

Je m'arrête, sors le crayon d'entre mes lèvres et observe l'extrémité qui était dans ma bouche. On peut y voir nettement mes traces de dents.

— Hé ben! ça alors..., je murmure.

— Vous avez découvert quelque chose, docteur Lacasse?

— Thomas Roy a continué à écrire après s'être coupé les doigts.

— Quoi?

Je brandis le crayon, comme s'il s'agissait d'une preuve indiscutable.

— J'ai découvert chez Roy un crayon comme celui-là, mais aux trois quarts rongé, presque coupé en deux. C'est sûrement celui que l'écrivain a utilisé pour écrire. Mais avec sa bouche. Ça explique les petites rayures noires sur les touches.

Un court silence, puis Nathalie objecte :

— Mais peut-être qu'il écrivait avec son crayon avant. Je veux dire, il pouvait le prendre avec ses mains et pianoter sur son clavier, distraitement.

— En sachant que cela ferait des marques ? Ça me semble improbable, non ? Et les traces de dents sur son crayon étaient vraiment profondes. Comme s'il avait serré le crayon dans sa bouche de toutes ses forces. Comme quelqu'un qui aurait mal, par exemple. Très mal.

Je réfléchis un instant. Les paroles de Goulet me reviennent à l'esprit.

— Ça expliquerait aussi pourquoi il y avait beaucoup de sang sur le sol, devant sa table de travail. De peine et de misère, Roy a pris le crayon dans sa bouche, les dents très serrées à cause de la douleur de sa blessure, puis s'est mis à écrire comme je viens de le faire, péniblement, tandis que ses mains mutilées pendaient le long de son corps et que le sang coulait sur le sol. Il n'a sûrement pas écrit plus qu'une minute ainsi, sinon il aurait perdu connaissance à cause de l'écoulement du sang. Après quoi, il s'est lancé par la fenêtre.

Je dépose mon crayon sur la table et regarde mes collègues autour de moi. Six visages abasourdis. Je les comprends. Moi-même, je trouve cette théorie assez folle. Pourtant, je suis convaincu que c'est exactement ce qui s'est passé. Tout le prouve. Nathalie est la première à parler :

— Mais pourquoi il aurait écrit après s'être coupé les doigts ?

— Je ne sais pas.

— D'un côté, il se coupe les doigts parce qu'il est dégoûté de l'écriture et, d'un autre, il continue à écrire après sa mutilation... Contradictoire, non?

— Peut-être que ce terrible dilemme était insoutenable pour lui et que c'est pour ça qu'il a voulu se tuer, propose Nicole, l'infirmière-chef.

— Peut-être, dis-je. Mais il est un peu tôt pour aller plus loin dans les hypothèses.

Je repousse le clavier et soupire, avec un peu plus de force que je ne l'aurais voulu.

— Bon. Josée, vous essayez d'avoir une copie de ce qu'il était en train d'écrire quand on l'a trouvé. La police peut vous aider pour ça. Nathalie, vous continuez vos exercices, ils finiront peut-être par le faire réagir. Pas de médication pour l'instant.

— Bref, on continue?

On continue. Il me semble soudain que toute ma carrière se résume à ce verbe. Continuer. Pas «trouver», pas «résoudre». Continuer.

— Oui, dis-je d'une voix égale. On continue.

◆

L'homme est assis devant moi, de l'autre côté du bureau. Un seul mot peut le décrire: atterré. Il n'arrête pas d'enlever ses lunettes pour se frotter les yeux, il se lisse sans cesse les cheveux (qu'il a pourtant rares), il soupire à tout bout de champ. Je viens de finir de lui raconter ce que nous savons. Cela l'a bouleversé.

— Vous comprenez, m'explique Patrick Michaud en remettant ses lunettes pour la dixième fois, je ne suis pas juste son agent. Je suis aussi un grand ami.

— Je sais, vous me l'avez dit en entrant. C'est pour cette raison que je vous ai tout raconté. Ses parents sont morts, il n'a pas de famille sauf une sœur qui se désintéresse totalement de lui...

— Et il a coupé tout contact avec ses amis depuis plusieurs mois! ajoute l'agent avec dépit.

— Il n'avait pas de petite amie, paraît-il?

Michaud a un sourire triste.

— Non, pas vraiment. Tom est un célibataire endurci. Il a eu plusieurs maîtresses, mais rien de sérieux. Il n'a jamais fréquenté la même femme plus que quelques semaines... Je crois que... (son œil brille). Je crois qu'il aime trop le sexe pour se caser.

Je hoche doucement la tête, puis reviens à notre sujet:

— Donc, vous êtes la personne la plus près de lui...

Il a un ricanement amer.

— « Était », plutôt...

— Pourquoi dites-vous ça?

Il soupire derechef. Je dirige ma main vers le magnétophone sur mon bureau.

— Vous permettez? Ça m'évite de prendre des notes...

Il fait un signe d'assentiment.

— On ne s'était plus parlé depuis onze semaines exactement. Je le sais, je les ai comptées! Je l'ai appelé je sais pas combien de fois, il n'a retourné aucun de mes messages. Je suis même allé frapper chez lui, mais il ne m'a même pas répondu! Il y a un mois, je me suis posté devant son immeuble, en me disant que je resterais là jusqu'à ce que je le voie! Quand il est enfin sorti, je lui ai presque sauté dessus! Je lui ai dit que son silence était inacceptable, que je ne comprenais pas pourquoi il m'ignorait, moi, son ami! Mais il n'a pas prononcé un mot! Il continuait de marcher, mal à l'aise... Il avait l'air presque terrorisé! C'était trop ridicule! Je l'ai pris par le bras et je lui ai dit: « Écoute, si tu veux plus écrire, ça te regarde! Je t'en parlerai plus, de ton écriture! Je veux juste comprendre ce qui t'arrive! » Mais il s'est libéré de mon emprise... pis il s'est sauvé!

Il lève ses bras, dans un vaste geste incrédule et choqué.

— Sauvé, docteur, vous imaginez ? Il s'est mis à courir, comme si je l'attaquais ! Ça m'a tellement scié que j'ai pas pu bouger ! Je l'ai regardé s'enfuir, complètement déboussolé !

Je caresse mon menton, impassible. Je me fais toujours un devoir de ne pas montrer mes réactions aux gens qui sont liés à un patient. De toute façon, ces temps-ci, j'éprouve plutôt le problème inverse : il faut que je redouble d'efforts pour ne pas afficher une indifférence totale.

— Vous avez dit qu'il ne voulait plus écrire...

Il hausse les épaules.

— C'est ce qu'il m'a confié la dernière fois qu'on s'est vus... qu'on s'est *vraiment* vus, je veux dire... Qu'on s'est parlé...

Je m'apprête à lui demander de me raconter cette rencontre, mais c'est inutile. Michaud est déjà lancé :

— Depuis son dernier roman sorti en septembre, *L'Ultime Révélation,* Tom ne se montrait plus nulle part. Il m'avait formellement interdit de le « ploguer » à quelque émission ou journal que ce soit. J'avais accepté. Je me disais qu'il voulait avoir la paix quelques mois, pour écrire tranquille. Peut-être qu'il commençait à trouver le vedettariat épuisant, je comprenais ça. On continuait à se voir de temps en temps, mais pas pour les affaires. Juste en amis. Je trouvais qu'il avait l'air ailleurs, mais, bon, je ne m'en formalisais pas trop. Il était plus fatigué. Plus terne. *L'Ultime Révélation* fracassait des records de vente, mais ça ne l'impressionnait pas. Au mois de février, donc, il y a onze semaines (je vous l'ai dit, je les ai comptées !), je l'invite au restaurant en me disant qu'il est temps qu'il sorte de son hibernation. Je lui demande, avant même qu'on ait commencé à manger, s'il est sur un nouveau roman. Il me dit que non.

Il me jette un regard entendu. Je ne réagis pas.

— Là, j'étais vraiment surpris ! « Ben voyons ! », que je lui dis. « Quand tu m'as annoncé que tu ne voulais plus d'entrevues, c'était pas pour écrire en paix ? Qu'est-ce que t'as fait, les cinq derniers mois ? » Il n'a rien répondu. J'étais de plus en plus surpris. Je lui ai demandé s'il avait l'intention de réapparaître en public. J'avais au moins cent invitations des médias sur mon bureau. Il m'a dit qu'il ne voulait plus accorder d'entrevues. Que la télévision, les journaux, c'était fini ! J'en revenais pas ! « Qu'est-ce qu'il y a, Tom ? », que je lui demande. « T'as besoin de plus de temps pour écrire ? » Pis là...

Michaud enlève ses lunettes et se frotte les yeux. Je me dis qu'il va finir par se les arracher. Il remet ses verres et poursuit, l'air incrédule :

— Pis là, il m'a dit qu'il n'écrirait plus ! Plus jamais ! Je croyais qu'il blaguait, mais pantoute ! Il était très sérieux ! J'ai pensé qu'il était malade. Il était cerné, il avait le teint blême... D'ailleurs, je vous dirais qu'il affichait cet air morne-là depuis un bon bout de temps. Ça a commencé quand il a perdu son œil... Mais à partir de la parution de *L'Ultime Révélation,* ça s'est dégradé très vite...

— Panne d'inspiration. Il s'est isolé pour écrire, les idées ne sont pas plus venues, puis la crise a éclaté.

Michaud secoue frénétiquement la tête.

— Non, non ! C'est ce que je croyais aussi, docteur, vous pensez bien ! C'est d'ailleurs ce que je lui ai dit, au restaurant : « T'as peut-être pas d'idées en ce moment, mon Tom, mais décourage-toi pas, ça va revenir ! Il y a des auteurs qui n'ont rien trouvé à raconter pendant des années ! » Mais il m'a lancé un drôle de sourire, presque méprisant, et il m'a dit : « Des idées ! J'en veux pas, d'idées ! Pis en cinq mois, j'ai été capable de me retenir ! J'ai pas écrit une ligne, Pat ! Pas une ! Et j'espère que ça va continuer comme ça ! » Vous vous rendez compte ?

Je fronce légèrement les sourcils. Là, c'est différent de ce que je m'imaginais.

— Il ne voulait pas d'idées ! Il se *forçait* pour ne pas écrire ! Avez-vous déjà vu un écrivain agir comme ça ?

Je caresse toujours mes poils grisonnants, en observant le commutateur sur le mur derrière mon interlocuteur. Dans le passé, assis à ce bureau, j'ai fixé ce commutateur en espérant qu'il provoque un déclic en moi, qu'il envoie une décharge électrique qui m'aiderait à résoudre mes nombreuses interrogations.

Le commutateur ne s'est jamais actionné.

— Il ne vous a pas révélé pourquoi il ne voulait plus écrire ?

— Vous pensez bien que je lui ai demandé ! Et il m'a répondu...

Michaud avance légèrement vers moi sur sa chaise, comme si ce qu'il allait me dire était confidentiel. Sa voix baisse même légèrement :

— ... il m'a répondu : « Ça fait trop mal... »

— Trop mal ?

— Trop mal...

Il me regarde, comme s'il attendait une réaction de ma part. Comme je ne dis rien, il continue :

— Je commençais à trouver ça ridicule. Je lui ai demandé de quoi il parlait. « Écrire des livres te fait mal ? » que je m'exclame. « Vendre des millions d'exemplaires de tes dix-neuf romans à travers la planète, ça te fait mal ? » Il m'a répliqué que je ne comprenais rien. Là-dessus, il avait raison : je comprenais rien pantoute !

Michaud se lisse les cheveux des deux mains, en poussant le plus gros soupir depuis qu'il est ici.

— Je... j'étais confus, docteur, c'est le mot le plus précis que je peux trouver : confus. Je ne comprenais pas ce qu'il voulait dire. Je me suis calmé et j'ai commencé à lui dire qu'il devait être trop fatigué, qu'il faisait peut-être une petite dépression, qu'il devrait

peut-être consulter quelqu'un... Bref, tout le bazar !
Ça l'a agacé. Il a fini par se lever, il m'a regardé dans
les yeux... Mon Dieu, il avait l'air tellement malheureux, docteur, ça m'a donné un coup au cœur... Et il
m'a dit : « Pat, je ne te demande pas de comprendre.
Je te dis juste que je n'écrirai plus jamais. En tout cas,
si j'en ai la force. Ça finit là ! » Pis il est parti ! Sans
avoir pris une bouchée, malgré mes cris pour qu'il
revienne ! Il est parti !

Il secoue la tête tristement.

— Et je ne l'ai plus jamais revu. Sauf il y a un mois,
quand je l'ai accosté dans la rue, comme je vous le
racontais tantôt...

Il baisse la tête et un silence plane quelques secondes.
Je crois qu'il a tout dit. Comme pour confirmer cette
impression, il lève la tête et me demande, plein d'espoir :

— Qu'est-ce qui lui est arrivé, docteur ? Comment
vous expliquez ça ?

Je m'enfonce dans mon fauteuil en émettant un petit
sifflement :

— Vous vous attendez à une réponse précise, mais
c'est plus compliqué que ça, monsieur Michaud... Le
mécanisme du cerveau ne se réduit pas à une série
d'équations mathématiques qui donnent invariablement
le même résultat.

Ma réponse pompeuse l'agace. Je ne lui en veux pas.
Les gens aimeraient tellement qu'on leur explique
tout du premier coup. Combien de parents, d'enfants
ou d'amis de schizophrènes ai-je vus, assis dans ce
fauteuil, me poser la même question ?

— Vous n'avez aucune idée ? s'étonne Michaud.

— Il est un peu tôt pour affirmer quoi que ce soit...

Il observe ses mains, soudain horrifié.

— Se couper les doigts ! Volontairement ! C'est épouvantable ! Et vous affirmez qu'après ça il aurait écrit
sur son clavier avec un crayon dans la bouche ?

Il est abasourdi.

— Mais pourquoi ?

— Monsieur Michaud, je vous répète qu'il est encore tôt pour avancer des explications...

Bien sûr, j'ai une ou deux hypothèses qui me trottent dans la tête, mais il est hors de question que j'en discute avec lui. Je lui propose autre chose :

— Vous voulez le voir ?

Il se lève, presque choqué :

— Baptême ! c'est pour ça que je suis venu ! Je serais pas parti d'ici sans l'avoir vu, vous pouvez en être certain !

— J'aimerais que vous lui parliez, même s'il ne répond pas, même s'il ne réagit pas à votre présence. Vous allez être le premier visage connu à se présenter devant lui, et j'espère provoquer une réaction. Vous comprenez ?

Michaud s'emballe soudain.

— Vous croyez que j'arriverais à le guérir ?

Je ne peux m'empêcher de sourire. Ce petit gros quadragénaire, derrière ses airs d'homme d'affaires sérieux, manifeste une naïveté si sincère que je crois avoir un adolescent devant moi. Aucun doute : il aime profondément son ami Roy.

— Guérir n'est pas le terme approprié, monsieur Michaud, mais peut-être que vous allez être le premier à le faire réagir. C'est possible, mais mieux vaut ne pas anticiper, pour éviter les déceptions. Suivez-moi, je vous prie...

Nous prenons l'ascenseur privé et nous retrouvons au Noyau. Michaud regarde autour de lui, un peu intimidé. Pour lui, nous sommes en ce moment « chez les fous », et cela ne doit pas le rassurer. Nous croisons un patient, monsieur Marcotte, qui nous ignore complètement. De son côté, Michaud le suit longuement avec des yeux intrigués.

Devant la porte numéro neuf, je frappe deux petits coups. Comme je m'y attendais, il n'y a aucune réponse. J'ouvre et fais un pas de côté.

— Après vous.

Sans hésiter, l'agent littéraire entre dans la pièce et je le suis.

Roy est assis sur une chaise, ses mains bandées docilement posées sur ses genoux. Il porte un pantalon noir et une chemise rayée de la même couleur. Les infirmières, comme chaque matin, l'ont lavé, rasé et coiffé. Il contemple le néant, exactement comme mardi matin. J'en profite pour examiner ses yeux, mais je suis incapable de distinguer lequel est artificiel. Le gauche, si je me souviens bien. Pourtant, les deux semblent vrais. Une réussite.

Le regard de Michaud se pose aussitôt sur les mains de son ami.

— Seigneur Dieu! marmonne-t-il, comme s'il avait eu besoin de le voir pour le croire.

Puis, après s'être plusieurs fois humecté les lèvres:

— Tom, que... qu'est-ce... qu'est-ce qui s'est passé?

Ce n'est pas particulièrement subtil comme entrée en matière, mais je ne bronche pas. Les visiteurs réagissent souvent avec maladresse face à un proche en traitement. Il y a quelques années, un homme était venu voir son frère qui avait eu sa première crise schizoïde. Le visiteur était bouleversé mais ne voulait pas le montrer. Face à son frère, il avait donc affecté un air décontracté et, la voix parfaitement fausse, lui avait lancé: «Ouais! Toi qui as toujours aimé faire le fou dans la famille, t'as mis le paquet, ce coup-là!» J'avais dû feindre une quinte de toux pour ne pas hurler de rire.

Roy n'a aucune réaction. Michaud ne peut s'empêcher de lui mettre la main sur l'épaule, geste banal mais que je trouve particulièrement émouvant. Il continue, la voix brisée:

— Thomas, baptême, ça se peut pas ! Reste pas comme ça ! Reviens avec nous autres, mon vieux ! Faut que tu te sortes de là !

L'écrivain s'humecte les lèvres. C'est tout. Michaud me lance un regard impuissant.

— Continuez, monsieur Michaud.

L'agent hésite, réfléchit, puis, à califourchon sur une chaise, se met à lui parler à toute vitesse. Il évoque des souvenirs communs, raconte de vieilles anecdotes, lui parle du succès de son dernier roman... Pendant près de cinq minutes, Michaud démontre vraiment de la bonne volonté, s'acharne à faire réagir son ami. En vain. Une fois ou deux, Roy le regarde, hagard, sans plus.

Quand nous sortons de la chambre, l'agent est plus atterré que jamais. Je lui promets de le tenir au courant et finalement il part, la mine basse.

Au Noyau, je m'étonne de voir Jeanne marcher vers moi.

— Qu'est-ce que tu fais ici un jeudi, toi ?

Elle a l'air penaude. Je comprends aussitôt.

— Tu veux savoir ce qui arrive avec Thomas Roy, c'est ça ?

Elle a un petit sourire d'excuse.

— Je n'arrête pas d'y penser... Il y a du nouveau ?

— Une ou deux choses... Mais je t'en reparle ce soir, au *Maussade*...

Jeanne fait la moue, comme un enfant qui apprendrait qu'il n'y aura pas de Noël cette année. J'ajoute rapidement :

— Mais en attendant, si tu veux te mettre quelque chose sous la dent, va à l'atelier d'ergo. On a trouvé un cahier chez Roy. Toi qui es une fan, va donc y jeter un œil... Nous en causerons ce soir.

Jeanne file aussitôt vers le bureau de l'ergo. Je poursuis mon chemin, à la fois amusé et déconcerté.

Ou Jeanne est encore une adolescente, ou je deviens trop vieux...

◆

C'est une tradition depuis maintenant près d'un an : tous les jeudis soir, à vingt heures, Jeanne et moi allons prendre un verre au *Maussade*, un petit bistro tranquille rue Saint-Laurent. On se retrouve là pour discuter de toutes sortes de choses, autant du travail que de notre petite vie.

Certains pourraient croire qu'il y a quelque chose d'intéressé dans ces rencontres hebdomadaires. Ils auraient tort. D'ailleurs, Marc, le *chum* de Jeanne (elle insiste pour qu'on le désigne ainsi, même si je trouve ce mot affreux), et ma femme nous connaissent assez pour ne pas s'inquiéter. De fait, durant ces soirées, nous ressemblons davantage à un père et sa fille qu'à un vieux pervers et sa jeune proie. Ce qui me permet, chaque fois, de réaliser à quel point notre relation est teintée de paternalisme : pendant ces rencontres, Jeanne parle beaucoup, et moi, j'écoute énormément. La jeune psychiatre qui confie ses espoirs et ses doutes au vieux routier. La future maman qui demande conseil au vieux papa. Loin de m'agacer, ce rôle me convient parfaitement. L'enthousiasme, la fébrilité et la jeunesse de Jeanne représentent mon baume hebdomadaire.

Mais ce soir-là, la jeune psy ne veut pas me parler de son travail, ni du petit qui grouille de plus en plus dans son ventre. Une seule personne l'intéresse : Thomas Roy. Nous sommes donc sur la terrasse depuis environ une demi-heure, un peu retirés (quand nous parlons travail à l'extérieur de l'hôpital, nous le faisons toujours discrètement), et je lui raconte la journée. Jeanne m'écoute sans dire un mot, ce qui est phénoménal en soi, les yeux grands ouverts, levant de temps en temps son verre de jus de pamplemousse vers sa bouche.

— Intéressant ! lâche-t-elle à la fin de mon compte-
rendu. Mais macabre : écrire avec les doigts coupés,
en s'aidant d'un crayon dans la bouche... Brrr !

— Et toi, tu as jeté un coup d'œil au cahier, cet
après-midi ?

— Et comment !

Elle sort une feuille de papier de son sac à main et
la déplie. J'en profite pour sortir mon paquet de cigarettes.

— Je peux ?

— Si tu ne m'envoies pas la fumée en pleine figure,
oui.

J'allume, satisfait, tandis que Jeanne consulte sa
feuille :

— Plusieurs articles de journaux dans le cahier de
Roy semblent l'avoir inspiré... Par exemple, l'un de
ces articles relate un accident ferroviaire qui s'est
passé il y a une douzaine d'années, dans le coin de
Sherbrooke. Il y a eu des morts et beaucoup de blessés.
J'ai lu l'article et je me suis rappelé que dans un roman
de Roy, *Le Sang des damnés,* il y a un spectaculaire
déraillement fort semblable à celui qui est décrit dans
la coupure de journal. Le roman en question est sorti
huit ou neuf mois après cet accident, j'ai vérifié.

Je rejette la fumée de ma bouche le plus loin possible
de ma collègue. Jeanne poursuit :

— Il y a un autre article, aussi, plus vieux celui-là, qui
raconte une tragédie survenue au zoo de Granby : un
gardien avait été mangé vivant par un tigre, sous les
yeux horrifiés des visiteurs. Roy, un peu moins d'un
an après, a sorti un roman, *Douleur et Souffrance,* qui
renferme une scène semblable.

— Charmant !

— Un autre article, sorti dans les journaux quelques
semaines après celui du tigre mangeur d'hommes,
relate l'histoire d'une station-service qui a explosé à
Montréal. Bilan : deux morts, brûlés vifs. Il y a une

scène de ce genre, toujours dans *Douleur et Souffrance*.
Dans le livre, au lieu d'être une station-service, c'est
un restaurant, mais le contexte est identique.

Je secoue la tête avec un vague sourire admiratif.

— Tu es une vraie exégète, ma parole ! On dirait
que tu connais les romans de Roy par cœur !

— Je les ai lus les dix-neuf, et je te jure que je ne suis
pas prête de les oublier ! Il a une telle façon de décrire l'horreur qu'on n'arrive pas à oublier ces scènes !

— Oui, tu me l'as déjà dit... Et tu aimes ça, en plus !

Elle prend une expression malicieuse.

— Les femmes ont toujours aimé les sensations
fortes, Paul, tu ne sais pas ça encore ?

Je fais une petite moue convenue, prends une gorgée
de ma bière et reviens à Roy :

— Ce que tu me racontes là vient confirmer ce que
je pensais déjà...

— J'imagine que si on prenait le temps de lire la cinquantaine d'articles du cahier, on ferait des liens avec
chacun des romans de Roy. J'ai regardé la date du premier article : 1973. Il me semble que Roy a commencé
à publier à cette époque-là. Peut-être pas des romans,
mais des nouvelles...

— En 73 ? Il devait être jeune.

— Dix-sept, dix-huit ans... C'est un prodige, je te l'ai
dit.

Je prends une autre gorgée de ma bière. Jeanne plie
sa feuille et ajoute :

— J'imagine qu'il y a des gens qui ont déjà établi le
lien entre certains romans de Roy et les tragédies cor-
respondantes...

— Peut-être, mais Roy n'est pas le seul écrivain à
s'inspirer de la réalité. C'est même plutôt courant...

Je réfléchis quelques secondes avant de poursuivre :

— Sauf que Roy se sentait peut-être coupable de
s'inspirer du malheur des autres. Il collectionnait peut-
être ces « articles inspirateurs » en cachette, sans en

parler à personne. Au fil des ans, ce léger remords se transforme en complexe de culpabilité qui grossit de plus en plus... À un point tel qu'il y a quelques mois, il annonce à Michaud, son agent, qu'il ne veut plus écrire. Parce que «ça fait trop mal...»

Jeanne hoche la tête, devinant la suite. D'ailleurs, elle poursuit elle-même :

— Il n'est évidemment pas responsable des tragédies du cahier, mais en s'en inspirant, il a l'impression qu'il les reproduit. Ça devient une obsession malsaine, au point qu'il décide d'arrêter. Mais sa nature d'écrivain est plus forte que sa volonté. Pendant quelques mois, il réussit à ne rien écrire ; mais la réalité, elle, ne s'arrête pas, et les drames sanglants continuent dans la vie de tous les jours, inspirant Roy malgré lui. Un terrible dilemme se déclenche donc en lui : doit-il se laisser inspirer par tous ces événements et écrire un nouveau roman ou les ignorer et lutter pour ne plus reproduire ce «mal»?

— Il a d'ailleurs précisé à Michaud que cela lui demandait beaucoup de force de ne plus écrire. Et il réussit à résister pendant des mois. Il s'enferme de longues semaines, ne voit personne, combat seul... Il tombe en pleine dépression... Mais un moment arrive où il n'en peut plus... Il ouvre son ordinateur et se met à écrire. Il réalise alors qu'il a recommencé à écrire le « mal »... Le dilemme réapparaît. La crise psychotique éclate. Dans son délire, une solution s'offre alors à lui...

— Se couper les doigts pour ne plus écrire.

— Voilà.

— Mais il a quand même continué à écrire. En se servant d'un crayon qu'il tenait dans sa bouche.

— Oui. C'était plus fort que lui. Se couper les doigts n'était pas suffisant pour stopper le... disons la «mauvaise énergie» en lui. Alors, il a recours au moyen ultime : le suicide.

— Mais il manque son coup. Devant l'échec de sa tentative de suicide, il décide de se retirer du monde et plonge dans un état catatonique. Au moins, il est mort pour le reste du monde.

Je souris à Jeanne en écrasant ma cigarette.

— Bravo, docteur... Nous venons de donner un beau petit cours d'analyse, mais devant une classe vide...

— Faut admettre que c'était pas sorcier...

Elle prend une gorgée de son jus, puis secoue la tête d'un air navré.

— Thomas Roy ! Il paraissait tellement... tellement équilibré, serein ! Dans ses entrevues, il avait un tel charisme, un tel contrôle...

Je regarde autour de moi pour m'assurer que personne n'écoute ce que nous disons. Les quelques autres clients sont éloignés et nous ignorent totalement.

— Chaque fois que je vois un être équilibré victime d'une crise psychotique, je suis bouleversée, Paul... Je crois que je ne m'habituerai jamais !

Elle hausse les épaules.

— En tout cas, notre explication tient debout...

— On n'a rien expliqué du tout, je rétorque d'un air sombre en fixant mon verre.

— Voyons, tu viens de m'expliquer tout le processus que...

— J'ai expliqué le raisonnement que Roy a vraisemblablement suivi pour en arriver à sa tentative de suicide : il a essayé de se tuer parce qu'il croyait faire le mal. Très beau, tout ça. Mais comment un être humain peut-il en venir à croire ça ? À poser de tels gestes ? À disjoncter à ce point-là ? Ça, je ne l'ai pas expliqué...

Je soupire.

— Personne ne l'a jamais expliqué, d'ailleurs.

Jeanne a un geste agacé. Elle a été maintes fois témoin de mes petites crises de pessimisme. Je me demande même comment cette idéaliste a pu se lier d'amitié avec le désillusionné que je suis. Peut-être qu'elle espère me récupérer. Bonne chance !

— Bon. Tu vas me rejouer le coup du psychiatre blasé...

Je souris, coquin.

— Hé, oui !

— Non, merci ! Dis-moi plutôt ce que tu as l'intention de faire avec Roy.

— Mais le guérir, voyons ! Ne sommes-nous pas là pour ça ?

— Arrête, Paul !

J'ébauche un geste vague de la main, plus sérieux.

— On le met aux antidépresseurs dès demain.

— Du Zoloft ?

— Oui. Cinquante milligrammes par jour. On commence doucement, puis on verra.

Jeanne approuve de la tête. Je ne peux m'empêcher d'ajouter, sarcastique :

— Quand il se remettra à parler, on écoutera ce qu'il a à raconter, puis on lui donnera les médicaments en conséquence pour le restabiliser. Après ça, je le laisserai repartir, avec une belle prescription...

Jeanne me fusille du regard, pas vraiment amusée par mon cynisme. Je lève la tête vers elle avec un large sourire :

— Et si, dans un an ou deux, il fait une autre crise, eh bien ! il reviendra nous voir, et on lui donnera encore plus de petites pilules, et...

— Bon, ça va, j'ai compris, grommelle ma collègue.

Je ricane, tandis qu'elle termine son verre en vitesse. Elle se lève et grimace en se tenant le ventre :

— J'ai l'impression qu'Antoine n'aime pas le jus de pamplemousse. Chaque fois que j'en bois, il proteste.

— Antoine... Et si c'est une fille ?

— C'est un gars, j'ai passé une échographie. Je t'ai dit tout ça, l'autre jour, vieux sénile...

— Dans dix ans, les classes primaires vont être pleines d'Antoine, d'Alice et de Florence. Tous les vieux noms reviennent à la mode. Sais-tu, aujourd'hui, comment il faudrait appeler nos enfants pour être originaux ? Nathalie, Stéphane, Martin...

— Laisse donc faire !

Elle m'embrasse sur les deux joues.

— Tu ne pars pas ?

— Je vais rester quelques minutes encore...

Jeanne commence à s'éloigner, puis se tourne vers moi :

— J'aimerais ça consulter le cahier de Roy avec plus d'attention. Peux-tu t'arranger pour que je puisse l'emporter chez moi ?

— Si tu veux...

— Parfait. Et merci.

Je la regarde s'éloigner, puis m'allume une cigarette. Je fais lentement le tour de la terrasse des yeux. Il doit y avoir une vingtaine de clients qui boivent, discutent, heureux et confiants. Je les observe.

« L'un de vous souffre en ce moment même d'une maladie mentale. Et cette personne ne le sait peut-être même pas encore... »

Je ricane sans joie. Je ne comprends pas que Jeanne n'apprécie pas mon cynisme. Moi, je me trouve plutôt drôle.

J'écrase mon mégot et me lève. Je quitte tous ces gens d'un pas tranquille.

◆

Le lendemain, en fin d'après-midi, Hélène et moi nous préparons à partir pour Charlevoix. Ce petit week-end à deux est prévu depuis longtemps. Il y a plusieurs mois que nous n'avons pas pris de temps ensemble, loin du quotidien. Cela nous fera sans doute du bien, car ma fibre sentimentale souffre d'inertie depuis un moment.

Avant de partir, je donne un coup de téléphone à l'hôpital et demande le bureau de notre ergo.

— Bonjour, Nathalie. C'est le docteur Lacasse. Je voudrais que vous prêtiez l'album d'articles au docteur Marcoux. Elle m'aide pour ce cas. Elle va sûrement aller vous voir tout à l'heure pour vous l'emprunter.

— L'album d'articles?

— Oui, vous savez, ce cahier dans lequel monsieur Roy a collé une cinquantaine d'articles de journaux?

Court silence.

— Nathalie?

— Oui, oui, je me souviens. Vous voulez que je le prête au docteur Marcoux, c'est ça?

Sa voix est hésitante.

— Il y a un problème?

— C'est parce que... je ne l'ai pas ici. Je l'ai laissé chez moi... J'ai voulu l'observer de près hier soir, et... je l'ai oublié.

Elle semble vraiment mal à l'aise. Elle ajoute même, d'une voix penaude:

— Je suis désolée, docteur...

— Voyons, ce n'est pas grave, Nathalie. Vous n'aurez qu'à me l'apporter mardi prochain. Je le donnerai au docteur Marcoux moi-même...

— Parfait, docteur, répond-elle à toute vitesse, la voix rassurée. Sans faute.

Je la salue, puis raccroche. Pourquoi semblait-elle si anxieuse?

Hélène, déjà à l'extérieur, s'acharne sur le klaxon avec impatience. Je sors enfin de la maison.

◆

Pendant trois jours, je m'efforce de vider mon esprit de toute préoccupation liée à mon travail. Je lis beaucoup. Je fais de longues promenades avec Hélène. Nous faisons aussi un peu de vélo. Ces activités me délassent beaucoup et me font un bien immense.

L'intimité avec ma femme, par contre, s'avère plus problématique. Nous essayons trois fois de faire l'amour. Sans succès. Les ratés viennent de moi, cela devient gênant. Je n'ai pas réussi à avoir une relation sexuelle complète avec Hélène depuis au moins quatre mois. Elle n'en a jamais parlé, mais dimanche soir, après une nouvelle tentative inutile, elle brise le silence. Elle avoue enfin son inquiétude, couchée dans le lit de notre chambre d'hôtel.

— À la maison, je me disais que c'était à cause du stress. Mais ici... Qu'est-ce qui ne fonctionne pas, Paul?

Je suis assis sur le bord du matelas et, les bras appuyés sur les genoux, j'étudie mes pieds. Il me semble que le gauche est plus long que le droit.

— Je ne suis plus très jeune, fais-je en voulant être drôle. Je suis plus long à «crinquer».

— Cinquante-deux ans, Paul, franchement! Il y a des hommes qui ont une vie sexuelle active jusqu'à soixante-quinze ans!

— Je blaguais.

— C'est pas drôle.

Je sais bien. Pourtant, je n'arrive pas à trouver cela vraiment dramatique. La longueur de mon pied gauche me semble plus importante.

— Tu ne me désires plus?

— Je ne sais pas.

— Comment, tu le sais pas? Tu me désires, oui ou non?

Elle commence à s'énerver. C'est vraiment la dernière chose que je souhaite: une chicane.

— Écoute, Hélène, je te dis que je ne sais pas, je ne peux pas être plus honnête que ça!

«Et arrête de t'intéresser à ton pied!»

Hélène se tait un court moment, puis avance d'une voix incertaine:

— Tu désires d'autres femmes?

Cette fois, je me tourne vers elle.

— Mon Dieu, non... Si tu savais...

— Alors, quoi? M'aimes-tu encore?

— Oui, évidemment...

Pourquoi est-ce que je prends ce ton défensif?

— C'est ton travail, hein? poursuit ma femme.

Je soupire.

— Les années, toutes ces longues années!... Et tout ce qu'on a accumulé, ce sont des culs-de-sac!

Je me rassois sur le matelas, me sentant soudain trop lourd. Comment puis-je me sentir si lourd et si vide à la fois?

Hélène doit en avoir assez de m'entendre me lamenter sans cesse, mais elle ne manifeste aucune impatience. Au contraire. Ses mains caressent doucement mon cou, mes épaules. Je ne réagis pas. Je voudrais, pourtant.

— Paul, si tu ne peux pas attendre trois ans pour ta retraite, alors arrête de travailler maintenant! Tout de suite!

— Je ne peux pas! Je perdrais la moitié de ma pension, et...

— On peut se le permettre, tu le sais bien! C'est à toi qu'il faut penser, pas à la pension... À toi... et à nous deux.

Je ferme les yeux. Je sais qu'elle a raison. Mais l'absence de travail sera-t-elle suffisante pour chasser ce nuage noir qui m'avale de plus en plus? Quand je serai seul à la maison, à ne rien faire, est-ce que je ne lui laisserai pas le champ libre pour m'engloutir complètement?

« Il n'est pas dans ta tête, ce nuage! » me dit une voix. «Il est à l'hôpital, dans ton travail! Tu le sais! »

Et pourtant...

Je me frotte doucement le front. Je pourrais prendre quelques mois pour finaliser certains dossiers, et ensuite...

La paix, enfin. Est-ce possible?

— Je vais y penser, Hélène... Sérieusement.

Elle ne répond rien. Elle me caresse encore de longues minutes. Et durant tout ce temps, je ne tourne la tête à aucun moment pour la regarder.

C'est ainsi que se termine notre week-end d'amoureux.

CHAPITRE 3

Nous revenons à la maison le lundi matin. Aussitôt nos bagages défaits, Hélène me lance qu'elle doit immédiatement filer à Radio-Canada pour rencontrer une stagiaire. Du salon, je lui réponds :

— Attends une seconde...

Elle s'arrête dans le vestibule et se tourne vers moi. À mon ton, elle a compris que c'est important. Nous nous regardons quelques instants, debout, séparés de quelques mètres. Après une longue hésitation, je lui dis :

— Tu sais que dans un mois j'ai un colloque à Québec.

— Oui, dit-elle, intriguée.

— Ce sera mon dernier.

Elle fronce les sourcils. Je baisse la tête une seconde, puis la fixe dans les yeux.

— Je vais prendre ma retraite, Hélène. D'ici la fin de l'année.

Elle ne dit rien sur le moment. Quelque chose brille dans son regard. Des larmes ? De la surprise ? De la joie ?

Elle parle enfin. Sa voix est plus aiguë, mais faible.

— Tu penses... tu es sûr ? C'est pas un peu précipité ? Je t'en ai parlé juste hier...

— J'y ai réfléchi toute la nuit.

Et c'est vrai : j'ai à peine dormi, rongé par ce dilemme qui refusait de me laisser tranquille. Puis, à l'aurore, j'avais cessé de combattre. Tant pis pour la fierté. Tant pis pour l'orgueil. Il fallait que je survive avant tout.

Et en ce moment, mon ton est ferme. Il n'y a plus aucun doute dans mon esprit. Rarement ai-je été si convaincu de prendre la bonne décision.

— Je crois bien pouvoir arrêter d'ici quatre mois. Cinq au plus.

— Tu penses que ça va s'améliorer après ? Que tu vas aller mieux ?

Elle hésite, puis :

— Que *nous* allons aller mieux ?

Je soutiens toujours son regard.

— Je l'espère.

Je ne peux pas être plus franc. Enfin, elle sourit. Un curieux sourire, à la fois inquiet et plein d'espérance. Elle s'approche de moi.

— Je suis contente, Paul. Vraiment.

Elle me prend dans ses bras et je l'enlace à mon tour. J'aimerais sentir notre amour dans cette embrassade, éprouver de l'espoir, de la chaleur.

Mais je ne sens rien.

◆

Une fois Hélène partie, je reste debout de longues minutes. Je me sens un peu sonné, mais presque bien.

Je me secoue enfin : allons, la vie continue ! Je vais chercher le courrier dans la boîte aux lettres et l'épluche au salon. La dernière enveloppe est une lettre personnelle qui m'est adressée, mais sans timbre. Le destinateur est donc venu la déposer lui-même dans ma boîte. Je l'ouvre, intrigué : un court paragraphe écrit à la machine à écrire au milieu d'une page blanche :

« Thomas Roy n'a pas seulement été inspiré par les articles de journaux qu'il collectionnait dans son cahier. Il existe un autre lien entre lui et ces articles. »

Et en bas de la feuille, des initiales : C. M., avec un numéro de téléphone.

Je relis ces quelques mots, déconcerté. Qui est ce C. M. ? Comment connaît-il ou connaît-elle l'existence du cahier de Roy ? Comme si la personne qui m'envoyait cet étrange message voulait éveiller ma curiosité pour que je le rappelle, comme si...

La lumière ne tarde pas à se faire : Charles Monette. Le journaliste minable de *Vie de Stars*. Bien sûr.

Je soupire en reculant sur ma chaise. Je ne suis pas si surpris. Notre face-à-face de la semaine dernière m'avait bien démontré qu'il n'était pas du genre à lâcher sa proie facilement.

Mais comment sait-il, à propos du cahier ? Et comment a-t-il appris notre hypothèse, à propos de l'influence de ces articles sur l'œuvre de Roy ?

Et cette allusion à un autre lien ?

En tout cas, son message est clair : il possède des renseignements sur Roy et il est prêt à nous les donner, si nous sommes prêts à collaborer nous-mêmes...

Mais pour qui nous prend-il donc ? Est-ce qu'il croit que notre code d'éthique est aussi élastique que le sien ?

Je reviens à la lettre et me mordille la lèvre inférieure avec rage. Mais comment diable est-il au courant de ce cahier ? C'est ce qui me tarabuste le plus. Comme s'il avait eu lui-même accès au cahier !

Le coup de téléphone que j'ai donné à Nathalie vendredi après-midi me revient soudain en mémoire : sa voix nerveuse pour m'expliquer l'absence du cahier à l'hôpital, son malaise... et son soulagement lorsque je lui ai dit de me l'apporter seulement mardi...

Je serre les dents avec rage. Lettre en main, je marche d'un pas décidé vers le téléphone et compose le numéro inscrit à côté des initiales. Une voix féminine me répond rapidement :

— *Vie de Stars,* je peux vous aider ?

— Charles Monette, s'il vous plaît...

Ma voix est glaciale.

— Un instant...

Petite musique niaise, puis une voix morne :

— Monette.

— Docteur Paul Lacasse à l'appareil.

Le ton à l'autre bout du fil passe de l'ennui tranquille à l'excitation arrogante.

— Docteur Lacasse ! Mais quelle surprise ! Est-ce que les nouveaux potins sur Michèle Richard vous intéressent, tout d'un coup ?

Il se venge, évidemment, et avec plaisir. La voix toujours froide mais calme, je m'empresse de rectifier :

— Ne criez pas victoire trop vite, monsieur Monette. Je ne vous appelle pas pour une invitation, loin de là.

— Ho, j'ai jamais cru ça !

Mais je sens bien qu'il est un peu déçu.

— Je veux savoir comment vous connaissez l'existence du cahier de monsieur Roy.

— Voyons, docteur, c'est vous-même qui me parliez de l'éthique professionnelle, l'autre jour !

— Arrêtez ce petit jeu, voulez-vous ?

— Il n'est pas question que je vous dévoile mes sources, dit-il d'une voix plus grave.

— C'est une de nos employées, c'est ça ? Nathalie Girouard, peut-être ? Combien l'avez-vous payée ?

— Docteur, vos accusations sont graves, et je trouve insultant que...

— Allez donc chez le diable, Monette !

Je raccroche bruyamment. Je cligne des yeux, un peu abasourdi. Je n'ai pas l'habitude de perdre le contrôle ainsi. Mais ce que Monette a fait est révoltant. Et que Nathalie y ait participé l'est encore plus.

Je vais à la cuisine, déchire la lettre de Monette en quatre morceaux et la jette à la poubelle. Je n'ai jamais demandé d'aide à des journalistes pour soigner mes

patients, je ne commencerai certainement pas aujour-
d'hui ! Célébrité ou pas, Thomas Roy est un cas comme
les autres.

Voilà.

Et Nathalie ?

On verra ça demain. Je prends une grande respiration. Je me calme.

Je poursuis donc mes occupations de la journée, et,
au bout d'une heure, Roy, Monette et Nathalie gam-
badent dans les limbes de l'oubli.

◆

— Salut, le vétéran, me lance joyeusement Jeanne.
En forme pour une belle journée de travail ?

Comme tous les mardis, elle m'attend devant le
comptoir de Jacqueline. Je ne suis absolument pas
d'humeur à rire. Je salue brièvement notre réceptionniste et, tandis que je m'approche de la porte, Jeanne
me glisse plus bas :

— Et le cahier de Roy ? Vendredi, Nathalie m'a dit
que tu me le donnerais aujourd'hui...

J'attends que nous soyons entrés dans le Noyau et lui
dis discrètement :

— Il y a un problème, Jeanne. Il s'est passé des
choses, ici... Des fuites...

— Quoi ?

— Viens me voir dans mon bureau cet après-midi,
je t'en parlerai...

Intriguée, elle hoche la tête, puis nous nous séparons.
J'effectue ma tournée, comme d'habitude.

Mes patients sont plutôt stables. Seul Édouard Villeneuve ne va pas très bien. Il est calme, mais encore
trop fragile. Et il y a toujours cette peur dans ses yeux...

— Personne veut de moi, répète-t-il, recroquevillé sur
sa chaise. Personne.

Assis devant lui, je secoue la tête.

— C'est faux, Édouard, voyons... Votre famille d'accueil s'ennuie de vous, on me l'a dit...

Une lueur d'espoir traverse son regard et un sourire timide étire ses minces lèvres.

— C'est vrai ? Je suis content de savoir ça...

Mais il doute toujours. Dieu, qu'il a l'air d'un enfant ! Avec étonnement, je réalise qu'Édouard est le seul patient qui réussit encore à m'émouvoir un peu. Pourquoi donc ? Son jeune âge ? Sûrement pas, j'ai au moins trois autres patients dans la vingtaine qui m'indiffèrent complètement. Alors quoi ? Je finis par sortir de sa chambre, songeur.

Je termine ma tournée avec Roy. Il est assis, immobile, le regard dans la brume.

— Aucune parole depuis qu'il est entré ? demandé-je à l'infirmière qui m'accompagne.

— Non, docteur. Il réagit très peu. Parfois il tourne la tête vers nous. Mais c'est tout.

— Vous lui donnez bien cinquante milligrammes de Zoloft par jour ?

— Bien sûr.

Je mâchonne mon crayon et jette un coup d'œil à ses mains bandées. Puis, j'examine ses yeux. Son œil intact et son œil artificiel. Vides tous les deux.

Je sors en haussant les épaules.

De retour au Noyau, je demande à Nicole, notre infirmière-chef, si Nathalie est là.

— Seulement cet après-midi, docteur.

— Bien. Vous l'envoyez à mon bureau vers quinze heures.

Je sors dîner.

◆

Dans l'après-midi, alors que je finis mes consultations avec mon dernier patient externe, ma secrétaire m'annonce que Nathalie Girouard est là.

—Faites-la entrer aussitôt que j'ai terminé avec monsieur Bolduc.

Cinq minutes après, je suis seul dans mon bureau et en profite pour me préparer psychologiquement. Les prochaines minutes s'annoncent désagréables. J'aime bien Nathalie, je l'ai toujours trouvée très compétente. Son petit air juvénile m'a plus d'une fois charmé. Mais cela ne compte pas, aujourd'hui. La situation ne permet ni faiblesse ni pitié.

Nathalie entre et, après m'avoir salué, me donne le cahier de Roy. Alors qu'elle tourne les talons pour repartir, je lui dis de s'asseoir. Elle s'exécute, quelque peu intriguée.

— Vous avez prêté ce cahier à quelqu'un, n'est-ce pas, Nathalie ?

J'ai décidé d'être direct. Ma voix est calme. Presque neutre.

Nathalie, après un mouvement d'effroi, nie farouchement. Mais sa main nerveuse qui enroule frénétiquement sa mèche de cheveux, sa voix tremblante, son regard fuyant, tout son aspect constitue un aveu. Maintenant qu'il n'y a plus de doutes possibles, je me sens choqué. Et surtout déçu.

— Comment avez-vous pu faire ça, Nathalie ? À un journaliste en plus... À quoi avez-vous pensé ? Vous avez perdu tout sens de l'éthique !

Elle éclate en sanglots, comme ça, sans avertissement. Et ce n'est pas affecté, je sens que c'est sincère. Je soupire intérieurement. Bon Dieu, avions-nous besoin de cela en plus ? Elle s'excuse, regrette, demande pardon... Imperturbable, je lui demande de m'expliquer. Ce qu'elle fait.

Jeudi dernier, en fin de journée, un homme l'a accostée tandis qu'elle sortait de l'hôpital. Il s'est présenté : Charles Monette, journaliste. Il lui a expliqué qu'il préparait un livre sur Roy et qu'il avait besoin de savoir ce qui se passait avec l'écrivain dans l'hôpital.

— Il n'est pas passé par quatre chemins! bredouille-
t-elle, la voix encore larmoyante. Il m'a carrément
proposé de l'argent pour que je lui raconte tout! Je lui
ai dit non, vous pensez bien! Mais il insistait! «Allons,
un petit effort», qu'il disait. «Il y a sûrement quelque
chose que vous pouvez me donner sans trop vous
compromettre... Un renseignement, un détail... Une
piste...» C'est à ce moment-là qu'il... qu'il a proposé
un prix précis...

Elle baisse la tête, gênée, le visage couvert de larmes.

— Combien?

— Mille dollars...

Le montant me laisse pantois. Monette est donc
acharné à ce point?

— Ça m'a ébranlée, docteur! Mille dollars! Je suis
à temps partiel, ici, moi, je ne nage pas dans l'argent!
Et mon chum qui n'arrive pas à se trouver un travail
avec son bac en histoire! Mille piastres, c'est deux
mois de loyer pour nous! C'est deux mois à ne pas
s'inquiéter, c'est... c'est...

Elle sanglote quelques instants. Je m'enfonce dans
mon fauteuil, mal à l'aise. Une partie de moi la comprend, compatit avec son histoire. Mais je ne veux pas.
Je ne dois pas.

— Alors, j'ai... j'ai cédé, oui! Je lui ai dit qu'on avait
trouvé un cahier chez Roy, avec des articles de journaux... Que je pourrais le lui prêter, qu'il devait le
garder seulement quelques jours, que...

Elle pleure de nouveau. De toute façon, elle en a
assez dit.

— Il vous a payée?

Je regrette aussitôt cette question.

— Oui, renifle-t-elle. Il m'a donné le montant comptant, en même temps que je lui remettais le cahier...

Faible consolation.

— Est-ce que... c'est lui qui vous l'a dit? me demande-
t-elle en essuyant ses yeux.

— Non... Non, pas directement...

Et maintenant, la partie la plus pénible. Une décision que je prends pour la première fois de ma carrière. Nathalie devine la suite et, en se tordant les doigts, implore d'une voix affolée :

— Docteur, vous n'allez pas me... je suis tellement désolée, j'ai fait une erreur, je le sais, mais...

— Nathalie, vous connaissez le règlement. Dans un travail comme le nôtre, on ne peut pas se permettre ce genre de... d'écarts de conduite... Je vais devoir rédiger un grief et...

Elle éclate encore une fois en larmes. Elle renouvelle ses excuses, promet, se met presque à genoux. Et moi, je la regarde, le visage neutre mais l'estomac en compote, le cœur battant à tout rompre. Ma décision est prise. Je ne changerai pas d'idée, quitte à ne pas dormir les deux prochaines nuits. Mais comment conclure cette pathétique rencontre ? Brutalement ? Gentiment ? Est-ce que cela fera une différence pour elle, de toute façon ?

Maladroitement, je lui assure que je lui écrirai une bonne lettre de références. Je ne trouve rien d'autre à dire. Elle comprend enfin qu'il n'y a plus rien à faire et, toujours en pleurant, elle sort de mon bureau, brisée, anéantie.

Je suis seul.

Je me sens las, tellement las ! Même si je sais avoir pris la bonne décision, cela ne me remonte pas le moral pour autant.

Je demeure dix bonnes minutes ainsi, immobile dans mon fauteuil. Mes yeux finissent par tomber sur le cahier de Roy. Je le feuillette mollement. Incendies, meurtres, accidents mortels... Je me souviens même de certains d'entre eux... Vingt ans de drames sanglants résumés en une cinquantaine d'articles de journaux.

La porte s'ouvre sans qu'on ait frappé. C'est Jeanne.

— Tiens, bonjour, dis-je en refermant le cahier. Il est arrivé quelque chose de plutôt ennuyeux...

— Qu'est-ce qui s'est passé avec Nathalie ?

Elle referme la porte et s'avance vers moi. Son attitude est bizarre. Elle est calme, mais en même temps je sens la colère bouillonner en elle. Une colère dirigée contre moi.

— Ah. Justement, c'est de ça que je voulais te parler. Tu l'as vue ?

— Ce serait difficile de la manquer. Elle a traversé le Noyau en larmes ! Je l'ai amenée dans un coin, elle m'a expliqué.

— Tout ?

— Je pense, oui.

Je hausse les épaules.

— Alors, tu comprends ma décision.

— Je ne suis pas sûre.

— Pardon ?

Elle me coupe le sifflet.

— Paul, elle a vingt-huit ans, elle a fait une erreur ! Ça arrive, non ?

La colère gonfle. En même temps, elle lutte. Elle sait que j'ai raison, mais elle ne l'accepte pas.

— Pas une erreur aussi grave, non.

— Est-ce si grave, au fond ? Un cahier d'articles !

— C'est pas la question.

— Ah, non ? C'est quoi, alors ?

— Tu veux bien t'asseoir ?

— C'est quoi, la question ? répète-t-elle en ignorant totalement mon invitation.

Je fais un mouvement las de la main. Je savais que cette journée serait merdique. Je commence à me sentir agacé et cela s'entend dans mon ton.

— La question, c'est le principe, Jeanne, tu le sais, voyons ! Rien ne peut sortir d'ici, rien, même si c'est insignifiant ! Nathalie a trahi notre confiance !

— Elle le regrette !

— Sûrement. Mais c'est trop tard.

Jeanne secoue la tête avec amertume. J'ajoute avec fatalité :

— De toute façon, la décision finale ne revient pas à moi, mais au département des ressources humaines. Et tu sais très bien que même le syndicat ne pourra réparer cette «erreur», comme tu dis.

— Si tu l'avais voulu, tu aurais pu garder ça ici, dans ton bureau.

— Jeanne, le règlement...

— Ah, lâche-moi le règlement ! s'exclame-t-elle en laissant enfin libre cours à sa colère. C'est avec des êtres humains que tu fais affaire, Paul, pas avec des machines ! Tu traites tes confrères comme tu traites tes malades, sans émotion !

Elle se tait, incertaine malgré sa révolte. Elle se demande si elle n'est pas allée trop loin. Je ne bronche pas. Je la voyais venir, celle-là. Ma voix devient dure.

— Si tu t'imagines que je trouve ça drôle, de la congédier ! Mais la psychiatrie et l'émotion n'ont rien en commun, ma pauvre Jeanne ! Tu vas l'apprendre bien assez vite ! Prescrire cent milligrammes de Zoloft, c'est un geste émotif, pour toi ? J'ai toujours trouvé ton humanisme bien beau, bien charmant... rassurant, même ! Mais là, je pense que t'exagères. Tu vas te noyer dans tes propres sentiments, Jeanne, si tu fais pas attention !

— Pis toi, tu penses que tu te noies pas, en ce moment ? Tu te noies dans un désert, Paul, dans un vide !

— Je le sais ! C'est pour ça que je prends ma retraite !

Jeanne ouvre de grands yeux. Sa colère disparaît d'un seul coup, comme si on avait changé de chaîne à la télévision.

— Quoi ?

— Tu ne veux vraiment pas t'asseoir ? dis-je d'un ton presque implorant.

Cette fois, elle descend lentement vers la chaise, sans me quitter des yeux. Lentement, je lui explique, les mains croisées sur mon bureau :

— Que je sois écœuré, que je ne croie plus vraiment à ce que je fais, ce n'est pas une surprise pour toi. Tu

viens de le dire il y a une minute. Mais là, ça empire.
Je suis même en train de me détacher d'Hélène ! Les
filles viennent nous visiter seulement cinq ou six fois
par année, mais c'est suffisant pour qu'elles s'en rendent compte. Mon insensibilité au travail est en train
d'envahir toute ma vie, Jeanne. Alors, j'ai pris ma
décision. Je vais à mon colloque en juin, après je
mets de l'ordre dans mes dossiers, je prépare mon
départ... et j'arrête. Dans cinq mois au plus tard, c'est
fini.

Jeanne reste bouche bée. Difficile à croire qu'elle était
en colère il y a à peine deux minutes. Moi, je suis très
calme. Je suis surtout content de le lui avoir dit.

— Qu'en penses-tu ?

Elle se tord la bouche en une grimace perplexe et
laisse retomber ses mains sur ses cuisses.

— Eh bien... Écoute, l'idée de ne plus travailler avec
toi est plutôt bouleversante, mais... honnêtement, je
pense que c'est ce qu'il y a de mieux à faire pour toi...

— Je le pense aussi...

Puis, avec un petit sourire, elle ajoute :

— Ça ne nous empêchera pas d'aller prendre un verre
au *Maussade* de temps en temps, j'espère...

— Penses-tu !

Je souris aussi. Jeanne a oublié sa rancune contre moi
et je lui en suis reconnaissant. Elle crie, elle fulmine,
mais elle ne mord jamais. Ah ! ma petite Jeanne... Elle
sera bien le seul élément de cet hôpital qui me man-
quera...

Elle devient soudain plus sérieuse.

— Quand même, Paul, tu ne peux pas partir sur une
note si pessimiste ! Tu n'as jamais eu de cas, dans ta
carrière, qui t'ont... qui t'ont procuré de la satisfaction ?

Le menton dans le creux de la main, je hausse les
épaules. Je n'ai pas vraiment envie d'aborder ce sujet.

— Tu n'aimerais pas quitter ta carrière avec une
belle réussite, en guise de conclusion ?

— Une réussite ?

Elle a un drôle d'air en ajoutant :

— Thomas Roy, par exemple...

Je fronce les sourcils.

— Imagine, Paul... Juste avant ta retraite, tu guéris le grand Thomas Roy !

— Guérir !

Je soupire en prononçant le terme.

— Joue pas sur les mots, tu sais ce que je veux dire : tu le sors de sa catatonie, tu le rends de nouveau fonctionnel... Tu l'as visité ce matin. As-tu des nouveaux éléments sur lui ?

Je lâche négligemment :

— Moi, non... Par contre, certains prétendent en savoir plus que nous...

— Qui ça ?

Je regrette presque mon insinuation, j'ai parlé trop vite. Et puis pourquoi pas ?

— Si Nathalie t'a tout expliqué, tu sais sûrement qu'elle a prêté le cahier d'articles de Roy à Monette, un journaliste à potins...

— Oui.

— Hier matin, j'ai reçu une lettre...

Je raconte. À la fin, je conclus en ces termes :

— Il veut m'appâter.

Court silence. Jeanne, les mains derrière la tête, jongle avec tout cela un bref moment, puis demande :

— Tu vas faire quoi ?

— Qu'est-ce que tu veux dire ?

— Vas-tu le rappeler ? Prendre rendez-vous avec lui ?

— Jamais de la vie !

— Pourquoi pas ? Tu n'es pas obligé de lui révéler quoi que ce soit ! Va voir s'il a vraiment des choses intéressantes à te dire sur Roy ! Va vérifier si le fameux lien auquel il fait allusion est quelque chose de sérieux ou non !

— Tu sais bien qu'il veut des renseignements en échange !

— Appelle-le, tu n'as rien à perdre !

Je secoue la tête. Le côté « fan » de Jeanne qui remonte à la surface, maintenant ! Et dire qu'au tout début, c'est elle qui devait traiter Roy !

— Écoute-moi, Jeanne... On sait maintenant que Roy s'est inspiré d'une série de tragédies pour écrire ses livres, et qu'il en a développé une psychose... Pourquoi essayer de voir plus ?

— Parce que Monette semble nous dire qu'il y en a plus à voir !

— Tu penses ça, vraiment ? Un journaliste à potins, nous aider !

Elle fait une petite moue.

— Comme source, ce n'est pas très fiable, je te l'accorde... Tout ce que je dis, c'est que ça ne coûte rien de l'appeler. Au cas où...

Je ne réponds rien et me contente d'examiner mes ongles d'un air grognon. Je ne veux plus parler de Monette, cette discussion me semble aussi ridicule qu'inutile. Mais Jeanne, presque sur le ton de la confidence, me susurre :

— Il te reste quelques mois à travailler, Paul... Tu n'as pas envie d'approfondir un dernier cas ? Une dernière fois ? Une dernière chance ?

Pendant une seconde, je pense à me fâcher, mais finalement j'éclate de rire.

— Ce que tu peux être manipulatrice !

Jeanne sourit, amusée et vexée à la fois. Je hoche la tête, incapable d'être vraiment fâché.

— Ça suffit... Laisse-moi travailler, espèce de fan en délire... Je pense que tu es plus siphonnée que tous les patients de cet hôpital...

— Et pour Monette ?

Ah, non ! Si elle revient là-dessus, elle va m'enrager pour de bon ! En soupirant, je réponds de façon imprécise, seulement pour me débarrasser d'elle :

— Je vais y penser...

Cela semble la satisfaire. Elle se lève enfin :

— Et le cahier de Roy, tu me le prêtes ?

J'hésite. J'observe l'album quelques instants, puis secoue la tête :

— Je trouve que ce cahier s'est un peu trop promené en moins d'une semaine. J'aime mieux le garder avec moi un moment. On le consultera ensemble un autre jour, si ça ne te dérange pas...

Jeanne est déçue, mais n'insiste pas. Elle se lève, ouvre la porte et me lance juste avant de sortir :

— Pense à ce que je t'ai dit...

Je ne réponds pas. Elle sort.

Le calme, le silence. Mon Dieu, la paix.

Je me passe longuement les deux mains sur le visage. Je n'ai plus la tête à travailler. Et avec la retraite qui se profile à l'horizon, je vais sûrement avoir de plus en plus de difficulté à me concentrer... Je consulte ma montre. À peine seize heures. Tant pis, je rentre. Je ne pourrai plus rien faire de bon aujourd'hui. Et on dirait que je n'ai pas fumé depuis deux semaines !

Sur la route qui me mène à Lachine, je repense à Monette. Pas question que je l'appelle. J'ai dit à Jeanne que j'y réfléchirais, mais seulement pour clore cette discussion absurde. C'est la première fois que je la vois ainsi, dénuée d'objectivité. Elle manque vraiment de contrôle vis-à-vis de Roy, c'est agaçant...

Chez moi, je m'étends sur le divan du salon et m'assoupis graduellement, en soupirant d'aise.

CHAPITRE 4

Jeudi, Roy n'a toujours pas dit un mot. À la réunion inter, nous décidons d'augmenter sa médication à cent milligrammes par jour.

Durant l'après-midi, je reçois un message d'Hélène qui me dit avoir un souper d'affaires à l'extérieur. Vérité ou truc pour fuir un mari de plus en plus ennuyant? Le pire, c'est que cela m'indiffère.

Comme je rencontre Jeanne à vingt heures au *Maussade,* je décide de souper en ville, dans un petit restaurant français. Je prends mon temps et lis le journal, tout en sirotant un cognac.

Vers vingt heures, je déambule dans la rue Saint-Laurent, l'esprit serein. La soirée est magnifique et la «main» semble en fête. Devant moi apparaît la terrasse du *Maussade.* Je cherche Jeanne des yeux, qui doit être installée à une table près du trottoir pour mieux voir les garçons passer. (Je lui ai déjà dit que ce genre d'occupations n'était pas digne d'une jeune femme rangée, mais elle m'a encore traité de vieux jeu.) Je l'aperçois enfin, mais on dirait qu'elle n'est pas seule. Marc? Un collègue? Jeanne me voit de loin et m'envoie la main. Son sourire est tendu. J'approche toujours, tandis que l'invité de Jeanne se précise de plus en plus. Barbu, cheveux noirs...

Je ralentis peu à peu, jusqu'à m'arrêter complètement, abasourdi.

— Ah ben, criss!...

Je sacre rarement. Seulement lorsque je suis vraiment en colère. D'ailleurs, j'ai sûrement juré à haute voix, car un piéton qui me croisait me dévisage effrontément. Jeanne, de plus en plus anxieuse, me fait signe d'approcher.

Je songe soudain à tourner les talons et à m'en aller. Mais ce serait un peu ridicule, non? Je continue donc à marcher, le pas plus lourd, rempli d'une rage aussi silencieuse que terrible. L'invité de Jeanne me regarde approcher, sans un mot, un vague sourire aux lèvres. Ne serait-ce que par ce sale sourire plein de suffisance, je ne peux me tromper sur l'identité de l'individu.

Je monte sur la terrasse et m'arrête devant la table, les mains dans les poches. Je fusille Jeanne des yeux. J'ai tellement d'insultes à lui lancer par la tête, je ne sais par laquelle commencer. De son côté, elle fond littéralement sur sa chaise. Elle dit enfin:

— Je pense que c'est inutile de te présenter, Paul...

Je daigne observer l'invité, m'efforçant d'avoir l'air le plus méprisant possible.

— En effet, c'est inutile. Et je pense que cette rencontre l'est aussi.

Je me sens étrangement humilié, ce qui redouble ma colère.

— C'est pas ce que semblait me dire le docteur Marcoux, rétorque Monette, sans se départir de son suave sourire. J'avais même l'impression que cette rencontre était pour elle très importante.

— Vraiment?

Et je lance un regard pointu à ma collègue. Celle-ci me supplie presque:

— Paul, assieds-toi...

— Je ne sais pas. Je me demande si je ne devrais pas partir tout de suite...

— Paul, s'il te plaît !...

Monette trouve cette scène très amusante. Il tourne son verre de bière entre ses paumes avec un petit sourire qui flotte dans sa barbe. Je l'observe froidement. Je comprends alors pourquoi je ressens cette vague humiliation : une partie de moi ne veut pas quitter les lieux. Maintenant que Monette est devant moi, force m'est d'admettre que j'ai envie de lui poser une ou deux questions. Mais de cela, il est hors de question qu'il se rende compte !

En le regrettant déjà, je m'installe donc en face du journaliste en soupirant :

— On va s'en reparler, Jeanne...

Elle ne dit rien, le regard baissé. Toujours amusé, Monette constate :

— Si je comprends bien, cette rencontre est une initiative personnelle du docteur Marcoux ?

— J'avoue que oui, monsieur Monette. Je vous ai appelé hier soir de mon propre chef. Le docteur Lacasse n'était pas du tout au courant que vous seriez ici ce soir. Mais il n'avait pas rejeté l'idée de vous rencontrer éventuellement. C'est juste qu'il n'avait pas encore pris de décision.

— Ho ? Donc, il y songeait ? C'est déjà intéressant...

Son ton est cynique. Je précise :

— Mais depuis, j'avais décidé que non...

— Vraiment ? rétorque le journaliste.

Je n'allais pas endurer son air fendant toute la soirée ! Je décide donc de mettre les choses au clair tout de suite :

— Monsieur Monette, si vous jouez à ce petit jeu avec trop d'insistance, je me lève et m'en vais. On s'entend là-dessus ?

— Absolument, docteur Lacasse, ne vous énervez pas...

Il sourit toujours, mais mon avertissement a porté fruit. Monette m'a enfin devant lui, et il n'a pas l'intention de me laisser filer. Jeanne commence à se détendre :

— Parfait... On va pouvoir se parler entre gens civilisés...

Je commande une bière au serveur. Jeanne reprend gravement :

— Monsieur Monette, la lettre que vous avez envoyée à Paul nous a beaucoup intrigués, il faut l'admettre...

Monette se gonfle d'orgueil. Je m'empresse d'ajouter :

— D'ailleurs, la façon que vous avez utilisée pour vous procurer ce cahier d'articles n'est pas très reluisante, monsieur Monette. Vous savez qu'à cause de vous, mademoiselle Girouard a été congédiée ?

— Pour vrai ? s'exclame le journaliste en affectant une moue désolée. Ho ! c'est vraiment dommage... Avoir su...

— Épargnez-nous votre mauvais jeu de comédien. Je sais bien que ça vous indiffère totalement...

— Vous allez un peu vite dans vos jugements, docteur... Pour qu'il y ait des acheteurs de renseignements, ça prend aussi des vendeurs...

Puis, en nous observant Jeanne et moi d'un air ironique :

— D'ailleurs, vous devriez le savoir, tous les deux, puisque vous êtes ici...

— Ça veut dire quoi, ça ?

— Messieurs, voyons, calmez-vous ! intervient Jeanne, désespérée.

Le serveur, tout sourire, revient avec ma bière. Je paie et avale une longue gorgée. Cela me calme un peu. Monette prend aussi une bonne lampée de son verre. Il sort son paquet de cigarettes, mais je lui dis sèchement :

— Il y a une femme enceinte devant vous, monsieur Monette, au cas où vous ne l'auriez pas remarqué.

Je sais bien que Jeanne tolère qu'on fume en sa présence, mais je ressens une dérisoire victoire à priver Monette de ce plaisir (pourtant ça signifie que je devrai m'en priver aussi). Le journaliste hésite, puis remet son paquet dans son veston, contrarié.

— Bon, commence Jeanne en déposant ses deux mains sur la table. Il est vrai que le cahier d'articles de monsieur Roy est intéressant. Mais dans votre lettre, vous semblez insinuer que vous en savez plus que nous sur ce cahier. Et si ce « plus » pouvait nous aider à progresser davantage dans le cas Roy, eh bien...

Jeanne fait un signe vague.

— En tout cas, ça doit vous intriguer, puisqu'on est ici, fait remarquer le journaliste d'un air entendu.

— Il faudrait nuancer à ce sujet, je corrige. Personnellement, je suis loin d'être convaincu que vos supposés renseignements soient si intéressants.

— Mais vous avez un petit doute, sinon vous n'auriez pas accepté de vous asseoir ici, avec moi... Vous auriez pu tourner les talons et repartir...

Je supporte en silence son regard moqueur. Il a marqué un point et je le hais encore plus pour cela.

— Je vais vous écouter, monsieur Monette. Mais j'espère pour vous que ce que vous direz est pertinent et important. Si vous m'avez fait perdre mon temps, si vous avez ébranlé mon sens de l'éthique inutilement, je ne vous le pardonnerai jamais.

Monette fait une moue ridicule.

— Je sais pas si mes renseignements peuvent vous aider, mais ils ne peuvent pas vous nuire, certain...

— On vous écoute.

Monette lève la main gauche avec un petit ricanement.

— Ho, ho! Un instant, c'est pas si simple! Ce que j'ai à vous dire est... très particulier. Ce sont des renseignements... comment dire... très étranges... qui pourraient peut-être nuire à Roy...

Foutu bluffeur! Il se croit dans un film policier, ma parole! Mais au lieu de m'énerver, je décide d'utiliser, moi aussi, l'ironie et je dis avec un léger sourire:

— Pourquoi ne pas aller raconter tout ça à la police, alors ?

Monette esquisse un signe vague, désintéressé, et prend son verre.

— Il n'y a rien d'assez tangible, d'assez concret pour ouvrir une vraie enquête... Pis en plus, la police, elle, n'aurait rien d'intéressant à me dire...

Sur quoi, il prend une gorgée en nous jetant un coup d'œil narquois. Mon sourire s'évanouit. Je pointe soudain le doigt vers lui :

— On va mettre ça au clair tout de suite. Vous n'aurez aucun renseignement de nous, c'est compris ?

— Le docteur Lacasse a raison, monsieur Monette, renchérit Jeanne avec plus de douceur que moi. Nous n'avons absolument pas le droit de vous dire ce qui se passe en clinique psychiatrique, vous devez comprendre ça...

Pour la première fois de la soirée, Jeanne me fait plaisir. Elle n'a pas perdu la tête au point d'oublier tout sens des responsabilités.

Le journaliste appuie ses deux coudes sur la table et joint les deux mains à plat, prenant ainsi l'attitude du politicien se préparant à nous livrer un discours particulièrement brillant. Encore une fois, sa prétention me donne la nausée.

— Écoutez-moi bien, commence-t-il d'un ton posé. Je suis en train d'écrire un livre sur Roy, je pense que je vous l'ai dit. J'avais l'intention de le sortir dans quelques semaines. Mais quand j'ai su qu'on avait interné Roy en clinique psychiatrique, je me suis dit que je pouvais pas passer à côté de ça. Qu'il fallait que j'en parle dans mon livre. J'ai creusé, pis je suis tombé sur le cahier d'articles...

— En l'achetant, j'ajoute avec mépris.

— Peu importe, poursuit Monette, pas ébranlé le moins du monde. J'ai donc eu ce cahier entre les mains... C'est là que j'ai découvert des choses... des choses, vous avez pas idée... J'ai l'intention de mettre tout ça dans mon livre, évidemment... Mais je veux une conclusion. Un bilan psychiatrique. Une explication de ce qui se passe avec Roy : comment il est soigné, ce qu'il vit en ce moment, enfermé entre quatre murs...

Il nous observe tour à tour et continue :

— En ce moment, dans le cas Roy, vous piétinez. Le seul fait que vous soyez ici me le prouve...

Je serre les dents. Un autre point pour ce petit prétentieux.

— Pis mes renseignements peuvent peut-être vous faire avancer. Finalement...

Ses yeux brillent d'orgueil :

— ... finalement, vous avez plus besoin de moi que moi de vous.

— Quelle prétention ! À vous entendre, Monette, le sort de Roy dépend de vous !

— J'irais pas jusque-là. Je dis seulement que je sais des choses qui vous obligeraient à considérer Roy d'une tout autre façon...

Il me regarde droit dans les yeux, le visage impassible. Il faut lui donner une chose : il sait être convaincant. Il a le sens du suspense. Un vrai journaliste manipulateur. Je jette un coup d'œil à Jeanne. Elle fixe son verre de jus de pamplemousse, songeuse. Elle lève enfin les yeux et demande :

— Si nous refusons tout de même de vous donner des renseignements, monsieur Monette, qu'est-ce que vous faites ?

Il hausse les épaules, l'air décontracté.

— Je publie mon livre quand même. En y mettant tout ce que je sais. C'est déjà beaucoup.

— Dans ces conditions, on n'a qu'à attendre la sortie de votre livre et à le lire, dis-je. Comme ça, on connaîtra enfin vos fameux «renseignements mystérieux».

Monette me considère un bref instant avec une totale stupéfaction. Mais il se reprend aussitôt et ricane :

— Voyons, c'est pas sérieux !

Je me rends compte que j'ai légèrement fissuré son armure et cela me donne soudain confiance.

— Pourquoi pas ? De toute façon, d'ici à ce que votre livre sorte, qui vous dit que Roy ne sera pas rétabli et qu'il ne sera pas sorti de l'hôpital ? On ne sait pas ce qui va se passer dans une semaine, ou dans deux jours... Ni moi ni vous.

Monette fronce les sourcils. Je me sens de plus en plus en position de force et je continue avec assurance :

— Si vous le publiez tout de suite, ce sera quoi, votre conclusion ? Que Roy est en traitement psychiatrique mais que vous n'avez pas la moindre idée de ce qu'il a ? Et si Roy, en sortant de l'hôpital, explique aux journalistes ce qui s'est vraiment passé ? Sa version des faits va-t-elle correspondre aux supposées découvertes-chocs de votre livre ? Non, sortir votre bouquin maintenant est trop risqué, vous le savez...

J'avance la tête vers le journaliste qui me fixe toujours, d'un regard de plus en plus noir.

— Je vais vous dire, moi, ce que vous voulez. Vous voulez nous dire ce que vous savez sur Roy ! Vous nous faites croire que vous n'y êtes pas obligé, que vous n'avez pas besoin de nous, mais c'est faux. Vous mourez d'envie de nous divulguer ces renseignements parce que vous souhaitez que Roy sorte le plus vite possible. Son rétablissement serait une conclusion parfaite pour votre livre ! Ça vous permettrait de parler de votre collaboration avec les médecins de Roy, de votre apport à son rétablissement grâce aux précieux renseignements secrets que vous avez découverts vous-même... Quelle gloire pour vous ! Et qui sait ? vous rêvez sûrement de finir toute cette histoire avec une interview entre Roy et vous ! Son propre témoignage inédit ! Mais pour ça, il doit redevenir fonctionnel ! Et vite ! Alors, même si on ne vous dit rien sur Roy, vous allez quand même nous apprendre ce que vous savez, parce que c'est dans votre avantage de le faire !

Je me tais, assez fier de mon petit laïus. Monette, pour la première fois de la soirée, est complètement déstabilisé. Il me regarde, bouche bée, ne trouvant absolument rien à dire, et ne serait-ce que pour lui voir cet air ahuri, ça valait la peine de le rencontrer ce soir. J'en rirais de satisfaction si je ne me retenais pas. Mais je me contente de prendre tranquillement une gorgée de ma bière, une bonne et longue gorgée aussi satisfaisante que celles que l'on prend sur le bord de la piscine, en plein soleil d'été. Je dépose mon verre presque vide et considère calmement Monette, dont l'expression hébétée n'a pas changé d'un iota.

Enfin, il se tourne vers Jeanne, comme pour chercher de l'aide de son côté. Mais ma collègue ne dit pas un mot. Elle se contente, elle aussi, d'avaler une gorgée de son jus, tout en me jetant un furtif coup d'œil admiratif. Je décide, par pur orgueil, de pousser mon avantage plus loin et j'explique en montrant mon verre :

— Dans environ trente secondes, je vais terminer ma bière. À ce moment-là, si vous n'avez pas commencé à nous expliquer ce que vous savez, je vais me lever et partir. Et j'ai l'impression que le docteur Marcoux va faire la même chose.

Jeanne approuve de la tête. Monette regarde mon verre, comme s'il s'attendait à ce qu'il explose, puis revient à moi, furibond :

— Non, mais vous vous prenez pour qui, Lacasse ? Vous croyez vraiment que j'ai besoin de tout vous dire ? Que je peux pas sortir mon livre sans le rétablissement de Roy ?

— C'est ce qu'on va voir dans vingt secondes.

Il cligne des yeux. Sa stratégie ne fonctionne plus, il s'en rend bien compte. Quelle jouissance de ne plus le voir sourire ! Il se penche vers moi, soudain nerveux.

— Écoutez, je comprends que vous ne puissiez rien me dire sur ce qui se passe *en ce moment*, mais... je sais pas, moi... Bon, vous avez raison, j'espère avoir une entrevue exclusive avec Roy quand il sortira, pis je suis sûr que je vais l'avoir... Mais vous aussi, vous pourriez m'en accorder une ! Exclusive aussi ! Vous pourriez m'expliquer le traitement, comment ça s'est déroulé...

— Ça dépend si Roy est d'accord.

— Il va être d'accord ! Roy aime la gloire, il va être ben content qu'on écrive un livre sur lui !

— On verra quand il ira mieux...

Je dirige ma bière vers mes lèvres. D'un geste sec, Monette saisit mon poignet et arrête mon mouvement.

— Écoutez-moi ! glapit-il d'un ton rageur. Écoutez-moi donc une seconde !

Un ou deux clients de la terrasse tournent les yeux vers nous un bref moment. Monette se calme sensiblement, sans pour autant me lâcher. Il a les dents serrées, son regard a quelque chose de désespéré. Désespéré et frustré.

— Si Roy, en sortant de l'hôpital, accepte qu'on parle de son cas, jurez-moi que vous allez m'accorder une entrevue exclusive ! Jurez-le-moi !

Je le considère de longues secondes. Je savais avoir vu juste, mais pas à ce point. Le rétablissement de Roy n'est pas important en soi pour ce journaliste en mal de gloire. Tout cela l'intéresse uniquement en fonction de son livre. Je songe un moment à lui répondre « non ». La simple éventualité d'accorder une entrevue à ce petit rat me dégoûte atrocement. Mais si Roy est d'accord (en supposant qu'il reparle un jour), pourquoi pas ? Si les renseignements de Monette nous aident vraiment, je pourrais toujours lui accorder cette minime faveur.

— Si Roy donne son accord, oui.

— Jurez-le !

Je souris avec condescendance.

— Je vous le jure.

Il me regarde dans les yeux, puis me lâche la main, avec un air rassuré et déçu à la fois. Je comprends très bien ce qu'il ressent. Les choses ne se sont pas tout à fait passées comme il l'espérait. Le silence s'installe. On n'entend que les bruits de conversation des autres consommateurs. Je termine ma bière d'un trait, tandis que Jeanne, moins conciliante que tout à l'heure, parle enfin :

— Ça fait déjà quinze minutes qu'on perd, monsieur Monette. Espérons que ça va valoir la peine.

Monette se détend. En disant cela, Jeanne lui a redonné les guides et ça, il adore. Ça lui donne l'impression qu'il est de nouveau important. Il prend une mallette sur le sol et la dépose sur la table.

— Je vous jure que vous serez pas déçus...

Il s'apprête à l'ouvrir, mais, en voyant le serveur revenir, il arrête son geste, l'air soupçonneux. Je secoue la tête, vaguement découragé. Où se croit-il donc ? Dans un James Bond ? Je commande une deuxième bière ; Jeanne commande un autre jus de pamplemousse ; Monette, agacé, fait signe qu'il ne veut rien. Le serveur éloigné, le journaliste ouvre enfin sa mallette. Jeanne regarde attentivement, intriguée. Moi, je doute toujours.

Monette sort une pile de feuilles qu'il dépose sur la table.

— Quand j'ai eu le cahier d'articles de Roy entre les mains, vous imaginez bien que je me suis empressé de le photocopier au complet. Il contient quarante-trois articles et je les ai étudiés un par un. Ce qui m'a amené à dresser la liste que voici : j'y ai inscrit tous les titres des romans et nouvelles de Roy, en les reliant aux articles du cahier qui lui ont servi d'inspiration.

Il nous tend chacun une liste.

— Comme vous voyez, plusieurs articles ont parfois servi pour une seule nouvelle ou un seul roman.

Je lis les premières lignes de la liste :

Foi mortelle, nouvelle parue en mars 1974
article relié : *Un prêtre meurt dans un accident de voiture*, paru en décembre 1973 *(Le Journal de Québec)*

Un coup de trop, nouvelle parue en novembre 1974
article relié : *Suicide d'un sans-abri*, paru en avril 1974 *(Le Journal de Montréal)*

La Voix maléfique, roman paru en février 1976
articles reliés : *Un voleur assassiné dans un dépanneur*, paru en mai 1975 *(La Tribune)*
Incendie mortel sur Saint-Denis, paru en octobre 1975 *(Le Journal de Montréal)*

Et ainsi de suite. Le serveur nous apporte nos consommations et, une fois qu'il est reparti, Monette poursuit :

— Les articles sortent quelques mois avant la sortie du roman concerné, ce qui confirme encore plus qu'ils ont vraiment inspiré Roy pour ses histoires.

Jeanne observe la feuille, assez impressionnée.

— Un vrai travail d'exégète, commente-t-elle.

Monette sourit avec fierté. Jeanne charrie un peu : si elle y avait mis le temps, elle aurait pu en faire tout autant. Pour rétablir un certain équilibre, je dis avec lassitude :

— On savait déjà tout ça, monsieur Monette. La seule différence, c'est que vous avez poussé l'exercice plus loin que nous.

Le journaliste lève un doigt :

— Mais il y a un détail : tous les articles sont reliés à une histoire de Roy, sauf le dernier.

Il prend une photocopie parmi sa pile et la tourne vers nous. Nous lisons le titre : DEUX PUNKS TROUVÉS MORTS SUR LA SAINTE-CATHERINE. L'article provient du journal *La Presse* et date d'un an. Monette nous résume :

— Au mois de mai 95, deux jeunes punks ont été trouvés morts dans une ruelle de Sainte-Catherine. Selon l'enquête, ils se seraient mutuellement poignardés.

J'examine l'article un court moment, puis reviens au journaliste, attendant la suite. Il ne se fait pas prier.

— Le dernier roman de Roy, *L'Ultime Révélation,* est sorti en septembre dernier, quelques mois après cette tuerie. Mais il ne comporte aucune scène ressemblant de près ou de loin à cet article de journal.

Je l'observe, de plus en plus impatienté.

— Et alors ?

— Attendez.

Monette dépose sa main gauche sur la pile de photocopies des articles :

— Ça m'a intrigué. J'ai donc recommencé à examiner tous ces articles, mais avec une minutie presque maniaque. J'ai fait ça durant toute la fin de semaine. Pis c'est là...

Ses yeux brillent soudain.

— ... c'est là que j'ai découvert quelques petites choses très intéressantes...

Il fouille dans la pile de feuilles et en sort la photocopie d'un article qu'il tend vers nous. Jeanne s'approche pour la regarder et, en soupirant, je l'imite. Le titre de l'article est *Carambolage à l'entrée du tunnel Lafontaine,* et il date de 1985. Une photo montre une femme couverte de sang dans un tas de ferraille, entourée de sauveteurs qui tentent visiblement de la dégager. Nous levons la tête vers Monette, le questionnant du regard.

— Accident horrible, je ne sais pas si vous vous rappelez... Douze voitures se sont percutées avec une violence inouïe suite au dérapage d'un conducteur ivre. Il y a eu sept morts et douze blessés graves. Il a fallu des heures pour secourir les survivants qui hurlaient dans les carcasses.

— Merci pour les détails croustillants, fais-je avec agacement. Nous nous souvenons aussi. Où voulez-vous en venir?

Monette pointe le doigt vers l'article :

— Lisez le paragraphe, vers la fin. Je l'ai encerclé en rouge.

Je lis à haute voix :

«Outre les douze voitures les plus violemment impliquées, trois autres automobiles ont subi de très légers dommages. L'une d'elles était conduite par le célèbre écrivain Thomas Roy qui, heureusement, n'a subi aucune blessure. Il a avoué à notre journaliste qu'il avait éprouvé la peur de sa vie et qu'il remerciait le ciel de s'en être tiré sain et sauf. Lui et d'autres personnes non blessées en ont profité pour donner un coup de main aux sauveteurs, tâche noble mais des plus cruelles... » Ahuri, je lève la tête vers Monette puis j'éclate de rire. Je pourrais crier de colère, mais c'est trop ridicule pour ne pas rigoler un bon coup. La rage d'avoir perdu mon temps viendra plus tard, j'imagine.

— Alors, c'est ça, votre bombe? Roy a été impliqué dans un des drames de son cahier? C'est avec ça que vous espérez nous intéresser?

Jeanne elle-même a une moue déçue. Mais Monette, très calme, lève de nouveau la main :

— Attendez, c'est pas fini...

Il fouille de nouveau dans sa pile de photocopies et je m'arrête de rire. Bon, c'est assez maintenant. C'est drôle une fois, mais pas deux. Je suis sur le point de lui dire que j'en ai assez vu, mais le journaliste brandit

un second article et nous le met sous le nez, par-
dessus celui du carambolage.

Cette fois, l'article date de 1975. Il est titré : INCENDIE
MORTEL SUR SAINT-DENIS. On y montre la photo d'un
immense immeuble en flammes.

— Quatre morts, résume le journaliste, dont deux qui
ont sauté du troisième étage, transformés en véritables
torches humaines.

Cette fois, ma voix est presque menaçante :

— Monette, qu'est-ce que...

— Regardez attentivement la photo, me coupe-t-il.
J'ai entouré un visage.

À contrecœur, je sors mes lunettes. Sur la photo, on
voit la foule de curieux rassemblée devant l'immeuble.
Jeanne et moi examinons le visage entouré par Monette.
Même s'il est flou, on dirait...

Je fronce les sourcils.

... oui, on dirait Thomas Roy. Un Roy plus jeune de
vingt ans, mais la ressemblance est frappante.

Le sourire de Monette s'est accentué.

— C'est bizarre, vous ne riez plus.

— Vous pensez que c'est Roy ? je demande en ignorant son sarcasme.

— Je le pense pas, j'en suis sûr.

Jeanne, qui observe toujours la photo, marmonne
avec stupéfaction :

— Oui... oui, c'est sûrement lui... J'ai déjà vu des photos de Roy à ses débuts, et... je jurerais que c'est lui...

— Un instant ! Roy est une sommité mondiale et son
nom n'est pas mentionné sous la photo ! Le photo-
graphe n'aurait pas remarqué sa présence ?

— Ça date de 75, docteur Lacasse. Roy était très peu
connu à cette époque. Il avait publié deux nouvelles
dans des revues importantes, mais on ne le connaissait
pas encore vraiment. Il sortait son premier roman, *La
Voix maléfique,* six mois après cet incendie. Roman

dans lequel, d'ailleurs, il y a un incendie assez spectaculaire... comme je l'ai indiqué sur la liste que je vous
ai donnée tout à l'heure.

J'examine de nouveau la photo, puis revient rapidement à Monette. Il a réussi à m'étonner un bref
moment, mais au fond, il n'y a rien d'intéressant
dans tout cela. Jeanne doit penser la même chose, car
elle dit :

— Bon. Non seulement Roy s'est inspiré de tous ces
articles, mais il a été témoin de deux de ces tragédies.
Et alors ?

— Alors, ce n'est pas tout, fait Monette doucement.

Il prend une gorgée de son verre, d'un air calculé,
après quoi il poursuit, en nous regardant tour à tour :

— Lorsque j'ai lu, pour la première fois, tous ces
articles, je me suis rappelé quelque chose. Je suis journaliste, n'est-ce pas, alors des anecdotes de collègues,
j'en connais des centaines. Je me suis donc souvenu
qu'en 1992, un confrère qui travaille pour un autre
journal m'avait raconté qu'il s'était rendu sur les
lieux d'un meurtre sauvage pour écrire un papier. Ce
papier-ci.

En disant cela, il sort une autre photocopie qu'il
nous tend. L'article a pour joyeux titre *Un homme
assassine sa famille et se tue en pleine rue*. Cette
fois, je n'attends pas que Monette me le résume et je
le lis en diagonale, pendant que Jeanne, à mes côtés,
fait la même chose. Devant une banque du centre-
ville de Sherbrooke, une voiture s'était arrêtée et un
homme en était sorti, armé d'un revolver. Tandis
qu'il braquait l'arme vers sa voiture, dans laquelle se
trouvaient sa femme terrorisée et ses deux jeunes
enfants en larmes, il s'était mis à hurler que toutes les
banques refusaient de lui prêter de l'argent, qu'il n'arrivait plus à faire vivre sa famille, qu'il n'en pouvait
plus et qu'il préférait tuer tout le monde plutôt que de
vivre dans la misère et la honte. Il avait tenu sa famille

en joue ainsi durant une bonne dizaine de minutes, sans cesser de vociférer son pathétique message, créant autour de lui une foule de plus en plus nombreuse. Et au moment où la police arrivait, il s'était mis à tirer à travers le pare-brise. Cinq balles qui avaient tué les trois membres de sa petite famille. La police avait fait feu vers lui. Il avait été touché à la jambe, mais le dément avait trouvé la force d'enfoncer le canon de l'arme dans sa bouche et de tirer la dernière balle. Cette scène épouvantable s'était déroulée devant des dizaines de témoins et avait fait les manchettes de tous les journaux. Je me rappelle qu'à l'époque, Hélène et moi avions été bouleversés par cette tragédie. L'article était signé Pierre Valois. Monette raconte :

— Alors que j'étais de passage à Sherbrooke, quelques mois après cette tuerie, je rencontre ce Valois et il m'explique à quel point cette histoire avait été horrible à couvrir. À son arrivée sur les lieux, il y avait toujours foule autour de la voiture, malgré les flics qui tentaient de la disperser. Pis c'est là qu'il m'a dit...

Il avance légèrement la tête. Jeanne, sans s'en rendre compte, l'imite. Je ne bouge pas. Je sais déjà ce qu'il va dire. Un goût amer emplit soudain ma bouche.

— ... c'est là qu'il m'a dit avoir vu Thomas Roy parmi les curieux...

Il se tait, nous regarde longuement, avec un petit sourire entendu aux lèvres. Jeanne ouvre de grands yeux. Moi, je me méfie toujours, mais le goût dans ma bouche persiste. Monette continue :

— Bien sûr, Valois a eu envie d'aller l'interviewer, pour savoir ce qu'il avait vu, mais Roy s'était éloigné au bout de quelques secondes et mon collègue l'avait perdu de vue. Je lui ai demandé pourquoi il n'en avait pas parlé dans son article. Il m'a dit que c'était inutile, puisqu'il n'avait pas pu l'aborder. Cela aurait donné quoi de seulement mentionner la présence de Roy parmi les curieux ? J'ai trouvé qu'il avait raison...

Du moins, jusqu'à ce que je tombe sur ce cahier et que je retrouve l'article en question à l'intérieur.

Il s'adosse contre sa chaise, se passe une main dans les cheveux et, d'un air énigmatique, ajoute :

— Témoin de trois drames sanglants...

Jeanne me jette un coup d'œil perplexe. Je rétorque d'une voix égale :

— Il n'a peut-être pas été témoin de l'assassinat comme tel. Il est peut-être arrivé après.

— Peut-être, mais n'empêche ! Il a l'art de se trouver là où la mort frappe, vous trouvez pas ?

Je frotte mon menton une ou deux secondes, toujours sceptique. Jeanne demande soudain :

— Cette anecdote de votre ami journaliste... qui nous dit que vous ne l'avez pas inventée ?

— Pourquoi je ferais ça ? répond Monette, pas fâché le moins du monde. Dans quel but ? De toute façon, je peux vous donner les coordonnées de Valois, à Sherbrooke. Appelez-le, dites-lui que c'est moi qui vous ai référés. Il va vous raconter son histoire. Ça fait quatre ans, mais il doit s'en rappeler.

Je ne réponds rien. J'attends la suite, calmement. Mais j'avoue que ce goût amer dans ma bouche commence à m'incommoder. J'avale ma salive en grimaçant. Monette poursuit :

— Là, j'ai commencé à me poser des questions... Roy collectionne tous les articles qui l'inspirent pour ses romans. C'est déjà pas mal. Mais, en plus, il se trouve sur la scène de trois de ces drames ; ça commence à être un peu spécial. Une sorte d'idée de fou m'a alors traversé l'esprit. J'ai pris en note le nom des journalistes qui avaient écrit tous les articles du cahier. En tout, j'en connaissais neuf. Je les ai contactés et je les ai interrogés sur les articles en question. Dans certains cas, ça faisait un bail, mais chaque journaliste se rappelait assez bien l'événement, puisqu'il s'agissait toujours d'histoires sanglantes.

De nouveau, il avance la tête, le regard brillant.

— Deux de ces neuf journalistes se rappelaient avoir vu Thomas Roy sur les lieux du drame en question. Deux. Évidemment, ils se demandaient bien pourquoi je leur posais une telle question, mais je leur ai dit d'attendre la sortie de mon livre.

Il retourne dans son amas de feuilles et en tire deux autres articles. L'un remonte à 1978 : VIEILLE FEMME FRAPPÉE PAR UN TRAIN ; l'autre date de 1983 et s'intitule : UN ENFANT BRÛLE VIF DANS UNE VOITURE. Jeanne et moi regardons les deux articles. Monette, tout en prenant son verre, explique :

— Ce sont les articles des deux journalistes en question. Ils affirment avoir aperçu Roy parmi les curieux. Ils l'ont entrevu seulement, dans la foule, mais ils sont catégoriques : c'était bien lui. Dans les deux cas, il semble qu'il soit resté là quelques instants, puis qu'il se soit éloigné... Ils n'en ont pas parlé dans leur article. C'était inutile.

Monette place ses mains derrière sa tête, prenant une pose avantageuse.

— Cinq fois, donc. Roy a été témoin cinq fois de drames sanglants.

Pendant un instant, je regarde les cinq articles, étendus sur la table sous mes yeux, puis je dis d'une voix sèche :

— Pas très vraisemblable, tout ça. C'est vrai que lors de l'incendie de 76, Roy n'était pas connu. Mais au moment des quatre autres tragédies, il était devenu une célébrité mondiale ! Et personne dans la foule n'a réagi ?

Monette a un petit ricanement.

— Voyons, docteur, Roy est une star, il est passé souvent à la télé, il est archi-connu... tout ça est vrai ; mais c'est un écrivain ! Les écrivains ont pas le même statut que les chanteurs ou les acteurs. Dans la rue, docteur, l'auriez-vous reconnu ?

Je réfléchis. Je n'en suis pas sûr, effectivement. Même quand on me l'a nommé à l'hôpital, cela m'a pris un certain temps à me rappeler son visage.

— Moi, non. Mais des personnes comme Jeanne, ou comme vous, oui ! Ses fans le reconnaîtraient !

— Vous avez raison, concède le journaliste. Il y a sûrement quelques personnes qui l'ont reconnu, parmi la foule de curieux. Mais croyez-vous que ces gens se seraient lancés sur lui en poussant des cris d'hystérie ? Voyons, c'est pas Roch Voisine, ni Brad Pitt ! C'est un écrivain ! On se précipite pas sur les écrivains comme sur les acteurs ou les chanteurs ! Leur succès est basé sur leurs écrits, pas sur leur physique ou leur image ! Les gens qui reconnaissent Roy dans la rue doivent tout simplement se dire : « Mais c'est Thomas Roy, le grand écrivain québécois ! » ; ils vont le suivre des yeux quelques secondes, pis le soir, ils raconteront cette petite anecdote à leur famille. C'est tout !

Il se tourne vers Jeanne :

— Docteur, vous êtes une fan de Roy. Si vous le voyiez dans la rue, qu'est-ce que vous feriez ?

Jeanne se frotte la nuque.

— C'est vrai que je l'aime beaucoup, mais... je ne crois pas que je lui parlerais... Je serais impressionnée, mais ça finirait là...

Monette me regarde, l'air de dire : « Vous voyez ? »... Puis il ajoute :

— C'est quand même probable que quelques personnes l'arrêtent parfois dans la rue pour lui demander un autographe. Des téteux, il y en a partout. Mais une foule qui se rassemble autour d'un meurtre, ou d'une mort violente, ou d'un incendie, ou de n'importe quel drame de ce genre, va être beaucoup plus intéressée à la tragédie en question qu'à Thomas Roy. Même si quelques personnes, parmi ces foules, l'ont reconnu, ils ont peut-être été surpris pendant une seconde, mais ils sont rapidement revenus à la scène du drame. Même les journalistes qui l'ont reconnu n'en ont pas parlé. Sauf un, celui du carambolage.

Je me mordille les lèvres. Je ne suis pas encore convaincu, même si je sais au fond que Monette a raison. Jeanne paraît plus secouée que moi. Le journaliste sort une feuille de papier de sa mallette et la tend vers moi.

— Comme je me doutais que vous seriez sceptique, j'ai le nom ici des journalistes en question. Appelez-les, dites-leur que c'est moi qui vous ai donné leur numéro...

Je refuse la feuille d'un air grognon. Monette la tend vers Jeanne. Elle la prend, un peu hagarde, et la fixe bêtement.

— Cinq fois sur les lieux de drames violents et mortels ! répète Monette avec complaisance.

Jeanne semble enfin revenir de sa surprise :

— Comment se fait-il que la police ne l'ait jamais interrogé, s'il a été témoin de tant de catastrophes ?

Monette écarte les mains, pas du tout pris au dépourvu.

— Mais peut-être que la police l'a interrogé, ça se peut ! Peut-être que oui, peut-être que non ! Admettons qu'on l'ait convoqué dans deux ou trois des cas, qu'est-ce que ça change ? Comment faire un lien ? Regardez les articles de journaux, les drames se sont passés dans différents endroits de Montréal, l'un s'est même produit à Sherbrooke ! Même si la police de Montréal l'a interrogé en 76 comme témoin, puis celle d'Anjou en 83, puis celle de Sherbrooke en 92, comment faire un lien ? Trop dispersé dans le temps et dans l'espace ! Pis ça, c'est en admettant qu'il ait été interrogé, ce qui est loin d'être sûr !

Monette pose de nouveau sa main sur la pile de papiers.

— Le cahier de Roy a rapproché tous ces drames, les a mis côte à côte. C'est ça qui m'a aidé.

Monette nous regarde. Il ne sourit pas, mais son visage transpire la fierté. Je me mordille encore les lèvres, puis :

— D'accord. On avait déjà découvert que Roy s'inspirait de tous ces articles pour écrire ses livres. Vous, vous nous apprenez qu'en plus il se trouvait sur les lieux de cinq de ces drames. Bon. Ça nous amène à quoi ?

Monette ouvre de grands yeux.

— Ça vous surprend pas plus que ça ? Cinq fois témoin de morts violentes pis...

— On ne sait pas s'il était vraiment témoin ! Il est peut-être arrivé juste après les drames...

— Bon, avant, après, pendant, qu'est-ce que ça change ? s'énerve Monette. Il était là cinq fois en vingt ans ! *Cinq* ! Vous trouvez pas ça... extraordinaire ?

Je me renfrogne, les yeux rivés sur ma bière. Je finis par concéder :

— C'est vrai que le hasard est étonnant.

— Hasard ! dit le journaliste en ricanant. Votre mauvaise foi me désole, docteur Lacasse ! Vous en connaissez beaucoup des gens qui peuvent se vanter de s'être trouvés sur les lieux de drames mortels à cinq reprises, dans leur vie ? Surtout quand on sait que Roy gagne son pain en écrivant des histoires du même genre ! Qu'il s'en inspire !

Je lève les bras au ciel, exaspéré :

— Mais où voulez-vous en venir, Monette ? Soyez clair, bon Dieu ! Vous ne pensez pas que c'est le hasard, c'est ça ? Roy se serait arrangé pour assister à ces tragédies ? Voyons, soyons sérieux !

Jeanne prend une gorgée de son jus. Elle est ébranlée par ces révélations, cela est évident, mais elle réussit tout de même à rester objective :

— Monsieur Monette, le docteur Lacasse a raison. C'est vrai que toutes ces coïncidences sont bizarres, mais de là à imaginer que...

Elle ne complète pas sa pensée et fait un geste vague, déconcertée. Monette se défend.

— J'imagine rien, moi. Rien pantoute. Je vous énumère seulement des faits.

Je pousse un soupir bruyant. Je prends une gorgée de bière en jetant un coup d'œil autour de moi. Quelques clients nous observent furtivement. Je vais devoir être plus discret si je ne veux pas attirer l'attention.

Monette hausse les épaules, mais on voit qu'il est très satisfait de l'effet de ses propos.

— Moi, je me suis juste dit que toutes ces... bizarreries, ça pourrait intéresser les docteurs qui traitent Roy...

— C'est pour ça que vous n'êtes pas allé voir la police ! Parce que vous ne pouvez porter aucune accusation contre Roy avec ça !

— Je vais pas voir la police parce que je veux pas accuser Roy de quoi que ce soit ! s'impatiente le journaliste en appuyant sur ses mots. Je veux juste vous donner des renseignements sur des choses réelles ! Réelles ! J'ai le cahier pour le prouver, les témoignages des journalistes, tout ! J'ai découvert deux points communs : l'influence de ces articles sur l'œuvre de Roy, pis le fait qu'il était témoin de ces drames !

— Vous allez un peu vite ! Il se trouvait là dans cinq cas seulement !

— Cinq dont on est certains, précise Monette.

Je fronce les sourcils, pas sûr de bien comprendre. Jeanne, tout à coup, ouvre de grands yeux et marmonne, stupéfaite :

— Voyons, monsieur Monette, vous ne croyez quand même pas que...

Je saisis à mon tour. L'indignation me frappe avec une telle force que, malgré moi, je me lève d'un bond, comme si le journaliste était atteint d'une maladie contagieuse. Je le dévisage avec ahurissement et lance dans un souffle :

— Vous êtes fou, Monette !

— Attention à ce que vous dites, docteur...

— Mais il faut être fou pour croire que Roy aurait assisté à chacun de ces drames ! Car c'est ce que vous croyez, n'est-ce pas ? Qu'il aurait été témoin de tous ces événements ! Qu'il se trouvait là chaque fois ! Les *quarante-trois* fois !

— Écoutez-moi..., commence doucement le journaliste.

— Mais monsieur Monette, intervient Jeanne plus calmement, vous avez dit que parmi tous les journalistes qui avaient écrit ces articles, vous en connaissiez neuf. Vous les avez appelés et deux seulement vous ont confirmé avoir vu Roy sur les lieux.

— Pis après ? Peut-être que les sept autres l'ont tout simplement pas remarqué ! Peut-être que Roy n'était plus là quand ils sont arrivés !

— Mais vous êtes vraiment fou !

— Écoutez-moi ! répète Monette avec autorité. Pis assoyez-vous, vous attirez l'attention !

Je me rassois à contrecœur. Monette s'explique, soudain très sérieux, en nous regardant droit dans les yeux.

— On sait que Roy a été témoin de cinq de ces drames ! Cinq, on s'entend là-dessus ? C'est déjà énorme ! Mais imaginons que je sois Roy ! Je collectionne tous les articles dont je m'inspire et je les colle dans un cahier. Ce cahier, c'est ce qui les rassemble, ce qui démontre qu'ils ont un point commun, un lien. Ça va ? Bon. Mais en plus de m'inspirer de ces drames, j'ai été témoin, par hasard, de cinq d'entre eux. Qu'est-ce que je fais ? Qu'est-ce qui serait normal que je fasse ? Que je les laisse parmi les autres articles, tout simplement collés, sans rien qui les identifie ?

Il se tait une seconde, attendant que nous réagissions. Je ne dis rien et l'affronte toujours du regard, comme si je le défiais.

— Non, poursuit Monette. Non, je les entourerais d'un crayon rouge, ou je ferais une petite marque dans la marge, ou j'inscrirais un signe à côté, je sais pas, n'importe quoi, mais je les *distinguerais des autres!* Parce que ces cinq articles ont une particularité! Non seulement ils m'ont inspiré, comme tous les autres, mais, *en plus*, je me trouvais sur les lieux quand c'est arrivé, contrairement aux autres! J'indiquerais, d'une façon quelconque, que ces cinq articles ont un second point commun qui les relie entre eux et qui les distingue des autres!

Il désigne les articles devant lui.

— Mais ici, rien! Pas de signe, pas de crayon rouge, rien! Ces cinq événements, dont Roy a été témoin, ne semblent pas se détacher des autres d'aucune façon! Pourquoi? Parce que, justement, ils ne sont pas différents des autres! Ce qui pourrait donc vouloir dire...

— Ça ne tient pas debout!

— ... que Roy a été témoin de tous ces événements...

— Votre raisonnement est absurde!

— ... et s'ils se trouvent tous dans le même cahier, sans distinction, c'est parce qu'ils ont *tous* ces *deux* points en commun!

— Ce n'est qu'une supposition, Monette! je réplique avec indignation. Vous, vous auriez marqué ces articles d'un signe distinctif, mais ça ne veut pas dire que Roy l'aurait fait!

— Ç'aurait été logique!

— Absolument pas! Roy était capable de se rappeler les événements dont il avait été témoin, pas besoin de les entourer ou de les souligner! Comment pouvez-vous insinuer que... que...

— Paul, du calme!

C'est Jeanne qui vient de m'implorer. Je me tais, un peu étourdi. Plusieurs consommateurs me regardent, réprobateurs. Jeanne elle-même est un peu gênée. Ce n'est vraiment pas mon genre de m'emporter ainsi.

C'est la seconde fois que je perds mon sang-froid à cause de Monette. Et celui-ci, aussi incroyable que cela puisse sembler, paraît radieux. Pas embarrassé du tout.

— Docteur Lacasse, je vous répète que j'insinue rien ! J'ai constaté une série de faits qui, vous devez l'avouer, sont troublants ! À partir de là, on peut imaginer bien des choses ! On peut même croire que c'est le hasard. Mais...

Son sourire s'élargit et un éclat de pure excitation traverse son regard.

— ... mais avouez que tout ça est assez inhabituel... assez incroyable... qu'il y a de quoi croire toutes sortes de choses...

Je suffoque d'indignation. Et tout à coup, je comprends : Monette s'amuse ! C'est ça ! Il a fait toutes ces recherches pour son livre, oui, mais il trouve cette histoire palpitante, comme un jeu ! Ce dénicheur de potins est en train de pondre la plus grosse histoire jamais publiée sur une vedette !

Sauf qu'il ne réalise pas, il ne réalise pas du tout l'ampleur de ce qu'il avance ! À la limite, cela lui est parfaitement indifférent que ce soit vrai ou pas. La seule chose importante, c'est le potentiel médiatique de son histoire !

Après l'avoir dévisagé longuement en silence, je me lève lentement. Je pointe un doigt tremblant de rage contenue vers lui. Ma voix est basse. Je la reconnais à peine.

— N'essayez plus jamais... jamais d'entrer en contact avec moi.

Il n'a aucune réaction, me regarde droit dans les yeux. Je tourne les talons, sur le point de partir, mais Monette me lance, avec une assurance désarmante :

— Vous devriez pas partir si vite, docteur. J'ai des choses encore plus incroyables à vous dire... à propos de ce dernier article, qui semble être le seul à ne pas avoir inspiré Roy... Mais pour en savoir plus, il faudrait que vous veniez chez moi...

Je le fixe une dernière fois.

— Si vous pensez que je vais vous suivre jusque chez vous, vous êtes encore plus fou que je l'imaginais.

En lançant un regard noir vers Jeanne, je quitte enfin la terrasse d'un pas raide. J'entends ma collègue me suivre et m'appeler.

— Paul ! Paul, écoute-moi...

Sur le trottoir, je me retourne et l'arrête de la main :

— Pas un mot de plus, Jeanne... Je risquerais d'être très... très impoli.

Elle cligne des yeux, atterrée. Je lui tourne le dos et poursuit ma marche rapide. Je suis incapable de lui parler davantage. Je suis trop en colère.

Contre elle. Et contre moi.

À la maison, Hélène est déjà en haut, en train de lire dans la chambre, j'imagine. Je prends un grand verre d'eau à la cuisine et le bois d'un trait. Cela me calme légèrement.

Voilà, je l'ai cherché. En le reconnaissant à la terrasse, j'aurais dû partir aussitôt. Mais je suis resté, j'ai écouté et j'ai perdu mon temps ! *Veni, vidi... stupidi !* Que ça me serve de leçon !

Que Roy ait été témoin de cinq de ces tragédies, c'est assez incroyable, je l'admets. Le hasard est impressionnant. Mais comment... comment en déduire que...

Le dos appuyé contre l'évier, je crache entre mes dents :

— Stupide minable de Monette !

Et Jeanne ! Elle ne perd rien pour attendre, celle-là !

Je monte enfin à ma chambre. En me voyant me déshabiller avec des gestes si brusques, Hélène quitte son livre des yeux et me demande avec étonnement :

— Qu'est-ce qui t'arrive ?

— Rien. Je viens de perdre une soirée.

Je prends un livre à mon tour et me glisse entre les draps.

— Comment ça?

— Rien d'important.

Hélène n'insiste pas et retourne à son bouquin. Mais je sens sa déception, l'amertume dans son silence. Je devrais lui en parler, je le sais, mais je n'en éprouve aucune envie.

Nous lisons tous les deux, sans un mot.

L'église se dresse devant toi. Elle est grise et menaçante. Les gémissements qui en sortent te font frissonner ; tu ressens le grand sentiment, la grande émotion de l'Horreur.

Le Mal est tout près.

Tu ouvres la porte et tu entres. Il fait sombre, mais, au loin, tu distingues l'autel ; devant celui-ci, il y a quelqu'un. Qui t'attend.

Tu te mets en marche. Tandis que tu avances, tu devines des présences de chaque côté, entre les bancs. Ça bouge. Ça gesticule. Et, surtout, ça souffre. Des gémissements, des cris, des bruits immondes. Comme chaque fois, tu regardes droit devant toi, tu te refuses à regarder vers les bancs. Mais du coin de l'œil, tu entrevois des petits détails. Des giclées rouges, des membres tordus, des bouches ouvertes sur l'agonie, des instruments étincelants...

Une fois, tu as vu. Une seule fois. Et cela a été suffisant.

Tu avances toujours, au milieu de ces cris et de ces mouvements de douleur. La silhouette devant l'autel se précise. Grande. Mince. Un habit sombre. Un col romain. Tu sais de qui il s'agit, évidemment. C'est le prêtre chauve. Tu ne distingues pas clairement son *visage. Seuls ses yeux verts sont visibles ; fixés sur toi, ils te regardent avec un éclat inquiétant.*

Et malgré ton malaise, tu t'approches, entouré de clameurs. Tu avances sous le regard flamboyant du prêtre chauve.

CHAPITRE 5

J'enrage. Heureusement que je suis seul dans l'ascenseur : je dois faire peur. Comme tous les mardis, Jeanne va m'attendre devant le bureau de Jacqueline, mais je n'ai pas envie de la voir. Pas tout de suite. Elle a essayé de m'appeler en fin de semaine, mais j'avais prévenu Hélène que je ne voulais pas lui parler. Évidemment, Hélène m'a demandé pourquoi et je lui ai expliqué que Jeanne avait fait intervenir un journaliste dans l'affaire Roy, sans mon consentement. Hélène a trouvé cette histoire moins grave que moi. Je lui ai répliqué qu'elle ne pouvait pas comprendre. Sur quoi, elle a rétorqué qu'il lui était difficile de comprendre puisque je ne lui expliquais plus rien. Et ainsi de suite, jusqu'à l'inévitable dispute.

Trop de disputes...

Je sors de l'ascenseur et marche vers l'aile psychiatrique. Mon pas se raidit lorsque j'aperçois Jeanne devant le bureau de la réceptionniste. Elle me voit, mais ne me lance pas de joyeux « bonjour ». Une expression de malaise remplace son sourire habituel.

Je la gratifie d'un regard aussi chaleureux qu'un iceberg, puis me dirige vers la porte.

— Paul, il faudrait qu'on se parle.

— Tu as raison. Mais pas tout de suite.

Jacqueline nous regarde avec curiosité.

— Écoute, reprend ma collègue d'une voix où se mêlent gêne et agacement. Je pense que...

— J'ai dit : pas tout de suite, Jeanne.

J'ouvre la porte et me tourne vers ma collègue. Ce doit être la première fois qu'elle me voit l'air aussi hostile ; elle cligne des yeux, intimidée.

— Après dîner, viens dans mon bureau.

Elle approuve en silence.

Nous entrons et nous séparons sans un mot.

◆

Il est treize heures quarante-cinq. Dans mon bureau, je feuillette le cahier d'articles de Roy. Je ne vois mon premier patient externe que dans une heure. Cela me donne assez de temps pour passer un savon à Jeanne.

Les articles défilent sous mes doigts. Je reconnais ceux que Monette nous a montrés, l'autre soir.

Témoin de cinq drames mortels.

... peut-être plus...

Je secoue la tête. Là, un article qui parle d'une femme qui a noyé ses deux bébés dans sa piscine... Et là, un autre à propos du suicide d'un homme, dans une maison abandonnée, en pleine nuit... Comment Roy aurait-il pu se trouver à ces endroits ?

Ridicule !

Je referme le cahier en grimaçant. Au même moment, on cogne à ma porte.

— Entre, Jeanne.

Elle me lance un petit « bonjour » gêné tandis qu'elle s'approche de mon bureau. La vue de cette femme enceinte avec son air piteux fait presque disparaître ma colère. Mais je me reprends aussitôt. Pas de sensiblerie ! Pendant une seconde, j'ai l'impression de revivre la scène de la semaine dernière, avec Nathalie. Conflit avec Nathalie, conflit avec ma femme, conflit avec Jeanne... On dirait que j'éprouve de sérieux problèmes avec mes relations féminines, ces temps-ci...

— Je peux m'asseoir? demande-t-elle.

Je ne réponds pas. Elle s'assoit, puis passe une main nerveuse dans ses cheveux courts.

— Paul...

Je la coupe d'une voix basse et sèche:

— Veux-tu bien me dire à quoi t'as pensé, Jeanne?

Et l'altercation éclate. D'un côté, je lui dis qu'elle a bafoué l'éthique de la profession, qu'elle nous a fait passer pour deux clowns... De l'autre, Jeanne me répond que j'exagère, que nous n'avons donné aucun renseignement à Monette, que l'éthique est sauve... Nous argumentons chacun de notre côté, nous nous énervons, nous soupirons; le cirque, quoi.

— Avoue qu'on a perdu notre temps, Jeanne!

— Pas sûr...

Je la dévisage. Elle précise:

— On sait que Roy a été témoin de ces cinq drames mortels...

— Et après!

Je suis exaspéré. Jeanne est désorientée par ma réaction excessive. Elle explique:

— Eh bien, ça éclaire la crise de Roy, non? S'il a été témoin de cinq drames, c'est sûrement venu renforcer la culpabilité qu'il éprouvait déjà.

Je me tais, entièrement pris au dépourvu.

— Ah, c'est... c'est là que tu veux en venir? je bredouille bêtement.

Ma collègue prend un air choqué.

— Évidemment. Qu'est-ce que tu crois, que j'adhère aux hypothèses de Monette? Voyons, Paul, tu me prends pour qui?

Je hoche la tête doucement. Toute ma colère est retombée. Je me sens un peu ridicule et me renfonce dans mon fauteuil.

— Désolé, Jeanne... J'ai cru que la fan avait pris le dessus sur la psy...

— Tu devrais me faire un peu plus confiance que ça.

Elle a une moue insultée. Je ne dis rien, gêné. C'est bizarre, tout de même. Au départ, c'est moi qui devais engueuler Jeanne, et voilà que c'est elle qui m'en veut...

Elle toussote, puis prend un air plus conciliant. Jeanne n'est pas rancunière. Ne serait-ce que pour cela, elle vaut mieux que moi.

— Alors, qu'est-ce que tu en penses ? me demande-t-elle.

— De quoi ?

— De ce que je viens de dire à propos de la crise de Roy ?

Je réfléchis.

— Oui... Oui, ça se tient. Roy s'inspire de drames réels et cela le culpabilise. En plus, au cours des années, il assiste par hasard à cinq de ces drames. Cela le perturbe et l'amène encore davantage à croire qu'il fait le mal... Oui, peut-être...

— Alors, tu vois ! triomphe Jeanne, dont les yeux se remettent à briller. Finalement, on a eu raison de rencontrer Monette !

Je soupire avec agacement. Elle le fait exprès ou quoi ?

— Jeanne, même si on en sait un peu plus sur ces articles, qu'est-ce que ça change ? Qu'est-ce que ça nous donne concrètement ?

Elle me dévisage avec étonnement, comme si je venais de lui demander le plus sérieusement du monde combien font un plus un.

— Mais... mais voyons, Paul, ça sert à... ça sert à comprendre le patient ! À comprendre ce qui s'est passé dans la tête de Roy !

— Comprendre le patient ! dis-je avec condescendance.

Cette fois, ce n'est plus de l'étonnement que je lis dans ses yeux, mais une amère compréhension. Je crois même percevoir une pointe de mépris, mais j'espère me tromper.

— Tu fais bien de prendre ta retraite, Paul. Je pense qu'il est vraiment temps...

Je ne réponds rien. Ces dures paroles confirment ce que je savais déjà. Pourtant, elles me blessent terriblement.

Nous nous regardons de longues secondes en silence, lorsque mon interphone se met à sonner. La voix de ma secrétaire se fait entendre.

— Monsieur Michaud aimerait vous voir, docteur.

L'agent de Roy. J'hésite. Mais Jeanne me lance :

— Pourquoi pas ? Il pourrait peut-être nous éclairer sur ce cahier... Il sait peut-être des choses là-dessus, sur les drames que Roy a vus... Ce n'était pas seulement son agent, c'était aussi son ami.

Ses yeux brillent. Elle veut savoir. Elle en a presque oublié notre dispute.

Elle croit tellement en ce que nous faisons.

Ma lassitude revient.

Roy. Mon dernier cas.

J'appuie sur la touche et réponds d'une voix sans enthousiasme :

— Faites-le entrer.

Je reviens à Jeanne. La voix neutre, je lui demande :

— Tu m'en veux, n'est-ce pas ? Tu crois que j'ai tort, que je n'ai pas de cœur ?

Elle ne dit rien, mais soutient toujours mon regard. Je continue :

— Tu penses que je n'ai jamais été comme toi ? Que je n'ai pas déjà eu les yeux brillants, moi aussi ? Tu penses que je n'ai jamais cru ?

Cette fois, elle fronce les sourcils, puis détourne légèrement les yeux, embarrassée. Je regarde son ventre. Son gros ventre palpitant d'une vie prochaine. Son ventre plein d'espoir.

Comment lui en vouloir ?

On frappe à ma porte. Michaud entre, l'air aussi nerveux que lors de notre première rencontre. Je lui présente Jeanne, puis indique le fauteuil à la gauche de ma collègue.

— Rien de neuf avec Thomas ? me demande-t-il sans préambule.

— Toujours rien, monsieur Michaud, vraiment désolé.

Il soupire en faisant un grand geste caricatural avec ses bras.

— C'est quand même incroyable ! Il est entré ici le 12 mai pis on est le 27 ! Qu'est-ce que vous avez fait avec lui pendant deux semaines ? Vous lui avez changé sa culotte ?

— Ce n'est pas si simple, monsieur Michaud...

— Pour l'instant nous essayons le Zoloft avec lui, précise Jeanne.

— Le quoi ?

— C'est un antidépresseur.

— C'est supposé le sortir de son mutisme, votre Zoulouf ?

— Zoloft. C'est ce que nous espérons, mais ça n'a pas encore donné les résultats escomptés. Nous avons augmenté la dose jeudi dernier.

— De beaucoup ?

— Modérément.

— C'est peut-être pas suffisant...

Je me renfonce dans mon fauteuil. Je commence à en avoir par-dessus la tête de ces petits nerveux qui ne connaissent rien à notre travail et qui ont la prétention de nous dire quoi faire... Jeanne, elle, conserve son ton mielleux :

— Il faut être prudent, monsieur Michaud.

L'agent semble enfin se rappeler qu'il n'est pas psychiatre. Il enlève ses lunettes et les essuie en soupirant.

— Vous avez raison, je... je m'excuse, de quoi je me mêle, au fond... Je suis un peu nerveux... C'est que, dans moins d'un mois, c'est l'anniversaire de Thomas...

— Le 22 juin, oui, précise Jeanne.

Michaud la regarde avec surprise.

— Vous êtes une vraie fan, vous...

Elle rougit légèrement. Michaud continue:

— Il va avoir quarante ans... Son éditeur et moi, on a prévu une grande fête... Alors, j'espère que d'ici là, il va... enfin, qu'il va aller mieux, vous comprenez?

— Nous ne pouvons rien promettre, monsieur Michaud.

Il remet ses lunettes, tourmenté. Jeanne et moi nous consultons du regard, puis je sors enfin le cahier de mon bureau.

— Jetez un coup d'œil à ce cahier, monsieur Michaud. On l'a trouvé chez monsieur Roy.

Intrigué, l'agent prend le cahier et l'ouvre. Au bout de quelques minutes, il a parfaitement compris. Subjugué, il marmonne:

— Ben, ça alors! Mais à quand remonte le premier article?

Il va à la première page du cahier. Le premier article date de 1973.

— Depuis le début! souffle-t-il. Il s'inspire des tragédies réelles depuis qu'il publie! Des journalistes avaient déjà fait quelques liens, mais... jamais de façon si précise!

— Et il ne vous a jamais parlé de ce cahier?

— Jamais... Je savais qu'il s'était déjà inspiré de certains événements, mais... Une fois, je lui en avais parlé. J'avais remarqué qu'il s'était inspiré d'un fait divers pour une scène d'un de ses romans, je ne me rappelle plus lequel... Il m'avait dit: «Oui, tu as raison, je me suis inspiré de ça... C'est un peu sans-cœur, hein, Pat? S'inspirer des vraies horreurs pour écrire des histoires à sensations fortes!» Là-dessus, je m'étais empressé de le rassurer! Tous les écrivains faisaient ça! Hugo, Zola, Balzac... Ils se sont tous inspirés de la réalité pour écrire leurs chefs-d'œuvre! Pourquoi pas lui?

Comparer la littérature sanglante et populaire de Roy aux romans sociaux et réalistes de Balzac me semble d'un goût douteux, mais je m'abstiens de tout commentaire. Jeanne doit lire dans mes pensées, car elle détourne la tête pour camoufler un sourire. Michaud, en revenant au cahier, poursuit :

— Mais je savais pas qu'il s'en inspirait tant que ça ! Pas de façon si systématique !

Il secoue la tête :

— C'est vrai qu'il s'est même inspiré de son propre accident pour une scène de *L'Ultime Révélation,* son dernier roman...

— Quel accident ?

— Vous savez, la perte de son œil, l'année dernière...

— C'est vrai, poursuit Jeanne. Dans *L'Ultime Révélation,* un des personnages se fait arracher un œil par un fou furieux. La douleur y est décrite avec un tel réalisme qu'il est évident que Roy s'est inspiré de sa propre souffrance.

— Évidemment, tous les médias ont fait le lien, poursuit Michaud. Certains critiques ont même salué le courage de Tom pour avoir utilisé sa propre souffrance dans un but artistique...

Je me retiens pour ne pas réagir. Un but artistique ! Ce qu'il ne faut pas entendre ! Par curiosité, je demande tout de même :

— Comment a-t-il perdu son œil, au fait ?

Michaud, secoue la tête avec tristesse.

— Un accident bête. Il marchait dans la rue, avec un crayon dans la main. Il est tombé. Le crayon lui est entré dans l'œil.

Je hausse les sourcils, soudain pris d'une furieuse envie de rire. Dans un autre contexte, cela aurait pu ressembler à un gag. J'avais déjà entendu quelque part que l'horreur et l'humour sont deux émotions très semblables. Ce n'est peut-être pas si faux... Je finis par articuler :

— C'est... particulier, comme accident...

Michaud hausse les épaules, tout en continuant de feuilleter le cahier. Il s'arrête soudain sur une page, puis son visage s'éclaire :

— Ce carambolage, dans le tunnel... Baptême, c'est vrai ! Tom était là ! Il avait même aidé les équipes de secours ! Ça l'avait inspiré pour un livre, je m'en rappelle, maintenant !

Jeanne se saisit de la perche :

— Et est-ce qu'il a déjà été témoin d'un autre événement de ce genre ?

Michaud lève la tête vers ma collègue, perplexe.

— Qu'est-ce que vous voulez dire ?

— Est-ce qu'il aurait pu être témoin d'un autre des drames de ce cahier ?

L'agent dévisage ma collègue, ne comprenant manifestement pas où elle veut en venir.

— Mais... mais, enfin, non, je pense pas... Pourquoi une telle idée ?

Jeanne me regarde et nous nous comprenons aussitôt : inutile de révéler à Michaud ce que Monette nous a appris. Je me lève donc et, poliment, conclus :

— Nous allons vous tenir au courant, monsieur Michaud, il n'y a rien de plus à faire.

Il se lève, observe le cahier qu'il tient entre les mains, puis demande sans grand espoir :

— Je peux l'apporter chez moi ?

— Désolé, non. On risque d'en avoir besoin, vous comprenez...

Il hoche la tête, un peu déçu. Après quelques salutations, il finit par sortir, tout triste.

Je me tourne vers Jeanne :

— Rien de nouveau, finalement. Roy n'a jamais parlé de ce cahier à Michaud. Il ne lui a jamais dit non plus qu'il avait été témoin de cinq de ces drames. Il gardait tout pour lui. Autre symptôme de dépression.

Elle approuve en silence, désappointée. Je consulte ma montre.

— Bon. Tu m'excuseras, mais mon premier patient externe va arriver bientôt, alors...

— Alors, fini, la chicane? fait-elle avec un sourire malicieux. Tu m'as pardonné?

Je l'observe, les mains croisées sur mon bureau. Je suis incapable de rester en colère longtemps contre elle, absolument incapable.

— Fais-moi plus ce coup-là, Jeanne. Sérieusement.

— Juré, promet-elle, rassurée.

Elle se lève, hésite, puis ajoute:

— Mais que tu le veuilles ou non, Paul, Monette nous a donné des pistes. À la fin, il a déliré, c'est vrai, mais il nous a appris une ou deux choses intéressantes...

Je range les papiers sur mon bureau. Puis, la voix bougonne:

— Si tu veux...

Je songe soudain à un détail.

— Quand je suis parti du *Maussade*, es-tu restée avec lui?

— Non. Je lui ai dit que j'en avais assez entendu moi aussi...

— Ça m'étonne de toi. Il avait pourtant d'autres choses à nous révéler... Concernant le dernier article du cahier, le seul qui n'aurait pas inspiré Roy...

Elle secoue la tête.

— Non, non, j'en avais vraiment assez....

— Ça me rassure.

Elle marche vers la porte et, juste avant de sortir, elle me lance d'une voix enfantine:

— Copain-copine?

— C'est ça, oui, je grommelle en retournant à mes papiers.

Elle me lance un baiser de la main et sort.

Je continue à ranger mes affaires, puis je tombe sur le cahier de Roy. Je le prends et, rêveusement, le feuillette.

Ce dernier article, qui n'a pas inspiré Roy...

J'hésite. En attendant que mon patient arrive, pourquoi pas ? Je vais donc à la fin du cahier et lis rapidement l'article : deux punks qui se sont battus au couteau, en mai dernier, et qu'on a trouvés morts dans une ruelle. Exactement ce que nous a raconté Monette.

Pourquoi Roy s'est-il servi de tous les articles, sauf de celui-là ? Pourquoi l'avoir conservé ?

Monette semblait le savoir...

Je secoue la tête avec agacement. Roy gardait sûrement cet article pour un futur roman... certainement celui qu'il était en train d'écrire quand on l'a trouvé. Justement, j'avais demandé à Josée de s'informer là-dessus... Il faudrait que je sache où elle en est à ce sujet.

L'interphone sonne. Ma secrétaire m'annonce que mon premier patient est arrivé. Je range le cahier dans un tiroir.

◆

Avant de quitter l'hôpital, vers seize heures trente, je décide d'aller voir Roy. Je prie Lise, une infirmière, de m'accompagner.

Il est couché sur le dos, dans son lit. Quand nous entrons, il tourne légèrement le regard vers nous et nous fixe quelques instants ; je remarque enfin son œil artificiel, qui demeure immobile. Puis, sans aucune expression, il replonge dans la contemplation du plafond.

Je me place devant lui et l'observe attentivement.

— Vous n'avez pas à vous sentir coupable, monsieur Roy. Que vous vous inspiriez des tragédies de la vie réelle ne fait pas de vous un être malfaisant. Et même si vous avez assisté à cinq de ces drames, ce n'est qu'un hasard. Un simple hasard. Vous n'avez pas à vous punir pour ça.

Après quelques secondes, Roy tourne lentement la tête et plonge son regard dans le mien. Je sens un long frisson me parcourir : pour la première fois, j'ai l'impression qu'il me voit vraiment. Dans son œil valide, une lueur d'émotion clignote, mais trop floue, trop furtive et encore trop lointaine. Je me penche vers lui et, la voix basse et calme, je demande :

— Comprenez-vous ce que je dis, monsieur Roy ?

Son regard, toujours sur moi, oscille entre le vide et l'émotion, puis sa tête reprend doucement sa position initiale. S'il y a eu une lueur quelconque dans son œil, elle a maintenant disparu.

En sortant de la chambre, je percute presque une patiente plantée là, devant la porte. Je reconnais madame Chagnon. Je suis surpris : Louis n'avait-il pas l'intention de la faire sortir la semaine dernière ? Elle a peut-être eu une rechute.

— Tiens, vous êtes encore avec nous, madame Chagnon ?

Il y a dans ses yeux cette peur familière qu'elle éprouve lorsqu'elle est sur le point de piquer une crise. Je la considère avec une certaine inquiétude.

— Vous allez bien, madame Chagnon ?

Elle ne me répond pas. Elle regarde vers la chambre de Roy, dont la porte est encore ouverte.

— C'est Thomas Roy qui est là-d'dans, hein ? me demande-t-elle de sa voix un peu rauque, cette voix étrange qui ne met jamais les accents toniques au bon endroit.

Je referme la porte, mais madame Chagnon continue de regarder dans cette direction, comme si elle espérait voir à travers le bois.

— C'est lui, hein ?

Je fais signe à l'infirmière de nous laisser seuls, et elle s'éloigne.

— Oui, c'est lui, dis-je en observant attentivement la petite femme inquiète. Vous le connaissez ?

Elle ne semble pas m'écouter, ce qui est très mauvais signe. Toujours les yeux tournés vers la porte, la bouche serrée, elle lâche enfin :

— Faut pas qu'il reste ici.

— Ah bon? Pourquoi donc?

Elle me regarde enfin. Ses yeux sont légèrement écarquillés et ce regard plein de chaos tranche curieusement avec ses cheveux gris coiffés soigneusement en chignon, sa petite robe jaune trop grande mais propre, ses mains calmement croisées devant elle.

— Il est plein de mal, dit-elle à toute vitesse. Plein de mal.

Je mets mes mains dans mes poches. J'affecte un air décontracté, mais à l'intérieur mes clignotants d'alarme s'allument. Je crains l'explosion d'une seconde à l'autre. Toujours la voix cordiale, je demande:

— Plein de mal? Qu'est-ce que vous voulez dire, madame Chagnon?

Elle revient à la porte, sans répondre.

— Vous parlez de ses livres? Ses livres sont pleins de mal?

— Je sais pas. Je lis pas.

Elle semble plus détendue, mais elle ne quitte pas la porte des yeux.

— Mais vous savez de qui il s'agit... Vous l'avez vu à la télévision?

— Oui. Souvent.

Monosyllabique. Elle n'a jamais été très causante, madame Chagnon. Son regard est toujours cloué à la porte, ses mains s'agitent devant elle.

— Plein de mal, répète-t-elle vaguement, comme pour elle-même.

Je penche la tête légèrement de côté, essayant d'attirer son attention.

— Qu'est-ce que vous voulez dire?

Aucune réponse.

— Qu'il souffre? Qu'il est plein de douleurs?

Elle me regarde de nouveau, avec un drôle d'air, comme si elle me trouvait stupide. Manifestement, je ne suis pas sur la bonne voie. Je persiste patiemment, mais toujours sur le qui-vive:

— Qu'est-ce que vous voulez dire, madame Chagnon ? Expliquez-moi.

Et soudain, sans avertissement, elle saisit mon collet
à deux mains avec une vigueur étonnante. Son regard
fou est revenu et, pendant un court moment d'horreur,
je repense à une vieille scène, un vieux mais terrible
souvenir... Lorsque je travaillais à Léno, un fou furieux
m'avait attaqué... Boisvert... L'impression est assez
puissante pour que j'en demeure paralysé de frayeur.

— Plein de pas bon ! crache madame Chagnon, la
bouche tordue de rage. Plein de mauvais ! *Plein de
mal !*

Je me raidis, puis m'oblige à me détendre. Il ne s'agit
que d'une petite bonne femme de cinquante ans, au
fond. Rien à voir avec l'assassin psychopathe qu'était
Boisvert.

— Faut qu'i s'en aille ! Plein de mal ! Faut qu'i s'en
aille !

Je lève les mains de chaque côté de mon corps, en
signe d'apaisement.

— Du calme, madame Chagnon. Allons, du calme...

Du coin de l'œil, je vois deux infirmières qui approchent, prêtes à intervenir mais posées. S'il y a une
chose qu'on apprend tous, ici, c'est à toujours rester
imperturbables. Toujours.

Madame Chagnon a soudain une drôle d'expression,
presque boudeuse, et me lâche enfin. Je pose doucement les mains sur ses épaules.

— Voilà. Vous allez mieux, à présent ? Vous êtes
calme ?

— Faut qu'i s'en aille...

Sa voix est maintenant basse.

— Nous verrons, madame Chagnon.. Nous allons
l'aider, et ensuite il partira. Allez vous reposer un peu...

Là-dessus, je fais signe aux deux infirmières, tout
près. Elles prennent doucement madame Chagnon
par les bras, sans la brusquer, et attendent patiemment

qu'elle se mette elle-même en marche. Elle demeure
immobile un court moment, la tête de nouveau tournée
vers la porte, puis me lance un curieux coup d'œil,
mélange de peur et de déception. Enfin, elle se met en
branle et les deux infirmières l'accompagnent gentiment vers sa chambre. Je lance dans son dos :

— Faites-nous confiance, madame Chagnon, et
reposez-vous un peu.

À mon tour, j'observe la porte de Roy.

Plein de mal.

Curieuse expression.

Je m'éloigne enfin.

◆

Le lendemain, je donne une conférence à l'université,
devant une centaine d'étudiants en psychiatrie. Je suis
censé leur vanter les vertus et bienfaits de ma profession.

Au milieu de ma présentation, je me tais brusquement.

Devant moi, il n'y a plus d'étudiants. Je ne vois que
leurs vêtements. Vides. Une foule de pantalons, che-
mises et gilets, en position assise, sans personne à
l'intérieur.

J'interromps ma conférence en prétextant un malaise.

Le soir, je raconte l'incident à Hélène. Nous sommes
au salon et elle m'écoute, sans un mot.

— Je me suis tout simplement rendu compte que je
ne pouvais pas leur dire tout ça, Hélène. Je n'y crois
plus assez.

Je prends une bouffée de ma cigarette puis soupire
tout en rejetant la fumée :

— J'ai vraiment eu une bonne idée de tout arrêter dans
quelques mois.

— À quoi tu ne crois plus, Paul ? me demande soudain ma femme.

— Mais... à mon travail.

— C'est tout?

Elle est absolument impassible.

— C'est la seule chose à laquelle tu ne crois plus?

J'écrase ma cigarette dans le cendrier d'argile, souvenir que nous avons rapporté du Guatemala lors de notre voyage, il y a dix ans.

Dix ans...

Je croise les mains, les coudes sur les genoux.

— Je ne sais pas...

— Moi, je pense que tu le sais...

Je me tourne vers elle, déconcerté. Cette fois, quelque chose de triste flotte dans ses yeux. De triste et de résigné.

— Hélène...

— Je t'aime, Paul, me dit-elle tout simplement.

Je la regarde toujours. J'ouvre la bouche, mais rien ne sort.

Pourquoi? Bon Dieu, pourquoi rien ne sort? Pourquoi ce vide?

Ce vide, ce foutu vide!

Elle se lève et, sans un mot, quitte le salon. Je contemple le cendrier, les mains toujours croisées.

Je ferme les yeux.

CHAPITRE 6

Jeudi. Hôpital. Tournée des patients. Villeneuve : crise de larmes. Simoneau : un peu mieux, ne me prend plus pour un agent à la solde du gouvernement ennemi. Julie Marchand : persuadée qu'elle va tourner dans un film bientôt. Roy : néant. Routine.

Je suis d'humeur morose.

À la réunion inter, nous décidons de changer la médication de Roy. Nous passons au Haldol, deux milligrammes, trois fois par jour. Nous faisons aussi connaissance avec la nouvelle ergo, Manon Thibault. Finalement, je demande à Josée si elle a pu obtenir ce que Roy était en train d'écrire lorsqu'on l'a trouvé chez lui.

— J'ai voulu m'en occuper cette semaine, mais c'est la police qui a la disquette.

— La police ? Pourquoi donc ?

— Je ne sais pas, mais elle est retournée chez Roy il y a deux jours. On m'a dit qu'on allait entrer en contact avec vous à ce sujet.

La police n'avait-elle pas classé cette histoire ? Je hausse les épaules. Je verrai bien quand on m'appellera...

Justement, un peu plus tard, ma secrétaire m'annonce que le sergent détective Goulet a appelé. Il aimerait que je communique avec lui le plus rapidement possible.

Je compose le numéro inscrit sur mon bloc-notes, puis, après quelques transferts de postes, une voix nonchalante se fait entendre :

— Goulet.

— Bonjour, sergent. Docteur Lacasse à l'appareil.

— Ah ! oui. Bonjour, docteur, je sais pas si vous me replacez...

— Oui, absolument. Vous étiez chez Thomas Roy. Comment allez-vous ?

— Ça peut aller. Et monsieur Roy, il a retrouvé la parole ?

— Pas un mot. On fait du surplace.

— Mouais... Embêtant, ça...

Il hésite. Je m'assois sur le coin de mon bureau.

— On m'a dit que vous aviez la disquette de l'ordinateur de Roy... Vous recommencez à vous intéresser à cette affaire ?

— Pas moi en particulier. Disons que des enquêteurs auraient aimé avoir son témoignage ; je sers d'intermédiaire.

— Son témoignage ? Mais à quel sujet ?

— Vous savez, cette épouvantable tuerie rue Sherbrooke...

Une sorte de frisson désagréable me parcourt tout le corps. Je sais ce que va dire Goulet et, pendant une seconde, je m'interroge avec angoisse sur les limites du hasard. Et comme si je voulais me persuader moi-même, je m'étonne :

— Mais Roy n'a rien à voir avec cette histoire !

— C'est un témoin, corrige Goulet. Il était là quand le policier a tué les onze enfants...

◆

J'observe le jeune couple assis à une table non loin de la nôtre. Ils sont jeunes et se regardent dans les yeux continuellement. Ils n'arrêtent pas de se sourire. De temps en temps, ils s'embrassent. Se chuchotent des mots doux. Ils sont tellement amoureux. Tellement bien.

Ils ont tellement l'air d'y croire...

— Il était là?

Mon regard revient à Jeanne. Elle me considère d'un air sincèrement incrédule.

— Il était là? répète-elle plus fort.

— Oui, il y était. Quatre témoins peuvent l'attester.

Il y a peu de monde sur la terrasse du *Maussade,* car il fait plutôt frisquet ce soir. Mais Jeanne soutient qu'elle crève de chaleur (ah! les caprices des femmes enceintes!) et a donc insisté pour que nous discutions à l'extérieur.

— Et parle un peu moins fort, s'il te plaît. Oublie pas qu'on parle d'un cas professionnel...

Je m'allume une cigarette et continue à lui raconter le coup de téléphone de Goulet:

— La police est en train d'interroger les témoins qui ont assisté à la fusillade. On a demandé aux seize inter-rogés...

— Seize! s'exclame ma collègue.

— Ça s'est passé coin Sherbrooke et Pie-IX, n'ou-blie pas... Il y en avait même sûrement plus, mais on en a retracé seize. Donc, on leur a demandé s'ils avaient remarqué quelque chose de particulier, juste avant la fusillade, un détail qui aurait pu annoncer ce qui allait se passer... Ils n'ont rien vu d'anormal, mais quatre d'entre eux ont affirmé avoir aperçu Thomas Roy juste avant le début des coups de feu. Ils s'en souviennent parce qu'ils trouvaient amusant de croiser une grande vedette en chair et en os... Puis, la fusillade a débuté.

— Mais où était-il, exactement? Que faisait-il?

— Trois des quatre témoins s'accordent pour dire qu'il était sur le trottoir du côté ouest de Pie-IX, de l'autre côté de l'entrée du jardin botanique. Il ne marchait pas, il était immobile et regardait vers le jardin, tandis que les enfants se mettaient en rang à l'entrée. Le quatrième témoin est d'accord, sauf qu'il n'a pu dire vers où Roy regardait...

Jeanne hausse les épaules.

— Pas étonnant qu'il ait été immobile ! Durant la fusillade, tout le monde devait être pétrifié !

— Tu m'as mal compris, Jeanne. Il se trouvait dans cette position juste *avant* la fusillade. Immobile sur le trottoir. Deux des témoins ont déclaré qu'il semblait anxieux. Un autre a dit qu'il avait l'air de chercher quelque chose dans la direction du jardin. Le quatrième, lui, n'a pas remarqué son expression.

Je souris.

— C'est fou, hein, tout ce que certaines personnes remarquent comme détails quand ils reconnaissent une vedette...

— Il y a des contradictions dans leurs témoignages, non ?

— Pas vraiment. Différentes perceptions, peut-être, mais les quatre sont d'accord pour dire qu'il était là, devant le jardin botanique de l'autre côté de Pie-IX, et qu'il ne bougeait pas...

Jeanne roule son verre entre ses paumes, songeuse.

— Et pendant la fusillade, qu'est-ce qu'il faisait ?

— Personne n'a remarqué, tu penses bien ! Comme tu l'as dit tout à l'heure, la tuerie a capté toute l'attention. En tout cas, quand les policiers sont arrivés et qu'ils ont relevé le nom des témoins qui se trouvaient toujours sur place, Roy n'était plus là. Il n'est sûrement pas le seul à avoir quitté les lieux.

— Qu'est-ce que la police croit ?

— Si les témoins ont raison, Roy regardait de l'autre côté de la rue, vers le jardin, à peu près au même moment où Archambeault, l'assassin, est arrivé. On pense que Roy aurait peut-être vu Archambeault sortir son fusil, ou faire un geste bizarre, ce qui expliquerait son air anxieux...

— Seulement deux témoins sur quatre ont dit qu'il avait cet air...

— Je sais, Jeanne. La police émet une hypothèse, c'est tout. Goulet a résumé les faits ainsi : Roy a vu la fusillade, il est parti avant l'arrivée des policiers... et, environ neuf heures plus tard, il se coupait les doigts et essayait de se suicider.

Je regarde Jeanne intensément. Elle a arrêté de rouler son verre entre ses mains.

— La police ne pense tout de même pas que Roy est mêlé à ce massacre ?

— Comme Goulet m'a dit, les massacres de ce genre sont presque toujours faits en solitaire, sans complice. Il y a eu assez d'exemples pour le démontrer. N'empêche que l'attitude de Roy juste avant la tuerie intrigue la police. Et sa tentative de suicide, quelques heures plus tard... On trouve ce hasard curieux.

Jeanne prend une gorgée de son jus, songeuse. Je tire longuement sur ma cigarette et observe de nouveau le couple d'amoureux. Toujours dans la même position. Toujours les yeux dans les yeux. Toujours confiants. Je me sens triste, tout à coup. À quand remonte la dernière fois où Hélène et moi sommes sortis ainsi, en amoureux ? Depuis combien de temps n'ai-je regardé ma femme dans les yeux pour me perdre dans le bonheur que son regard me proposait ?

Quand, pour la dernière fois, ai-je cru ?

Je reviens à Jeanne. Elle pointe le doigt vers mon verre aux trois quarts plein.

— T'attends que des bactéries se développent dedans ?

— J'ai pas très soif...

Court silence, puis Jeanne demande :

— Donc ?

— Donc, Goulet m'a dit que le dossier Roy est rouvert. Il y a au moins deux détectives qui aimeraient lui poser quelques questions sur l'affaire Archambeault. Alors, ils espèrent que nous saurons le tirer de sa catatonie le plus vite possible.

Je prends finalement une gorgée de mon verre.

— La police a aussi fait sortir sur papier ce que Roy était en train d'écrire, cette nuit-là...

Les yeux de Jeanne brillent.

— Et? Qu'est-ce que c'est?

— Manifestement, le début d'un roman.

— Et ça parle de quoi?

— Devine.

Elle hoche la tête d'un air entendu:

— L'histoire d'un flic qui veut tuer des enfants, je suppose?

— Exactement. Il y a bien quelques différences: ça ne se passe pas à Montréal et il semble que le policier va tuer les enfants dans une cour d'école plutôt qu'en pleine rue... Mais il est évident que ça s'inspire de la tuerie de la rue Sherbrooke. Cela a d'ailleurs choqué Goulet. Je lui ai alors expliqué notre hypothèse sur le cas Roy.

— Qu'est-ce qu'il en pense?

— Il trouve que ça se tient. Il dit que c'est nous, les spécialistes, alors... Mais comme il ne doit rien laisser au hasard, le témoignage de Roy serait apprécié.

Jeanne boit de son jus. Un jus d'orange, ce soir.

— Tu te rends compte, Paul, que ça monte à six le nombre de drames mortels dont Roy a été témoin?

— J'y ai pensé, et sur le coup ça m'a secoué, je te l'avoue... Mais quand on y réfléchit, ça renforce notre hypothèse.

— Vraiment?

— Bien sûr. Roy ne voulait plus écrire, car il se sentait coupable de s'inspirer de la réalité, n'est-ce pas? Bon. Il a été capable de se retenir pendant une dizaine de mois... Mais, par hasard, il y a un peu moins de trois semaines, il est témoin de la tuerie de la rue Sherbrooke. Cela l'inspire malgré lui, et il recommence à écrire. La culpabilité revient... et on connaît la suite.

J'écrase ma cigarette et conclus :

— C'est justement cette série de hasards incroyables qui a déclenché la crise de Roy, qui a fini par le convaincre qu'il faisait le mal... Le dernier événement a été la goutte de trop...

Jeanne, attentive, semble d'accord avec moi, mais je sens une certaine perplexité dans son expression.

— Quand même, Paul, six fois... Six ! Tu ne trouves pas ces hasards... déconcertants ?

Je souris avec ironie :

— Au point de croire aux élucubrations de Monette ?

— Non, répond ma collègue avec un geste agacé. Bien sûr que non ! C'est juste que...

Elle a un tic, exaspérée par sa propre réaction.

— Merde, je dois être trop impressionnable !

J'approuve en silence, satisfait qu'elle s'en rende compte. Je me sens tellement fatigué, tout à coup. Je tourne la tête vers le jeune couple de tourtereaux. De nouveau, je les considère longuement.

Comment peuvent-ils croire ?... Comment ?...

Je marmonne quelque chose.

— Quoi ? demande ma collègue.

Je reviens sur terre. Ma voix est *flat*, aussi *flat* que ma bière que je n'arrive pas à terminer.

— Je suis fatigué... Je pense que je vais rentrer...

— On parle d'autres choses, si tu veux...

— Non, c'est pas ça. J'ai eu une grosse journée...

Jeanne comprend. Je me lève, le dos endolori. Deviens-je donc si vieux ? Il fait entièrement noir, à présent, et les lumières discrètes de la terrasse diffusent un éclairage rougeâtre.

— Ne rentre pas trop tard, sinon je vais appeler Marc pour lui dire que tu dragues tous les mâles du bar...

— C'est ça, oui... Avec mon ventre, je vais avoir un succès fou !

Nous nous embrassons, puis je m'éloigne. J'éprouve soudain l'envie de jeter un dernier coup d'œil vers le couple d'amoureux. Le couple de croyants.

Mais je résiste.

CHAPITRE 7

Je n'ai pas terminé mes œufs lorsque Goulet m'appelle.

— Bonjour, docteur Lacasse. Je ne vous réveille pas, j'espère ?

Je m'appuie contre le mur en émettant un ricanement sarcastique.

— Pas du tout, mais je me méfie de vos coups de téléphone, sergent... Qu'allez-vous m'apprendre, aujourd'hui ? Que Roy se trouvait à Dallas en 63 ?

— Non, rien de si bouleversant, inquiétez-vous pas. Je vous appelle pour vous demander un petit service. Nous avons l'intention d'aller questionner Archambeault, pour voir s'il sait quelque chose sur Roy...

Je m'étonne.

— Vous croyez qu'Archambeault et Roy ont organisé ce massacre ensemble ?

— Honnêtement, non. D'ailleurs, ce que vous m'avez expliqué, hier, sur les causes probables de la crise de Roy me semble satisfaisant. Mais je vous ai dit aussi qu'il fallait tout vérifier ; c'est notre travail.

— Je comprends.

— Ça m'amène à la raison de mon appel. Le sergent détective Bélair, qui s'occupe du cas Archambeault, veut donc aller le questionner aujourd'hui. J'ai pensé que vous pourriez l'accompagner.

Tout seul dans mon salon, j'ouvre de grands yeux. Je dois ressembler à un personnage de BD.

— Pardon?

— Il me semble que, pour interroger un fou furieux, la présence d'un psychiatre est pas un luxe. Évidemment, on pourrait en prendre un là-bas, sur place, mais comme vous vous occupez de Roy...

— Cet interrogatoire, où a-t-il lieu?

— Mais... à Léno, où est détenu Archambeault...

Je ferme les yeux et passe un doigt sur mon front. Je regrette soudain d'avoir répondu au téléphone.

— Écoutez... Est-ce vraiment nécessaire que ce soit moi?

Goulet est un peu déconcerté.

— Heu... Non, ben sûr que non, c'est juste que... Je me disais que ça vous intéresserait... Vous vous occupez du cas de Roy et il est possible qu'il soit impliqué dans l'affaire Archambeault... Peu probable, mais possible... Ça fait que... Je trouvais que c'était une bonne occasion pour vous de...

Il se tait, un peu embarrassé par mon manque d'enthousiasme. Il a raison. Cette offre devrait m'intéresser, ne serait-ce que pour des raisons professionnelles.

Mais Léno... De nouveau faire face à un...

Vingt-cinq longues années concentrées en un terrible instant.

Je soupire le plus silencieusement possible.

— Bien sûr... Vous avez absolument raison.

Il me fixe un rendez-vous avec Bélair pour l'après-midi, puis je raccroche. Hélène s'approche pour demander de qui il s'agissait.

— Le sergent détective Goulet...

— Qu'est-ce qui se passe? Tu es tout pâle...

Je lui souris pour la rassurer. Mais mon sourire doit être aussi gai qu'un corbillard.

— Je retourne à Léno, Hélène...

◆

Mon mal de ventre se déclenche sans crier gare. Le parcours s'est pourtant assez bien déroulé. Bélair, un costaud au visage bourru, m'a remercié de l'accompagner. Selon lui, je n'aurais pas vraiment à intervenir, sauf si j'en sentais le besoin. Cela me satisfaisait pleinement. Me rassurait, même. C'est donc avec une certaine sérénité que j'ai regardé défiler le boulevard Henri-Bourassa par la vitre de la portière. Même lorsque les dernières maisons ont disparu, je me sentais relativement bien. Mais aussitôt que l'institut est apparu entre les arbres, le mal de ventre s'est manifesté dans un élancement sadique.

Nous nous arrêtons devant la guérite. Le gardien en sort et vient nous questionner. Ne rentre pas à Léno qui veut. Le policier se présente, montre sa carte. Enfin, la barrière devant nous s'élève doucement et nous roulons vers le stationnement.

Ce parcours, ce rituel d'arrivée, je l'ai accompli tellement de fois...

Nous sortons de la voiture et Bélair, malgré son air de mastodonte qui en a vu d'autres, montre des signes de nervosité en observant le bâtiment.

— J'ai jamais mis les pieds dans un asile...

Asile. Cet archaïsme m'amuserait, si je n'avais si mal au ventre.

— Ça va bien se passer, vous allez voir...

Il me regarde. Mon teint verdâtre ne semble pas le rassurer.

— Vous avez pas l'air sûr...

Je ricane sans joie.

— Pour vous, ça va bien aller. À part Archambeault et un ou deux médecins, nous ne verrons personne. On va nous amener directement au parloir.

J'ajoute plus faiblement :

— Pour moi, ça va être un peu plus dur...

— Pourquoi ?

Je fais signe que ce n'est pas important, puis nous marchons vers la porte d'entrée. Le silence autour est total et je suis incapable de détacher mes yeux de la porte qui approche. Chaque pas me transporte plus loin dans le passé. Et soudain, des souvenirs que je m'efforce d'oublier depuis des années surgissent en moi, des souvenirs qui naissent de mon mal de ventre et en alimentent la souffrance.

Il s'appelait Jocelyn Boisvert. Il avait été admis à Léno pour avoir assassiné sa femme à mains nues. Il lui avait ouvert le ventre avec les ongles. Quand la police l'avait trouvé, il enfonçait dans la bouche béante du cadavre tous les organes qu'il pouvait extirper du corps. Ce jour-là, à Léno (un matin de printemps, je m'en souviens si bien), il avait réussi à sortir de sa chambre au moment où je passais dans le corridor. Plusieurs patients ont le droit de se promener dans certaines zones. Mais Boisvert ne pouvait quitter ses quartiers, sinon sous étroite surveillance. Comment était-il sorti, je ne le sais toujours pas, même aujourd'hui, et de toute façon ça n'a aucune importance.

Il m'avait sauté dessus. Il était grand, lourd et costaud. J'étais tombé sur le dos. Il s'était assis sur moi, me maintenant immobile contre le plancher, puis avait penché son visage dément vers moi. Je me rappelle les moindres détails. Je me rappelle qu'il y avait quelques poils gris dans sa barbe. Je me rappelle qu'il avait une petite cicatrice blanche sur l'arrête du nez. Je me rappelle que son haleine sentait le café. Je me rappelle m'être dit que j'allais mourir.

— Regardez-moi ! avait-il beuglé, la voix rauque comme si des cailloux s'entrechoquaient dans sa gorge. Regardez-moi dans les yeux !

Haletant, je lui obéissais, incapable de crier tant l'effroi m'enlevait toute volonté.

— Que voyez-vous ? m'avait-il hurlé en plein visage.

J'entendais un cœur battre à toute vitesse. Aujourd'hui encore, j'ignore si c'était le mien ou le sien.

— *Que voyez-vous ?*

De la folie, bien sûr. De la haine. Mais surtout du désespoir. Un immense, incommensurable, inhumain désespoir. Un désespoir qui inondait littéralement ses pupilles.

Mais il y avait autre chose, dans ce regard impossible. Quelque chose de pire, que je n'arrivais pas à identifier...

Et la peur paralysait toujours ma langue.

Tout à coup, il avait dirigé ses deux pouces vers son visage. Pendant une fraction de seconde, j'avais encore vu le désespoir dans son regard ainsi que cette autre lueur indéfinissable, puis il s'était enfoncé les deux pouces dans les orbites, profondément.

À ce moment, je m'étais enfin mis à crier. Mais mon cri s'était aussitôt transformé en un horrible gargouillis, car ma bouche s'était emplie de sang, du sang qui coulait à flots des yeux crevés de Boisvert. J'avais voulu détourner la tête, mais le dément, qui avait sorti les pouces de ses yeux, s'était saisi de mon crâne à pleines mains et le maintenait immobile, bien droit. Tel un Œdipe cauchemardesque, il se penchait tout près de moi, et tandis que ses orbites crevées continuaient de se vider sur mon visage, il hurlait comme un animal, il hurlait des mots qui ont hanté mes nuits pendant des semaines :

— *Je le vois ! Je le vois ! Je le vois !*

Deux infirmiers l'avaient finalement saisi par les épaules et fait basculer par-derrière. Pourtant, j'entendais toujours des hurlements. Les miens. Mes cris que je ne pouvais plus stopper.

De mémoire officielle, j'étais le deuxième ou troisième médecin à me faire agresser par un malade, depuis l'ouverture de l'institut. Une vraie malchance.

J'étais resté chez moi deux semaines. Pendant ma convalescence, j'avais appris que Boisvert était mort de ses blessures.

Un mois plus tard, j'obtenais ma mutation à l'hôpital Sainte-Croix. Depuis ce jour, je n'ai jamais remis les pieds à Léno.

Mon mal de ventre empire.

À l'intérieur, rien n'a changé. Même réception vitrée, avec plusieurs agents de la « sécurité statique » derrière. Même antichambre que nous devons traverser par l'intermédiaire de deux portes, en s'assurant que la première est bien fermée avant d'ouvrir la seconde. De l'autre côté, le médecin qui nous attend est une connaissance : Joseph Lucas. Il a toujours adoré son travail à Léno et mon départ l'avait attristé.

Il ouvre de grands yeux en nous voyant. Ou, plutôt, en *me* voyant.

— Paul ! Hé bien, mon vieux, ça fait un bail !

— Pas tant que ça...

Je lui explique la raison de ma présence. Le policier se présente. Bla-bla d'usage. Mon estomac est toujours en plein chaos. Même si nous ne sommes pas dans la section des patients, je ne peux m'empêcher de regarder autour de moi.

— On va aller au parloir, annonce Lucas. C'est là que vous verrez monsieur Archambeault.

Tandis que nous marchons, Bélair, qui semble avoir repris son aplomb, questionne Lucas.

— Est-ce qu'Archambeault parle beaucoup ?

— Pas vraiment. Tu es au courant de l'histoire, Paul ?

— Comme tout le monde, mais pas dans les détails. Chaque fois qu'un article dans le journal entrait dans les détails, je tournais la page...

On m'explique. Comme chaque matin, Archambeault a commencé sa patrouille vers neuf heures accompagné de son collègue Boisclair. En après-midi, ils ont arrêté une voiture pour excès de vitesse, rue Sherbrooke, à moins de cinquante mètres de Pie-IX. Boisclair est sorti pour aller demander les papiers de l'automobiliste. Il a expliqué qu'à un moment donné, tandis qu'il discutait avec l'automobiliste, il a entendu des coups de feu. Cela lui a pris plusieurs secondes pour réaliser que c'était son collègue qui tirait sur des enfants, au coin de Sherbrooke et Pie-IX. Il s'est élancé vers son collègue, ahuri et horrifié. Et tandis que le policier devenu fou chargeait une de ses deux armes, Boisclair lui a tiré une balle dans la jambe. Archambeault est tombé et Boisclair l'a maintenu en joue jusqu'à l'arrivée d'une autre patrouille, ce qui n'a pas tardé.

— Archambeault était normal ce jour-là : de bonne humeur, en forme...

— Et Archambeault ne donne aucune raison de son geste ?

— Aucune. Sa femme est en post-trauma. Elle nous assure que tout allait bien. Son mari n'avait aucun problème, rien ne pouvait présager un tel drame. Il était lui-même père de deux petits garçons. Tout le monde de son entourage s'entend à dire qu'il était un père parfait, un mari aimant... L'incrédulité totale.

Bélair secoue la tête, déconcerté. Je le comprends. Il doit trouver inconcevable et révoltant qu'un collègue ait fait un tel geste. Je me demande s'il va pouvoir mener l'interrogatoire jusqu'au bout.

— Et toi, Joseph, qu'en penses-tu ? demandé-je à mon ancien confrère.

— Il avait le profil de quelqu'un d'équilibré, en effet. Son passé ne renferme aucun signe latent de crise, même infime. C'est assez troublant.

— Mais pas unique, dis-je d'un air entendu.

— Non, évidemment. Troublant, mais pas unique.

— Et depuis qu'il est ici, comment va-t-il ?

— Calme comme un enfant. Tellement que nous songeons à le transférer dans un centre de détention conventionnel jusqu'à son procès.

Nous arrivons devant une porte fermée. Le parloir.

— Je vous laisse, fait Lucas. Paul connaît la place.

Nous nous donnons la main, puis il s'éloigne. Bélair m'interroge du regard.

Je m'étais juré que je ne verrais plus jamais un «dangereux» de toute ma vie.

Et je suis sur le point d'en rencontrer un. Un vrai de vrai.

— Ce sera le dernier, cette fois, vraiment le dernier, dis-je dans un murmure.

— Pardon?

— Rien.

J'ouvre la porte et nous entrons.

Le parloir ressemble à une petite cafétéria d'école, ce qui est plutôt réconfortant pour les visiteurs. Il y a plusieurs tables, autour desquelles sont placés des bancs. Dans un coin, il y a même des distributrices de boissons gazeuses et de croustilles. Sur un côté se trouvent de grandes fenêtres qui donnent sur une cour intérieure et qui laissent amplement pénétrer la lumière extérieure. Bref, un endroit très banal, où on s'attend plus à voir des élèves que des psychopathes.

Je guide Bélair vers une des petites tables basses et nous nous installons sur un banc, côte à côte. Le policier regarde autour de lui, comme s'il cherchait quelque chose.

— Ça ne devrait pas tarder, lui dis-je.

Bélair sort de sa poche de chemise calepin et crayon et se met à griffonner nerveusement. Moi, je contemple la porte au fond de la pièce. Pas celle par où nous sommes entrés. Une autre. Celle qui communique avec l'autre monde.

Elle s'ouvre enfin et je retiens mon souffle.

Archambeault entre, escorté par deux gardiens armés. Il est habillé d'un pantalon de coton noir et d'une chemise blanche. Propre. Rasé et coiffé. Il est exactement comme sur les photos des journaux : visage rond, petits yeux bruns, menton avec une fossette, nez aplati... Bien banal. Sauf que sur les photos, il souriait. Ici, pas du tout. Les photos ont été prises alors qu'il faisait partie d'une autre vie...

Il a des menottes, aux poignets et aux chevilles, ce qui l'oblige à marcher à petits pas. Il claudique légèrement et je me rappelle que son collègue avait dû lui tirer une balle dans la jambe.

Il s'arrête devant la table. Il nous regarde d'un air impassible, puis s'assoit en face de nous. Les deux gardiens s'installent à une autre table, un peu plus loin. Bélair a un faible mouvement de recul, mais Archambeault ne regarde pas le policier. Il m'observe, moi. Intensément. Je m'attarde à ses yeux. Indifférents. Las. Peut-être un peu tristes. Peut-être.

Mais j'y perçois aussi ce reflet indéfinissable, cette ombre mystérieuse que j'ai affrontée quelques fois en vingt-cinq ans ; que je n'ai jamais réussi à définir, à comprendre.

Je l'avais également vu dans les yeux de Boisvert, juste avant qu'il ne se les crève.

« Que voyez-vous ? »

Je chasse cet horrible souvenir et reviens à Archambeault, assis devant moi.

Cet homme a tué de sang-froid onze enfants.

Mon estomac se contracte avec plus de force. Je prends silencieusement de grandes respirations. Ça se calme.

Bélair se racle la gorge. Quand il commence à parler, sa voix est un peu plus aiguë qu'elle ne devrait l'être, mais, somme toute, il s'en tire très bien. Il y a quelque chose dans son ton, une émotion discrète que je n'arrive pas encore à cerner.

— Monsieur Archambeault, je suis le sergent détective Bélair. C'est moi qui m'occupe de l'enquête. Je vous présente le docteur Paul Lacasse, psychiatre. Il est ici pour m'assister.

Archambeault, toujours concentré sur moi, n'a pas regardé Bélair un instant.

— J'étais sûr que vous étiez pas un policier, dit-il.

Au cinéma, les psychopathes en institution ont toujours la voix douce, intelligente, calme et éduquée. La voix d'Archambeault n'a rien de tel. Plutôt molle, un peu campagnarde. Et légèrement nasillarde, aussi. Mais calme, oui. Très calme.

— Pourquoi cela? demandé-je.

Il sourit. Dans un bar, il aurait pu paraître très sympathique. Ce sourire a dû lui procurer beaucoup d'amis, a dû rassurer les criminels qu'il arrêtait. Le même sourire que celui de ses photos, dans les journaux. Mais aujourd'hui, ce n'est qu'une apparence. Un réflexe de société. Une mécanique vide. Il sourit sans sourire.

— J'ai été flic dix ans. On se reconnaît entre nous.

Je lui fais un petit sourire à mon tour, poliment. Mais, en même temps, je l'imagine pointant ses deux revolvers vers les enfants. Quand on a côtoyé de tels patients pendant un certain temps, nos réactions face à eux deviennent complexes. Nous ne pouvons plus nous contenter de ressentir tout simplement du dégoût ou de la haine, comme tout le monde. Il y a aussi de la curiosité... et de la fascination. C'est cela qui m'écœure le plus. L'horreur fascine. Et je ne veux plus être fasciné par ce sentiment. Je l'ai compris quand Boisvert a vidé le contenu de ses yeux sur mon visage.

Et aujourd'hui, devant Archambeault, que je ne comprends pas et que personne ne comprendra jamais, cette fascination revient, malgré moi, comme un vieux réflexe qui s'est contenté de dormir durant des années alors que je croyais l'avoir broyé à jamais. Une fascination dégoûtante.

— Monsieur Archambeault, j'aurais quelques questions à vous poser, fait Bélair.

Bélair, lui, n'est pas fasciné. Et je saisis enfin ce sentiment qu'il tente de cacher depuis l'entrée d'Archambeault. De la haine. De la simple et humaine haine. Même s'il est inutile et caduc, j'envie ce sentiment qui me permettrait de me détacher complètement d'Archambeault.

Le tueur regarde enfin le sergent. Bélair, soudain troublé par ce regard, se penche sur son calepin et se met à écrire, tout en demandant :

— Est-ce que vous connaissez Thomas Roy ?

La question est directe. Bélair espère susciter une réaction chez Archambeault. Ce dernier se contente de froncer légèrement les sourcils. Il n'hésite qu'une seconde.

— Vous savez qu'il était là, quand j'ai tué les enfants, n'est-ce pas ?

La froideur avec laquelle il a évoqué son massacre... Si Bélair est pris au dépourvu par sa réponse, il ne le laisse pas paraître :

— Ça se peut... Il y était ?

— Vous savez très bien que oui, sinon vous en auriez pas parlé...

— Vous le connaissez ?

— De réputation, comme tout le monde.

— Personnellement ?

— Non.

Aucune hésitation dans ce « non ». Catégorique et assuré. Bélair lève le nez de son calepin, glacial.

— Qu'est-ce qu'il faisait là, alors ?

— Aucune idée.

— Il passait là par hasard ?

Cette fois, Archambeault ne répond rien. Ses mains menottées sont croisées sur la table et il soutient le regard de son interlocuteur, impassible. Les deux gardiens, assis un peu plus loin, se désintéressent complètement de notre conversation.

Bélair avance la tête. Son assurance est revenue, toute crainte envolée. Il ne reste que la haine, qu'il n'arrive pas à contrôler parfaitement.

— Archambeault, si Roy trempe dans cette affaire, il n'y a pas de raison que vous soyez le seul à payer...

À ma grande surprise, Archambeault émet un petit ricanement nasillard, sincèrement amusé et à la fois vide de toute joie.

— Qu'est-ce que vous racontez là ? Vous pensez que Roy pis moi, on a organisé cette tuerie ensemble ?

Bélair ne se laisse pas déconcerter.

— Mais vous saviez qu'il était là, vous nous l'avez dit vous-même...

— Oui. Je l'ai vu.

— À quel moment ?

Archambeault lève la main droite pour se gratter la joue ; la gauche suit la même trajectoire, liée par les menottes.

— Juste avant de tirer le premier coup de feu. Quand j'ai levé mon arme pour tirer, je l'ai vu, de l'autre côté de la rue. Je l'ai reconnu, pis j'ai commencé à tirer.

— C'est tout ?

— C'est tout.

Court silence. Bélair l'étudie toujours et Archambeault soutient son regard, avec la même indifférence.

— C'était la première fois de votre vie que vous le voyiez ?

— En personne, oui.

— Vous lui avez jamais parlé ?

— Non.

— Alors, il était là par hasard, c'est ça ?

De nouveau, Archambeault ne répond pas à cette question. Ce détail m'intrigue.

— Je vous ai posé une question, monsieur Archambeault...

— Pourquoi pensez-vous que Roy est mêlé à ça ? demande l'ex-policier.

Bélair hésite, me regarde d'un air interrogateur. Je comprends où il veut en venir et, après une courte réflexion, je décide que nous pouvons le lui dire. Je commence donc :

— Le soir même de la tuerie, on a trouvé Thomas Roy chez lui, à moitié défenestré...

Je lui raconte brièvement l'état de Roy. Curieusement, parler me fait du bien et même si mon mal de ventre est toujours là, il devient supportable. Archambeault m'écoute attentivement. Je n'irais pas jusqu'à dire que mon récit le passionne, mais son masque d'impassibilité se teinte d'une légère curiosité. À la fin, il réfléchit quelques instants et demande :

— Pis quand vous l'avez trouvé, il avait commencé un roman qui racontait mon histoire ?

— Pas vraiment votre histoire, mais ça y ressemblait beaucoup. Un policier qui se prépare à tuer des enfants, à ce qu'on m'a dit...

— Mais moi, j'avais rien préparé. Ç'a été une impulsion, c'est tout.

Ce sang-froid, ce terrible sang-froid...

— Peu importe : monsieur Roy a assisté à la scène et cela l'aurait... inspiré.

— À moins que cette tuerie ait été préparée par vous deux, ajoute Bélair.

L'ex-policier le regarde, incrédule.

— S'il faut être clair, je vais l'être : Thomas Roy pis moi, on se connaît pas. On n'a rien préparé ensemble pis je l'avais jamais vu de ma vie avant ce jour-là. D'accord ?

— Donc, vous persistez à dire qu'il était là par hasard ? s'obstine Bélair.

Silence d'Archambeault. Ce silence persistant face à cette question me chicote de plus en plus. Je demande, avec plus de douceur que Bélair :

— Monsieur Archambeault, pensez-vous que Thomas Roy était là par hasard ?

Je m'étais juré de ne pas intervenir directement, mais tant pis. Archambeault hésite. Pour la première fois, il semble tourmenté. Il examine ses mains quelques instants, s'humecte les lèvres...

Et moi, j'attends. Aussi nerveux qu'un patient qui attend un diagnostic important du médecin. Et de tout mon cœur, de toute mon âme, je souhaite qu'il réponde « oui ». Bien sûr qu'il va répondre « oui » ! Que peut-il répondre d'autre ? Ai-je donc besoin de la réponse de ce maniaque pour me convaincre de l'inutilité de cette rencontre ?

Archambeault répond enfin :

— Non.

Une décharge électrique me traverse la colonne vertébrale. Bélair lève son crayon, prêt à écrire. La révolte dans mon estomac monte d'un cran. Sidéré, je ne trouve rien à répliquer. Le sergent prend le relais :

— Alors, qu'est-ce qu'il faisait là ?

Archambeault se tourne vers lui. Il réfléchit, comme si lui-même se posait la question. Il finit par expliquer, la voix neutre :

— Tout allait bien, ce jour-là. Je me sentais en forme, j'avais hâte de revoir ma femme et mes enfants après mon travail. Quand Boisclair est sorti de la voiture pour aller demander les papiers du gars qu'on venait d'arrêter, j'ai attendu tranquille dans la voiture. Pis là, j'ai vu les enfants qui se mettaient en ligne devant le jardin botanique. Aussitôt, je me suis dit : tue-les.

Il se tourne vers moi. Son visage est de marbre, son regard vide.

— Tue-les. Comme ça. Sans raison.

Ma bouche devient sèche.

— Ça fait que je suis sorti, en emportant mon revolver et celui de la voiture. J'ai marché vers le parc pis je me suis arrêté. Là, j'ai eu une courte seconde d'incompréhension : qu'est-ce que je faisais là ? Pis j'ai vu Roy. C'est là que j'ai compris qu'il fallait que je le fasse. Que j'étais là pour ça. Alors j'ai visé les enfants... pis j'ai tiré... Toutes les balles...

Un long silence tombe. Je ne vois pas Bélair, mais je le sens paralysé à mes côtés. Mon regard est soudé à celui d'Archambeault. Aucun trait de son visage ne bronche. Seule une vague tristesse apparaît dans son regard. Mais est-ce vraiment de la tristesse ?

Et ce reflet, ce maudit reflet que je n'arrive pas à comprendre... que je n'ai jamais compris...

Je n'ai plus mal au ventre. J'ai mal partout.

Bélair s'éclaircit la voix et demande :

— Est-ce que... est-ce que vous êtes en train de dire que Roy vous a encouragé du regard à... à tirer ?

— Non, fait Archambeault en se tournant vers le sergent. C'est pas ça que je dis. Roy m'a pas incité à quoi que ce soit. Je dis juste que je suis sorti de l'auto avec l'idée de tuer ces enfants, sans raison... que sur place j'ai hésité... pis qu'en voyant Roy, j'ai senti mes hésitations disparaître...

— Parce que vous avez lu de l'encouragement dans son regard, insiste Bélair.

— Non, non ! (Agacé, Archambeault fait un signe violent de la main.) Je n'ai rien vu dans ses yeux, pas d'encouragement ni d'assentiment ! Je sais même pas s'il me regardait directement !

— Mais alors, pourquoi vous dites que sa présence a balayé vos doutes ? s'énerve le policier. Pourquoi vous dites qu'il n'était pas là par hasard ?

Archambeault plisse les yeux, songeur.

— C'est juste après, que j'ai pensé à ça... Quand je me suis retrouvé ici. J'ai repensé à Roy, pis... je me suis dit qu'il était là pour être...

Il se tait, réfléchit de nouveau, puis complète :

— ... pour être témoin.

Je ressens un choc. Malgré moi, l'écho de ma rencontre avec Monette retentit dans ma tête.

— Témoin de votre massacre ? demande Bélair, perplexe.

— Je ne sais pas. Témoin, c'est tout.

Il se tait et son regard se perd soudain dans le vague.

Pourquoi suis-je si impressionné ? Cet homme est un déséquilibré, ce qu'il vient de raconter doit être considéré comme du pur délire, comme chez les assassins qui affirment en avoir reçu l'ordre de Dieu lui-même. Je me ressaisis donc : c'est le terme « témoin » qui m'a bouleversé pendant un court moment. Je reprends rapidement le contrôle de moi-même et demande :

— Qu'aviez-vous l'intention de faire après vos meurtres, monsieur Archambeault ? Si vous aviez eu le temps de recharger vos revolvers et de tuer tous les enfants, qu'auriez-vous fait après ?

Il lève la tête, surpris.

— Mais... je me serais suicidé.

C'est souvent le cas : le tueur fou, après son crime, retourne l'arme contre lui et, dans un éclair de lucidité et de remords, se tue. Mais qu'Archambeault le confirme avec autant de détachement m'étonne.

— Vous avez donc des remords ? fait Bélair.

— Ce n'est pas du remords. Ce que je ressens va beaucoup plus loin.

— Que ressentez-vous, alors ?

Il garde longuement le silence et articule enfin :

— Le Mal.

Il me regarde de nouveau. Toujours aussi impassible. Toujours cette lueur brumeuse qui flotte dans ses yeux...

Le souvenir de Boisvert refait surface.

« Je le vois ! Je le vois ! Je le vois ! »

Je demande presque malgré moi :

— Et qu'est-ce que le Mal, monsieur Archambeault ?

Il m'observe avec étonnement, et je crois même deviner une certaine ironie.

— Comment, docteur ? Après toutes ces années, vous ne le savez pas encore ?

Sa réponse me fait l'effet d'un coup de poing. J'ai soudain l'impression que ce n'est pas Archambeault qui m'a parlé, mais quelqu'un de plus intime, de plus près de moi, quelqu'un qui m'a suivi toute ma vie sans jamais cesser de ricaner par-dessus mon épaule.

Mon mal de ventre est soudain si douloureux que j'en grimace. Je me penche vers le sergent Bélair et marmonne :

— Allons-nous-en.

— Oui, de toute façon, j'ai plus de questions, fait froidement le policier.

Nous nous levons et, presque dédaigneusement, Bélair remercie Archambeault. Ce dernier ne répond rien. Nous marchons vers la porte et, avant de sortir, je regarde Archambeault une dernière fois.

Les deux gardiens sont revenus près de lui. Archambeault se lève. Son impassibilité est revenue. Il me jette un bref coup d'œil, sans émotion.

Nous sortons de la pièce.

Tandis que Bélair va remercier le docteur Lucas, je ressens un besoin urgent de prendre l'air. Je marche vers la sortie, poursuivi par les cris de Boisvert dans ma tête...

Dehors, je m'arrête et respire profondément, tout en me passant la main dans les cheveux. La douleur dans mon ventre s'éloigne. Les souvenirs aussi.

Mais le regard d'Archambeault me suit toujours.

◆

Hélène me demande comment s'est passée ma visite à Léno. Je lui mens et lui dis que tout s'est très bien déroulé.

Je me couche tôt. Et je rêve rapidement.

Je suis au milieu de la rue Sherbrooke. Il n'y a aucune circulation. Le ciel est mauve, impossible. En
plein centre de la route, il y a une petite table à laquelle
est installé le couple d'amoureux que j'ai vu à la terrasse du *Maussade*. Ils se tiennent les mains en se
regardant langoureusement. À leur droite, Hélène les
filme à l'aide d'une immense caméra sur pied.

— C'est tellement beau ! me crie-t-elle. Tellement
pur ! Tellement plein d'espoir ! Ça va être le meilleur
documentaire de l'année !

Elle disparaît alors derrière la caméra. Je crie à son
adresse :

— C'est trop bonbon ! Trop mielleux ! Je n'y crois
pas, Hélène ! Tu m'entends ? Je n'y crois plus !

Aussitôt, une voiture de police arrive en trombe et
s'arrête tout près de la table. Un policier en descend et
s'approche du couple d'amoureux. C'est Archambeault,
souriant, sympathique, comme sur ses photos dans les
journaux.

Il sort son revolver de son étui et tire sur le jeune
amoureux. La tête lui explose et il tombe mollement
sur l'asphalte, sous le regard horrifié de sa compagne.

— À quoi ne croyez-vous plus, docteur ?

La question vient de derrière la caméra qui filme toujours. Mais pourquoi Hélène me vouvoie-t-elle ? Et
cette voix glauque, bestiale, transformée... Ça ne peut
être celle de ma femme !

— Vous ne croyez plus en vous-même ?

Archambeault tire une seconde fois. Cette fois, le
sang jaillit de la jeune fille et elle va rejoindre son
amoureux sur l'asphalte rouge. Je ne bouge pas, ne
réagis pas. Je ne ressens qu'une immense, une incommensurable tristesse.

— Vous ne croyez plus en la vie ? poursuit la voix
maléfique derrière la caméra.

Archambeault pointe son arme vers moi. Il ne sourit
plus. Et dans son regard, ce reflet si étrange, si indé-

finissable, se met à grossir, à gonfler ; il envahit les pupilles, déborde des orbites et couvre tout le visage du dément, comme une lèpre.

— *Je le vois!* vocifère-t-il sans cesse. *Je le vois, je le vois, je le vois!*

À ce moment, la personne derrière la caméra se redresse. Ce n'est pas Hélène. C'est Roy. C'est lui qui a tout filmé, qui a tout vu, qui a *encore* tout vu. Il lève ses mains sanglantes vers moi et, avec un sourire ironique, meugle de sa voix de cauchemar :

— Et au Mal? Vous y croyez, au Mal?

Et Archambeault, le corps englouti dans les ténèbres qui s'écoulent de ses yeux, appuie sur la détente.

Le coup de feu me réveille.

Je suis en sueur. Hélène, à mes côtés, dort tranquillement.

En silence, je me traite de tous les noms. Archambeault est un fou, un malade, comment puis-je être si perturbé par ce qu'il a dit? Lorsqu'il a vu l'écrivain, juste avant de commettre son horrible méfait, il s'est rappelé que Roy écrivait des livres d'horreur et cela a alimenté sa folie, c'est tout! Je n'aurais jamais dû aller à Léno, cela m'a trop bouleversé!

Je soupire en fixant le plafond. Si je me mets à rêver à mes patients, après toutes ces années d'expérience, c'est signe qu'il est vraiment, vraiment temps que je prenne ma retraite, que j'arrête tout ça!

Je me retourne sur le côté et ferme les yeux.

Dans le noir, un regard continue de m'observer. Pas celui d'Archambeault, ni celui de Boisvert.

Mais celui de Roy. Son regard catatonique, absent, qui semble sur le point d'exploser, de laisser jaillir des choses sombres et terribles...

CHAPITRE 8

Samedi, je suis seul à la maison. J'en profite pour travailler au texte que je présenterai au colloque de Québec, durant lequel j'exposerai les grandes lignes de mes dernières recherches sur la schizophrénie. S'ils s'attendent à des résultats pleins d'espoir et d'optimisme, ils vont être déçus....

Les filles appellent, Arianne vers dix heures, Mireille à l'heure du dîner. C'est incroyable : elles appellent presque toujours en même temps, à quelques heures d'intervalle, et ce, sans se consulter ! Hélène est convaincue qu'elles ont des dons de télépathie. Je leur annonce que je prends ma retraite dans quelques mois. Elles approuvent. Comme tout le monde, on dirait. Mireille trouve mon ton bizarre, elle me demande si je vais bien. Je l'assure que oui. Elle a toujours été la plus sensible...

Après le souper, Jeanne me rend une visite-surprise.

— Je te dérange ?

— Je prépare mon texte pour le colloque, mais j'achevais.

— T'as pas l'air en forme...

— Toi, tu as l'air bizarre.

D'une main, elle tient son sac à main. De l'autre, deux cassettes vidéo.

— Qu'est-ce que c'est ?

— Quelque chose que j'aimerais te montrer... mais en même temps, j'hésite... Je peux entrer?

Un mauvais pressentiment s'insinue en moi.

— Tu es allée voir Monette, hein?

Elle rougit légèrement, mais se contente de répéter:

— Je peux entrer?

Elle peut. Deux minutes après, nous sommes au salon, assis l'un en face de l'autre.

— Hélène n'est pas ici?

— À Radio-Canada toute la journée. Elle doit apporter quelques retouches à son dernier documentaire. Elle va rentrer tard. Et toi, Marc te laisse sortir toute seule le samedi soir?

— Toujours aussi vieux jeu, papa Lacasse...

Je redeviens sérieux.

— Tu es allée voir Monette, avoue.

Mal à l'aise, elle se justifie aussitôt. Depuis que la police est mêlée à cette histoire, elle n'a pas arrêté un instant d'y songer. Elle s'est donc remise à penser à Monette: n'avait-il pas affirmé connaître d'autres détails étranges sur Roy? La curiosité a fini par avoir raison d'elle et elle a rencontré le journaliste chez lui.

Je ressens une sérieuse inquiétude

— Tu t'es mise à croire toi aussi que Roy était présent à chacun des drames du cahier?

— Mais non, voyons! se fâche Jeanne. Je te l'ai dit, l'autre jour! Arrête de revenir là-dessus! Écoute, Paul, si je veux t'en parler, c'est parce que les révélations de Monette ne sont ni des niaiseries ni du délire. J'ignore encore si c'est vraiment important, mais... je pense que ça vaut la peine que tu sois mis au courant...

Je soupire, exaspéré mais tout de même rassuré.

— N'oublie pas, Paul, que l'autre soir Monette nous a tout de même appris une ou deux choses intéressantes, malgré ses idées farfelues...

Je gratte ma barbichette. Après tout, pourquoi pas? Dans le confort de mon salon, seul avec Jeanne, mon sens de l'éthique ne risque pas trop d'être ridiculisé à nouveau...

Jeanne commence par mettre les choses au clair :

— Ce que je te dis, c'est ce que Monette m'a dit, n'oublie pas.

— Il devait être content de te voir...

— Assez, oui...

— Une belle victoire pour lui...

— Bon, fait Jeanne en revenant à son sujet. On sait que tous les articles du cahier ont inspiré Roy pour ses romans, sauf un. Le dernier, de mai 95. Celui qui relate la découverte de deux punks qui se seraient poignardés dans une ruelle de Sainte-Catherine.

Elle sort de son sac à main une photocopie de l'article en question.

— Cet article-là.

Je le reconnais.

— Je me souviens, oui...

— Dans le dernier roman de Roy, *L'Ultime Révélation*, paru en septembre dernier, aucune scène ne se rapproche de la mort de deux punks poignardés, même deux adolescents. À première vue, donc, cet article est inutile dans le cahier ; en outre, on a l'impression que Roy ne s'est inspiré d'aucun fait divers pour son dernier livre. C'est ce qui embêtait Monette. Il s'est dit qu'il devait y avoir un lien entre l'article et le roman, mais qu'on n'arrivait pas encore à le trouver...

Je fronce les sourcils. Jeanne précise :

— En apparence, Roy ne s'est pas servi de l'article. Mais il y a sûrement autre chose dans cette histoire de punks qui a inspiré Roy. Quelque chose qui n'est pas écrit dans le journal.

— Mais si c'est pas écrit dans le journal, comment Roy peut-il s'en inspirer ?

Jeanne hésite, puis murmure :

— À moins qu'il ait été témoin du drame...

— Quoi ?

Je lève les bras, prêt à me lever :

— Ça y est, le retour des théories farfelues ! Roy, l'homme qui est partout ! Tu m'as pourtant dit que tu ne croyais pas à ça, Jeanne !

— C'est Monette qui parle, pas moi ! Écoute jusqu'au...

Je la coupe en tendant la main.

— Donne-moi cet article !

Je mets mes lunettes, parcours le papier rapidement, puis secoue la tête.

— Ça ne marche pas. C'est écrit ici que la police a trouvé les deux corps dans une ruelle à quatre heures du matin, lors d'une ronde de routine. Pas de témoin, personne. Juste les policiers et l'ambulance, sans foule ni curieux.

Jeanne se passe une main dans les cheveux. Elle sait qu'elle est en terrain miné.

— Monette semble croire que Roy a été témoin de la scène *pendant* que c'est arrivé, et qu'il est parti après...

Je lève les bras.

— Monette croit que Roy était présent à tous ces drames, tous sans exception !

— Je sais, et j'ai eu la même réaction que toi quand il m'a dit ça ! J'étais même prête à repartir, Paul, en me traitant d'idiote ! Mais Monette m'a demandé d'attendre. Il est revenu au dernier livre, *L'Ultime Révélation*. On sait que, pour ce roman, Roy s'est inspiré d'un fait personnel...

— La perte de son œil, dis-je en soupirant. Michaud nous l'a raconté, l'autre jour...

Jeanne approuve.

— Exactement. L'un des personnages du roman se fait, à un moment donné, crever un œil par un fou. Roy a admis en entrevue s'être inspiré de sa propre souffrance pour rendre son personnage plus crédible. Il a raconté son accident aux médias plusieurs fois : il sortait d'un bar, en pleine nuit ; il marchait dans une

rue déserte, tout en notant des idées dans un calepin ;
il a trébuché, il est tombé et s'est planté le crayon
dans l'œil. En tout cas, c'est ce qu'il prétend.

— Comment, ce qu'il prétend ?

Jeanne s'humecte les lèvres. Elle me montre l'une
des deux cassettes vidéo.

— C'est à ce moment que Monette m'a montré ça...

Elle se lève et va vers le magnétoscope. J'émets un
petit grognement écœuré.

— Et il t'a prêté ses cassettes ! Ça veut dire qu'il se
doutait bien que tu viendrais me voir ! C'est même
sûrement ce qu'il souhaitait ! Ah qu'il doit être content !

Jeanne ignore mon commentaire et, debout devant
la télé, explique :

— Monette écrit un livre sur Roy, tu le sais. Il enre-
gistre donc systématiquement toutes les entrevues que
Roy accorde à la télévision, et ça, depuis quelques
années. Il m'a d'abord montré l'enregistrement d'un
talk-show auquel Roy a participé, en septembre 95,
quatre mois après avoir perdu son œil et une semaine
après la sortie de *L'Ultime Révélation*. C'était sa première manifestation publique depuis son accident.

Elle insère la cassette dans le magnétoscope, appuie
sur « play » et se relève en me disant :

— Regarde bien, mais surtout écoute attentivement.

J'enlève mes lunettes, tout de même intrigué.

Sur l'écran apparaît le décor d'un *talk-show* bien
connu. Aux côtés de l'animateur, je reconnais Thomas
Roy, installé dans un horrible fauteuil jaune. Un
Thomas Roy chic et souriant, bien différent de celui
que je traite présentement. La voix de l'animateur
surgit de la télé :

— *Thomas Roy, votre dernier livre vient tout juste
de sortir en librairie et ce soir, c'est votre première
apparition depuis votre terrible accident qui, comme*

nous le savons tous, vous a coûté un œil... Heureu-
sement, la médecine fait des miracles, car ça ne se
voit pratiquement pas !

— *Oui, j'ai un œil artificiel, mais c'est difficile de*
s'en rendre compte. En fait, on le remarque seulement
si je regarde vraiment sur le côté, sinon...

— *Est-ce qu'on peut dire que, malgré tout, vous avez*
eu de la chance ?

Roy réfléchit. Je constate alors que son air détendu et
ses sourires sont un peu forcés. Au-delà de l'image,
quelque chose le tourmente.

— *Dans un certain sens, oui,* répond Roy comme à
contrecœur... *Parce que, voyez-vous, pendant que je*
tombais, mon visage s'est littéralement lancé sur ma
main qui tenait le crayon, alors...

On entend la foule qui pousse des exclamations
d'horreur. L'animateur, compatissant, poursuit :

— *Ce devait être épouvantable...*

— *Oui, évidemment... Mais le crayon aurait pu*
atteindre le cerveau ou... Enfin, j'ai quand même eu
de la chance. (Il fronce les sourcils, puis a un rictus
nerveux.) *Mais effectivement, ç'a été assez... pénible.*

— *Et il semble que vous ayez donné raison à ceux*
qui disent que les écrivains récupèrent tout, car dans
votre dernier roman, L'Ultime Révélation, *un de vos*
personnages se fait crever un œil par un fou sadique.
Est-ce que votre expérience vous aurait... disons, ins-
piré ?

Roy hoche la tête, comme s'il voyait venir cette
question.

— *Oui, effectivement... Je me suis servi de mon ac-*
cident pour mieux comprendre la souffrance humaine
et ainsi la rendre avec plus de précision dans mon
livre... Faire qu'elle semble réelle, en quelque sorte...

Jeanne appuie sur « stop ».

— Tu as bien écouté ?

— Oui, je réponds avec impatience. Et alors ? On savait tout ça !

Jeanne sort la cassette de l'appareil et y insère la deuxième. Elle se tourne vers moi, très sérieuse, comme si elle animait une conférence devant plusieurs collègues.

— Voici maintenant une autre entrevue, à une autre émission, trois semaines plus tard.

Je soupire. Est-ce qu'elle a l'intention de me montrer toutes les apparitions publiques de Roy ? Je viens pour rouspéter quelque chose, mais elle appuie sur « play ». Nouveau décor, nouvel animateur, même invité. L'animateur est au milieu d'une phrase.

— ... *tout de même horrible, comme accident. Horrible et... un peu absurde !*

— *C'est même stupide !* (Roy sourit, sans véritable conviction.) *Je ne sais pas ce qui m'a pris d'écrire dans mon calepin, en marchant, au beau milieu de la nuit...*

— *Racontez-nous comment c'est arrivé...*

— *Eh bien, je l'ai déjà tellement raconté...* (Roy hésite, puis, bon joueur, explique :) *Tandis que je marchais, j'ai trébuché et, pendant que je tombais, ma main qui tenait le crayon est venue percuter mon visage. Le crayon est arrivé droit dans mon œil, et... Voilà.*

— *C'est vraiment terrible. Est-ce pour apprivoiser ce drame que, dans votre dernier livre, vous...*

Jeanne appuie sur « stop ».

— Tu as remarqué ?

Je hausse les sourcils. Je ne comprends pas où elle veut en venir. Elle hoche la tête d'un air entendu :

— La première fois, je n'ai pas remarqué non plus. Mais Monette a fait rejouer la deuxième entrevue, et là, j'ai vu.

— Tu as vu quoi ?

Jeanne fait revenir la cassette à un endroit très précis. Roy réapparaît et répète:

— ... *j'ai trébuché et, pendant que je tombais, ma main qui tenait le crayon est venue percuter mon visage. Le crayon est arrivé droit dans mon œil, et...*

Jeanne arrête l'appareil. Rapidement, elle sort la cassette et remet la première. Le Roy de la première entrevue envahit l'écran et répète:

— ... *voyez-vous, pendant que je tombais, mon visage s'est littéralement lancé sur ma main qui tenait le crayon, alors...*

Elle appuie sur «stop» et se tourne de nouveau vers moi. Cette fois, j'ai saisi:

— Il ne décrit pas l'accident de la même façon.

— Dans un cas, il dit que c'est son visage qui s'est lancé sur le crayon, précise Jeanne. Dans l'autre, il dit que c'est sa main qui a amené le crayon vers l'œil, que le crayon est monté vers son visage.

Je hausse les épaules.

— Il était en train de tomber, peut-être qu'il ne se rappelle pas trop les détails, mets-toi à sa place!

— S'il ne s'en souvenait pas, il n'insisterait pas sur ces détails... À l'époque, j'avais vu les deux entrevues. Pourquoi, à ce moment-là, n'avais-je pas remarqué la contradiction? Monette m'a donné une réponse très pertinente. Les deux entrevues ont trois semaines d'intervalle. Comment est-ce que j'aurais pu me rappeler ce détail d'une fois à l'autre? Monette écrit un livre sur Roy. Il s'est tapé toutes ses entrevues des dizaines de fois, il les connaît par cœur. Mais il a fallu le cahier de Roy pour qu'il se souvienne de cette contradiction...

— Mais où veut-il en venir, avec cette contradiction? je demande, de plus en plus agacé. Roy s'est trompé, et alors? Ça nous prouve quoi? Sûrement que d'autres spectateurs l'ont remarqué et personne n'en a fait un plat!

Jeanne hésite de nouveau, puis avance prudemment :

— Ça pourrait démontrer qu'il a inventé son accident. Et qu'il s'est contredit inconsciemment en racontant son mensonge.

J'en reste sans voix pendant quelques secondes.

— Mais pour l'amour du ciel, pourquoi ? Pourquoi Roy aurait-il inventé *ça* ? Il s'est tout de même crevé l'œil, à ce que je sache !

Jeanne revient au divan et prend l'article sur la mort des deux punks. Cette fois, elle est un peu plus fébrile, plus sûre d'elle.

— Dans l'article, on dit que les deux corps ont été découverts dans la nuit du 11 au 12 mai 1995.

— Et alors ?

— Tu sais à quelle date Roy a perdu son œil ?

Je sens alors mon sang se figer dans mes veines. Toujours en tenant l'article devant moi, ma collègue hoche doucement la tête.

— Hé oui, Paul. La même nuit.

Assis, je regarde ma collègue droit dans les yeux. Debout au-dessus de moi, elle soutient mon regard et poursuit, la voix égale :

— Roy n'a pas eu d'accident. Il a été impliqué dans le meurtre des deux punks. C'est comme ça qu'il a perdu son œil. Il est là, le lien entre l'article et son dernier roman.

Je ne dis toujours rien. J'ai l'absurde conviction que Monette est caché derrière une fenêtre et qu'il observe ma réaction, en ricanant machiavéliquement. Mollement, je me fais l'avocat du diable :

— Quand même, il devait y avoir des témoins, lors de l'accident de Roy...

— Aucun, justement. Il faisait nuit, c'était après la fermeture de tous les bars. Il a dit qu'il marchait dans une petite rue déserte du centre-ville. Une rue parfaitement déserte au centre-ville, même la nuit, c'est exceptionnel, non? Après sa supposée chute, il a appelé le 9-1-1 d'une cabine téléphonique. Les premiers témoins ont été les ambulanciers et les policiers qui l'ont trouvé dans la cabine, à moitié évanoui, le crayon toujours dans l'œil.

— Ah! je m'exclame victorieusement. C'était donc vraiment un crayon!

— Ça ne veut pas dire qu'il se l'est planté lui-même dans l'œil!

— Quoi? Ce seraient les deux punks qui l'auraient attaqué et qui lui auraient fait ça? Et lui, avec son crayon dans l'œil, il les aurait poignardés après? Voyons, Jeanne, ça n'a pas de sens!

— Monette ne sait pas trop comment ça s'est passé, mais il est sûr d'une chose: Roy a été impliqué dans le meurtre de ces deux punks. Et c'est lié à la perte de son œil, perte qui l'a inspiré pour son dernier roman. C'est la seule manière d'expliquer la présence de cet article dans le cahier! Et c'est la seule manière d'expliquer la contradiction dans sa façon de raconter son accident! Et si on compare en plus les dates des deux événements... Merde, Paul, il y a de quoi prendre cette idée au sérieux, avoue!

Je me frotte le visage en grognant. Il fait trop chaud tout à coup. Je réfléchis à toute vitesse. Il doit exister d'autres détails qui ont échappé à Monette...

— Mais si Roy a été attaqué par deux punks et qu'il s'est défendu, pourquoi ne pas l'avoir dit à la police tout simplement? Pourquoi avoir raconté un mensonge?

Jeanne hésite, puis dit:

— Peut-être qu'il n'a pas été attaqué, justement...

Je lève brusquement la tête. Cette fois, elle va trop loin. Et tant mieux! Comme ça, je peux de nouveau croire que tout ce scénario n'est que fumisterie!

— Ah, oui, c'est ça! On revient au délire de Monette! Roy aurait provoqué volontairement cette tuerie! Comme il a provoqué tous les autres drames du cahier!

— Paul, je t'ai dit que je ne crois pas à ça ! Mais je crois... oui, je crois que Roy a pu être mêlé à cette tuerie des deux punks et qu'il en aurait perdu son œil... Le raisonnement de Monette est assez juste, assez logique pour nous permettre d'adhérer à cette hypothèse... Et s'il n'a pas averti la police, c'est peut-être par crainte du scandale...

— Du scandale ?

Jeanne s'assoit en face de moi.

— Mais oui ! Imagine, Paul : tu es une grande vedette. Tu sors d'un bar, plutôt éméché et, dans une ruelle, tu te fais attaquer par deux punks... ou peut-être... Oui, peut-être Roy a-t-il été témoin d'une querelle entre ces deux punks... Il y a eu de la bagarre... Peut-être a-t-il voulu intervenir... L'un des deux punks a rentré un crayon dans l'œil de Roy... Celui-ci s'est défendu, l'a poignardé... Peut-être que l'autre était déjà mort...

— Ça ne tient pas debout, Jeanne ! Tu entends ce que tu racontes ? C'est fou ! Même les Américains n'oseraient mettre une telle scène dans un film !

Jeanne se renfrogne, se rendant sans doute compte de l'invraisemblance de sa reconstitution.

— Bon, j'imagine que ça ne s'est pas produit exactement comme ça ! Mais peu importe ! Si Roy a été impliqué dans cette tuerie, d'une manière ou d'une autre, il a tout intérêt à ce que ça ne se sache pas, tu comprends ? Sa réputation est en jeu ! Alors, il invente une histoire...

Elle se penche vers moi.

— Avoue, Paul, que c'est possible !

J'hésite, puis je demande :

— Tu ne crois pas que Roy a volontairement provoqué cette tuerie entre deux punks ?

— Bien sûr que non ! Ça, c'est ce que pense Monette. Pas moi !

Je réfléchis de nouveau, puis me lève pour faire quelques pas dans le salon.

— Bon. Admettons que c'est vrai, que Roy a été impliqué dans la mort de ces deux punks, qu'il en a perdu son œil et qu'il a menti pour cacher un scandale. Ça nous avance à quoi, nous ?

— Ça peut avoir donné naissance à sa dépression.

Je jongle avec cette idée quelques instants, puis approuve.

— En effet... S'il se sentait déjà coupable de s'inspirer de la réalité pour écrire de l'horreur... S'il était déjà ébranlé d'avoir été témoin de quelques-uns de ces drames... Cette tuerie des punks représenterait une cause supplémentaire de remords...

Jeanne a un petit rire.

— Je le comprends, le pauvre !

Je l'observe, incertain. Elle lève la tête vers moi, hésite un moment, puis précise :

— Tout de même, Paul, avec cette histoire de punks, on est rendu à sept ! Sept drames mortels qui se seraient déroulés sous les yeux de Roy ! Sept !

Je la regarde sans un mot, comme si je la défiais de continuer. Elle secoue la tête et se contente d'ajouter :

— C'est... beaucoup.

L'inquiétude m'envahit de nouveau. Ma collègue fixe le sol, perdue dans ses pensées, silencieuse. Mais elle finit par dire, comme pour elle-même :

— On peut presque comprendre Monette d'énoncer des hypothèses aussi dingues.

Je marche vers ma collègue d'un pas rapide.

— Qu'est-ce que tu veux dire, Jeanne ?

Tout étonnée, elle éclate de rire.

— Bon ! Le Gardien de la Raison qui s'inquiète ! T'en fais pas, Paul, je suis toujours sur la planète Terre ! Seulement, tous ces hasards à propos de Roy sont tout de même extraordinaires, et ce n'est pas surprenant si certaines personnes finissent par croire que... que...

Elle fait un geste vague.

— ... que ce ne sont pas des hasards, justement, et que quelque chose d'autre se cacherait en dessous de tout ça...

Je songe alors à ma journée d'hier et grimace. Jeanne le remarque.

— Qu'est-ce qu'il y a?

— Je repensais à Archambeault, hier, à Léno...

— C'est vrai! dit-elle avec excitation. Tu l'as rencontré! Et puis? Il connaissait Roy?

— Non, pas du tout. Aucun lien entre les deux... Mais ce que tu viens de dire m'a fait penser à quelque chose, une remarque d'Archambeault...

— Quoi donc?

Je ne suis pas sûr que ce soit une bonne idée de le lui révéler. Mais me taire serait y accorder trop d'importance...

— Il a dit que Roy ne se trouvait pas là par hasard... Qu'il était là pour être témoin...

Les yeux de Jeanne s'agrandissent. La révélation lui fait trop d'effet à mon goût.

— Il a dit ça?

La voix douce, je lui rappelle:

— C'est un fou, Jeanne... N'oublie pas...

— Je le sais bien...

Mais il me semble qu'elle a légèrement blêmi.

Mon rêve de la nuit dernière me revient tout à coup.

Nous restons immobiles, dans un silence total. Le genre de silence qui prétend qu'il n'y a plus rien à ajouter, alors que nous sentons que c'est faux.

Mais que se passe-t-il donc? Et je devine la même interrogation dans le regard de Jeanne...

C'est finalement le téléphone qui nous tire de cette étrange situation. Je vais répondre rapidement.

— Allô?

— Docteur Lacasse? Sergent détective Goulet. Vous allez bien?

— Ça peut aller.

— Écoutez, je vous appelle pour vous dire qu'on ne vous embêtera plus avec Thomas Roy. Le dossier est clos.

Je fais une petite pause avant de réagir :

— Vraiment ?

— Oui. Nous venons de prendre connaissance du rapport du sergent détective Bélair... Aucun lien possible entre Archambeault et lui. Roy se trouvait là par hasard, c'est tout...

Par hasard... Ce mot sonne étrangement dans ma tête.

— Archambeault affirme le contraire, mais, selon Bélair, ce qu'il raconte est absurde, poursuit le sergent. Une sorte de délire. Et vous, qu'en pensez-vous ?

— La même chose, dis-je mollement.

Goulet soupire.

— Alors, voilà. Après enquête, on peut affirmer avec assurance qu'Archambeault a agi seul dans ce massacre. Roy s'est trouvé au mauvais endroit au mauvais moment. L'enquête est terminée.

« Vous savez combien de fois il s'est trouvé au mauvais endroit au mauvais moment ? » ai-je soudain envie de lui demander. Mais je me tais, étonné d'une telle pensée.

— C'est tout, insiste Goulet, surpris de mon silence.

— Merci, sergent.

— De rien. Dès lundi, je fais porter à votre bureau le manuscrit de Roy, celui qu'il était en train d'écrire quand on l'a trouvé. Ça pourrait vous aider pour sa... guérison.

— Peut-être, oui.

— Bonne chance, docteur.

Je raccroche, me tourne vers Jeanne. Un grand calme se fait dans mon esprit.

— Qui était-ce ?

Je lui résume l'appel. Après quoi, je conclus :

— Voilà. C'est fini. Réglé.

Jeanne hoche lentement la tête, songeuse. Puis :

— Tu ne leur as pas dit, pour les deux punks ? Que Roy a sûrement été impliqué dans cette histoire ?

— Pourquoi ? Nous avons des arguments, mais pas de preuves réelles. Et puis, la police enquête sur Archambeault, pas sur cette vieille histoire qui date déjà d'un an...

— C'est vrai.

Elle réfléchit de nouveau, puis ajoute :

— J'imagine aussi que c'est inutile de leur dire que Roy a été témoin de plusieurs drames mortels... puisque ce sont des hasards...

— Exactement.

Elle se lève. Encore ce silence plein de sous-entendus... Ce silence embarrassant... Un sourire gêné fleurit timidement sur son visage.

— On dirait que cette histoire nous secoue un peu, pas vrai ?

Je suis sur le point de lui dire que non, pas du tout, mais je repense à mon rêve d'hier soir. Je souris à mon tour.

— Oui... Peut-être un peu... Mais maintenant que la police a clos le dossier, tout va rentrer dans l'ordre, j'espère...

Jeanne approuve. Toute trace de doute a disparu de son visage. J'ajoute sur un ton moqueur :

— De ton côté... est-ce que Monette a enfin vidé son sac ou... ?

Elle me rassure en riant :

— Il m'a raconté tout ce qu'il savait. Je l'ai remercié, lui ai dit que ça pourrait nous être utile. Il avait l'air déçu... Il aurait voulu nous impressionner plus que ça, je pense. Il aurait voulu carrément nous convaincre de ses idées paranoïaques...

— Il lui restait du chemin à faire...

— Il a l'intention de trouver ce qui s'est vraiment passé, avec ces deux punks poignardés...

Je secoue la tête en soupirant. Jeanne lève les bras et les laisse retomber.

— Voilà. J'imagine que la prochaine étape, c'est lorsque Roy parlera lui-même. À ce moment-là, ça risque d'être intéressant...

— Peut-être que oui, peut-être que non. On n'apprendra peut-être rien de plus...

Cette éventualité ne réjouit pas trop Jeanne, mais elle sait que c'est possible.

Nous discutons encore brièvement, puis je la raccompagne jusqu'à la porte. Une fois seul, je retourne dans mon fauteuil et me plonge dans le vide de l'écran du téléviseur.

Je devrais me sentir rassuré et content. Mais je n'y arrive pas vraiment.

Je repense à mon rêve.

Témoin pour la septième fois... et peut-être même impliqué, dans le cas des deux punks...

... des hasards...

Je soupire. Jeanne a raison, cette histoire nous a un peu trop secoués. Je réentends les paroles du sergent Goulet.

« Le dossier est clos », a-t-il dit.

Oui, le dossier est clos. Il n'y aura pas d'autres surprises, d'autres hasards... Cela défierait toute logique, cela irait à l'encontre du bon sens... La limite du vraisemblable a été atteinte.

C'est donc fini. Vraiment.

Je prends la télécommande et allume la télé. Mais tandis que je fixe des personnages inconnus bougeant sur l'écran, une image se superpose dans mon esprit ; malgré mes efforts, je n'arrive pas à la chasser complètement.

L'image de Monette qui continue de fouiller, de chercher, inlassablement...

CHAPITRE 9

Édouard Villeneuve est assis devant moi, les coudes appuyés sur la table. Il se ronge les ongles en regardant vers la fenêtre.

— Vous n'allez pas bien, Édouard, n'est-ce pas ?

Il tourne la tête vers moi. Ses grands yeux de chien battu éternellement inquiet... Il n'a que vingt-huit ans, mais même à quarante ou cinquante, il aura toujours un air d'enfant terrorisé par ce monde d'adultes qu'il n'arrive pas à comprendre, à apprivoiser...

— Pourquoi vous dites ça ?

Sa voix est fragile, aiguë. Ses yeux bleus me supplient. De quoi, au juste ?

— Vous êtes ici depuis combien de temps, Édouard ?

Il réfléchit un moment, comptant sur ses doigts.

— Six ans ? répond-il avec l'angoisse de l'élève qui redoute une mauvaise réponse.

J'ai un petit sourire conciliant.

— Non, je ne vous demande pas depuis combien de temps je m'occupe de vous, Édouard. Combien de temps s'est écoulé depuis que vous êtes entré ?

Édouard réfléchit de nouveau.

— Presque quatre semaines ?

— Exactement. C'est plus long que vos visites habituelles, vous ne trouvez pas ? Pourquoi, selon vous ?

Il soupire et son regard retourne à la fenêtre. Il recommence à se ronger les ongles. La crise de larmes est proche. Non seulement son état ne s'améliore pas, mais on dirait même qu'il empire depuis deux semaines.

— Vous aimeriez sortir d'ici, Édouard ?

— Personne veut de moi, dehors, gémit le jeune homme.

— Voyons, Édouard, les Beaulieu vous aiment beaucoup, vous le savez, je vous l'ai déjà dit...

Il secoue la tête en se mordant les lèvres, tandis que ses yeux, toujours fixés sur la vitre, s'emplissent de larmes.

— Tout ce que je fais échoue... Je suis tanné de me battre, de faire des efforts... C'est tellement... tellement... inutile...

Il se tourne alors vers moi, les joues ruisselantes de larmes silencieuses.

— Vous avez pas cette impression, des fois, docteur ? Vous avez pas l'impression que ce que vous faites est parfaitement inutile ?

J'accuse mal le coup, à un point tel que je ne sais que répondre. Finalement, je bredouille ce conseil ridicule :

— Oui, ça m'arrive, évidemment... Mais il faut se battre contre cette impression, Édouard...

Jamais je ne me suis trouvé si peu convaincant. Se battre ! Se battre contre quoi ? Et dans quel but ? Comme s'il comprenait lui-même l'ineptie de mes paroles, Édouard regarde de nouveau la fenêtre, les ongles dans la bouche ; ses larmes cessent de couler, mais la tristesse émane de lui comme la chaleur d'un four.

— Je sortirai plus d'ici, murmure-t-il, la voix brisée et lointaine.

— Mais non, Édouard... Les séjours sont toujours de courte durée, vous le savez... Personne ne peut rester ici longtemps...

— Je sortirai plus, répète-t-il obstinément. Plus jamais.

Je poursuis ma tournée, un peu ébranlé par cette visite. Et tout à coup, je crois enfin découvrir pourquoi ce garçon est le seul patient à m'émouvoir encore : sa lucidité inconsciente me touche. Édouard ressent tout, il sait qu'il est rejeté, qu'il le sera toujours. Il sent qu'il est malade sans le comprendre.

Édouard Villeneuve me bouleverse parce qu'il est la preuve de mon échec...

◆

Roy est assis sur une chaise, les mains sur les genoux, habillé d'un pantalon noir et d'un T-shirt gris. Devant lui, une télévision diffuse un documentaire sur les animaux sauvages. Une idée de Manon, la nouvelle ergo : installer une télévision dans sa chambre et toujours la laisser allumée. Roy contemple l'écran, la bouche entrouverte, mais il y accorde autant d'intérêt qu'à une fente dans un mur.

Je m'approche de lui, l'observe longuement. Il m'ignore totalement.

— Pas de changement, Julie ?

— Aucun, me répond l'infirmière d'un air blasé.

Si Roy fascinait tout le monde au début, il est maintenant devenu une sorte de meuble qu'il faut entretenir tous les jours. Tous ont oublié qu'il s'agit du grand écrivain québécois.

Je me penche vers lui en pliant les genoux. Ils craquent avec force et je grimace. Plus de doute possible : je vieillis.

Je lui pose des questions, lui parle sur différents tons. Rien à faire. Je sors de la pièce. À la réunion de jeudi, il faudra peut-être envisager d'augmenter l'Haldol...

Dans le corridor, je rencontre Louis Levasseur, le troisième psychiatre de l'aile. Nous nous saluons. Je

ne le connais pas beaucoup, mais il est plutôt sympathique, malgré ses airs parfois hautains.

— C'est rare que tu viens ici le mardi, Louis...

— Un dossier que j'avais oublié...

En le voyant, je songe alors à madame Chagnon, à
son étrange attitude, l'autre jour...

— Dis donc, Louis, madame Chagnon... Comment
va-t-elle?

Mon collègue soupire.

— Pas très bien. Elle aurait dû sortir il y a deux semaines, mais son état a empiré depuis quelques jours...
Elle devient même paranoïaque, ça me déconcerte un
peu...

Il penche la tête sur le côté.

— Tu t'intéresses à son cas?

Il y a un rien de condescendance dans sa voix. Je
comprends: il doit trouver surprenant que moi, le grand
blasé de l'hôpital, je m'intéresse à un patient qui n'est
pas le mien. J'en suis moi-même surpris. Mais je
repense à ce qu'elle a dit, l'autre jour, devant la porte
de Roy...

«Plein de mal...»

— Non, c'est juste que...

Que quoi, exactement?

— J'étais surpris de la voir encore ici, c'est tout...

Nous continuons à discuter un peu. Il me demande si
je suis prêt pour mon colloque, dans quinze jours. Je
lui dis que oui, qu'il me reste seulement quelques ré-
visions à faire. Nous nous séparons.

Qu'est-ce qui m'a pris de lui parler de madame
Chagnon? Elle a été bizarre l'autre jour, et après?
Est-ce que cette aile n'est justement pas pleine
d'êtres bizarres?

Je sors dîner.

◆

Seul au restaurant, j'achève sans appétit un maigre repas. La question d'Édouard Villeneuve me tourne dans la tête.

« Vous avez pas l'impression que ce que vous faites est parfaitement inutile ? »

Par un curieux ricochet mental, les derniers mots de Boisvert reviennent me hanter.

« Je le vois ! Je le vois ! »

Qu'avait-il vu ? Et Archambeault, en tirant sur les enfants, qu'a-t-il vu ? Et qu'a vu Roy, en se coupant les dix doigts, en voulant se tuer ? Que voyait-il en ce moment même ?

Que voyaient-ils tous que moi, je n'avais jamais réussi à saisir durant toute ma carrière ? Que j'entrevoyais seulement à travers l'ombre étrange de leur œil, furtive mais tenace ?

Si Roy pouvait parler...

Je joue avec ma fourchette. Même s'il parlait, en dirait-il plus que Boisvert ? Ou qu'Archambeault ? Ou que tous les autres que j'ai croisés dans cette caverne sans lumière ? Serait-il plus clair ?

Témoin, sept fois...

Je soupire et regarde vers ma droite. Un couple dîne non loin de moi et discute à voix basse, sans cesser de sourire. Ils me rappellent les deux jeunes tourtereaux du *Maussade*. Tous les amoureux se ressemblent, c'est bien connu...

Je m'allume une cigarette et observe le couple quelques instants. Et eux, que voient-ils ? Que voient-ils tous, ces grands naïfs pleins d'espoir en la vie ?

Pourtant, j'ai déjà vu la même chose qu'eux. Est-ce si loin que je ne m'en souviens plus ?

Peut-être que mon expérience ne me le permet plus. Il existe des gens qui voient des choses si différentes...

Je me frotte le visage. Je délire. Je suis trop pessimiste. Mon travail m'a lessivé, délavé, a fait pâlir toutes mes couleurs...

Et même si je quitte mon travail dans quelques mois, ne sera-t-il pas trop tard?

Hélène...

Derrière mes mains, mes yeux se ferment avec force. Une terrible amertume forme une boule de douleur aiguë dans ma gorge.

«Dis-moi ce que tu vois, Roy... Dis-moi ce que vous voyez, toi et tous les tiens, sinon toute ma vie aura été vaine...»

Je demeure ainsi quelques minutes, les yeux fermés et brûlants, puis je tourne la tête vers le couple.

Il n'est plus là. Je ne le vois plus.

◆

Lorsque je monte à mon bureau, ma secrétaire me tend une boîte rectangulaire qu'on a apportée pour moi hier matin: le dernier manuscrit de Roy. De plus, Michaud a appelé et aimerait me voir.

Je soupire. Une vraie mère poule, celui-là... Au fond, il tombe plutôt bien. Le manuscrit de Roy devrait lui faire plaisir. Je dis à ma secrétaire de le rappeler et de lui donner rendez-vous pour seize heures.

Je rencontre mes patients externes, puis, vers quinze heures trente, j'ouvre la boîte de carton et en sors une pile de feuilles imprimées. Sur la première, ces simples mots:

«ÉBAUCHE DE ROMAN, par THOMAS ROY»

Les pages sont numérotées: soixante-treize. Je les parcours rapidement, lisant çà et là un paragraphe. Ce survol d'une quinzaine de minutes me permet de saisir le contenu général: exactement ce que Goulet nous avait dit. La dernière phrase de la dernière page est incomplète:

«Même avec son revolver, il passait inaperçu, et ce, grâce à son...»

— *À son statut de policier,* dis-je à voix basse.

Cette phrase incomplète, je l'ai lue sur l'écran de Roy, il y a de cela des siècles.

Je dépose le manuscrit sur mon bureau et enlève mes lunettes en soupirant. Voilà, toutes nos hypothèses se confirment. Je lève la tête et fixe le commutateur sur le mur. Un profond ennui se saisit de moi.

À ce moment, Jeanne entre dans mon bureau en me lançant un rayonnant «bonjour».

— Tu tombes bien. Regarde, c'est le dernier manuscrit de ton idole...

— Pour vrai? s'exclame ma collègue, les yeux ronds comme des billes.

Voilà, la fan est de retour. Elle s'assoit, prend le manuscrit et le feuillette fiévreusement. Elle touche à une œuvre inédite de Roy, elle doit être en pleine transe! Je souris, amusé malgré ma lassitude.

— Tu l'as lu? me demande-t-elle sans quitter les pages des yeux.

— En diagonale. Les soixante-treize pages racontent l'état psychologique d'un policier obsédé par l'idée de tuer des enfants, comme nous l'avait dit Goulet. À la dernière page, il est en train de se rendre sur les lieux du massacre, je crois.

Jeanne me regarde enfin. Je continue:

— Cette fois, tous les lecteurs auraient fait le rapprochement. Ce massacre commis par Archambeault est une tragédie trop affreuse, personne ne l'oubliera durant les vingt prochaines années. Tant que Roy s'inspirait d'incendies, de déraillements ou de meurtres familiaux, ça pouvait passer. Mais utiliser le massacre de onze enfants! Je suis prêt à parier que même ses fidèles lecteurs ne lui auraient pas pardonné cette faute de goût...

Jeanne observe le manuscrit, songeuse. Puis, elle le remet sur le bureau, avec une sorte de dégoût inattendu.

— Oui... Je pense que tu as raison...

— D'ailleurs, Roy lui-même a dû le comprendre. Il a dû trouver que, cette fois, il était allé trop loin et...

Jeanne hoche la tête. J'ouvre mon tiroir, en sors le cahier d'articles et le jette sur mon bureau, à côté du manuscrit :

— Tout est là. On a fait le tour de la question. Michaud devrait arriver d'une minute à l'autre. Je vais les lui remettre. Après tout, c'est l'agent de Roy, ces documents lui appartiennent plus qu'à nous.

Jeanne est surprise :

— Tu ne veux pas les garder ? On pourrait en avoir besoin pour...

— Il n'y a plus rien à chercher, Jeanne. Rien. Il n'y a plus qu'à attendre que Roy se réveille. Et même s'il se réveille...

— Tu penses vraiment qu'on n'apprendra plus rien de nouveau, Paul ? Même si Roy se remet à parler ?

J'hésite une seconde.

Espoir... Vain espoir...

— Non, je ne crois pas.

Jeanne ne paraît pas convaincue.

À ce moment, ma secrétaire annonce Michaud.

L'agent de Roy est à peine entré qu'il nous lance, sans nous saluer :

— Imaginez-vous que la police m'a appelé, la semaine dernière ! Elle dit que Thomas a assisté au massacre de la rue Sherbrooke ! C'est épouvantable !

Il se laisse tomber sur une chaise. Il enlève ses lunettes, les essuie, puis les remet. Je m'empresse de le rassurer :

— La police ne poussera pas son enquête plus loin, monsieur Michaud. Elle considère monsieur Roy comme hors de tout soupçon.

— J'espère bien !

Il semble enfin nous voir, puis nous salue maladroitement.

— Aucune amélioration chez Thomas ?

— Non, désolé.

J'ajoute pour le consoler:

— Vous êtes le seul à se tenir au courant de l'état de monsieur Roy... Il y a bien des journalistes qui viennent nous voir de temps à autre, mais ils ne comptent pas...

— Je vous l'ai dit: Tom voyait plus ses amis depuis plusieurs mois! À part son éditeur pis moi, je me demande qui il va y avoir à sa fête, le 22!

Je change de sujet:

— Je désire vous remettre ceci.

Je lui montre le manuscrit.

— C'est le roman qu'il était en train d'écrire quand on l'a trouvé.

Il change d'air complètement. Il saisit le paquet de feuilles comme un affamé se jette sur du pain. Sa réaction ressemble tellement à celle de Jeanne qu'on dirait deux comédiens auditionnant pour la même pièce. J'ajoute:

— C'est bien ce qu'on pensait: l'histoire d'un policier qui veut tuer des enfants.

Michaud me regarde, presque terrifié.

— Mon Dieu, marmonne-t-il.

Puis il se remet à feuilleter le manuscrit. Jeanne lui explique les causes de la crise de Roy, mais l'agent écoute distraitement. Il lit quelques phrases par page, à une vitesse étonnante.

Jeanne finit par se taire, indécise. Nous observons Michaud quelques instants, puis j'ajoute:

— Je vais vous le laisser, de toute façon. Ainsi que le cahier d'articles. Les écrits de monsieur Roy vous appartiennent plus qu'à nous.

Mais Michaud n'écoute toujours pas. Il continue à parcourir le manuscrit fébrilement. À mesure qu'il tourne les feuilles, son visage devient confus. Puis, il va à la dernière page et regarde en bas, de plus en plus déconcerté. Jeanne lui demande:

— Un problème, monsieur Michaud?

Il lève enfin la tête et, après avoir cligné des yeux derrière ses lunettes, demande:

— Vous dites qu'il a écrit ce manuscrit en revenant chez lui ?

— Bien sûr. Il a vu le meurtre des enfants, et c'est ce qui lui a donné l'idée de...

L'agent m'interrompt :

— À quelle heure le meurtre a-t-il eu lieu ?

Un peu surpris, je réfléchis, puis réponds :

— En fin d'après-midi, il me semble... Vers seize heures.

— Pis Thomas, on l'a découvert chez lui à quelle heure ?

Je regarde Jeanne, indécis.

— Une heure du matin, environ, répond ma collègue, tout aussi intriguée.

Michaud jette un autre coup d'œil à la dernière page, puis nous dévisage tour à tour.

— Mais voyons, c'est pas sérieux.

Il dit cela sur le ton d'une évidence presque choquante.

— Je vous demande pardon ?

— Vous pensez quand même pas que Thomas a écrit soixante-treize pages en moins de neuf heures ?

Jeanne et moi, nous ne nous étions jamais arrêtés à cette question.

— Pourquoi, c'est impossible ?

Michaud me regarde comme si j'étais un idiot. Je précise :

— Je sais que c'est rapide, mais sous l'effet de la passion, sous l'inspiration, on peut écrire rapidement, non ? Sept ou huit pages à l'heure, c'est très possible, il me semble. Et, après tout, c'est un premier jet.

— Écoutez, explique Michaud avec patience. Premièrement, j'ai jamais connu d'écrivain qui arrivait à produire soixante-dix pages en une journée, même un brouillon... En tout cas, si ça existe, moi, j'en connais pas... Deuxièmement, Tom écrit lentement, il produit au gros maximum dix pages par jour, pis des pages non revues, en plus... Pis ce que je tiens entre les mains, c'est pas un premier jet. Les pages que j'ai lues au hasard démontrent que c'est un texte travaillé, très structuré, très rigoureux, sans incohérence ! Les dernières pages ont l'air un peu plus confuses, mais ce sont les seules ! Un rapide survol est suffisant pour s'en rendre compte !

Comme par défi, il tend le manuscrit à Jeanne. Celle-ci, d'abord hésitante, le prend et le parcourt à son tour. Je réfléchis un bref moment. Tout à l'heure, le texte m'a semblé passablement bien écrit...

— Bon. Il l'aura commencé avant, c'est tout. La scène de la tuerie n'est même pas esquissée à la fin, donc...

— L'avez-vous lu ? m'interrompt-il de nouveau.

Il commence à m'énerver.

— Je l'ai parcouru, monsieur Michaud, tout comme vous. J'ai vu qu'on y parlait d'un policier qui se prépare à aller tuer des enfants dans...

— Alors, vous avez sûrement remarqué que cette idée apparaît pas seulement à la fin. Tout le manuscrit est basé là-dessus ! Dès la première page, l'intention est annoncée ! Lisez-la, s'il vous plaît.

Jeanne, qui comprend qu'on s'adresse à elle, revient à la première page et lit à haute voix :

« Ça y est, c'est pour bientôt. Il doit tuer. Et il sait qu'il le fera. Son travail de flic ne pourra pas lui servir d'alibi. Il ne pourra pas plaider la légitime défense. Son geste sera gratuit. Et cette absence de sens produira un vent d'horreur qui balaiera le pays d'un bout à l'autre. Mais à l'horreur, il ajoutera l'abomination : il tuera des enfants. C'est ce qui fera de lui un monstre à tout jamais. Et c'est cela qui l'excite le plus... »

Jeanne semble un peu déconcertée. Michaud reprend :

— Dès la première page, je vous dis ! Pis si je me fie à ce que j'ai parcouru, toutes ces pages racontent l'état mental du policier obsédé par cette idée ! En commençant son roman, Thomas savait de quoi il parlait !

— Eh bien, voilà la preuve qu'il a vraiment écrit toutes ces pages *après* le massacre d'Archambeault !

— Mais c'est impossible ! Il y a trop de pages ! Et elles sont trop bien écrites !

Jeanne, qui feuillette toujours le manuscrit, a un petit tic incertain.

— Il n'a pas tort, Paul. Ça ne ressemble pas du tout à un brouillon ou à un premier jet...

Cette fois, c'est de la colère que je commence à ressentir.

— Monsieur Michaud, qu'est-ce que vous essayez de me dire ?

— Je vous dis que Tom a pas écrit ces soixante-treize pages entre quatre heures de l'après-midi pis une heure du matin ! Je le connais assez pour pouvoir le jurer !

— Mais il *faut* qu'il les ait écrites dans ce laps de temps, comprenez-vous ça ? Il le *faut* ! Il n'a pas pu commencer avant ! Comment aurait-il pu être inspiré d'un fait réel *avant* que ce fait se réalise ?

— Mais c'est ça que je vous demande ! s'écrie Michaud.

Un lourd silence tombe sur la pièce. Nous nous regardons tous les trois. Nous ne disons rien.

Ça ne va pas. Ça ne va pas du tout. Quelque chose tourbillonne dans ma tête, quelque chose cloche. Un truc que je ne saisis pas. Une intention, une idée. Un léger vertige s'empare de moi.

Après une désagréable minute de silence, Jeanne propose enfin, tout à fait calme :

— Vous savez, monsieur Michaud, lorsque quelqu'un est en pleine crise psychotique, plusieurs de ses facultés peuvent décupler. La force physique, par exemple. Ou même la vitesse d'exécution.

Michaud l'observe sans comprendre. Moi, je vois parfaitement où Jeanne veut en venir et j'en ressens un soulagement aussi bienfaiteur qu'excessif. Qu'ai-je donc craint, au juste, pendant ce court silence ? Un doute ? Une fissure dans l'ordre logique des choses ?

— Durant sa crise, tout devait aller très, très vite dans la tête de monsieur Roy, explique Jeanne. Il avait un besoin irrépressible d'écrire cette histoire. Son délire, si vous me permettez cette expression, a dû décupler son imagination ; il est même probable qu'il écrivait dans un état second, qu'il devait à peine s'en rendre compte. L'alcool et la drogue peuvent avoir des effets similaires. Combien d'artistes ont créé à une vitesse foudroyante, alors qu'ils se trouvaient dans un état second ? William Burroughs ne se souvient pas d'avoir écrit une seule ligne du *Festin nu* tellement il était perdu dans les nuages de la drogue...

Michaud a une grimace peu convaincue. Ma collègue ajoute :

— Et puis, Balzac lui-même a écrit *Le Père Goriot* en trois jours. C'est pourtant un chef-d'œuvre de la littérature française...

— Balzac n'était pas fou, ni drogué, il me semble, proteste mollement Michaud.

— La question n'est pas là...

— La question aura beau être n'importe où, vous me ferez pas croire que Tom a écrit ce manuscrit-là en si peu de temps !

J'interviens enfin :

— Que vous y croyiez ou non n'a pas vraiment d'importance, monsieur Michaud. La logique n'a pas besoin de votre assentiment. C'est la seule explication, un point c'est tout.

Au regard que me jette Jeanne, je comprends que j'ai été un peu sec, mais tant pis. Il commençait à m'exaspérer sérieusement, avec ses doutes et ses théories sur la rapidité relative des écrivains... De toute façon, l'explication de Jeanne est plus que satisfaisante.

Michaud décide enfin de se taire, malgré son air insatisfait. Je me lève et reprends sur un ton poli :

— Alors, voilà, monsieur Michaud. Vous pouvez apporter avec vous le manuscrit et le cahier d'articles. Nous continuerons de vous tenir au courant.

Boudeur, Michaud dépose le manuscrit sur ses genoux, puis prend le cahier d'articles qu'il se met à feuilleter aussi. Je jette un coup d'œil impatient vers Jeanne, mais elle me fait signe de me calmer. L'agent s'arrête alors sur une page, l'examine plus longuement.

— Regardez cet article...

Il tourne le cahier vers nous : Une femme noie ses deux bébés dans sa piscine. Michaud revient à l'article avec un sourire amer.

— Ça date de 1988. Je me rappelle que Tom m'avait dit qu'il avait l'intention d'écrire une scène de ce genre-là dans son prochain roman !

— C'est vrai, c'est dans son livre *Nuit secrète*, confirme Jeanne. Une scène horrible.

— C'était au party de ma fête, pour mes quarante-deux ans, évoque Michaud, la voix lointaine. Je lui avais demandé quel roman croustillant il me préparait, cette fois. Au début, il voulait pas me le dire, mais pour ma fête, il me devait bien ça ! À contrecœur, il m'avait parlé d'une idée de scène : une femme qui noie ses enfants. J'avais beaucoup aimé.

Il ricane, plus triste que jamais.

— Baptême ! Dire qu'il avait pensé à ça en lisant le journal... Pis j'ai même pas fait le lien...

Je me retiens pour ne pas soupirer. Avec un peu plus d'impatience, je dis :

— Monsieur Michaud, si vous permettez...

— Oui, bien sûr...

Il s'apprête à refermer le cahier, mais il suspend soudain son geste et revient à l'article, les sourcils froncés.

— Y a quelque chose qui cloche...

— Quoi donc ? demande Jeanne.

Michaud étudie toujours l'article, en caressant doucement son menton.

— Je sais pas, mais... il me semble que quelque chose cloche...

J'en ai plus qu'assez.

— Monsieur Michaud...

— Oui, oui...

Il renonce puis, le cahier et le manuscrit sous le bras, il finit par partir.

Jeanne me regarde sans un mot. Il y a quelque chose dans son regard... Une sorte d'incertitude qui me rappelle sa visite de samedi dernier...

— Qu'est-ce qu'il y a, Jeanne?

Elle ouvre la bouche, puis la referme, mal à l'aise. Je sais qu'elle aimerait parler, qu'elle ressent une envie folle de confier ce qui la tracasse. Mais elle a soudain un petit sourire artificiel, horrible de fausseté, puis lance :

— Rien... Rien du tout. Écoute, je dois y aller, j'ai donné rendez-vous à Marc au centre-ville...

Elle m'embrasse. Moi, je ne dis rien, me contentant de l'observer attentivement. Mais elle évite mon regard. Elle finit par sortir à son tour.

Je me rassois, terriblement inquiet. Ce que je craignais est arrivé : le doute s'est installé en Jeanne. Elle a voulu me le cacher tout à l'heure, mais je la connais trop. Elle commence à trouver toute cette histoire... disons « anormale ». Elle veut combattre cette impression, je le vois bien, mais le doute est de plus en plus fort.

Je secoue la tête.

Et toi ? me demande une petite voix. *Tu n'as aucun doute ?*

Non. Aucun.

Elle est peut-être là, la réponse que tu cherches depuis si longtemps... Elle est peut-être dans cette direction « anormale »...

Non, impossible. Aucune réponse ne peut être *là*, aucune.

Je lève la tête. Je vois la porte de mon bureau et, juste à côté, celle du placard. Je les étudie attentivement. Sans savoir pourquoi, je les trouve soudain fascinantes. Ces deux portes fermées, une à côté de l'autre...

Qu'est-ce qui me prend, tout à coup?

Je suis perdu dans mon absurde contemplation depuis plusieurs minutes lorsque le téléphone sonne. Je tourne légèrement la tête vers l'appareil. Il sonne une deuxième fois.

J'ai alors la très solide conviction que cet appel concerne Roy. D'ailleurs, tous les événements récents ne semblent tourner qu'autour de lui... Mais, cette fois, ça va être plus important. Plus gros. Bouleversant.

Une troisième sonnerie. Je fixe l'appareil avec tant d'attention que ma vue s'embrouille.

... et s'il n'était pas trop tard pour moi? Si Roy était vraiment la réponse à toute ma vie? Un nouveau point de vue? Un pas vers l'avant?

... mais si, au contraire, il rendait le cauchemar encore plus profond, encore plus opaque?

Quatrième sonnerie.

Boisvert, juste avant de se crever les yeux...

«Que voyez-vous?!»

Presque malgré moi, je tends la main vers le téléphone. Et tandis que je colle le combiné à mon oreille, je comprends que Goulet avait tort: rien n'est terminé.

— Allô?

Ma voix est blanche, comme si toute intonation en avait été définitivement effacée.

— Docteur Lacasse?

C'est Nicole, l'infirmière-chef. Sa voix est fébrile.

— C'est monsieur Roy, docteur...

Un court silence. Il me semble que ma respiration envahit l'univers. Nicole lâche enfin le morceau:

— Il a parlé...

DEUXIÈME PARTIE

LES DEUX PORTES

Tu t'approches de plus en plus de l'autel, devant lequel se dresse le prêtre chauve. Ses yeux flamboyants sont fixés sur toi. Tu t'arrêtes enfin devant les quelques marches qui mènent à la chaire. Tu attends. Tu sais pourquoi tu es ici, ce n'est pas la première fois.

Et pourtant, tu voudrais fuir.

Derrière, tu entends toujours les bruits, les cris, les supplications...

Au-dessus de toi, le sourire du prêtre s'élargit. Ironique. Cruel.

— Tu as voulu me fuir.

Tu connais sa voix. Comme toujours, elle te charme. Comme toujours, elle t'horrifie. Comme toujours.

Il écarte les bras.

— Tu sais bien que c'est inutile. Que tu ne pourras jamais me fuir.

Tu voudrais fermer les yeux. Tu ne peux pas. De toute façon, ça ne t'empêcherait pas de voir.

Le prêtre ricane. Il répète d'un ton tranchant :

— Jamais.

CHAPITRE 10

Je ne prends pas l'ascenseur, je suis trop pressé pour attendre. Je descends l'escalier à toute vitesse lorsqu'au milieu des marches, je m'arrête net, terrassé par une terrible douleur qui me vrille la cage thoracique. Je recroqueville les doigts sur ma poitrine en grimaçant de douleur. Alarmé, je m'appuie contre le mur et me mets à respirer profondément.

Le cœur... Bordel, c'est le cœur... Du calme, il faut que je me calme...

Les minutes passent et, graduellement, la douleur s'éloigne. J'ouvre enfin mes yeux larmoyants. Je suis couvert de sueur.

Seigneur ! seulement quelques marches au pas de course, et me voilà prêt à piquer une crise cardiaque ! Suis-je donc si peu en forme ?

Mais, aussi, pourquoi m'énerver ainsi ! Avec stupéfaction, je réalise que je n'ai pas ressenti une telle excitation depuis plusieurs années... Est-ce que le cas Roy prendrait plus d'importance que je ne voudrais le croire ?

J'attends encore quelques instants, le temps de me calmer parfaitement, puis recommence à descendre d'un pas normal. De ma terrible douleur à la poitrine ne persistent que quelques lointains échos.

J'arrive au Noyau. Tandis que je marche rapidement vers la chambre de Roy, Nicole m'explique, sur mes talons :

— C'est Sandra qui l'a entendu. Elle était entrée pour fermer la télé, et il aurait dit alors : « J'ai froid. »

— « J'ai froid » ? C'est tout ce qu'il a dit ?

— Oui. Sandra est venue me prévenir tout de suite.

— Est-ce qu'il fait froid dans sa chambre ?

— Non, pas du tout.

Nous entrons dans la chambre numéro neuf. L'écrivain est dans le fauteuil, son regard aussi nébuleux que de coutume. Sandra, à ses côtés, se tourne aussitôt vers moi.

— Il n'a pas reparlé...

Je m'approche de lui et l'examine attentivement. Il ne lève même pas les yeux.

— Monsieur Roy...

Aucune réaction. Je plie les genoux (ah ! ces craquements !) pour être à sa hauteur.

— Monsieur Roy, vous m'entendez ?

La tension est palpable. Bon Dieu, s'il est retourné dans sa catatonie, je hurle ! J'ouvre la bouche pour répéter ma question, mais il tourne enfin la tête vers moi. Ses yeux me regardent, du moins son œil valide. Un œil qui me voit, manifestement.

— J'ai froid, articule-t-il doucement.

Une voix quelque peu éraillée, mais parfaitement audible. Une bouffée de chaleur me parcourt tout le corps.

— On va s'occuper de ça, monsieur Roy. On va vous recouvrir d'une couverture.

Je fais un signe à Sandra, mais Roy marmonne :

— Non... Non, c'est inutile...

— Vous êtes sûr ?

Il a un regard résigné et dur à la fois. Je n'insiste pas.

— Vous savez où vous êtes, monsieur Roy ?

Il regarde autour de lui. Tous ses gestes sont lents, comme s'il sortait d'une hibernation de deux siècles. Et sa voix, malgré sa clarté et son débit normal, est étrangement plate, sans véritable intonation.

— Dans un hôpital, je suppose...

— Oui, exactement.

Tout va bien. Il reprend contact de façon fort satisfaisante. Si Jeanne voyait ça... Mais Nicole m'a dit que ma collègue était partie quelques minutes avant que Roy ne retrouve la parole. Elle va se faire hara-kiri quand elle va apprendre qu'elle a manqué ça !

— Vous savez pourquoi vous êtes ici ?

Il réfléchit. Une tristesse infinie envahit soudain son œil valide.

— Parce que je suis pas mort ?

Je suis pris au dépourvu par une telle réponse. Roy baisse la tête.

— Je suis pas mort, répète-t-il d'une voix lasse.

J'hésite un bref moment, puis décide de poser la grande question :

— Est-ce que vous vous rappelez ce qui s'est passé, monsieur Roy ? Juste avant qu'on vous amène ici ?

Il semble à bout de force, malgré une vague angoisse que je sens sourdre en lui.

— Tellement fatigué... Je voudrais dormir...

Je hoche la tête. Trop tôt pour aborder ce sujet.

— Encore une ou deux questions, monsieur Roy, et on vous laisse dormir... Quel est votre nom ?

— Thomas Roy...

— Votre date de naissance ?

— 22 juin, 1956...

— Votre profession ?

Il hésite, a une drôle de grimace, puis répond mollement :

— Écrivain...

— Votre adresse ?

— 3241, Hutchison...

Il tourne la tête vers moi et, vision incroyable et inespérée, me sourit. Un sourire un peu forcé, sans conviction, mais un sourire tout de même. Je crois m'être moi-même mis à sourire comme un enfant.

— Vous êtes rassuré, docteur?

— Oui, totalement rassuré...

Son sourire forcé disparaît aussitôt, et de nouveau apparaissent la fatigue et l'anxiété.

— Dormir...

Il esquisse alors le geste de se frotter le front et aperçoit ses mains bandées, sans doigts. Voilà, on y est... La respiration suspendue, j'attends sa réaction.

Il cligne des yeux, l'air vaguement incrédule, puis laisse retomber sa main sur son genou. Je l'entends souffler:

— Mon Dieu...

C'est tout. Pas un mot de plus. Je me risque à demander:

— Savez-vous comment vous avez perdu vos doigts, monsieur Roy?

Jamais un homme ne m'a paru si épuisé. Comme s'il sortait d'un long combat.

N'est-ce pas exactement le cas?

— Dormir, se contente-t-il de répéter.

Je n'en saurai pas plus aujourd'hui. Sandra et moi l'aidons à se coucher. Il ferme déjà les yeux en poussant un long soupir. Contentement ou tristesse? Je ne sais trop. Une terrible pensée m'écorche l'esprit: il va s'endormir et retourner dans son mutisme, il ne se réveillera plus. Sur un ton que je veux moqueur, je lui lance:

— Restez avec nous, cette fois, monsieur Roy. Ne repartez plus!

Il entrouvre ses yeux. Sa voix est pâteuse:

— Ça donnerait rien... Il me laisserait pas repartir...

Je penche la tête vers lui.

— Qui ça?

Ses yeux se sont refermés.

— Qui ne vous laisserait pas repartir, monsieur Roy?

Sa respiration est régulière, sa bouche entrouverte. Il est endormi.

Je me redresse, puis entraîne Sandra hors de la chambre.

— Manon est ici?

— Oui, je l'ai vue il y a cinq minutes.

— Parfait. Réunion tout de suite...

Quelques minutes plus tard, nous sommes dans la salle de réunion. Les cinq personnes présentes attendent mes instructions concernant Roy. Elles savent que le meuble a repris vie.

— Il n'a encore rien dit de concluant. Jeudi, je compte lui parler longuement. D'ici là, il ne doit pas dormir plus de huit heures d'affilée, vous m'entendez? Nicole, vous faites passer cette consigne à toutes les infirmières, de jour et de nuit. Il faut aussi le tenir occupé. Manon, faites-lui faire beaucoup d'activités, pour voir si tout est OK. Mais ne lui parlez pas de la raison de sa présence ici. Attendez qu'il en parle lui-même. S'il vous demande ce qu'il fait ici, demandez-lui ce qu'il en pense. S'il vous demande pourquoi il n'a plus de doigts, demandez-lui s'il s'en souvient. Mais ne lui répondez jamais directement, vous m'entendez? Dites-lui que je le vois après-demain. Voilà.

Elles prennent des notes pendant que je lâche ma mitraille d'instructions. Manon me demande:

— Vous croyez qu'il se souvient de ce qui lui est arrivé?

Je réfléchis. Je repense à sa réaction, lorsqu'il a vu ses mains bandées: un mélange d'horreur et de résignation.

— Je crois que oui. Nous verrons bien.

Je me lève, sur le point de sortir, puis me tourne vers elles une dernière fois.

— Ah, oui! Tout à l'heure, devant Sandra et moi, il a fait allusion à quelqu'un qui l'empêcherait de retourner dans son état catatonique. S'il y fait encore allusion, essayez d'en savoir plus.

Je sors enfin. Il faut que je réfléchisse tranquille, mais mon bureau ne me semble pas un bon endroit. Je décide de rentrer chez moi.

Pour la première fois depuis très longtemps, je raconte ma journée à Hélène. Elle m'écoute attentivement tandis que nous terminons le dessert.

— Ça ne semble pas t'emballer outre mesure, me dit-elle à la fin.

Je soulève la croûte de ma pointe de tarte, hésitant. Effectivement, sur le chemin du retour, une bonne partie de mon excitation est tombée.

— Cet après-midi, j'étais plus fébrile. Et puis... Et puis, je suis revenu sur terre... On n'apprendra rien de plus que ce qu'on sait déjà, j'en ai bien peur...

— On ne sait jamais.

— Tu as raison, mais...

Je ne complète pas. Silence. Il y a quelques années, cette discussion aurait été enflammée, passionnée. Il n'y a pas si longtemps, même lorsque je racontais à Hélène que j'avais cassé un lacet de soulier au travail, cela prenait des allures épiques.

Le silence se poursuit.

Je lève les yeux. Elle pense la même chose que moi, je le vois bien. Je prends une bouchée de la tarte.

— C'est bon, dis-je la bouche pleine.

— Jeanne est au courant?

— Non. Elle va grimper dans les rideaux quand elle va savoir ça... Tiens, je vais l'appeler.

En me levant, j'évite le regard de ma femme, mais je le devine sans difficulté, un regard qui doit dire : « Comme ça, tu peux quitter la table plus vite... ». Je me sens lâche.

Au téléphone, je raconte tout à Jeanne, dans les moindres détails. Comme je l'avais prévu, c'est l'explosion.

— À quelle heure c'est arrivé?

— Vers seize heures trente...

— C'est pas vrai! Je venais tout juste de partir! Maudite marde!

Je souris, amusé.

— Voyons, Jeanne, une jeune femme doit surveiller son langage...

— C'est pas drôle, Paul !

Elle se lamente encore quelques instants, puis finit par se résigner.

— Bon. Je ne me le pardonnerai jamais, mais tant pis. Et la suite des opérations, c'est quoi ?

— Jeudi matin, je vais l'interroger sérieusement. Tu veux être là ?

— Si je veux ! Quand on a demandé à Neil Armstrong de faire le premier pas sur la Lune, qu'est-ce qu'il a répondu, tu penses ?

Je trouve l'analogie quelque peu excessive, mais me garde bien de le dire.

— Paul, avoue que... Ça doit t'énerver un peu ?

— Un peu, c'est vrai, mais je me suis calmé depuis. Roy ne nous apprendra sûrement rien d'extraordinaire.

Silence à l'autre bout du fil. Je finis par ajouter :

— Tant mieux, après tout. Peut-être que ça va te ramener sur terre...

Elle s'étonne.

— S'il n'y a rien d'extraordinaire dans le cas Roy, je vais être la première contente, Paul. Tu penses que je tiens tant à ce qu'il y ait du mystère dans cette histoire ?

— En tout cas, cet après-midi, avoue que tu commençais à... à avoir des doutes.

Elle ne répond rien. Je lui dis donc :

— Alors, on se voit jeudi matin ?

— Compte sur moi !

— Et comme je te dis... ne nous excitons pas trop. On risque d'être déçus.

— Déçus ? Roy a recommencé à parler, c'est déjà formidable ! Comment pourrais-je être déçue ?

Sa réponse me prend totalement au dépourvu. Elle émet un petit son exaspéré.

— Tu penses que j'ai des grosses attentes, Paul, mais c'est peut-être le contraire. C'est peut-être les tiennes qui sont trop grandes...

Après vingt-cinq ans, il me semble que j'ai droit à de grandes attentes est la réflexion qui me vient à l'esprit. Mais je me contente de dire :

— À jeudi, Jeanne.

Je raccroche.

Jeanne a-t-elle raison ? Est-ce que j'en demande trop, au fond ? Qu'est-ce que j'attends de ma rencontre avec Roy jeudi prochain ? Si ce n'est pas de l'espoir, de quoi s'agit-il ?

Je me souviens de ce que j'ai pensé, cet après-midi, quand le téléphone a sonné dans mon bureau... L'idée que Roy serait peut-être la réponse à tout... ou, au contraire, qu'il rendrait tout encore plus opaque...

Je marche vers la cuisine pour rejoindre Hélène.

Elle n'y est plus.

◆

Mon bureau est envahi par le brouillard. Au milieu de cette brume, mon téléphone flotte. Et il sonne. Une sonnerie sourde, glauque, sinistre.

Cela concerne Roy. On va me dire qu'il a recommencé à parler.

Mais cette fois je ne répondrai pas. Je ne veux pas. Je ne veux pas que Roy se remette à parler. Je ne veux pas parce que... parce que...

Trop tard. Tu as déjà répondu.

Le téléphone dérive vers moi sans cesser de sonner, tel un glas de fin du monde. Sa sonnerie hurle de plus en plus fort, de plus en plus aigu...

Je me réveille. Dans la noirceur de la chambre, la sonnerie retentit toujours, bien réelle. J'entends Hélène gémir à mes côtés.

— Laisse, dis-je en bredouillant. Je m'en occupe...

Je tends la main en aveugle vers la table de chevet et, couché sur le dos, je réponds d'une voix endormie :

— Allô ?

— Docteur Lacasse ? Je vous réveille ?

Je tourne un œil vers le cadran. Les chiffres rouges étincellent dans les ténèbres : 6 : 02.

— Qu'est-ce que vous pensez, que je suis en train de jouer au tennis ? je réponds sèchement.

— Je m'excuse, je... je suis un lève-tôt, moi, pis comme vous êtes psychiatre, je me suis dit... que vous deviez vous lever de bonne heure pour aller à l'hôpital, ça fait que...

— Je ne vais pas à l'hôpital, aujourd'hui, jamais le mercredi...

— Ho ! je suis vraiment... vraiment...

— Mais qui parle, au juste ?

Je connais cette voix nerveuse...

— C'est Patrick Michaud...

J'en tomberais sur le derrière si je n'étais pas déjà couché.

— Pour l'amour du ciel, monsieur Michaud, qu'est-ce que... comment avez-vous eu mon...

— Mais... dans le bottin téléphonique !

Je soupire. Hélène m'a toujours conseillé de faire mettre notre numéro confidentiel, pourquoi ne l'ai-je pas écoutée ? D'ailleurs elle s'en moque, elle a recommencé à ronfler à mes côtés. Heureuse soit-elle.

— Monsieur Michaud, je trouve que vous allez un peu...

— Mais c'est très important, vous pensez bien ! reprend l'agent, tout excité. Sinon, j'aurais jamais osé ! Écoutez, cette nuit, je dormais pas, je repensais à notre discussion d'hier, pis là, bang ! Ça m'a frappé ! J'ai pas pu me rendormir ! À six heures, j'en pouvais plus, j'ai décidé de vous appeler ! Parce que je pensais que vous seriez levé, vu que...

— Oui, oui, vous me l'avez déjà dit ! Écoutez, rappelez-moi dans quelques heures. Moi aussi, j'ai des choses à vous...

— Non, non, ça peut pas attendre ! rétorque l'effronté. Je vous ai au téléphone, là, il faut que je vous le dise !

Je soupire de nouveau. Michaud est un enfant. Voilà, c'est réglé: c'est un enfant capricieux et désarmant.

— Vous vous rappelez, lorsque j'ai vu cet article qui parlait de la femme qui a noyé ses deux enfants? Je vous ai dit qu'à mon party de fête, en 88, Tom m'avait confié qu'il avait l'intention d'écrire une scène de ce genre dans son prochain roman. Vous vous souvenez?

— Oui, oui...

— Mais l'article m'intriguait, vous vous rappelez aussi? Je lisais l'article devant vous, pis je disais que quelque chose clochait...

Je commence à être intrigué.

— Oui, je me souviens...

— Eh bien, j'ai relu l'article et j'ai trouvé ce qui clochait! C'est la date qui marche pas! L'article date du 30 mai 88!

— Et alors?

— Ma fête est en avril!

Je garde le silence. Je dois être trop endormi, car je ne comprends pas du tout où Michaud veut en venir. Il explique, tout énervé:

— Docteur Lacasse, l'article est sorti en mai! En *mai!* Et Roy m'a parlé de cette scène à ma fête, le 23 *avril! Il m'a parlé de son idée un mois avant que le drame réel se produise!*

Je ne dis rien. Les couvertures du lit deviennent soudain glacées. Pendant une seconde, je vois le sourire de Monette planer dans les ténèbres, mais je le chasse aussitôt. Michaud insiste:

— Il a pensé à une scène de femme qui noie ses enfants, pis un mois après, un drame du même genre s'est produit!

J'ai compris, j'ai compris, bordel! ai-je envie de lui hurler. *J'ai compris ce que tu veux dire! Comme j'ai compris ce que Monette a essayé d'insinuer! Comme j'ai compris les doutes de Jeanne cet après-midi! Je vous ai tous compris! Mais ça se peut pas, comprenez-vous ça? ÇA SE PEUT PAS!*

J'ouvre enfin la bouche et je m'étonne de constater à quel point ma voix est calme.

— C'est un hasard, monsieur Michaud.

— Pardon?

Je m'humecte les lèvres.

— Un hasard... D'ailleurs, ce hasard a sûrement perturbé monsieur Roy lui-même...

— Un hasard...

Son ton est dubitatif. Et moi, alors que j'ai toujours envie de crier, je poursuis d'une voix douce:

— C'est possible, vous savez.

— Oui, sauf que... J'ai pensé à tout ça, pis...

Je ferme les yeux. Combien de temps vais-je pouvoir me retenir de l'envoyer au diable?

— Vous savez, son manuscrit de soixante-treize pages, continue Michaud... Je vous ai dit qu'il pouvait pas avoir écrit tout ça après le massacre des onze enfants... Que, d'après moi, il l'aurait commencé avant... Mais là, si, en plus, il a pensé à l'histoire de la femme qui noie ses enfants *avant* que ça arrive...

Il se tait, incertain, et ajoute:

— Ça en fait, des hasards, vous trouvez pas?

Je ne dis rien. C'est reparti. Ça recommence. Le duo Monette-Jeanne compte un membre de plus. Ils sont maintenant trois contre moi. Je n'ai plus de salive, mais je réussis à dire, la voix cette fois légèrement tremblante:

— Monsieur Michaud, il me semblait vous avoir convaincu que Roy avait écrit son manuscrit après le massacre...

— Ho! ho! Moi, j'ai jamais été convaincu, vous le savez! Pis avec l'histoire de la femme qui noie ses enfants en plus...

C'est assez. Je n'en peux plus. Il fait trop froid. La tête bourdonnante, je m'entends dire:

— Écoutez, monsieur Michaud, je... je ne veux pas parler de ça maintenant avec vous, mais...

J'hésite, je ne sais plus. Je vais craquer, je le sens, je vais proférer une bêtise si je ne raccroche pas bientôt.

— Jeudi, venez me voir à l'hôpital. On se parlera. J'ai... Il y a du nouveau...

— C'est quoi ? Ç'a rapport avec Tom ?

— Jeudi matin, je dis, la voix aiguë.

Et je raccroche.

Tout est calme. Sur le dos, je fixe les ténèbres du plafond. J'entends Hélène marmonner :

— C'était qui ?

— L'agent de Roy. Pas important.

Tout est calme, mais dans ma tête il y a une tempête. Une tempête qui risque de tout emporter sur son passage. De m'emporter aussi.

Il n'en est pas question, non, non, *non !* Pas moi, pas *moi !*

Jeudi matin. Vous verrez tous que vous aviez tort. Que le cas de Roy est banal ! Plein de hasards étranges, oui, mais banal ! Un fou comme les autres...

Comme les autres ? Est-ce que tous les fous se ressemblent ?

Voient-ils tous la même chose ?

Jeudi, vous verrez... Vous verrez !

Je donne un coup de poing dans le matelas et me retourne sur le côté.

Je ne me rendors pas. Impossible. Je garde les yeux grands ouverts. Dans le noir, je distingue la porte de la chambre, ainsi que celle qui mène à la salle de bain.

Deux portes fermées dans le noir.

Sans comprendre pourquoi, en éprouvant un profond malaise, je les fixe jusqu'aux premiers rayons de l'aurore.

CHAPITRE 11

Jeudi, 5 juin, neuf heures trente du matin : branle-bas de combat à l'hôpital. Dans la salle de réunion, nous sommes tous assis autour de la table et je sens qu'il y a de l'électricité dans l'air. Jeanne, à mes côtés, se tient droite et calme, mais sous la table sa jambe droite n'arrête pas de se balancer.

Je n'ai pas parlé à Jeanne du coup de fil de Michaud. Moi-même, j'ai essayé de ne plus y penser, de repousser le malaise que j'avais éprouvé. Pourquoi revenir là-dessus de toute façon ? Tout sera réglé très bientôt. Quand Roy nous aura parlé, tout reprendra sa place normale.

Je commence la réunion en ouvrant le dossier devant moi.

— Bon, je veux un rapport sur ce que Roy a fait durant les deux dernières journées. Manon ?

— Je l'ai vu hier, pendant deux heures. Il a parlé, mais très peu. Je lui demandais comment il allait, il me répondait « pas très bien ». Quand je lui demandais pourquoi, il ne répondait rien. Comme vous nous l'aviez spécifié, je ne lui ai jamais parlé des raisons de sa présence ici. Et lui-même ne m'a posé aucune question là-dessus.

— Aucune ?

Elle secoue la tête.

— Pendant deux heures, je lui ai posé des questions élémentaires. Je lui ai montré des photos, je l'ai fait lire, etc. Tout semble plutôt normal. Il a été très docile, du moins jusqu'à la fin où il a commencé à manifester une certaine impatience.

— Il s'est impatienté seulement vers la fin ? Pas avant ? Jamais il n'a demandé pourquoi vous lui faisiez faire tout ça ?

— Non.

Je fais une moue étonnée.

— Rien de particulier à signaler ? intervient Jeanne.

— Une chose, peut-être...

Elle dépose un grand carton sur la table.

— Je lui ai demandé, à un moment donné, de me dessiner quelque chose, n'importe quoi. Ce qui lui passait par la tête.

Je hausse les sourcils.

— Dessiner sans doigts ?

— Je sais. Je voulais voir comment il réagirait.

— Et ?

— Il a regardé les crayons de couleur, en a pris un entre ses paumes et a commencé à dessiner. Sans faire la moindre allusion à ses mains sans doigts.

Je gratte ma barbichette, perplexe. Dès le départ, les choses ne se déroulent pas comme je l'avais prévu. Est-ce un signe ? Un signe que Roy va réellement nous étonner, aujourd'hui ?

« Ce n'est pas fini... »

— Donc, il a dessiné en tenant les crayons entre ses deux paumes ?

— Exactement. Évidemment, c'est pas très précis, les traits sont grossiers, plutôt maladroits... Il fallait que je tienne le carton qui glissait tout le temps, mais cela a donné un dessin satisfaisant... et plutôt intrigant.

Elle lève le carton et, spontanément, tout le monde avance la tête. Malgré la maladresse du dessin, on reconnaît une silhouette, apparemment masculine,

habillée de noir. Son visage surtout attire l'attention.
Il est flou, comme si quelqu'un avait essayé de l'effacer, mais on distingue vaguement un sourire, un nez...
Les yeux ressortent par leur netteté. Roy les a coloriés
d'un vert éclatant. Pas de cheveux sur cette tête.

— Ça représente qui?

— C'est ce que je lui ai demandé, répond l'ergo. Sur
le moment, il n'a rien répondu. Il étudiait son dessin,
l'air contrarié, presque inquiet. Et il a dit : « J'aurais
jamais dû dessiner ça... Déchirez-le. » Je lui ai demandé
pourquoi. Il n'a rien dit.

Elle montre alors le cou du personnage, qui semble
cerné d'un anneau blanc, avec une petite bande noire
en son centre.

— On dirait un col romain, observe Jeanne.

— C'est ce que j'ai aussi pensé. J'ai demandé à
monsieur Roy s'il avait dessiné un prêtre. Il continuait
à ne rien répondre, un peu maussade. J'ai insisté ; et
là, il m'a dit qu'il en avait assez de mes petits exercices
thérapeutiques.

— Il a dit ça?

— Absolument. Il était donc parfaitement conscient
qu'il était en train de se faire... disons « traiter ». Je lui
ai demandé : « Pourquoi vous dites exercices thérapeutiques ? » Toujours rien. J'ai changé ma question :
« Pourquoi pensez-vous qu'on vous fait faire ça ? » Il a
soupiré et m'a encore demandé de déchirer le dessin.
J'ai décidé d'arrêter la séance.

Je caresse toujours ma barbiche, songeur, puis je jette
un petit coup d'œil vers Jeanne. Elle continue à observer le dessin, visiblement très intriguée.

— Merci, Manon. Nicole?

L'infirmière-chef hausse les épaules.

— Absolument rien à dire. Quand on lui demande si
tout va bien, il se contente de hocher la tête, ce qui
n'est pas très clair comme réponse. Il regarde la télévision toute la journée, sans véritable intérêt. Il ne

sort à peu près jamais de sa chambre. Aucun patient ne l'a encore vu. Il a demandé qu'on lui apporte ses repas dans sa chambre. Nous avons accepté. Nous continuons de le raser et de le laver, bien sûr. Et nous l'aidons à manger.

— Il vous parle?

— Très peu. «Bonjour», «merci»... Poli, mais morne. Parfois, il parle un peu plus, mais il se tait brusquement, comme si...

Manon renchérit:

— C'est vrai. Quand ça devient plus personnel, il se retire, maussade. Sur la défensive.

J'écoute attentivement, puis revient à l'infirmière-chef:

— Aucune question avec vous non plus? Il n'a jamais demandé à vous ou à une infirmière ce qu'il faisait ici?

— Jamais.

— Ses mains? Rien là-dessus?

— Aucune allusion.

Je commence à me faire une petite idée. Je reviens à l'ergo:

— Qu'en pensez-vous, Manon?

— Il n'a aucun trouble de mémoire, d'analyse ou de compréhension. Il a résolu plusieurs opérations mathématiques, il sait quelle année nous sommes. Je lui ai montré des journaux et il me nommait sans problème les gens sur les photos: politiciens, acteurs... Là-dessus, tout va bien. Je crois donc qu'il est parfaitement conscient de ce qui lui arrive. S'il ne pose pas de questions, c'est qu'il se souvient de tout et qu'il refuse d'en parler.

Je hoche doucement la tête.

— Je pense qu'on s'entend tous là-dessus.

Je me lève:

— Bon! Eh bien, je vais aller voir ça de plus près...

Tous m'imitent, dans un bruit désagréable de chaises bousculées.

— Je vous accompagne, docteur? demande Manon.

— Non, ça va aller. Le docteur Marcoux et moi allons le rencontrer seuls. Il est levé ?

— Levé, lavé, rasé.

— Bien.

Sur le point de sortir, je me tourne vers Nicole :

— Monsieur Michaud, l'agent de Roy, est supposé venir ici ce matin. Aussitôt qu'il arrive, envoyez-le nous rejoindre.

Je jette un dernier regard au prêtre dessiné par Roy. À peine mieux qu'un gribouillage d'enfant... mais il y a quelque chose de curieusement malsain dans ce dessin...

Jeanne et moi marchons vers la chambre de Roy. Je l'entends me souffler à un moment donné :

— Je me suis jamais sentie comme ça, Paul.

— Tu vas voir, tout va s'expliquer, sans aucun mystère.

Je repense soudain au coup de téléphone de Michaud.

La porte de Roy est fermée. Je frappe deux petits coups. En même temps, je vois madame Chagnon, un peu plus loin sur notre gauche, au milieu du couloir. Elle nous regarde d'un air réprobateur. Ses paroles de l'autre jour me reviennent en mémoire.

Plein de mal.

Que m'avait dit Louis, déjà ? Qu'elle devenait parano ?

— Entrez, fait une voix plutôt morne de l'autre côté de la porte.

Jeanne et moi entrons. Roy, assis sur sa sempiternelle chaise, écoute la télévision.

— Bonjour, monsieur Roy.

— 'jour, marmonne-t-il sans tourner la tête, parfaitement indifférent à notre présence.

Nous nous plantons à quelque distance de lui. Roy fait toujours mine de ne pas nous voir. À la télévision, un scientifique explique le mécanisme compliqué du système nerveux de l'escargot.

— On peut vous parler?

Il hausse les épaules. Je vais baisser le son de la télévision, puis me tourne vers lui.

— Vous vous souvenez de moi?

Il daigne enfin porter son regard sur moi. De nouveau je remarque à quel point il est à peu près impossible de faire la différence entre son œil valide et sa prothèse. Il me considère sans l'ombre d'une émotion.

— Bien sûr que je me rappelle.

Il retourne à la télé.

— Vous êtes Martin Luther King.

Sa réponse me prend tellement par surprise que, pendant une seconde, je pense éclater de rire. Mais je me ravise, soudain inquiet. Je jette un coup d'œil à Jeanne. Elle est incertaine, comme moi. Je reviens à l'écrivain et demande, sur un ton neutre:

— Vous le croyez vraiment, monsieur Roy?

— Votre ergothérapeute m'a fait passer une série d'exercices, hier, répond-il d'une voix égale. J'imagine que ces petits jeux ont démontré que j'avais pas de problèmes du côté...

Il termine sa phrase par un drôle de petit mouvement du poignet vis-à-vis de sa tempe. Je hoche la tête, rassuré. Il me jette alors un mince sourire, dénué de joie ou de n'importe quelle émotion qui en dériverait. Le même sourire mécanique et vide qu'il m'a offert mardi.

— Alors, je suis sûrement capable de me rappeler une personne que j'ai vue il y a à peine deux jours... docteur Lacasse.

À mon tour, j'ai une esquisse de sourire.

— Sûrement, oui...

J'hésite une seconde, puis:

— Si votre mémoire est bonne, est-ce que ça veut dire que vous vous souvenez de tout?

Son sourire disparaît. Il me dévisage un court moment, puis retourne à la télé. Je me demande si je dois insister, puis je décide que non.

Doucement...

— Je vous présente ma collègue, le docteur Marcoux.

Roy regarde Jeanne pour la première fois, avec une absence totale d'intérêt. Je sens ma collègue se raidir à côté de moi.

— Enchanté, monsieur Roy, dit-elle enfin, la voix très calme.

Elle devait rêver de ce moment depuis longtemps, mais cela ne l'empêche pas d'agir de façon extrêmement posée.

— Enchanté, docteur.

— Elle est votre plus grande fan ! dis-je en souriant.

Elle me jette un regard oblique et je rigole intérieurement.

— Vraiment ? fait Roy, légèrement surpris.

— Eh bien... Disons que j'ai lu tous vos livres avec beaucoup de... plaisir.

Roy la considère alors avec une sorte de regret, presque du dégoût, et lui lance avant de retourner à l'écran :

— Tant pis pour vous.

Le visage de Jeanne s'affaisse, décontenancé. Sur le moment, cela m'étonne aussi, mais, à bien y penser, ce n'est pas si surprenant : Roy a voulu se suicider à cause des remords qu'il ressentait vis-à-vis de ses livres, alors...

Puis Roy se lève et marche vers la télé. Il réussit à fermer l'appareil avec son coude. Il se tourne vers nous et brandit ses mains bandées avec ironie :

— Je me débrouille pas mal, hein, vu les circonstances ?

Jeanne demande alors :

— Qu'est-ce qui vous est arrivé aux mains, monsieur Roy ?

Roy nous toise tous les deux. C'est la première fois qu'on lui pose la question directement.

— Vous le savez parfaitement, répond-il, la voix sombre.

— Nous, oui. Mais vous, vous le savez?

Il a un petit rictus hautain.

— C'est ben les psychiatres, ça! Toujours en train de tourner autour du pot. Aucune affirmation, rien que des questions!

Il me dit alors avec un mépris évident:

— Une vie pleine de questions sans réponse, hein, docteur?

Ce n'est pas la première fois qu'un patient recherche l'affrontement, mais rarement réussissent-ils à me toucher avec autant de précision que Roy vient de le faire. Je me sens si déstabilisé que Jeanne, qui a dû le sentir, me tire d'embarras en prenant le relais:

— Pourquoi vous être mutilé ainsi, monsieur Roy?

Elle a décidé de précipiter un peu les choses, et elle a raison. L'écrivain retourne s'asseoir, de nouveau sur la défensive.

— Vous le savez, ça aussi...

Sa voix se veut dure, mais on y sent une fêlure d'où émanent la tristesse, la résignation...

— Vous ne vouliez plus écrire, nous l'avons compris. Mais vous avez continué avec un crayon dans la bouche, pendant un court laps de temps...

Roy lève la tête avec surprise. Il doit se demander comment nous savons ça. Je ressens une pointe de fierté enfantine. Sherlock Lacasse vient de marquer un point.

— Pourquoi avoir continué à écrire, même les doigts coupés? je demande doucement. Comment se fait-il, monsieur Roy, que vous ayez vu le suicide comme la seule solution pour vous arrêter définitivement?

J'attendais, sans vraiment espérer de réponse. Si nos patients savaient pourquoi ils perdent le contrôle, il n'y aurait plus de problèmes. Même lorsqu'ils répondent, ce n'est pas toujours d'une grande utilité: c'est le diable, ou une autre force analogue, qui les a fait agir... D'ailleurs, Roy, après hésitation, finit par nous donner une réponse semblable.

— C'est lui, souffle-t-il. C'est lui qui m'obligeait...

Je jette un regard entendu vers Jeanne. J'avais raison : le cas Roy va redevenir une bonne vieille et banale psychose. « *The devil made me do it !* »

— Qui est ce « il », monsieur Roy ? demande Jeanne, pas convaincue.

Roy garde la tête basse. De toute évidence, si on se fie à ses grimaces, il regrette déjà ce qu'il vient d'avouer.

— Le prêtre que vous avez dessiné ? poursuit Jeanne.

J'approuve en silence. Cela tombe sous le sens. Cela expliquerait pourquoi Roy regrettait de l'avoir dessiné, pourquoi il tenait tant à le déchirer.

Comme pour donner raison à Jeanne, Roy relève brusquement la tête, mais, cette fois, ce n'est pas de la surprise qu'on peut lire sur son visage. C'est carrément de la peur. Cette frayeur est de courte durée, rapidement remplacée par la colère :

— Criss, je lui avais dit de le déchirer ! grince-t-il d'une voix basse.

— C'est lui, c'est ça ? C'est ce prêtre qui vous obligeait à écrire ?

Je sais que c'est délicat, mais Roy saisit parfaitement : son système de défense s'écroule et une immense tristesse envahit son visage. Sa respiration devient un peu plus rapide et, sans nous regarder, il demande :

— Combien sont morts ?

Je fronce les sourcils.

— De quoi parlez-vous ?

— Vous le savez, câlice, arrêtez de vous foutre de ma gueule !

Il a craché ces mots avec véhémence, les dents serrées dans un suprême effort pour ne pas la hurler. Mais il se calme aussitôt, ferme les yeux une seconde.

— Combien ? répète-t-il.

Un ton sans réplique, qui n'acceptera aucun mensonge. Jeanne m'encourage du regard. Le ton neutre, je réponds enfin :

— Onze.

Il pousse un bref, mais puissant soupir. Puis, un autre. Et un troisième. On dirait qu'il est sur le point de piquer une crise d'asthme. Mais c'est la douleur qu'il tente de faire sortir, une douleur épouvantable, trop grande... Son visage devient hagard. Il pousse toujours ces atroces hoquets de détresse. Il réussit pourtant à articuler :

— Ho ! non... Ho ! non, non, non !...

Il se met la tête entre les paumes ; s'il avait eu des doigts, je crois qu'il se serait arraché les cheveux. Ses hoquets deviennent peu à peu des sanglots.

— Ce massacre semble vous bouleverser, monsieur Roy...

Ses yeux sont pleins de larmes, mais elles ne coulent pas. Il fixe alors le plancher, comme si, sous les lattes, il voyait des choses immondes...

— À en mourir, marmonne-t-il. À en mourir...

— Pourtant, vous avez écrit là-dessus. Votre nouveau roman parle de...

— Vous ne comprenez pas, me coupe-t-il mollement, en secouant la tête. Vous ne comprenez pas...

Il gémit, en faisant un geste découragé du bras.

— Nous comprenons plus que vous ne le pensez, monsieur Roy. Votre cahier d'articles, par exemple...

Il cligne des yeux, ahuri.

— Les articles ? Vous avez découvert mon cahier ?

— Bien sûr, poursuit Jeanne. Ces articles dont vous vous inspiriez pour écrire vos romans, nous les avons lus...

— Nous savons que vous vous sentez coupable de cela, monsieur Roy. Mais il n'y a pas de raison. Nous comprenons très bien ce qui s'est passé.

Roy fait alors la dernière chose que j'aurais pu imaginer : il rit ! Un petit rire sincère, franchement amusé, mais aussi nerveux, désespéré, un peu fou. J'en ressens un étourdissement de stupéfaction complète.

— Pis vous pensez que vous comprenez ! dit-il entre deux hoquets de rire. Vous pensez avoir tout compris !

Il continue à ricaner. Presque piqué, je lui demande d'une voix un peu sèche :

— Alors, expliquez-nous, monsieur Roy.

Il cesse de rire et se lève. Sa paume droite se pose alors sur mon épaule et, sans que je sache trop comment il réussit à s'y prendre sans doigts, il m'oblige à m'approcher de lui, avec une force étonnante. Son visage tout près, il plonge son regard dans le mien. Ce que je vois dans son œil valide me met profondément mal à l'aise. Le regard de quelqu'un qui a vu des choses... des choses que je ne verrai jamais...

... jamais...

La voix terriblement rauque, il me souffle en plein visage :

— Je le sais pas ! Moi-même, je comprends pas !

Et comme s'il était terrorisé par cet aveu, il blêmit d'un seul coup, me repousse, puis se recroqueville sur sa chaise.

Je l'observe longuement. À mes côtés, Jeanne demande :

— Il y a tout de même une chose ou deux que vous savez, monsieur Roy, mais vous ne voulez pas nous les dire... Ce prêtre, par exemple... Que savez-vous de lui ?

Roy garde le silence, le visage sombre et fermé.

C'est ce moment que Michaud choisit pour faire irruption dans la chambre, sans frapper.

J'ouvre la bouche pour lui dire ma façon de penser, mais je me souviens : j'ai demandé qu'on nous l'envoie dès son arrivée. Il ne nous regarde même pas, Jeanne et moi. Ses yeux tombent tout de suite sur Roy. Il comprend aussitôt et balbutie :

— Tom ! Tom, tu... tu es guéri !

Le choix du terme m'aurait fait rire dans une autre circonstance. Roy, en apercevant son agent, a une réaction inattendue : la contrariété.

— Patrick, se contente-t-il de grogner.

Michaud lui saute presque dessus. Il se penche, le prend par les épaules, le visage resplendissant, comme un père qui retrouve son fils prodigue.

— Tom, Tom, enfin, tu parles ! Tu parles, j'en reviens pas ! Baptême, tu m'as fait peur ! T'as fait peur à tout le monde ! Les journalistes, tes lecteurs, tout le monde se demande ce qui t'est arrivé !

Le visage de Michaud devient soudain plus tragique.

— Qu'est-ce qui s'est passé, Tom ? Pourquoi t'as... t'as... (il montre ses mains) pourquoi t'as fait ça ? Pourquoi t'as voulu te... te tuer ?

Jeanne me jette un petit coup d'œil incertain. Je lui indique de ne pas intervenir. Finalement, l'arrivée-surprise de l'agent va peut-être nous être utile. Je suis curieux de voir la réaction de Roy face au débordement naturel de Michaud. Avec nous, il joue à cache-cache. Pourra-t-il agir de même avec un ami ? Je fais donc quelques pas de recul et Jeanne m'imite.

Roy, manifestement mal à l'aise, baisse la tête.

— J'ai pas envie d'en parler, Pat...

— T'as pas envie ! Écoute, Tom, ça fait trop longtemps que tu me caches des affaires, ça commence à faire ! Dis-moi ce qui se passe une fois pour toutes !

Michaud a parfaitement oublié notre présence, à Jeanne et moi. Nous observons tous deux la scène avec beaucoup d'intérêt.

— Ça fait plus de trois semaines que t'es ici ! On a découvert des affaires sur toi, pendant ce temps-là ! Comme ce cahier que tu gardais, avec tous les articles de journaux ! Tu m'avais jamais parlé de ça !

Roy continue à fixer ses genoux, le visage clos ; mais ses traits crispés montrent un combat intérieur. Je ne le quitte pas des yeux, m'apercevant à peine que je frotte ma barbichette avec insistance.

— Mais réponds-moi, Tom, baptême! crie en s'énervant Michaud. C'est comme le roman que t'étais en train d'écrire quand on t'a découvert! Ça parle du... d'un flic qui tue des enfants! Comme le... le massacre de la rue Sherbrooke! Que t'as vu, en plus! Tu voulais t'inspirer aussi de *ça*? C'est effrayant, Tom!

À l'évocation du meurtre des enfants, un faible gémissement franchit les lèvres de l'écrivain. Mais Michaud s'obstine, ne se rendant pas compte de ce qu'il dit, ne pouvant plus retenir toutes les questions qu'il accumule depuis trois semaines.

— Mais comment t'as fait pour écrire soixante-dix pages en une soirée? Ça se peut pas! T'as pas écrit tout ça après avoir vu le meurtre certain!

Voilà, on y est. Roy va enfin dire que oui, qu'il a écrit les soixante-treize pages après le massacre, et toutes les théories absurdes, tous les doutes malsains vont s'envoler. J'attends donc avec impatience la réponse.

L'écrivain, le visage désespéré, m'implore dans un souffle:

— Faites-le sortir, docteur...

Cette supplique m'ébranle singulièrement. Michaud y va peut-être un peu fort, après tout. Je suis donc sur le point de me mettre en marche vers l'agent lorsque Jeanne me fait signe d'arrêter. Je l'observe avec surprise. Elle ne quitte pas Roy des yeux, comme hypnotisée; elle aussi attend la réponse avec une sorte d'effroi.

— T'as commencé à écrire ce manuscrit-là avant le meurtre, hein, Tom? poursuit Michaud, obsédé par sa propre idée. Dis-leur! Ils me croient pas! Ils sont sûrs que t'as tout écrit après, mais moi, je le sais que ça se peut pas! T'as commencé avant, c'est ça?

— Faites-le sortir! répète Roy, qui commence à se débattre mollement entre les mains de son ami.

— Monsieur Michaud, je pense que vous devriez ar...

— Attends, Paul, me chuchote Jeanne en me retenant carrément avec sa main droite.

Je la dévisage, ahuri, presque choqué :

— Jeanne !

— L'as-tu commencé avant, oui ou non ? persiste Michaud.

— Faites-le sortir !

Roy crie presque, sur le point d'exploser, le corps raidi.

— Monsieur Michaud, ça suffit !

— Laisse-le répondre, Paul !

Tout va trop vite, tout se précipite. Il y a comme une tornade folle dans la pièce. Michaud répète sa question sans cesse ; Roy me supplie, gémissant comme un enfant ; je veux faire sortir Michaud, mais Jeanne me retient... C'est cacophonique, hystérique ! Je n'arrive pas à mettre de l'ordre dans tout ce foutoir, on doit nous entendre jusque dans le corridor. Mais je réussis enfin à saisir Michaud par les épaules et je tire vers moi :

— Monsieur Michaud, c'est assez !

— Tu l'as commencé avant, oui ou non, Tom ? ! jette Michaud une dernière fois.

— *Oui !* crie alors l'écrivain en se levant d'un bond, le visage fou et écarlate. *Oui, je l'ai commencé avant ! Une semaine avant le meurtre des onze enfants ! Oui, oui, oui !*

D'un seul coup, tout s'immobilise dans la pièce. Je dévisage Roy, estomaqué. Michaud, que je tiens toujours par les épaules, écarquille les yeux derrière ses lunettes. Il semble maintenant incrédule face à cette réponse qu'il voulait pourtant entendre. Derrière moi, je suis convaincu que Jeanne est dans le même état.

Lentement, mes bras retombent le long de mon corps. Je lâche alors ces mots que je n'ai jamais dits à aucun patient en vingt-cinq ans de psychiatrie :

— C'est impossible, monsieur Roy...

On ne contredit pas un patient durant son délire. Lui affirmer que sa réalité est impossible s'avère toujours d'une totale inutilité. Mais je devais le dire, utile ou pas.

Je le devais pour moi.

Évidemment, Roy secoue la tête désespérément, ne tenant aucun compte de mon commentaire. Derrière moi, j'entends Jeanne demander d'une voix incrédule :

— Vous... vous avez eu l'idée *avant* ?

Mais Roy ne répond rien. De nouveau, il réalise ce qu'il vient de dire. Le regard empli d'effroi et de rancune, il se rassoit, les bras croisés, le corps penché, comme un homme qui a froid.

Je me ressaisis enfin. Je prends Michaud par le bras et l'écarte doucement de l'écrivain. Cette fois, l'agent se laisse faire, proprement sonné. Je le pousse sans brusquerie vers la porte et je souffle à Jeanne :

— Accompagne-le à mon bureau, je vous rejoins tout de suite...

Mais Jeanne dévisage toujours Roy, la bouche entrouverte. Un mélange de fascination et de peur émane de ses yeux verts. On dirait qu'elle est en transe.

— Jeanne !

Elle m'entend enfin, approuve distraitement et sort aussitôt. Je ferme la porte et me tourne vers Roy. Il est toujours dans la même attitude de fermeture.

— Vous allez mieux, monsieur Roy ?

Ma voix est posée, mais mon cœur bat à cent à l'heure. Je repense à mon malaise cardiaque de mardi et m'oblige à me calmer.

Il lève enfin la tête. Une immense déception se peint sur ses traits tirés. Puis, la voix extrêmement basse, il me dit :

— Je ne veux plus d'invités. Plus jamais.

— Monsieur Michaud est votre ami, non ?

— Plus jamais.

Là-dessus, il se tourne sur le côté, me cachant ainsi son visage, comme un enfant qui boude. J'insiste :

— Vous voulez qu'on parle seulement tous les deux ?

Il ne répond rien. Serait-il retourné dans son état catatonique ?

— Monsieur Roy, vous m'entendez ? Je vous parle.

— Moi, je ne vous parle pas, répond-il d'une voix vide d'émotion.

Je suis rassuré. De toute façon, il y a eu assez d'émotions pour ce matin.

— Je vais vous laisser, monsieur Roy... mais je vais revenir vous voir. Vous êtes en sécurité, ici. Aucun prêtre, ni qui que ce soit, ne peut vous atteindre.

Il a un petit ricanement sans joie, douloureux, sans plus.

Je finis par sortir.

Je me mets en marche lorsque je vois, à l'autre bout du couloir, madame Chagnon. On dirait qu'elle n'a pas bougé depuis tout à l'heure. Je passe devant elle, sans un mot. Je sens son regard dans mon dos.

Dans l'ascenseur, je me prépare à la tempête qui va exploser lorsque je vais franchir la porte de mon bureau. Et moi qui croyais qu'il n'y aurait aucune surprise...

C'est pire ! Pire qu'avant !

Mais la tempête n'explose pas tout de suite. Michaud est debout, encore sidéré, et Jeanne est assise derrière mon bureau, son ventre plus gros que jamais, l'air soucieuse.

Nous nous regardons longuement tous les trois en silence.

Je pense à ma retraite. Une retraite que j'espérais calme, sereine.

Je pense à Hélène.

Encore une fois, c'est l'agent littéraire qui brise le silence :

— Qu'est-ce que ça veut dire, tout ça ?

On ne peut pas avoir question plus précise et plus large à la fois.

— Ça veut dire, monsieur Michaud, que monsieur Roy est plus... affecté que nous le pensions.

— Affecté?

Il jongle mentalement avec ce mot durant quelques secondes. Il n'a pas l'air satisfait.

— Mais vous avez... vous avez entendu ce qu'il a dit! Si on ajoute ça à ce que je vous ai raconté, mercredi matin, ça... ça commence à...

— J'aimerais que vous nous laissiez seuls, le docteur Marcoux et moi.

— Quoi?

— J'aimerais discuter avec ma collègue, en privé.

— De Thomas?

— Je n'ai pas à vous dire de qui, je rétorque froidement.

J'en ai ras le bol de Michaud. Jeanne ne proteste pas, l'air ailleurs.

Michaud est piqué.

— De toute façon, quand je vais revenir le voir, vous me direz si...

— Vous ne reviendrez pas le voir. Monsieur Roy m'a dit qu'il ne voulait plus de visiteurs. J'ai l'intention de respecter ses désirs sur ce point. Dans son intérêt.

Nouvel ahurissement de l'agent. Puis, la colère.

— Vous mentez...

— Ça suffit, maintenant, monsieur Michaud. Je vais rester courtois, mais je veux que vous partiez immédiatement. S'il vous plaît.

Il est offusqué, mais il a compris. Il marche vers la porte et, d'un ton désespéré, me demande soudain:

— Vous allez me tenir au courant, n'est-ce pas?

De nouveau, il ressemble à un enfant. On ne peut vraiment pas rester en colère longtemps contre cet homme...

— Je vous le promets, monsieur Michaud.

Une sorte de satisfaction triste éclaire son regard. J'ajoute :

— De votre côté, promettez-moi de ne rien révéler de tout cela à personne. Il est encore tôt, vous comprenez ?

Il approuve, puis nous laisse seuls. Je reste face à la porte quelques instants. Derrière moi, il y a Jeanne. Une Jeanne que je crains d'affronter.

Je me passe longuement la main dans les cheveux, prends une grande respiration, puis me retourne. Dans mon fauteuil, Jeanne me fixe avec une intensité effrayante. Il y a quelque chose que je n'aime pas dans ses yeux.

De la panique. Littéralement.

Le silence est trop long.

Elle finit par secouer lentement la tête, comme si elle n'avait pas fait ce mouvement depuis des lustres et que son cou était rouillé. Elle parle. Voix enrouée, qui cherche une intonation adéquate, sans la trouver.

— Ça marche pas, Paul. Ça marche pas du tout.

Je m'attendais à quelque chose du genre, mais pas avec autant de détresse. Jeanne ressemble à une femme perdue en mer, en quête d'un bout de bois pour s'accrocher.

— Ça ne marche pas comme je le croyais, c'est vrai, je le concède. Mais de là à dire que ça ne marche pas du tout...

Jeanne me toise d'un regard lourd de signification.

— Tu as entendu ce qu'il a dit, Paul... Il a commencé à écrire son nouveau roman avant les meurtres...

— Jeanne... ça prouve juste qu'il est plus... plus...

Je me mords la lèvre inférieure, puis m'impatiente. Je fais quelques pas dans la pièce en balançant mes bras, exaspéré.

— Hé ! merde ! Pourquoi avoir peur des mots ! Toujours, toujours peur des mots !... Ça prouve qu'il est plus *fou* que je le pensais, voilà ! Qu'il délire, qu'il déraille, qu'il débloque à fond ! Qu'il s'invente des histoires, qu'il...

Je me tais et me frotte la tempe. Jeanne change soudain de sujet complètement :

— C'est quoi l'histoire à laquelle Michaud a fait allusion ? Ce qu'il t'aurait raconté, mercredi matin ?

Je maudis l'agent intérieurement. Puis, trop épuisé pour inventer un mensonge, je lui explique. Jeanne blanchit d'un seul coup, comme dans les bandes dessinées.

— Seigneur, Paul ! Michaud n'a pas inventé ça, quand même ! Roy lui a vraiment parlé de cette histoire de femme qui noie ses bébés *avant* que ça arrive !

Je me plante devant ma collègue, les deux mains appuyées sur mon bureau. Il faut régler cela une fois pour toutes. Il faut se remettre au diapason, sinon tout va s'écrouler...

— Jeanne, à qui je parle ? À la psychiatre ou à la lectrice de livres d'horreur ?

Jeanne a une exclamation étouffée et outrée. Elle lève les bras et répond avec impatience :

— Un autre de tes problèmes, ça ! Tu divises les gens en sections ! Crime, Paul, aux deux ! Tu parles aux deux ! Tu parles à la psy et à la lectrice ! Pis à la femme enceinte ! Pis à la jeune femme de trente ans ! Pis à celle qui a peur des ponts ! Pis à celle qui aime le vélo ! Pis à celle qui doute, qui pense, qui affirme, qui doute encore, qui cherche, qui... Tu parles à un être humain, Paul, un être complexe ! C'est comme ça que ça fonctionne !

Je fais un signe écœuré et lui tourne le dos, avançant de quelques pas vers le mur. Je l'entends se lever.

— Écoute, Paul : quand Monette avance des idées farfelues, on peut rire de lui... Mais quand Roy lui-même affirme que...

— Il délire, Jeanne ! Il est fou, il écrit des livres dont il se sent coupable et il s'invente des lubies ! Il pense

vraiment qu'il a commencé à écrire l'histoire du policier qui tue des enfants avant que ça arrive, mais c'est
pas vrai! Il invente ça!

— Il n'a pas inventé les sept drames dont on est sûrs
qu'il a été témoin, en tout cas! réplique Jeanne. Il a
pas inventé ce que Michaud t'a raconté mercredi! Il a
pas inventé ça, Paul!

— Bon! Bon! Parfait! Pis le prêtre, il l'a pas inventé
non plus? Ce curé qui lui apparaît, qui l'oblige à écrire,
il existe réellement? C'est pas une invention du délire
de Roy, c'est un vrai curé en chair et en os, c'est ça? Il
faut croire ça *aussi*?

Jeanne ne répond rien, déconcertée, impuissante. Je
ne l'ai jamais vue dans un tel état.

Je pointe un doigt vers elle et, sur un ton grave, lui
demande:

— Jeanne, tu vas me répondre sérieusement, franchement. Et je veux que tu pèses bien ta réponse.

J'hésite. Ce que je vais lui demander est si absurde,
si ridicule... Mais Jeanne attend. Elle sait. Elle sait
quelle question je vais lui poser. Je lâche donc le morceau:

— Est-ce que tu commences à penser qu'il y a...
quelque chose de... de...

Je grince des dents. Jésus-Christ! je n'arrive pas à
croire que nous en soyons là!

— ... quelque chose de surnaturel dans cette histoire?

Elle soupire.

— Surnaturel, je ne sais pas, le mot est un peu...

— Criss, on jouera pas sur les mots, tu le sais ce que
je veux dire! Oui ou non, Jeanne!

Jeanne soutient mon regard. Elle ne réfléchit pas.
Son idée est déjà faite.

— Oui, Paul. Quelque chose d'«irrationnel», oui.

Et son ton est un mélange de honte et de soulagement.

Cette réponse devrait me mettre en colère; ou, du
moins, je devrais me sentir terriblement déçu. Mais

ce n'est pas le cas. Je ressens de l'effroi. Ce n'est pas Jeanne qui m'effraie ainsi, mais plutôt ce qu'elle croit.

Cependant, ma décision est prise. Je parle lentement, la voix sèche :

— Jeanne, je ne veux plus que tu t'occupes de Roy, de quelque façon que ce soit, même comme conseillère, ou même comme simple observatrice. Tu n'assisteras plus à nos réunions, tu ne le visiteras plus et je ne te tiendrai plus au courant de mes démarches.

Elle non plus n'est pas en colère. Mais déçue, oui. Une déception sans borne, que je vois recouvrir peu à peu ses traits, envahir son regard. Je me sens gêné. Pourtant, je sais que je prends la bonne décision.

— Très bien, Paul. Peut-être que c'est toi qui as raison. Si c'est le cas, je vais être la première à le reconnaître.

Sa voix est brisée, mais fière. Elle se lève et ajoute :

— Mais toi, serais-tu capable d'en faire autant ? Pourrais-tu reconnaître que tu t'es trompé ?

— Peut-être que je me trompe depuis vingt-cinq ans, Jeanne.

— C'est ça. Détourne la question. Comme d'habitude.

Elle fait le tour de mon bureau, puis marche vers la porte. Stupidement, je demande :

— On se voit au *Maussade* jeudi soir ?

Je regrette ma question. Elle me regarde tristement et répond :

— Je pense pas, non...

Je hoche la tête. À quoi d'autre pouvais-je m'attendre ? Elle sort.

Je suis seul.

Triste.

Mêlé.

Je reste de longues minutes immobile à broyer du noir. Je ne comprends pas comment le cas Roy a pu atteindre de telles proportions. Comment a-t-il pu tout bouleverser à ce point?

« Parce que c'est un cas bouleversant, Paul... », me marmonne une petite voix.

Je fronce les sourcils.

«Allez, avoue-le...»

En vitesse, je vais m'asseoir derrière mon bureau. Allez, au travail. Il n'y a rien d'autre à faire. Et puis, cette dispute avec Jeanne ne durera pas longtemps. J'y veillerai.

Premièrement, prévenir madame Claudette Roy. Même si Josée affirme que la sœur de l'écrivain est indifférente au sort de son frère, il faut tout de même lui annoncer qu'il s'est remis à parler. C'est sa seule parente encore vivante. Peut-être que cela la touchera.

Mais, au fond, je sais pourquoi je veux la prévenir tout de suite. Je cherche seulement à agir, rapidement.

Pour éviter de trop penser.

Je fouille donc dans le dossier de Roy et trouve le numéro de téléphone de sa sœur.

Trente secondes plus tard, Claudette Roy me répond. Je me présente, puis lui explique la raison de mon appel. Long silence à l'autre bout du fil. Elle finit par dire rudement:

— Écoutez, j'ai dit l'autre jour à votre collègue que j'avais perdu tout contact avec mon frère depuis très longtemps.

Josée avait raison: vraiment sympathique.

— N'empêche, je me suis dit que peut-être vous auriez aimé savoir que... qu'il progressait...

Un nouveau silence puis, avec une curiosité que je devine quelque peu forcée, elle demande:

— Qu'est-ce qu'il avait, finalement?

— C'est compliqué. Il est un peu tôt pour en parler, et...

— Ho! et puis je m'en fous, dans le fond, pourquoi je ferais semblant de m'y intéresser? lâche-t-elle

avec agacement. Écoutez, vous dites qu'il va mieux ?
Parfait. Merci de m'avoir appelée, docteur, pis au
revoir.

— Vous ne semblez pas aimer tellement votre frère,
madame Roy...

— Mon frère ?

Elle a un ricanement de mépris.

— C'est même pas mon vrai frère, alors laissez
tomber les liens fraternels...

— Comment ?

— Mes parents l'ont adopté à deux ou trois mois...
Moi, j'avais déjà six ans pis... (elle hésite) l'idée d'un
petit frère me souriait pas vraiment...

— C'est curieux, ça... La plupart des fillettes de six
ans rêvent d'un petit frère...

Silence embarrassé à l'autre bout du fil, puis la voix
devient encore plus froide :

— Bon. Rien d'autre à me dire ?

— Pas vraiment. Vous voulez que je vous tienne au
courant des progrès ?

— C'est pas nécessaire. Même que... même que
j'aimerais que vous ne m'appeliez plus pour me parler
de Thomas.

Je fronce les sourcils.

— Même s'il sort ? Ou s'il a une rechute ?

— Il peut lui arriver n'importe quoi, je m'en fous.
Vous comprenez ça, docteur ?

On peut difficilement être plus clair.

— Je pense, oui.

— Parfait. Au revoir.

Et elle raccroche. Au-delà de la froideur de son ton,
j'ai cru déceler, vers la fin, une sorte de crainte.

Roy, un enfant adopté... Il y a peut-être quelque chose
à chercher de ce côté... Un enfant adopté peut être
traumatisé en apprenant la vérité. Peut-être que Roy a
subi un traumatisme qui, à retardement, l'a...

Je soupire.

Ridicule.

Je repense aux révélations de Roy, ce matin.

Ridicule.

Aux doutes de Jeanne.

Ridicule.

À Monette, à Michaud.

Ridicule, ridicule.

Et moi ? Qu'est-ce que je pense de tout cela ? Vraiment ?

Je regarde longuement mon commutateur, sur le mur d'en face.

Actionne-toi. Allez, actionne-toi ! Une fois en vingt-cinq ans !

Pas de courant, rien.

Une sorte de panique s'empare de moi, sans avertissement. Un sentiment qui m'étouffe soudainement, sans raison apparente.

J'appelle ma secrétaire pour annuler tous mes rendez-vous de cet après-midi. Dix minutes plus tard, je sors de l'hôpital. Je respire longuement et me sens mieux.

Je flâne de longues heures. Je vais sur le mont Royal et marche longuement autour du lac des Castors. Puis, je roule sur la 15 nord, jusqu'à Mirabel. Là, j'observe les avions décoller, puis je reviens à Montréal.

Durant tout ce temps, je n'ai pu m'empêcher de penser à Roy.

Et aux doutes de Jeanne.

Pas moi. Pas moi, pas moi, pas moi.

J'arrive à la maison vers quinze heures. Dans ma boîte aux lettres, je découvre une grande enveloppe brune, avec seulement mon nom écrit dessus. Aucun timbre.

Ça me rappelle quelque chose... Quelqu'un...

Bon Dieu, c'est pas vrai...

En vitesse, je me retrouve au salon et déchire rageusement le papier. Une cassette audio et une lettre tombent sur le divan. Je lis la lettre. Je me doutais de qui il s'agissait, mais dès les premiers mots, mon doute devient certitude.

Bonjour, docteur Lacasse. Je sais que vous ne voulez plus me voir, mais je sais aussi que le docteur Marcoux sert de lien entre nous (car, malgré vos réserves, je sais que vous vous intéressez à mes « découvertes », ne le niez pas...). Par son intermédiaire, vous êtes donc au courant que Roy a menti au sujet de la perte de son œil. Vous savez aussi qu'il est mêlé à la mort des deux punks poignardés l'année dernière. Et j'ai maintenant la preuve de tout ça...

Depuis longtemps, le soir, je fais le tour des quartiers mal famés de Montréal et je questionne tous les jeunes punks que je croise, à propos de ce double meurtre. Ils ne sont pas bavards et je dois souvent sortir mon portefeuille. J'ai même failli me faire casser la gueule plusieurs fois. Les résultats ont été plutôt décevants... jusqu'à hier soir. En effet, un punk d'une vingtaine d'années qui vit dans la rue m'a enfin donné des renseignements fort intéressants. Au début, il ne voulait rien dire, mais mon argent a fini par le convaincre. Évidemment, j'ai juré de conserver son anonymat mais, sans qu'il le sache, j'ai enregistré notre conversation grâce à un petit magnétophone caché dans mon veston. Je traînais ce magnétophone avec moi depuis deux semaines, mais il m'a enfin été utile. L'enregistrement a eu lieu hier soir, dans un Dunkin' Donuts.

J'ai appelé le docteur Marcoux cet après-midi pour la mettre au courant. Mais aussitôt qu'elle m'a reconnu, elle s'est fâchée et m'a dit qu'elle n'avait pas envie de m'entendre aujourd'hui. Elle a raccroché. Auriez-vous eu une petite chicane, docteur ?

J'ai donc décidé de venir directement à vous. (Hé oui, je désobéis à vos ordres, je sais...) Mais je crois que cette cassette est de la dynamite. Je vous laisse en juger par vous-même.

C. M.

Je joue longuement avec la cassette entre mes doigts.

Je sais que je ne devrais pas. Si je l'écoute, cela démontrera que j'accorde encore de l'intérêt à toutes ces inepties.

Je soupire.

Pourquoi est-ce que je feins d'hésiter ? Je sais très bien que je vais l'écouter, et Monette le sait aussi. Je vais l'écouter parce que...

... parce qu'elle est là, entre mes mains. Tout simplement.

Je mets la cassette dans le lecteur et appuie sur « play ». Je reviens m'asseoir dans le divan et m'allume une cigarette.

Le magnétophone a été actionné en plein milieu d'une phrase :

« — ... pas à personne, hein ? »

Le son est sourd, sûrement étouffé par le veston dans lequel l'appareil est camouflé. Mais j'arrive à comprendre sans difficulté :

« — Parce que je pourrais avoir du trouble avec ça, *man*. J'en ai parlé à personne jusqu'à date. Pis si t'en parles à la police, mon ostie, je vais dire que t'as tout inventé, pis moi pis mes chums, on va te casser les jambes ! »

La voix est jeune. Prononciation molle, ton agressif, un peu nasillard et affecté ; ton qui se veut menaçant mais dans lequel on perçoit une sourde peur. Une voix qui préférerait ne rien dire, mais qui est attirée par l'appât du gain. Puis, c'est au tour de Monette :

« — Du calme, le grand. J'écris un livre sur les jeunes de la rue, sur la violence qu'ils vivent. Je cherche des renseignements sur le meurtre des deux punks qui se sont tués l'an passé, c'est tout. Ton nom sera pas publié. De toute façon, tu me l'as même pas dit... »

Monette semble calme, pas du tout impressionné par le ton menaçant du punk. Je l'imagine arpentant les rues de la ville, le soir, se mêlant à ces jeunes parfois dangereux, les questionnant... Je le trouve soudain courageux. Pas sympathique pour autant, mais courageux. Je n'aurais jamais cru que l'affaire Roy l'intéressait à ce point.

Sur la cassette, le jeune parle de nouveau :

«— Je veux l'argent que tu m'as promis tout de suite, *man*, sinon je criss mon camp... »

Bruit d'un portefeuille, puis Monette qui dit fermement :

«— Cinquante piastres tout de suite, pis cinquante après ton histoire... »

Assis dans mon divan, penché vers l'avant, j'écoute avec attention, comme si je me tapais un suspense à la télé. Bon Dieu, ce Monette n'a vraiment pas froid aux yeux ! Après un long silence, le punk accepte :

«— Ouais, OK, correct de même... Mais essaie pas de me fourrer, *man*... »

Man, man ! Cette expression que je hais tant ! Je me souviens que mes filles utilisaient la même lorsqu'elles étaient adolescentes, il y a quelques années. Ça me mettait en rogne chaque fois.

Et si tout cela était inventé ? Si Monette avait seulement demandé à un copain de jouer la comédie ? Non, c'est peu probable. Il y a une ambiance réelle sur cet enregistrement, des hésitations, des intonations, des bruits qui ne peuvent être joués... Je redouble donc d'attention.

Le jeune garde le silence quelques instants, cherchant sûrement un moyen de commencer, puis il raconte enfin, la voix plus basse :

«— Les deux punks qui sont morts l'an passé, je les connaissais. Denis pis Pineux. J'étais... j'étais avec eux autres quand... quand c'est arrivé... »

«— Vraiment ?

«— Ouais... Criss de nuitte...

«— Les journaux ont écrit qu'ils se sont poignardés entre eux... C'est vrai ?

«— Ben... (Le jeune hésite, sa voix devient incertaine.) Oui, mais... C'est comme si c'était pas eux autres, c'est comme si... Ah, *man*, c'est fucké, je *freakais* ben raide!

«— Commence donc par le commencement...»

La voix de Monette est calme, rassurante, mais je sens qu'il camoufle une certaine excitation. Le jeune prend une gorgée de quelque chose (de la bière? sûrement pas au Dunkin'...) puis il recommence à parler:

«— Il devait être deux heures du matin, quelque chose du genre... On s'était shooté une couple d'heures avant pis on était pas mal *high*, tous les trois... On voulait acheter d'autre stock mais on avait pus d'argent... Là, Pineux a une idée de fous: il a dit qu'on avait juste à voler quelqu'un, un gars ou une bonne femme dans la rue, n'importe qui! Denis a trouvé que c'était une idée *cool*! Moi, en temps normal, j'aurais jamais voulu! Trop dangereux! Mais là, je sais pas pourquoi, je trouvais que c'était une bonne idée! On décide un plan: on *spotte* un poisson, on l'amène dans une ruelle, pis là, Pineux pis Denis le menacent avec leurs couteaux. C'est *cool*. On a jamais pensé ce qu'on ferait après! Si le gars nous dénonce à la police, mettons? Mais on pense pas à ça, nous autres les caves, pis on se met à chercher quelqu'un sur Ste-Cathe.»

Un court silence, puis sa voix devient tragique:

«— *Man*, encore aujourd'hui, je me demande ce qui nous a pris de vouloir voler quelqu'un... On a tellement de chums qui se sont fait pogner... J'comprends pas pourquoi, ce soir-là précisément, on a décidé de faire ça... Peut-être la *dope*...»

Un drôle de malaise me traverse rapidement, mais disparaît aussitôt. Le jeune poursuit:

«— Y a pas grand monde, c'est la semaine... Un moment donné, on voit un gars qui marche sur le trottoir pis, tout d'un coup, il rentre dans une petite ruelle...

Une ruelle qu'on connaît ben, entre deux immeubles abandonnés... Longue, sale, étroite pis ben noire...

«— Qu'est-ce qu'un homme pouvait bien aller faire dans cette ruelle?

«— Aucune idée, *man*... Il marchait, il s'est arrêté devant la ruelle... Là, il a eu l'air de réfléchir... Il est venu pour repartir plus loin, mais finalement, il est entré dans la ruelle... On s'est dit: Criss, on est chanceux! Un moron qui se jette lui-même dans la gueule du loup, *let's go*! Fait qu'on y va. On rentre dans la ruelle pis on marche lentement, sans faire de bruit. On finit par voir le gars. Il est au fond, devant le mur qui ferme la ruelle, pis il regarde autour de lui. Comme s'il cherchait quelque chose. Quand il nous voit arriver, il a pas l'air surpris pantoute! Il fait juste dire: *Ah, c'est donc comme ça que ça va se passer!* C'est exactement ce qu'il a dit, *man*, je m'en rappelle comme si c'était hier!

«— Comment il était, cet homme?

«— Moyennement grand... Cheveux noirs un peu grisonnants, à peu près aux épaules, tsé... Les yeux noirs... Ben habillé...

Roy, bien sûr. Même si le punk ne l'a pas reconnu (les jeunes de la rue ne doivent pas trop connaître les stars littéraires), la description concorde. De toute façon, je le voyais venir, non? Je sens alors un frisson me parcourir le corps, car je devine ce qui va suivre. Et Monette a dû ressentir la même chose, car sa voix devient un peu plus aiguë:

«— T'es sûr de la description que tu me donnes?

«— Criss, je suis sûr certain! Je pourrai jamais oublier ce gars-là, *man*! J'avais l'impression, en plus, que je lui avais déjà vu la gueule quelque part, dans un journal ou une vitrine, mais je suis pas sûr...

«— Continue.

«— Là, Denis voulait y faire peur un peu... Y a dit: *Tu devrais pas te promener dans les ruelles sombres, c'est dangereux*, ou quelque chose du genre... Là, le gars nous a dit d'arrêter de faire nos *smats* pis de faire ce qu'on avait à faire... Imagine, *man* ! Il nous a dit ça ! Pas trop achalé, hein ?

«— Il avait pas peur ?

«— C'était *weird*, un peu... Il avait pas l'air d'avoir vraiment peur, mais en même temps... (une pause, puis :)... en même temps, on aurait dit qu'il avait peur aussi... J'sais pas comment dire ça, comme si... comme s'il craignait ce qui allait se passer mais qu'il était... résigné... tsé ?

«— Résigné...»

Je repense soudain au prêtre dont nous a parlé Roy, ce matin... Ce genre de guide maléfique... Un goût amer m'envahit la langue. Je fixe le haut-parleur comme s'il allait me bondir dessus. J'écoute sans bouger.

«— Là, Denis pis Pineux ont sorti leur couteau pis ont dit au gars de nous donner son argent. Moi, j'étais un peu à l'écart, pis je regardais ça. Je me sentais drôle. Je trouvais ça *cool*, mais en même temps, je me demandais ce qu'on faisait là... Sans protester, ni rien, le gars a sorti son portefeuille. Il était bizarre, *man*. Il nous écoutait, mais en même temps, il semblait s'attendre à quelque chose d'autre, je sais pas trop. Pis là...»

Un silence. J'entends le jeune soupirer, comme s'il avait de la difficulté à continuer. Tous mes muscles sont tendus. Je sais bien qu'après l'écoute de cette cassette, tout va être encore plus troublant, encore plus fou, encore plus confus que ce ne l'était ce matin... Mais je n'ai pas le choix. Je suis un skieur sur une pente dangereuse et je descends trop vite pour m'arrêter...

La voix du jeune devient angoissée :

«— *Man*, y faut que tu me jures de jamais dire que c'est moi qui...

«— Inquiète-toi pas.

«— Je le sais pas si je vais pouvoir...

«— J'ajoute vingt piastres, qu'est-ce t'en penses?»

Monette est excité. Je crois que j'aurais donné deux fois le même montant pour entendre la suite. Pour la première fois, je commence à comprendre la fascination que peuvent ressentir les lecteurs de Roy pour l'horreur et le suspense.

On entend un bruit de billet froissé; le punk, la voix tremblante, poursuit:

«— Là, Pineux a comme... Y a comme perdu les pédales, *man*... Y a... Ostie, c'est pas un violent, Pineux... Il s'est battu une couple de fois, c'est sûr, mais je l'avais jamais vu faire de... faire du mal à quelqu'un juste pour le *fun*, tu comprends ce que je veux dire? Le monde, y pense que nous autres, les jeunes de la rue, on est tous des violents qui aiment se battre pis toute, mais c'est pas vrai! Y en a qui sont de même, mais pas toute la gang! En tout cas, moi, j'étais pas de même, Denis non plus, ni Pineux!

«— Je te crois, le grand...»

Monette veut le mettre en confiance. Il réussit, car le jeune poursuit:

«— Là, Pineux a dit au gars de laisser faire son argent, que ça l'intéressait pas pantoute. *C'est pas ton* cash*, que je veux*, qu'il a dit. *Hey!* Moi pis Denis, on regardait Pineux de travers, on comprenait pus rien... Mais le gars, lui, a pas eu l'air surpris. Il a remis doucement son portefeuille dans ses poches pis il a dit quelque chose genre: *On y est, hein? Ça va commencer, c'est ça?* Je me demande ben pourquoi il a dit ça... Encore comme s'il avait une idée de... de ce qui allait vraiment se passer...»

Sur la cassette, j'entends la respiration de Monette, plus forte que tout à l'heure. Sauf qu'elle est doublée, comme s'il y avait une seconde respiration tout aussi intense. Après plusieurs secondes, je comprends que c'est la mienne.

«— Là, j'ai dit à Pineux : *C'est quoi tu veux, Pine, si tu veux pas son* cash *?* Pineux m'a regardé... Ostie ! Il était plus le même, *man...* Ses yeux... Ses yeux étaient capotés, tu comprends-tu ? Capotés ben raides, des yeux qui m'ont donné la chienne ! Pis là, il a dit : *C'est son sang que je veux.* Son sang ! J'ai même pas eu le temps de rien dire, v'là mon Pineux qui saute sur le gars, en lâchant un méchant cri ! Mais le gars s'est pas défendu, rien ! Il a reçu Pineux en plein ventre, ils sont tombés à terre tous les deux ! Le gars était sur le dos, Pineux était à califourchon sur lui, le couteau en dessous du nez du gars ! Mais le gars bougeait pas !

«— Il avait pas peur ?

«— Mets-en ! Il avait l'air à avoir la chienne ! Mais il se défendait pas ! Comme si... comme s'il attendait la suite ! Pis là, Pineux a...»

Le jeune s'arrête ; de nouveau le bruit d'un liquide qu'on boit. Le goût amer dans ma bouche devient épais, écœurant. La voix du jeune est plus tremblante.

«— Là, Pineux a vraiment... a vraiment dérapé, *man...* Il a fouillé dans le veston du gars, pis il a trouvé un crayon... Pineux a regardé le crayon avec un sourire de malade pis il a dit : *M'a te crever un œil, ostie de fif ! M'a te crever un œil pis je vais pisser dans le trou !* Calvaire, je capotais ! J'ai crié à Pineux qu'il pouvait pas faire ça, que ça avait pas d'allure ! Denis, lui, il riait, mais pas pour vrai... Je pense qu'il pensait que Pineux voulait rien qu'y faire peur. Il lui a juste dit d'arrêter de niaiser... Mais là, le gars il s'est mis à se débattre pour la première fois ! Il s'est mis à crier... *Man*, ça aussi, je me rappelle des mots, c'était trop *weird...* Il a crié : *Pas les yeux ! Je suis prêt à souffrir, mais pas mes yeux ! Vous m'aviez pas dit que ça serait aussi horrible !*

«— Il criait ça à qui ?

«— C'est ça le plus capoté, *man* ! Je le sais pas !
Sur le coup, je pensais qu'il parlait à Pineux, mais je
pense pas ! Il regardait partout, comme s'il cherchait
quelqu'un... En tout cas, je suis sûr qu'il parlait à aucun de nous autres... Je pense qu'il était... fou raide,
quelque chose du genre... »

J'avale ma salive aigre et grimace de dégoût. Le
jeune hésite de nouveau, puis, dans un souffle, lâche :

«— C'est là que... que Pineux a rentré le crayon dans
l'œil du gars... »

Je recouvre ma bouche d'une main moite. Et pourtant, je le savais. Depuis le début de cet enregistrement, je savais parfaitement ce qui allait arriver.

«— Il lui a crevé l'œil, froidement ? » demande
Monette.

Sa voix est d'un calme incroyable ; légèrement fébrile, mais à peine. Je me demande comment il peut
conserver un tel sang-froid, mais je comprends très
vite : Monette n'est pas surpris. Il a deviné tout cela
depuis bien longtemps...

Il a raison depuis le début.

Je me mets à me masser le front, la tête douloureuse. Je crois avoir poussé un petit gémissement.

«— Ouais, comme ça. Le crayon dans l'œil. Le gars
s'est mis à hurler comme un ostie de fou. Là, moi, j'ai
bad-trippé à fond, *man*, je pense que j'ai crié aussi
fort que le gars ! Denis est enfin intervenu, il s'est
lancé sur Pineux, mais... je pensais qu'il était pour le
pousser, mais c'est pas ça qu'il a fait, il... il... il a
donné un coup de couteau dans l'épaule de Pineux ! Il
l'a poignardé, *man* ! Pineux a crié pis s'est levé d'un
bond. Là j'ai vu Denis... Criss, il avait le même regard
que Pineux ! Il capotait lui aussi, tout d'un coup ! Pis
là, ils se sont... sauté dessus, pis ils se sont mis à... à...
à se varger dedans à coups de couteaux, ciboire ! Ils
se poignardaient tous les deux, c'était fou, *man*, fou
raide ! »

Nouvel arrêt. La main sur ma bouche se met à trembler. Le jeune continue enfin, des sanglots dans la voix :

«— Ils étaient là, mes deux *chums*, à se poignarder ! Pis l'autre, le gars, qui gigotait à terre en criant, le crayon dans l'œil... Moi, je regardais ça, je bougeais pas, je capotais, pis tout d'un coup... j'ai commencé à sentir quelque chose... J'ai commencé à avoir le goût de... de sauter dans la gang pis de... de... »

Un bruit mat, comme deux mains qui retombent sur une table. Reniflement, soupir, et la voix brisée qui reprend, presque honteuse :

«— Là, je me suis sauvé. Je me suis sauvé, criss ! J'ai couru pendant une demi-heure, complètement pété. J'ai été dans un terrain vague que je connaissais, je me suis caché dans un coin... Ostie, j'ai braillé comme une vache ! J'avais pas braillé depuis dix ans, je pense... Pis je me rappelle pus de rien... »

Un bruit de liquide qu'on avale. Je réalise soudain que la cigarette que je tiens entre mes doigts n'est plus qu'un mégot. Pendant que j'écoutais la cassette, j'ai complètement oublié de prendre la moindre bouffée...

J'écrase le mégot dans le cendrier, hébété, tandis que le jeune reprend, la voix plus posée :

«— Le lendemain, je me suis acheté un journal... Ils parlaient de mes deux *chums* poignardés, mais pas du gars... Ils parlaient de lui dans un autre article... en première page... C'était un artiste connu... Je le savais que je l'avais déjà vu... Ils disaient qu'il avait perdu son œil dans un accident... Mais rien à voir avec ce qui s'était passé la nuit passée... *Shit !* Les deux histoires correspondaient pas pantoute ! Comme s'il y avait aucun rapport entre mes *chums* pis l'histoire de l'artiste qui avait perdu son œil... Mais je me suis dit que c'était pas moi qui irais raconter la vérité certain... J'ai décidé de toute oublier ça...

«— As-tu réussi ?

«— Pas vraiment... »

Une autre pause, puis Monette :

«— Qu'est-ce tu penses qui s'est passé ?

«— Je le sais pas pantoute, pis je veux pas le savoir. Tu voulais l'histoire, tu l'as eue. La seule chose que je sais, c'est que... Pineux, Denis pis moi, on était pas... on était pas nous autres, ce soir-là... Pis ce gars-là...

«— Ce gars-là quoi ? »

Pause. J'attends, le souffle court. Enfin, le punk complète rapidement :

«— Ce gars-là était pas là par hasard... »

Un coup de poing dans l'estomac ne me ferait pas plus mal. Les mêmes mots qu'Archambeault, à Léno...

Puis, sur un ton brisé, le jeune conclut froidement :

«— Astheure, *man*, donne-moi le reste de mon argent, pis je criss mon camp... »

Un déclic, comme si on arrêtait le magnétophone. Le fond sonore se modifie : on a changé d'endroit. La voix de Monette se fait entendre, plus audible, plus claire :

« Voilà, docteur. Encore des renseignements chocs, gracieuseté de votre humble serviteur. Pis je poursuis mes recherches, vous pouvez en être certain. Mais maintenant que vous savez que je délire pas autant que vous le pensiez, je crois que je vais arrêter de vous fournir mes renseignements gratuitement. Le bénévolat, c'est pas mon fort. Alors, la prochaine fois que vous voulez me parler, VOUS entrerez en contact avec moi et VOUS me donnerez aussi quelques renseignements. Parce que maintenant, c'est pas juste moi qui ai besoin de vous... Vous aussi, vous avez besoin de moi... Je suis sûr qu'on se comprend... »

Nouveau déclic. Cette fois, c'est vraiment la fin.

Je ne me lève pas pour appuyer sur « stop ». Je suis trop sonné. Une voix moqueuse résonne dans mon crâne :

«Alors, Paul, quelle explication vas-tu trouver, cette fois?»

Avec rage, je donne un coup de poing sur mon genou et me fais mal. Je me recouvre le visage des deux mains et pousse une longue plainte.

«Pas les yeux! Je suis prêt à souffrir, mais pas mes yeux! Vous m'aviez pas dit que ce serait aussi horrible!»

À qui parlait Roy en disant cela? Au prêtre?

Et qu'allait-il faire dans cette ruelle? Pas s'inspirer pour un livre, puisqu'aucun de ses romans ne comporte une scène de jeunes qui se poignardent... Alors?

«Je suis prêt à souffrir, mais pas mes yeux!»

Et soudain, je me lève d'un bond et marche vers le téléphone, surpris de ma propre réaction. Mais qu'est-ce que j'ai donc l'intention de faire? Je prends le bottin et me rends compte que je cherche l'adresse de *Vie de Stars*. Je note l'adresse et mes pieds me guident à l'extérieur de la maison. Je monte dans ma voiture et démarre à toute vitesse.

«Hé bien! on dirait que je m'en vais voir Charles Monette», me dis-je, tout ahuri par cette décision.

Et quelles sont mes intentions, une fois Monette devant moi? Lui demander si c'est vrai? Oui, évidemment, mais il y a autre chose, aussi... Quelque chose qui refuse pour le moment d'atteindre mon niveau de conscience...

Vingt minutes plus tard, je fais irruption dans la salle de rédaction de *Vie de Stars* et demande où est le bureau de Monette. Je traverse une salle plutôt calme, puis, devant moi, le bureau en question apparaît, avec le journaliste lui-même en pleine discussion téléphonique.

— Vous êtes content, Monette? dis-je en me plantant devant lui. Vous avez réussi à m'attirer jusque dans votre antre!

Il espérait m'attirer, oui, mais jamais aussi vite ; je le comprends en voyant son air éberlué. Il balbutie dans le téléphone un mot d'excuse, puis raccroche. Rapidement, son petit air victorieux et supérieur refait surface.

— Docteur Lacasse, quel bon vent vous amène ?

— Vous le savez très bien...

Je regarde autour de moi : les autres journalistes qui travaillent, en me portant à peine attention ; les sonneries de téléphone ; les photographes qui sortent et entrent en courant ; je ne peux pas croire que je sois venu ici.

Et pourquoi, au fait, suis-je venu ?

Pas tout de suite... Dans une minute, je vais le savoir, pas avant...

Monette a un petit sourire plein de suffisance à travers sa barbe bien taillée.

— Ça vous a secoué ?

Je le toise longuement. J'hésite parce que je sais ce que je vais répondre. Et cela me déconcerte.

— Oui, dis-je en soutenant le regard du journaliste. Oui, ça m'a secoué.

Il hoche imperceptiblement la tête, littéralement enivré par sa victoire.

— Vous me jurez que cette entrevue est vraie ? Que ce n'était pas une mise en scène ?

Je demande cela pour la forme uniquement. Monette cesse de sourire.

— Je vous le jure.

Et je suis sûr qu'il dit la vérité. Je ferme les yeux et soupire en silence.

— Foutrement bizarre, hein, avouez-le, docteur...

Le sourire excité du journaliste est revenu. Encore une fois, je me dis qu'il n'a aucune idée de la gravité d'une telle histoire. S'il réalisait tout ce que ses découvertes impliquent, s'il savait tout ce que Jeanne et moi savons, il ne pourrait pas sourire ainsi.

Non, il ne le pourrait pas.

Et moi-même, au fond, n'ai-je pas voulu croire qu'il n'y avait rien d'exceptionnel dans le cas Roy ? Seigneur, oui... J'ai voulu y croire jusqu'à cet après-midi... Mais maintenant...

Maintenant quoi, Paul ?

Je secoue la tête, comme pour chasser un insecte sur mon nez.

— Mais vous êtes pas venu ici juste pour me dire que vous êtes ébranlé, j'imagine, continue le journaliste. Vous êtes venu me demander quelque chose.

— Vous avez raison. Je suis venu vous demander...

Qu'est-ce que je m'apprête à dire ? Je n'en sais toujours rien. Pendant une seconde, j'ai la désagréable impression que je vais stopper ma phrase ainsi, en plein milieu, lorsque je m'entends articuler :

— ... vous demander si vous pouviez m'aider à consulter des archives.

Voilà. Depuis mon départ de chez moi, c'est mon but. Mais je viens tout juste de me l'avouer.

— Des archives ? De *Vie de Stars* ?

— Non. D'un quotidien qui couvre l'actualité. Soit *Le Journal de Montréal* ou *La Presse*...

Monette me jette un regard entendu. Je souffre ; je souffre de sa victoire, je souffre de m'abaisser à lui demander ce service ; je souffre de me laisser embarquer, comme ça, comme Jeanne.

Mais il faut que je vérifie jusqu'au bout.

— J'ai pensé que vous pourriez me faire entrer dans un de ces deux journaux...

Monette se met les mains derrière la tête. Son sourire est plus hideux que jamais.

— Vous commencez à vous intéresser à mes « délires », docteur ? Vous entreprenez votre propre petite enquête ?

— Il faut que je vérifie quelque chose.

— Quoi donc ?

Je me mordille les lèvres, sans répondre.

— Vous vous souvenez de ce que je dis à la fin de la cassette, docteur? Je ne vous aiderai plus gratuitement. Vous allez devoir coopérer un peu vous aussi...

— Je croyais qu'on avait une entente, là-dessus...

— Elle marche plus, cette entente-là.

Monette a dit cela calmement, pas énervé du tout. Nous nous défions du regard quelques instants, puis il poursuit:

— Alors voilà ce que je propose: je vous amène au *Journal de Montréal,* mais je vous accompagne jusqu'aux archives et je reste avec vous pendant vos recherches là-bas. D'accord?

— D'accord.

La rapidité avec laquelle j'accepte m'étonne. Mais je veux savoir. *Je veux écarter tout doute...*

Monette resplendit de satisfaction.

— Parfait. Quand voulez-vous aller au *Journal de Montréal?*

— Aujourd'hui. Tout de suite, si possible.

Monette fait une moue impressionnée et moqueuse à la fois.

— Vous êtes allumé pour vrai...

Je grince des dents sans rien dire.

— Mais vous avez raison, ajoute le journaliste. Je suis très curieux de savoir ce que vous cherchez... C'est quoi, au juste?

— Vous le saurez là-bas.

Il regarde sa montre.

— Presque seize heures... OK, on y va...

Nous prenons chacun notre voiture et nous retrouvons au *Journal de Montréal.* Dans la salle de rédaction, j'attends à l'écart tandis que Monette, à quelques mètres de moi, discute avec quelqu'un qui semble être le rédacteur en chef. Monette pointe le doigt vers moi, l'autre me regarde, semble d'accord. Je baisse la tête,

vaguement humilié. Moi qui ai toujours détesté le sen-
sationnalisme, je suis gâté aujourd'hui : *Vie de Stars*
et *Le Journal de Montréal* dans la même journée !

Monette revient en souriant.

— Pas de problème. La salle d'archives informatiques est à nous.

— Informatique ?

— On est à l'aube du vingt et unième siècle, docteur, vous vous souvenez ? On ne garde plus les vieux
journaux. On les a tous transférés sur CD-ROM. Plus
pratique et moins encombrant. Venez.

Nous nous retrouvons dans un local exigu. Une
table, un ordinateur et une petite bibliothèque pleine
de disquettes informatiques.

Monette se place devant la bibliothèque et me demande :

— Alors ? Qu'est-ce qu'on cherche.

Ça non plus, je ne le savais pas *consciemment* jusqu'à ce que j'arrive ici. Mais maintenant, je le sais.

— Je veux consulter les articles qui ont rapport avec
cette femme qui a noyé ses deux enfants, il y a quelques années...

Monette rétrécit les yeux.

— L'article qui se trouvait dans le cahier de Roy ?
Celui qui l'a inspiré pour son livre *Nuit secrète ?*

— Exactement.

Monette me fixe intensément.

— Pourquoi vous vous intéressez à cette affaire ?

Je ne réponds rien. Je repense à ce que m'a expliqué
Michaud, au téléphone...

Je suis ridicule. Totalement ridicule. Mais le doute
approche. Et il faut le repousser. Tout de suite.

— Monette, peut-être que je suis dans le champ
complètement et, honnêtement, je l'espère. Si je trouve
quelque chose, vous serez à côté de moi pour le découvrir aussi. Mais s'il n'y a rien, alors mon silence

atténuera légèrement ma honte. Pouvez-vous au moins m'accorder ce privilège ?

Monette sourit dans sa barbe. Ce sourire, ce foutu sourire...

— Bien sûr...

Il se tourne vers les disquettes.

— Quelle est la date de l'article, déjà ?

Je réfléchis.

— Mai 88. Mais je ne me souviens plus de la date exacte. De toute façon, je ne veux pas nécessairement cet article, puisque je l'ai lu dans le cahier de Roy. J'aimerais savoir s'il y a eu d'autres articles publiés sur cette affaire, dans ce journal. C'est possible ?

— Absolument.

Monette choisit une disquette sur laquelle est inscrite « 1988-1989 », l'insère dans l'ordinateur et se met à pianoter. Je ne comprends absolument rien de ce qu'il fait, mais il finit par trouver l'article.

— *Une femme noie ses deux bébés,* 30 mai 88, m'annonce-t-il. Ça doit être ça...

— Oui, c'est ça... Y a-t-il eu d'autres articles, après, qui ont traité de cette affaire ?

Ses doigts courent de nouveau sur les touches. Une minute après, avec fierté, il m'annonce :

— Voilà, regardez...

Je cherche mes lunettes, sans les trouver. J'ai dû les oublier chez moi, je suis parti trop vite... Je me penche vers l'écran et plisse les yeux pour arriver à bien voir. Quatre titres d'articles scintillent sur l'écran, que je réussis à lire de peine et de misère :

- *Une femme noie ses deux bébés (30 mai 88)*
- *Début du procès de Judith Loiselle (14 oct 88)*
- *Judith Loiselle témoigne (27 oct 88)*
- *Judith Loiselle : prison à vie (6 nov 88)*

— C'est vraiment bien fait, dis-je, bêtement admiratif.

— Quel article vous voulez consulter?

Je lis les titres en réfléchissant. Qu'est-ce que je cherche, au juste?

— Allez au troisième, *Judith Loiselle témoigne.*

Petit ronronnement de l'ordinateur, puis sur l'écran apparaît une reproduction d'une page du *Journal de Montréal* du 27 octobre 1988. Il y a trois articles sur la page. Le plus long est celui qui nous intéresse.

Monette me regarde.

— Qu'est-ce que vous espérez trouver, docteur?

Je scrute longuement l'écran. Une sourde angoisse me tenaille le ventre.

— Rien. J'espère ne rien trouver.

J'essaie de lire mais sans lunettes, c'est vraiment trop ardu.

— Vous me lisez l'article à haute voix, s'il vous plaît?

— Bien sûr...

Monette se frotte la barbe avec un petit sourire con-descendant, puis commence la lecture :

— *C'est hier après-midi que Judith Loiselle, la tris-tement célèbre femme accusée d'avoir assassiné ses deux enfants, témoignait devant le jury. Dès le premier jour du procès, l'avocat avait plaidé non coupable pour cause d'aliénation mentale. Hier, madame Loiselle donnait pour la première fois sa version des faits. Son témoignage a donné froid dans le dos à la plupart des gens présents dans la salle. Elle a admis avoir volon-tairement noyé ses deux jumeaux de huit mois dans sa piscine. Elle a expliqué les avoir tout simplement maintenus sous l'eau, et ce, durant environ deux mi-nutes, ce qui, pour des enfants si jeunes, est plus que suffisant pour provoquer la mort. Madame Loiselle a affirmé qu'elle avait toujours aimé ses deux enfants, mais que ce soir-là (il était vingt et une heures) elle a su qu'elle devait le faire. Quand la défense lui en a*

*demandé la raison, madame Loiselle a avoué qu'elle
ne le savait pas, mais que c'était plus fort qu'elle.*

Mes mains deviennent moites. Monette poursuit:

— *La défense a ensuite demandé ce à quoi elle pensait tandis qu'elle maintenait ses enfants sous l'eau.
Madame Loiselle a répondu qu'elle ne pensait à rien de
précis, sauf qu'elle avait l'impression que quelqu'un,
près d'elle, l'observait. Quelqu'un qui, selon l'accusée,
aurait été caché dans la haie qui entoure son terrain.
Madame Loiselle n'a pu voir personne, mais elle
persistait à dire qu'il y avait quelqu'un près d'elle,
qui la guettait, tandis qu'elle noyait ses enfants.*

Monette s'arrête, cligne des yeux et murmure:

— Vous avez entendu ça?

Il me regarde. Moi, je fixe l'écran, pétrifié. Une froideur terrible engourdit tous mes membres. Je colle
soudain mon visage sur l'écran et rétrécis les yeux. Je
veux le lire par moi-même. Je cherche la dernière
phrase. Je la relis péniblement.

Une fois, deux fois. Dix fois.

Elle ne change pas. Tous les mots sont là, inébranla-
bles, inaltérables. Ils ne s'effacent pas. Ils demeurent
intacts et me défient.

Je recule lentement la tête. Quelque chose s'écroule
en moi. Silencieusement.

Monette continue à lire. Sa voix me parvient comme
si j'étais sous l'eau.

— *Avec un tel témoignage, la défense espère prouver
l'instabilité mentale de sa cliente. Le procès devrait
se terminer dans les jours qui suivent.*

Monette se tait, regarde longuement l'écran, puis
pousse un long soupir. Il se tourne enfin vers moi.

— Ils l'ont pas crue, évidemment. Ils ont pas cru que
quelqu'un l'observait, caché... Mais nous, docteur...
Nous, avec tout ce qu'on sait, tout ce qu'on a découvert
depuis trois semaines...

Je le dévisage. Mon impression d'être sous l'eau est toujours là. Monette m'apparaît embrouillé, mais je distingue nettement son sourire de carnassier. Il continue :

— ... on le sait, nous, hein ? On sait qui était là, caché dans la haie... à regarder...

Je le fixe toujours, incapable de quelque réaction que ce soit.

— Vous imaginez ce que ça veut dire, docteur ? Vous imaginez ? J'avais raison, sur toute la ligne ! *Roy était toujours là, à chacun des drames !*

L'eau dans laquelle je me trouve s'obscurcit, devient glauque. Il faut que j'en sorte, sinon je vais me noyer, sinon...

Une lumière traverse l'onde noire, me frappe les yeux. Je m'exclame :

— Allez au dernier article ! Celui du verdict ! Allez-y !

Monette, surpris par mon soudain empressement, pianote sur le clavier et, quelques instants plus tard, une autre page du journal apparaît, l'édition du 6 novembre. Monette se met à lire à haute voix :

— *Le jury a rejeté la non-culpabilité de Judith Loiselle pour cause d'aliénation mentale. Le juge a donc condamné la coupable à la prison à vie. Madame Loiselle purgera sa peine à la prison pour femmes Charlemont de Laval où elle...*

À ces derniers mots de Monette, je me lève d'un bond et marche vers la porte. Monette, interloqué, me lance :

— Hé ! Docteur, où vous allez ?

Mais je ne lui accorde aucune importance. Je traverse la salle de rédaction à toute vitesse, cours dans le corridor, puis m'engouffre dans un ascenseur. Tandis que les portes se referment, j'ai juste le temps de voir Monette, au bout du corridor, qui me cherche des yeux. Il ne m'a pas vu.

Mais je me fous de Monette, je me fous de tout : je veux seulement aller à Laval, dans cette prison, pour faire avouer à cette Loiselle qu'elle ment ! Qu'il n'y avait personne dans sa haie ! Qu'elle a tout inventé !

C'est dingue, comme idée, je le sais... mais je me fous aussi de ça. Judith Loiselle est la dernière personne qui peut encore stopper le doute qui approche de plus en plus...

Dix minutes plus tard, je suis dans ma voiture et roule vers la prison de Laval. Monette ne m'a pas retrouvé. Tant mieux.

Pendant quarante minutes, je roule dans une tempête, une tempête mentale qui me terrifie. À travers les bourrasques de mes pensées, je discerne les paroles de Monette.

J'avais raison, sur toute la ligne !

Et s'il savait tout ce que nous savons, Jeanne et moi... S'il savait...

La tempête souffle, hurle dans mes oreilles. Et à travers le vent, le doute s'avance toujours, comme une locomotive folle...

J'arrive enfin à la prison. Je cours vers l'entrée, mais, en sentant mon cœur sur le point de s'affoler, je m'oblige à ralentir le pas. Je me retrouve dans une grande salle, pleine de colonnes, sans aucune fenêtre. Je marche vers un comptoir derrière lequel se tient un préposé souriant.

— Je voudrais voir le directeur, s'il vous plaît.

Son sourire devient incertain. Je dois avoir l'air bizarre.

— Le directeur est parti, monsieur, il est dix-huit heures quinze...

Je soupire et me passe une main dans les cheveux. Je m'énerve un peu :

— Je voudrais voir une de vos détenues...

— Mais monsieur, les visites sont terminées... Et il faut prévenir vingt-quatre heures à l'avance pour...

— Écoutez !...

La tempête, dans ma tête... Le préposé fronce les sourcils, perplexe.

— Écoutez, je suis psychiatre et je... je pars demain pour l'Europe... Il faut que je voie ce soir une de vos détenues, Judith Loiselle...

— Ça va, ici ?

Une gardienne, qui ressemble davantage à un haltérophile, s'avance vers nous.

— C'est monsieur ici, qui voudrait voir une détenue. Il est psychiatre et il voudrait voir... heu... comment, déjà ? Judith comment ?

La gardienne m'observe sans aucune sympathie.

— Les visites sont terminées.

Je vais exploser, je le sens. Bon Dieu ! jamais, jamais je ne me suis senti dans un tel état, jamais ! Mais sans savoir comment, je réussis à demeurer relativement calme, malgré ma voix un peu trop aiguë.

— J'expliquais à votre... collègue que je suis psychiatre. J'écris...

En une seconde, j'invente quelque chose :

— J'écris un livre sur les femmes qui ont tué leurs enfants, et... il y a ici une certaine Judith Loiselle, qui a...

— Judith Loiselle ? fait la gardienne.

— Oui !

Elle grimace, puis dit :

— Elle s'est suicidée, Judith Loiselle.

J'en ai le souffle coupé.

— Quoi ?

— L'an passé. Elle s'est pendue. C'était dans les journaux, pourtant... Pour quelqu'un qui écrit un livre là-dessus, vos dossiers sont pas très à jour...

Je la regarde, bouche bée, puis je me tourne vers le préposé, comme si je voulais qu'il contredise la gardienne. Mais il se contente de me dévisager. Je reviens à la gardienne.

— Vous êtes sûre ?

— Ben, j'comprends! J'étais une des deux gardiennes qui l'ont découverte, je m'en rappelle comme si c'était hier!

Un peu perdu, je demande:

— Mais... comment c'est... qu'est-ce qui s'est passé?

La gardienne, la tête penchée sur le côté, me considère avec suspicion.

— Vous êtes vraiment psychiatre, vous?

Je fouille dans mes poches, sors mon portefeuille et lui montre ma carte. Elle l'examine minutieusement, hésite encore, puis me la tend, ayant manifestement pris une décision.

— On l'a trouvée un matin, pendue dans sa cellule. Elle avait jamais vraiment réussi à se mêler aux autres, elle était toujours toute seule. Les autres prisonnières la détestaient, de toute façon. Pas très surprenant, avec le crime qu'elle avait commis... Si vous voulez mon avis, elle a eu trop de remords pis...

Elle fait un geste fatal. Je cligne des yeux, incapable de dire quoi que ce soit. La gardienne poursuit:

— Pis jusqu'à sa mort, elle a toujours maintenu que c'était pas elle la responsable du meurtre de ses deux enfants...

— Qu'est-ce que vous voulez dire? Elle a pourtant avoué son crime, non?

— Ho, oui! Elle a toujours dit qu'elle les avait noyés elle-même, mais elle disait que c'était pas sa faute. Comme je vous l'ai dit, j'étais une des gardiennes, ce matin-là... Elle avait laissé un message, sur sa petite table... Je m'en rappelle très bien, c'était tellement... bizarre...

Ma respiration s'accélère encore plus.

— Qu'est-ce qu'il y avait d'écrit dessus?

La gardienne est vraiment coopérative, tout à coup. Elle croit parler à un écrivain et se sent importante. Le préposé lui-même l'écoute, fasciné par l'histoire.

— Les mots exacts, je m'en rappelle plus, mais en gros, ça disait : « C'est pas ma faute... C'est lui... Il me regardait, c'est lui... C'est pas ma faute... » Vous voyez le genre ?

Le sol vacille sous mes pieds... et je m'enfonce encore plus.

— Merci, dis-je en balbutiant. Merci, je... je vais partir, maintenant.

— Hé, est-ce que vous allez me citer, dans votre livre ? demande la gardienne. Mon nom, c'est Andrée Choquette.

— Parfait, dis-je d'une voix éteinte, tandis que je m'éloigne déjà. Parfait...

— Vous le notez pas ?

Cette fois, je ne réponds rien. Pas capable. Gorge nouée.

Je monte dans ma voiture. Je démarre. Je vois tout trouble. Ça ne va pas bien.

Pas bien, pas bien du tout...

Je m'arrête soudain sur l'accotement, ouvre la portière et vomis sur la chaussée. Je hoquette, vomis de nouveau.

Je reste penché de longues minutes, en reprenant mon souffle, puis referme la portière.

Ça va à peine mieux.

« Pense à rien. Rends-toi à la maison sans provoquer d'accident, pis pense à rien... »

Je me remets en route.

Le retour est un cauchemar, littéralement. Tout s'embrouille devant mes yeux, des flashs de lumière venus de nulle part m'aveuglent soudainement. Par miracle, je ne provoque aucun accident. Après un temps qui m'a semblé infiniment long, je me stationne devant la maison. J'entre en titubant. Dans le couloir, j'entends Hélène m'appeler du salon, mais je ne réponds pas. Je vais directement à la salle de bain, m'agenouille et, de nouveau, je vomis.

La voix d'Hélène, au loin...

— ... où tu étais... t'as vu l'heure?...

Mon estomac est vide, mais je vomis toujours. De la bile, de la souffrance, de la folie.

— Paul, ça ne va pas?

Hélène qui s'approche.

— Ça va aller, réussis-je à bredouiller, la voix grasse.

Je ferme les yeux, le front appuyé sur le marbre froid de la cuvette. Derrière mes paupières closes, je vois plein de gens. Monette, Jeanne, Archambeault, Judith Loiselle... Tous dansent en rond, en se tenant la main. Au milieu d'eux se tient Roy.

Hélène est à côté de moi, je la sens.

— Paul, tu veux que je t'aide? Une serviette d'eau fr...

— FOUS-MOI LA PAIX, HÉLÈNE!

Je vomis de nouveau.

Je me vide, me vide de tout...

Une image grotesque, qui me hante sans raison depuis quelques jours, apparaît dans ma tête en mille morceaux : celle de deux portes fermées, qui flottent devant moi...

Au bout de quelques secondes, j'entends ma femme s'éloigner... en reniflant. Bruits de pas qui montent l'escalier. Porte qui se referme violemment...

Je me mets à gémir...

Paix, paix, paix...

Je me lève au bout de très longues minutes. En titubant, je descends jusqu'en bas, au sous-sol. J'entre dans la chambre d'amis et me laisse tomber sur le lit.

Ne pas penser. Ne plus penser. Trop d'émotions, trop d'événements, trop de... de...

Je mets mon bras devant mes yeux.

◆

254 —————————————— Patrick Senécal

Évidemment, je rêve. Ce que j'ai pu repousser consciemment m'a rattrapé dans mon sommeil.

Je me réveille en criant. Littéralement. Un vrai cri. Mais comme je suis dans le sous-sol, Hélène ne m'a sûrement pas entendu.

Je ne me souviens plus de mon rêve. Je me rappelle seulement des enfants noyés, des crimes terribles, un regard familier qui observe et voit tout...

Dans le noir de la chambre, je regarde fiévreusement autour de moi, puis laisse retomber ma tête sur l'oreiller.

Il y a quelque chose de nouveau en moi, quelque chose qui m'a envahi. C'est l'ennemi, celui que j'ai tenté de repousser toute la journée.

Le doute est là.

Je pousse un long gémissement de désespoir, de réelle détresse.

— Oh! mon Dieu!...

Et ma voix est engloutie par les ténèbres.

CHAPITRE 12

Quand je me réveille ce matin, vers dix heures (je ne me souviens pas de la dernière fois où je me suis levé si tard), un billet d'Hélène m'attend sur la table de la cuisine. Elle m'explique qu'elle ne rentrera pas ce soir, après le travail. Qu'elle ira chez sa sœur, à Drummondville. Qu'elle y passera la fin de semaine.

«Je dois réfléchir, Paul. Je ne peux plus rester inerte, passive, à attendre que tu veuilles de moi à nouveau. Réfléchissons chacun de notre côté. Après, si tu le veux bien, nous discuterons. Pour vrai.»

Je tourne et retourne le billet entre mes doigts. C'est elle qui a raison, je le sais bien. Il faut que je réfléchisse, et sérieusement. Est-ce que j'aime encore Hélène? Puis-je encore l'aimer? Elle le dit bien dans son billet, elle n'attendra pas après moi éternellement, et je la crois. Hélène a toujours été une femme d'action, fonceuse et indépendante. Même à quarante-neuf ans, elle est très capable de me laisser et de commencer une nouvelle vie, elle a assez de force pour cela.

Mais la vérité, c'est que ce matin, une seule idée m'obsède: je dois parler à Jeanne. Absolument. Le vendredi matin, elle est à l'hôpital. Je décide d'aller la rejoindre.

Et ton couple, Paul? Tu vas y penser quand? Quand Hélène en aura plein le dos et te laissera?

Je secoue la tête.

Après avoir mangé la moitié d'une orange (je me sens si mal que l'idée de manger me donne des nausées) et m'être douché, je roule vers l'hôpital et entre dans l'aile psychiatrique vers onze heures moins quart. Dans le Noyau, Manon me salue, puis me suit d'un œil perplexe. Je dois avoir un drôle d'air.

Jeanne n'a sûrement pas terminé la tournée de ses patients ; je décide d'aller l'attendre dans son bureau. Sa secrétaire me laisse entrer sans problème.

Le bureau de Jeanne est plus décoré que le mien, plus coloré, moins morose. Il y a beaucoup de plantes, quelques reproductions de Monet, Renoir... J'observe les cadres sans vraiment les voir, debout, les mains derrière le dos. Après une dizaine de minutes, Jeanne entre. Manifestement, ma présence la contrarie.

— Tu veux me voir ?

Son ton froid, son visage glacial... Elle attend, debout, les mains croisées sur son gros ventre.

Je ne souris pas. Je ne salue pas.

— Je voudrais te parler.

Elle se donne un air dur, mais je perçois une pointe d'inquiétude dans son regard. Suis-je donc si mal en point ? Mon désarroi doit être inscrit en lettres majuscules sur mon visage.

Elle hésite. Enfin, elle va s'asseoir derrière son bureau et attend. Puis, ne pouvant camoufler son inquiétude plus longtemps :

— Tu ne vas pas bien, Paul ? Tu as l'air complètement sonné...

— Ouais, j'imagine...

Je m'assois à mon tour. Je regarde mes mains et secoue la tête.

— Écoute, je sais que je n'ai pas été très brillant, hier... Que j'ai poussé un peu... Que...

Je m'arrête, incapable de continuer. Incapable de me lancer pour de bon. Un léger vertige me prend. Je sens le regard de ma collègue sur moi, puis sa voix, de nouveau anxieuse :

— Bon sang, Paul, mais qu'est-ce que tu as ?

J'étudie mes doigts. Je m'attarde quelques secondes sur ma bague de mariage.

— Hier, tu n'étais pas sûre que je serais capable de reconnaître mon erreur si je me trompais sur Roy... tu te rappelles ?

Silence. Elle me dévisage d'un air distant, se demandant où je veux en venir.

— Eh bien, je me suis trompé, Jeanne...

Elle plisse les yeux.

— Trompé ?... Sur quel point ?

— Je me suis trompé en refusant catégoriquement tes doutes.

Ça y est, je l'ai dit, et cela me procure un curieux mélange de satisfaction et d'humiliation.

Jeanne a enfin rangé son air glacial et me regarde avec prudence, encore incrédule. Eh oui, Jeanne, eh oui !

— Précise un peu, demande-t-elle.

Je précise. Beaucoup. Je lui raconte absolument tout ce qui s'est passé hier : la lettre de Monette, la cassette avec le témoignage du jeune punk, ma visite avec Monette aux archives du *Journal de Montréal,* ce que j'ai découvert sur Judith Loiselle, ma visite à la prison, ma nuit d'horreur...

Elle est bouche bée, stupéfaite, déboussolée. Elle parle enfin.

— Paul, c'est... c'est complètement fou !

Je ricane.

— C'est le moins qu'on puisse dire.

Elle m'observe intensément, craintive et intriguée en même temps.

— Et... qu'est-ce que t'en conclus ?

Je me cale dans le fauteuil en soupirant. Je recommence à étudier mes doigts. Chaque mot sort de ma bouche avec difficulté.

— Je ne peux plus être aussi convaincu, Jeanne. Je ne peux plus tout imputer au hasard, prétendre que c'est un patient de plus, que c'est... qu'il n'y a rien d'anormal dans cette histoire. Je ne peux plus.

Je lève la tête.

— Je doute, Jeanne. Moi aussi. Peut-être pas autant que toi, mais je doute.

— De quoi?

Elle tente de rester calme, mais je vois bien qu'elle est bouleversée. Je réfléchis longuement. Je dois peser chacune des syllabes que je vais prononcer.

— Je doute de l'ordre habituel des choses. Je doute de la toute-puissance de la logique. Je me dis que peut-être... peut-être que le cas Roy relève d'une explication... non rationnelle.

Nous demeurons longtemps sans bouger, comme si nous étions sur une photographie. Jeanne ouvre enfin la bouche, mais je l'arrête en levant la main:

— Je dis bien *peut-être,* Jeanne. Ça veut dire que je vais continuer à chercher une explication dans le cas de Roy, mais en me disant que cette explication peut être autant irrationnelle... que rationnelle...

Je soupire et ricane amèrement, comme si une corde jusque-là tendue au maximum venait de se relâcher en moi.

— Seigneur! Vingt-cinq ans de psychiatrie pour en arriver à ça!

Jeanne garde le silence quelques minutes. Elle n'est pas sûre de bien me suivre.

— Je ne comprends pas, Paul... Depuis plusieurs années, tu affirmes qu'il n'y a pas d'explication à la folie, qu'il est inutile et vain de chercher... Et voilà qu'avec Roy, tu dis que tu vas en trouver une, rationnelle ou non...

Elle secoue la tête, curieuse:

— Pourquoi ce... changement?

Je savais bien qu'elle me demanderait cela. Cette question, je me la pose depuis hier soir. Mais je crois bien avoir une réponse.

— Tu crois au destin?

Elle hausse les épaules, amusée.

— Je ne sais pas. Mais toi, tu ne dois certainement pas y croire!

— Je n'y crois pas, en effet. Mais depuis hier soir, beaucoup de mes croyances sont remises en cause. En tout cas, j'ai commencé à me dire que Roy n'est peut-être pas mon dernier patient pour rien.

Jeanne fronce les sourcils.

— Avant l'arrivée de Roy, j'étais sûr qu'il n'y avait d'explication à rien. J'avais au moins cette certitude. Maintenant, je ne l'ai même plus, car il y a peut-être une réponse... une réponse qui dépasserait la logique, la science... Alors, je dois chercher, fouiller, sinon... sinon je me dirai jusqu'à la fin de mes jours que je me suis peut-être trompé; qu'il y a peut-être, parfois, des explications...

J'avance sur ma chaise. Je ne parle plus seulement à Jeanne, c'est à moi que je parle, à ma conscience.

— Si le cas Roy relève effectivement de... de l'irrationnel, alors je saurai que je me suis trompé et cela va tout remettre dans une nouvelle perspective. Mais si je découvre que Roy n'est qu'un simple fou délirant, comme les autres... alors je saurai que j'avais raison depuis toutes ces années.

Jeanne avale mes paroles. Personne ne m'a écouté avec une telle attention depuis longtemps. Elle dit, la voix lente:

— Mais dans les deux éventualités, Paul, c'est très noir comme perspective... Dans un cas, tu réalises que tu te trompes depuis des années et c'est l'échec. Dans l'autre, tu réalises que tu avais raison de ne croire à aucune explication, et c'est la déprime!

J'esquisse un pauvre sourire.

— La sérénité d'esprit est un luxe que, manifestement, je ne pourrai pas m'offrir pour ma retraite...

Ma collègue s'assombrit.

— C'est terrible ce que tu dis là, Paul...

— J'aime mieux être déprimé dans une certitude que dans le doute, Jeanne... C'est pour ça que je ne peux pas lâcher Roy, même si, au fond, ce serait la solution la plus facile... Je dois chercher, fouiller, aller jusqu'au bout...

Je m'arrête. Je repense au coup de téléphone, au bureau, qui m'a annoncé l'éveil de Roy. J'ai eu la certitude que cela changerait tout. Je crois que, dès cet instant, le doute s'est installé. Inconsciemment, sournoisement. Je me l'avoue enfin depuis cette nuit.

Je me sens soudain triste à mourir. Mes doigts tremblent légèrement et quelque chose monte dans ma gorge.

— Ça va pas, Paul, hein ? me dit doucement Jeanne, conciliante.

Et je me mets soudain à pleurer. Je n'y crois pas moi-même. La dernière fois que j'ai pleuré, c'est lorsque Arianne a eu son fils, il y a trois ans.

— Criss, Jeanne, en quelques années, j'ai tout perdu ! Mes idéaux, mes espoirs, mon optimisme... Je suis même en train de perdre Hélène, à force de plus croire en rien ! Pis Roy... Roy est comme une ultime confrontation ! Une confrontation qui va me permettre de savoir si j'avais raison ou tort !

Je renifle, gêné. Je n'ose pas regarder Jeanne, mais je sais qu'elle m'observe intensément. Je marmonne en essuyant mes yeux :

— Et même si je suis malheureux dans les deux cas, je saurai au moins pourquoi...

Je lève enfin la tête. Jeanne est triste, je le vois bien, mais elle sourit. Par cette seule attitude, je comprends qu'elle m'aime. Beaucoup. Une puissante et réelle amitié. Je me sens ému.

— Ne te condamne pas trop vite au malheur, Paul, dit-elle doucement. Peu importe ce qu'on va conclure sur Roy, tu seras au moins allé jusqu'au bout, ce que tu n'as pas fait depuis longtemps. Ça peut t'apporter beaucoup.

Je lui fais un petit signe las.

— Je ne sais pas, Jeanne. On n'est pas dans un film américain où les simples vertus du héros lui permettent de se reprendre en main... La réalité est plus ingrate...

Elle esquisse une moue.

— Une réponse, Jeanne... Je ne veux pas le bonheur. Juste savoir si j'ai eu raison de perdre la foi ou non. Ce sera déjà... énorme.

De nouveau, nous nous regardons. La complicité est revenue, la complicité et le respect. Mais il y a autre chose. Une sorte de peur latente, timide, comme si elle ne savait pas si elle devait se manifester clairement ou pas.

— Alors, on se met au travail à fond ? fait Jeanne.

Et elle ajoute avec un sourire mélancolique :

— Ton dernier cas ?

J'essaie de sourire à mon tour. Je ne suis pas certain du résultat.

— Mon dernier cas.

◆

Nous décidons d'aller dîner ensemble. Tandis que nous traversons le Noyau, nous croisons Nicole. Je lui demande :

— Comment va monsieur Roy ?

— Il est couché, en ce moment. Il s'est levé vers huit heures, il a déjeuné, mais quand je suis passée, il y a une demi-heure, il dormait. Il avait même fermé les rideaux de sa fenêtre.

— Des nouvelles depuis hier ?

— Depuis hier midi, nous le faisons manger à la cafétéria avec les autres patients.

— Il résiste?

— Pas du tout. Hier, il a pris son dîner et son souper avec les autres, très sagement. C'est juste qu'il s'assoit tout seul dans un coin, avec l'infirmière qui l'aide à manger. Il ne parle pas aux autres patients.

— Comment réagissent-ils?

— Ils ont l'air curieux, évidemment. Je pense que quelques-uns le reconnaissent, mais personne n'a encore osé lui parler...

— Bizarre... Ils sont plus curieux que ça, d'habitude...

Nous sommes sur le point de nous séparer lorsque des cris retentissent. Tous trois nous cherchons à en localiser la provenance; ça vient de la chambre de Roy.

Deux infirmières sont déjà en marche lorsque je leur intime d'arrêter:

— Laissez, je m'en occupe.

Je fais signe à Jeanne. Nous nous élançons tous deux d'un pas vif dans le couloir un.

Les cris de Roy sont terrifiés, pleins de sanglots. En route, nous croisons Édouard Villeneuve, effrayé par ce remue-ménage.

— Ça va-tu, docteur? me demande-t-il de sa voix insécure. Y a quelqu'un qui crie, on dirait...

— Tout va bien, monsieur Villeneuve.

— Allez-vous venir me voir, après?

Cette fois, je ne réponds pas. Jeanne et moi entrons dans la chambre numéro neuf, puis refermons la porte derrière nous.

Il fait sombre dans la pièce. Roy est dans son lit, les draps jusqu'aux hanches, mais il a le torse relevé et, appuyé sur ses coudes, les cheveux en désordre, il crie sans arrêt, en lançant des coups d'œil affolés autour de lui.

— Il est encore venu! balbutie-t-il entre deux cris. Il est encore venu!

— Je m'en occupe, Jeanne...

Elle approuve et reste à l'écart, curieuse, tandis que j'approche du lit. Je me penche vers l'écrivain, lui effleure les épaules, l'apaise doucement d'une voix rassurante :

— Tout va bien, monsieur Roy... Tout va bien, calmez-vous... Étendez-vous...

Je lui parle ainsi durant une bonne minute. Il finit par se recoucher. Il ne crie plus, mais il est toujours en état de choc. Il regarde autour de lui en poussant de petits gémissements. Il fait presque pitié à voir. J'ai l'impression d'avoir devant moi un tout autre homme que celui d'hier.

Je crois qu'il ne me voit pas. Il sait qu'il y a quelqu'un, mais il ne réalise pas que c'est moi. Comme si, à moitié endormi, il rêvait encore en partie. Je me dis que je dois profiter de cet état pour le faire parler le plus possible.

Je me tourne vers Jeanne. Immobile, elle me jette un regard entendu. Sans bruit, j'approche une chaise du lit et m'assois, en demandant tout bas, comme si je parlais à un enfant :

— Qui est encore venu, monsieur Roy ?

Il ne répond rien. Il continue à regarder autour de lui, apeuré.

— Le prêtre ? C'est ça ? Vous parlez du prêtre ?

Il gémit en hochant la tête. Parfait. Surtout ne rien brusquer.

— Il est venu vous voir quand ? Tout à l'heure ? Dans un rêve, pendant que vous dormiez ?

— C'est toujours dans mes rêves qu'il se manifeste, rétorque Roy sans me regarder.

Il me répond sans avoir conscience de moi. Parfait, tout est parfait...

— Vous reconnaissez donc que vous *rêvez* à ce prêtre... qu'il n'est pas réel ?

Son regard, rivé au plafond, s'assombrit aussitôt.

— Pas besoin d'être de chair et de sang pour être réel...

Je hoche doucement la tête. Tant qu'il demeure dans cet état semi-onirique, il me parlera...

— Comment est-il ?

Ses pupilles s'agrandissent. Il ne voit plus le plafond, ni la chambre. Il le voit, *lui*.

— Grand... chauve... une quarantaine d'années... les yeux verts... mais brillants... tellement brillants...

— Et il vous est apparu souvent ?

Il gémit en fermant les yeux. Sa respiration est saccadée.

— Chaque fois que j'ai eu une... une...

— Une idée ? complète la voix excitée de Jeanne derrière moi. Une idée de roman ?

Je me retourne et la fusille du regard. Elle comprend et me fait une moue désolée. Je reviens à Roy avec inquiétude. Il sanglote doucement. Jeanne a vu juste. Mais il ne faut pas que je le perde, pas maintenant. J'approche mon visage plus près et baisse ma voix.

— Pourquoi vous apparaît-il chaque fois que vous avez une idée, Thomas ?

Il ouvre les yeux. Son visage recouvert de larmes semble de nouveau ailleurs, très loin... À un endroit terrible... Sa voix est aérienne :

— Pour me guider. Pour m'aider. Quand j'ai une idée de scène horrible, que je commence à écrire un nouveau roman, je... je rêve à lui peu de temps après et... et il me guide...

— Comment fait-il ?

Ses yeux sont démesurés, toujours fixés au plafond. Sa poitrine monte et descend rapidement.

— Je... je sais pas... Le lendemain de mon rêve, je sors de chez moi... je marche, au hasard... Parfois, je prends même ma voiture, pour sortir de la ville... Je sais pas où je vais, c'est... c'est comme si quelqu'un me guidait... Je marche, je roule, jusqu'à... jusqu'à ce que je voie ce que j'avais... ce que j'avais...

Il met soudain son bras devant son visage en gémissant. Il ne termine pas sa phrase, mais j'ai parfaitement
compris.

— Que faites-vous, après ?

Ma voix est si basse que je me demande si Jeanne
m'entend.

— Après, je reviens chez moi... pis... j'écris...
J'écris !...

Il prononce ces deux derniers mots avec une haine
terrible, puis se remet à pleurer.

— C'est ce qui est arrivé chaque fois ? je souffle.

— Je ne voulais plus ! lance-t-il soudain en dégageant
son visage, les yeux fous. Quand j'ai eu l'idée du flic
qui tue des enfants, j'ai... j'ai voulu que ça arrête !
C'était trop ! J'ai résisté, je ne sortais plus, je n'écri-
vais plus, mais... l'idée était là, elle voulait pas partir !
Pis j'ai fini par écrire ! Malgré moi !... C'est là qu'*il* est
revenu me voir...

Il met ses deux mains bandées sur son visage et
pleure comme un enfant.

— Pis je suis sorti ! hoquette-t-il. Mon Dieu, je suis
sorti, j'ai pas pu m'en empêcher ! Je me suis laissé
guider, jusqu'à... jusqu'à...

Le reste disparaît dans les larmes. Je décide de détourner la conversation.

— Mais pourquoi un prêtre ?

— Je sais pas, je sais pas ! gémit-il entre ses paumes.

Dans sa voix, il y a un ton de sincérité désespérée.

Je suis ébranlé. S'il m'avait raconté cela hier matin,
je me serais contenté d'écouter d'une oreille *professionnelle,* sans être touché. Mais aujourd'hui...

Je tourne légèrement la tête vers Jeanne. En la voyant
ainsi, la main sur la bouche, le regard déconcerté, je
comprends qu'elle n'a pas perdu une seule syllabe. Je
reviens à Roy.

— Et quand vous avez été attaqué par les deux punks,
c'est aussi ce prêtre qui vous avait... guidé à cet endroit ?

Il marmonne quelque chose. Je crois reconnaître un
« oui ».

— Vous saviez que vous alliez être attaqué ?

Il écarte ses bras. Ses yeux sont fermés, comme s'il
s'obligeait à ne pas les rouvrir.

— Non... mais je savais que j'allais *souffrir*...

Un frisson parcourt ma colonne vertébrale.

— Mais pourquoi ?

Hésitation. Sa mâchoire se crispe. Enfin, il balbutie :

— Le prêtre... Il me disait... Il me disait que grâce à
lui, je savais maintenant écrire des bonnes scènes
d'horreur... mais que... qu'il manquait un petit... un
petit quelque chose...

— Quoi donc ?

— *La connaissance de la souffrance !*... Je ne pourrais
pas rendre parfaitement la souffrance tant que... tant
que je ne l'aurais pas connue...

— Vous avez accepté ?

— *J'avais pas le choix !* lâche-t-il dans un long cri de
détresse.

Un profond malaise s'empare de moi ; de nouveau, je
me tourne vers ma collègue. Elle est exactement dans
la même position, littéralement pétrifiée. Je devrais
m'arrêter, mais j'ai tellement de questions à lui poser...
Je dois profiter de son état second le plus possible. Je
m'humecte les lèvres, puis demande :

— Et... et les deux punks, quand ils se sont... poignardés mutuellement... quand ils sont devenus comme
fous... Qui les a mis dans... qui leur a fait perdre l'esprit, comme ça ?

Roy s'arrête soudain de pleurer. Ses yeux sont toujours clos, mais je devine soudain sa perplexité. Je
répète :

— Qui les a rendus fous ? Le prêtre ?

Il ouvre enfin les paupières et regarde autour de lui
en clignant des yeux, comme s'il se réveillait. Il est

revenu, je le vois bien. Je demande d'une voix pleine de fleurs:

— Répondez-moi, Thomas.

Pour la première fois, il me voit vraiment. Il me reconnaît, puis fronce les sourcils, méfiant.

— Comment savez-vous... pour les deux punks?

Je pédale intérieurement à toute vitesse et décide de changer de sujet. Ma voix est un peu trop aiguë:

— Depuis quand ce prêtre vous apparaît-il, monsieur Roy? Depuis vos débuts? Vos tout débuts?

— Comment savez-vous, pour les deux jeunes? répète-t-il en s'appuyant sur ses coudes.

Je recule mon visage. C'est fini, je ne tirerai plus rien de lui. Je cherche quelque chose à dire.

— C'est moi qui vous l'ai dit? persiste Roy, le visage tordu par la colère et la peur. C'est moi?

— Calmez-vous, monsieur Roy...

— Mais qu'est-ce que je vous ai raconté? Qu'est-ce que je vous ai dit, depuis que j'ai recommencé à parler?

Il s'énerve de plus en plus. Je suis pris de court. Jeanne le comprend et, s'approchant, susurre de sa plus belle voix:

— Mais il faut que vous parliez, monsieur Roy. Il le faut, si vous voulez qu'on vous aide...

— Mais vous comprenez vraiment rien! crie-t-il soudain en se redressant d'un bloc. Vous pouvez pas m'aider! *Personne peut m'aider!*

— Mais oui, faites-nous confiance! Nous, nous pouvons!

Je ne sais pas si je pense ou non ce que je dis. Depuis plusieurs années, je ne crois plus être d'une quelconque aide pour ces malheureux...

... mais pour Roy?...

À moins que ce ne soit moi que je veuille aider?

Roy me considère quelques instants. En l'espace de deux secondes, il est redevenu calme. Dans son regard,

je vois un mélange de mépris, de pitié et de tristesse.
Doucement, mais d'un ton noir, il articule :

— C'est fini, docteur... Je ne vous dirai plus rien...

— Monsieur Roy, est-ce que...

— Laissez-moi seul, s'il vous plaît.

Il s'étend sur le dos, son visage neutre tourné vers le
plafond.

— Écoutez, monsieur Roy, il faut que vous nous
fassiez confiance si...

— Vous avez l'heure ?

Sa question me désarçonne. C'est Jeanne qui doit
répondre :

— Oui... Oui, il est midi moins le quart...

— Je dois m'habiller pour le dîner. Envoyez-moi une
infirmière, pour qu'elle m'aide...

— Monsieur Roy...

— C'est fini, docteur, répète-t-il en tournant la tête
vers moi.

Et dans son regard, il y a une résolution aussi iné-
branlable que désespérée.

... ainsi que ce reflet sombre... familier... inson-
dable...

Je soupire, puis consulte Jeanne du regard. Elle hoche
doucement la tête. Nous sortons enfin et, dans le
couloir, Jeanne propose :

— Si on allait se promener un peu, avant le dîner ?

◆

Le petit parc de la rue Notre-Dame, près de l'hôpital,
est toujours populaire le midi. Beaucoup de travail-
leurs viennent y dîner, avant de retourner s'enfermer
pour quatre longues heures dans un bureau terne.
Comme le soleil est particulièrement enthousiaste
aujourd'hui, les visiteurs sont légion, flânant ou assis
dans le gazon à manger des sandwichs. Jeanne et moi
marchons lentement sur le petit sentier d'asphalte,

peu sensibles à l'animation qui nous entoure. Nous parlons à voix basse pour ne pas attirer l'attention.

— Roy guidé par un prêtre, commence Jeanne. Un prêtre qui lui montre ses idées de romans dans la réalité... Qui va même jusqu'à lui faire connaître la souffrance, pour rendre ses livres encore plus crédibles...

Je ne réponds rien. Jeanne poursuit :

— Et quand Roy a eu l'idée du policier qui tue des enfants, il a essayé de résister mais... en vain.

Court silence. Des enfants nous dépassent au pas de course, accompagnés de rires qu'ils réussissent presque à dépasser. Jeanne reprend :

— Peut-être qu'il y a vraiment un prêtre qui communique télépathiquement avec Roy. La télépathie est un phénomène pris au sérieux par beaucoup de scientifiques, tu sais...

Je me fais prudent :

— Je ne rejette pas l'idée de la télépathie. Mais ça n'explique pas tout, Jeanne, loin de là... Pourquoi un prêtre ?

— Et, surtout, comment ce prêtre sait-il que les idées de Roy vont se produire dans la réalité ? Les prévoit-il ? Les provoque-t-il ?

Je soupire. Il y a deux jours, j'aurais refusé une telle discussion.

— On va trop vite, Jeanne. Avant d'aborder des hypothèses irrationnelles, il faut trouver des preuves tangibles...

— Des preuves de l'irrationnel... Un peu contradictoire, non ?

Je hausse les épaules. Soudain, elle propose en montrant un banc libre :

— On s'assoit un peu, si tu permets ?

Elle s'installe en soupirant d'aise. Je demeure debout devant elle. Nous nous taisons quelques instants. Je me penche, ramasse une branche cassée et me redresse.

— Qu'est-ce que tu suggères, Paul ?

J'arrache machinalement les feuilles de la branche.

— Hier, j'ai appelé la sœur de Roy. Josée avait raison : elle est totalement indifférente au sort de son frère. Elle ne l'aime pas, c'est clair. Une vieille chicane de famille, je suppose. Sauf qu'elle a glissé que Roy a été adopté à deux ou trois mois... Il y a peut-être quelque chose à chercher de ce côté...

Jeanne semble dubitative :

— Tu penses ? Ça me paraît faible comme piste...

Je jette avec lassitude la branche dénudée.

— T'as une meilleure idée ?

Elle fait une petite moue, puis propose timidement :

— Monette pourrait peut-être nous aider.

Je ne dis rien. Elle ajoute :

— En tout cas, jusqu'à maintenant, il a été plus qu'utile...

Que puis-je rétorquer à cela ? Elle a raison, que je le veuille ou non. En tout état de cause, si je veux vraiment avancer dans cette affaire, il va falloir que j'égratigne un peu mon orgueil. Je finis donc par dire :

— C'est vrai qu'il pourrait nous être encore utile...

Jeanne hoche la tête, satisfaite. J'ajoute rapidement :

— Mais attendons un peu.

— Ça me va. De toute façon, il va sûrement nous rappeler : il doit se demander ce que tu as fait après ta « fuite » d'hier, au *Journal de Montréal*...

Je m'assois enfin à côté d'elle. Elle a alors un petit sourire moqueur :

— Il t'a bien eu, en passant...

— Comment ça ?

— Tu n'avais pas besoin de lui pour aller consulter les archives du *Journal de Montréal*. Je connais plusieurs étudiants d'université qui y vont pour chercher des renseignements... Ta carte de psychiatre aurait été suffisante pour t'ouvrir les portes. Ils auraient sûrement été très fiers de t'aider... C'est pas le FBI, Paul, c'est un quotidien que tout le monde lit, ils n'ont rien à cacher...

Je grimace. Quel idiot ! Monette a dû bien rigoler quand je suis allé lui demander de l'aide...

— Mais c'est vrai que tu avais besoin de lui pour manipuler les CD-Rom, parce que toi et l'informatique...

— Ça va, ça va...

Elle glousse discrètement en suivant un jeune homme des yeux. Je reviens à notre sujet de discussion:

— Alors voilà: je suggère que nous rencontrions cette Claudette Roy. Je pourrais l'appeler et prendre rendez-vous avec elle. Je n'ai aucune idée si ça va donner quelque chose, mais...

Nous nous taisons. Un couple dans la soixantaine passe devant nous, bras dessus, bras dessous. Ils sont tout ridés, tout fragiles, mais il émane d'eux un persistant parfum d'adolescent.

Je pense à Hélène. Je me demande quel parfum émane de nous lorsque nous marchons, ainsi, ensemble...

Des huiles d'embaumement, peut-être...

— Tu as dit « nous »...

Je me tourne vers Jeanne.

— Quoi ?

— Tu as dit que « nous » pourrions la rencontrer. Je vais donc la rencontrer avec toi, c'est ça ?

Elle sourit, coquine.

— Bien sûr, dis-je. On est ensemble dans cette affaire, non ?

Elle cesse de sourire. Elle devient grave et demande sur un drôle de ton:

— Ce n'est plus le travail, maintenant, n'est-ce pas, Paul ? Ce que nous faisons là n'a plus rien à voir avec notre boulot de psychiatre...

Je réfléchis quelques instants avant de répondre.

— Disons que pour moi, Roy n'est plus un patient...
— Qu'est-il devenu, alors?

Je lève la tête et regarde au loin, vers le fond du parc, où les gens sont si minuscules que je les discerne à peine.

Je ne réponds pas.

◆

Dans la soirée, Hélène m'appelle de chez sa sœur. Nous parlons un peu. Elle me demande si je comprends son geste. Je lui dis que oui.

— Je reviens lundi soir. On parlera. Vraiment parler. Si tu veux bien.

Je dis que je veux bien. Je réponds mécaniquement.

Quand je raccroche, je m'installe au salon avec un livre et une bonne cigarette. Mais bien vite la page disparaît, ainsi que le livre, puis tout le salon. La fumée de ma cigarette semble tout engloutir. Au centre des volutes, je ne vois plus que deux portes. Je comprends enfin ce qu'elles font là, pourquoi cette image m'obsède depuis quelque temps.

Bientôt, je devrai ouvrir une de ces portes... et la franchir.

Les premiers mots de Roy, à son réveil, me reviennent.

«J'ai froid...»

Je saisis maintenant ce qu'il a voulu dire.

Il fait si froid, sur le seuil...

Tu te tiens immobile devant le prêtre chauve. Derrière toi, les gémissements et les bruits répugnants se poursuivent. Tu te décides enfin à parler.

— Je ne veux plus.

Tu ne lui as parlé que très rarement. Cela te terrifie chaque fois.

— Je veux que vous arrêtiez...

Le prêtre hausse un sourcil, amusé. Ses yeux sont deux flammes infernales.

— Pourtant, tu aimais ça, avant... Durant toutes ces années... Cela t'amenait la gloire...

— Mais c'est fini, maintenant, je n'aime plus ça ! C'est trop ! Ça empire toujours, je... je ne veux plus, vous entendez ? Je vous l'avais pourtant dit, la dernière fois !

Un frisson te traverse.

— D'ailleurs, j'ai pris les mesures nécessaires ! Regardez !

Et tu lui montres tes deux mains bandées, sans doigts.

Le prêtre ricane, comme si ça n'avait pas d'importance.

— Je ne veux plus ! cries-tu d'une voix suppliante. Je ne veux plus !

Tu te retournes, pour fuir, mais tu n'y arrives pas. Tu ordonnes à tes membres de bouger, mais ceux-ci refusent. Tu gémis de désespoir, tandis que le prêtre, menaçant, crache avec mépris:

— *Crois-tu que ce que tu veux ou ne veux pas a la moindre importance? Tu te rendras jusqu'au bout! Nous avons un ultime chef-d'œuvre à réaliser, ensemble... Après quoi...*

Un sourire monstrueux étire ses minces lèvres blanches.

— *... après quoi, tu iras rejoindre ceux qui ont vu.*

CHAPITRE 13

Le lendemain, samedi, je me lève tard. Depuis deux nuits, je dors au moins dix heures en ligne. Pas bon signe, ça. Vers onze heures trente, je veux appeler Claudette Roy pour prendre rendez-vous avec elle, mais je me souviens que son numéro de téléphone est au bureau. L'idée de retourner à l'hôpital ne me sourit pas tellement (il me semble que j'y suis bien souvent depuis quelques jours), mais je ne veux pas attendre à mardi pour la joindre.

Quand j'entre au Noyau, c'est l'heure du dîner et la plupart des patients sont à la cafétéria. Par curiosité, je vais voir si Roy s'y trouve avec les autres.

Il doit y avoir une quinzaine de patients, la plupart mangeant en petits groupes. Roy est assis à une table, à l'écart. Il ne regarde personne, pas même l'infirmière qui l'aide à manger. Je fais signe à Jacynthe, l'infirmière-chef de fin de semaine, et elle s'approche de moi.

— Pourquoi monsieur Roy mange-t-il seul ?

— Il le veut ainsi, docteur.

Elle ajoute qu'aucun patient ne l'a abordé. Selon elle, ils semblent le craindre. J'observe de nouveau les patients. Ils mangent, parlent, et, de temps en temps, l'un d'eux se tourne vers l'écrivain, avec curiosité et suspicion.

Je gratte ma barbichette, hésitant, puis marche vers l'écrivain. Lorsqu'il me voit, son visage s'assombrit. Je m'arrête devant sa table.

— Bonjour, monsieur Roy.

— Vous faites du zèle, aujourd'hui, docteur?

— Je ne travaille pas, je suis seulement venu chercher quelque chose...

Je songe à lui dire qu'il s'agit du numéro de téléphone de sa sœur, mais je rejette l'idée.

— Alors, comment vous sentez-vous, ce midi?

— J'ai pas envie de discuter...

Et il engouffre la bouchée de viande que lui tend l'infirmière.

— Je vous l'ai dit, je ne travaille pas aujourd'hui. Je ne suis pas en train de vous «analyser», je m'informe, c'est tout.

Il ne répond rien et mastique sa nourriture. Il n'a plus confiance en moi, c'est évident. Il faudrait que je trouve un moyen de l'encourager à se confier, une motivation. J'ai alors une idée.

— Votre anniversaire approche, non?

Il fronce les sourcils, me regarde furtivement, puis retourne à son repas.

— Le 22, répond-il sans enthousiasme.

— C'est bientôt, ça. Ce serait bien si vous pouviez le célébrer à l'extérieur de l'hôpital, non? Si vous pouviez être sorti pour votre anniversaire...

Je me penche légèrement.

— C'est possible, vous savez... Si vous nous aidez un peu, il n'y a pas de raison que vous restiez ici indéfiniment, monsieur Roy...

— Foutez-moi la paix! réplique-t-il d'un ton agressif. Je croyais que vous ne travailliez pas, aujourd'hui!

L'infirmière, tout en coupant la viande, me lance un coup d'œil oblique. Je me redresse, un peu déçu.

— Très bien, monsieur Roy. Je vais vous voir mardi pro...

Mais une exclamation coupe soudain ma phrase. Je tourne la tête.

Assis à une table avec d'autres patients, Luc Dagenais, debout, crie vers une autre table, la voix agressive.

— T'as-tu fini de me regarder de même !

Je comprends alors qu'il s'adresse à Édouard Ville-neuve, assis à une autre table.

— Moi ? s'étonne Édouard, ahuri. Tu me parles à moi, Luc ?

— Pourquoi tu me regardes de même ? continue de grogner Dagenais qui, cette fois, se met en marche vers l'autre.

Luc Dagenais n'est pas un de mes patients, mais je le connais. Trente-cinq ans, plutôt bien baraqué, ce n'est pas la première fois qu'il cherche la bagarre avec les autres patients. Tout le contraire du pauvre Édouard, qui doit bien se demander ce qui lui arrive. Je soupire. Les infirmières vont arriver dans trente secondes pour les séparer docilement. Spectacle banal que j'ai vu bien assez souvent pour ne pas y assister aujourd'hui.

Je suis donc sur le point de m'éloigner lorsque je vois quelque chose de totalement inattendu. Édouard, qui avait l'air tout à fait déconcerté deux secondes aupa-ravant, se lève maintenant à son tour et marche à toute vitesse vers Dagenais.

— OK, j'ai compris ! lance-t-il d'une voix que je ne lui connais pas, une voix rauque et excitée. C'est ça que tu cherches, hein, c'est ça ?

Et soudain, il saute sur Dagenais. Comme ça, sans avertissement. L'autre colosse, pris de court par ce retournement de situation, tombe sur le dos et Édouard, à califourchon sur lui, se met à le frapper au visage.

— OK ! OK ! répète-t-il d'une voix sinistrement calme. OK, j'ai compris ! OK !

Ses coups sont maladroits mais sauvages. Tandis qu'il frappe, un rictus malsain lui tord les lèvres et j'ai peine à reconnaître le patient si doux que je traite depuis six ans. Dagenais, enfin revenu de sa surprise, renverse son adversaire sans réelle difficulté et les deux hommes roulent sur le sol, se frappant mutuellement. Je décide d'intervenir et m'élance vers eux.

— Ça suffit ! Luc, Édouard, arrêtez ça !

Je me fraye un passage entre les patients qui forment maintenant un cercle autour des deux batailleurs, puis saisit Édouard pour le relever. Mais ce dernier, sans me voir, me repousse brusquement et saute de nouveau sur son adversaire. Je trébuche vers l'arrière, stupéfait. Et, soudain, je réalise que je suis le seul à intervenir.

Mais que fabriquent les infirmières ?

Nerveusement, je tourne la tête vers la sortie de la cafétéria. Il y en a trois qui sont là, mais elles ne bougent pas. Elles observent la scène de loin, fascinées. Bon Dieu ! qu'est-ce qui leur arrive ?

— Hé ! Les filles !

Surprises, elles se mettent enfin en mouvement. À quatre, nous réussissons à séparer les deux batailleurs (ce qui me rassure, car j'ai horreur d'être obligé d'avoir recours à la sécurité de l'hôpital). Dagenais se dirige aussitôt vers la sortie, dépeigné mais sans plus, en criant qu'il en a assez de ceux qui le cherchent. Deux infirmières le raccompagnent, tandis que la troisième demande à Édouard ce qui s'est passé.

— Je... je sais pas ! balbutie-t-il. C'est... c'est... c'est lui qui...

Son air ahuri est revenu, il n'y a plus de trace d'agressivité dans son regard. Il touche son nez qui saigne légèrement, comme s'il ne comprenait pas ce qui s'est passé.

— Venez, dit l'infirmière, on va aller discuter de ça. Et vous autres, continuez votre repas...

Elle amène le jeune homme vers la sortie de la cafétéria. Tandis qu'il se laisse accompagner, il tourne

la tête vers le fond de la salle. Je comprends qu'il regarde Roy, avec un vague malaise incrédule.

Je regarde à mon tour l'écrivain. Il observe la scène
un bref moment, avec une sorte d'épouvante contenue.
Puis, il recommence à manger.

Je songe à aller le rejoindre, puis renonce. Je m'adresse
aux autres patients, toujours attroupés :

— Allez, retournez à votre repas, tout est rentré dans
l'ordre !

En sortant de la cafétéria, je tombe sur les deux infirmières qui ont raccompagné Dagenais.

— Mais qu'est-ce qui vous a pris de rester plantées
comme ça ? Vous attentiez la cavalerie ?

Elles ont l'air vraiment dépitées.

— Je ne sais pas trop... On a été prises par surprise,
et...

— Ça n'arrive pas si souvent, des bagarres, se défend
mollement l'autre.

— C'est quand même pas la première fois ! je rétorque.

Elles bafouillent encore quelques excuses, puis je
m'éloigne, exaspéré.

Sur mon bureau, un message de ma secrétaire : Michaud a appelé. Si je ne le tiens pas au courant, il risque
de me relancer jusque chez moi... Le souvenir de son
coup de téléphone à six heures du matin achève de me
convaincre et, en soupirant, je le rappelle.

Bonjour, monsieur Michaud. Non, pas de change-
ments réels, monsieur Michaud. Il parle, mais très
peu. Oui, nous travaillons sur quelque chose, monsieur
Michaud, mais nous ne sommes encore sûrs de rien.
Oui, monsieur Michaud, on vous rappelle...

Une fois cette formalité expédiée, je trouve le numéro de téléphone de Claudette Roy et décide de
l'appeler sur-le-champ. J'ai de la chance, elle est chez
elle. Mon appel ne lui plaît pas du tout. Elle ne comprend pas pourquoi je veux la rencontrer, elle n'a pas
vu Roy depuis plusieurs années... Je lui sors le baratin

habituel : si nous connaissions un peu l'enfance de son frère, ça pourrait nous aider, etc. Elle écoute en silence, et je l'entends soupirer, mécontente.

— Écoutez, je pense pas que j'ai envie de reparler de tout ça... En plus, je vous avais demandé de ne plus m'appeler !

— Madame Roy...

Je m'humecte les lèvres, puis poursuis poliment :

— Madame Roy, je vous serais vraiment reconnaissant si vous acceptiez de votre propre chef de coopérer avec nous. Mais en tant que psychiatre, si je considère que votre aide est nécessaire pour le traitement d'un de mes patients, je peux vous obliger, par la loi, à répondre à mes questions. Bien sûr, je trouverais très regrettable le recours à ce moyen extrême et je préférerais que vous acceptiez volontairement, en voyant cela comme un service que vous rendez à la psychiatrie...

Évidemment, c'est un fieffé mensonge. Psychiatre ou non, je ne peux obliger personne à me donner des renseignements sur un patient, mais elle ne le sait sûrement pas. Comme bien des gens, elle doit croire que mon statut de médecin me donne bien des droits. Je suis odieux de la manipuler ainsi, mais je m'en moque. Avec toutes les transgressions que j'ai commises dernièrement, ma moralité semble s'être *assouplie*. Et puis, le dédain avec lequel Claudette Roy traite son frère me fait sentir moins coupable.

Elle se tait quelques instants. Elle doit bouillir, à l'autre bout du fil, mais elle a mordu : lorsqu'elle parle de nouveau, sa voix, malgré son ton de glace, est plutôt calme.

— Très bien. Je veux bien vous rencontrer. Ici, à Saint-Hyacinthe.

— Pas de problème. À votre domicile ?

Elle me propose une terrasse près de chez elle. Je note l'adresse. On s'entend pour lundi soir, à vingt heures trente. Elle ne peut pas avant (j'en doute, mais tant pis). Je la remercie, puis raccroche.

Une bonne chose de faite. Mais est-ce que ce sera utile ? Vraiment ?

On verra bien...

Quelques minutes plus tard, je franchis la porte du Noyau et me retrouve dans le couloir, devant la réception de l'aile psychiatrique. Je souris à la réceptionniste de fin de semaine, une jeune fille grassouillette dont le nom m'échappe.

— Au revoir, mademoiselle...

— Bonjour, docteur, dit-elle en souriant. Oh ! docteur, je voulais vous dire... Il y a un prêtre qui est venu il y a cinq minutes, il voulait voir Thomas Roy...

Brusquement, tout s'arrête. Le monde, le temps, mon sang. Je me retourne et dévisage la jeune fille, comme si elle venait de me proposer de coucher avec moi.

— Qu'est-ce que vous venez de dire ?

De chaque côté de la réceptionniste, les murs sont devenus obliques et convergent vers elle, tel un trou noir qui aspirerait tout.

— Un prêtre voulait voir Thomas Roy, répète-t-elle, un peu surprise. Je lui ai dit que personne ne pouvait voir les patients sans l'autorisation écrite d'un médecin traitant... Il a eu l'air un peu déçu, mais pas trop...

Je m'approche d'elle avec une lenteur extrême, comme si je marchais dans une boue épaisse. Je n'arrive pas encore à être convaincu de ce qu'elle vient de me dire. Peut-être parce que je n'arrive pas à y croire. Peut-être parce que, jusqu'ici, je ne *voulais pas* y croire...

— C'est tout ce qu'il a dit ?

Elle me considère avec inquiétude.

— Heu... Après ça, il m'a demandé : « Monsieur Roy est donc toujours ici ? », et je lui ai répondu oui...

J'avance mon visage vers elle. Elle recule involontairement, presque effrayée.

— Mais pourquoi ne m'avez-vous pas prévenu ?

Ma voix est une grenade sur le point d'exploser. La pauvre fille est de plus en plus déconcertée.

— Mais je ne savais pas, je... je suis ici juste les fins de semaine, je sais pas quel médecin traite tel ou tel patient, je...

Ses yeux s'emplissent d'eau, mais je ne ressens aucune compassion. Je me mets à respirer plus fort, puis tourne sur moi-même, comme une toupie. Bon Dieu, je ne peux pas croire que je l'ai manqué de si peu, je ne peux pas le croire ! Si j'ai manqué cette occasion, je... je...

— Quand ? Quand est-ce arrivé ?

Soudain pleine d'espoir, la fille répond rapidement :

— Ça fait à peine cinq minutes ! Il doit être en train de sortir de l'hôpital, en ce moment même ! Peut-être que vous pourriez le rattraper si...

Je file comme une flèche. Tandis que je dévale les marches, je fouille dans ma mémoire pour me rappeler la description que m'a faite Roy du prêtre de son rêve : grand, chauve, les yeux verts, la quarantaine...

Seigneur, est-ce possible ?

Cette fois, tout va s'expliquer. Je touche au but. Cela m'excite tant qu'en franchissant la sortie de l'hôpital je vole jusqu'au trottoir.

La rue Notre-Dame n'est pas tout à fait une rue déserte. Une multitude de piétons s'offre à mon regard. Je suis sur le point de crier de rage, mais m'oblige à me calmer. Il vient sûrement tout juste de sortir de l'hôpital.

« Regarde ! Regarde attentivement ! »

Je monte sur un accotement de ciment et fouille du regard partout autour de moi.

Un prêtre, bordel ! C'est pas difficile à reconnaître !

Et soudain, je vois un homme qui attend au feu de circulation, à cinquante pieds sur ma droite. Un prêtre, c'est un prêtre, il a un col romain, c'est lui !

Sauf qu'il n'est pas très grand. Il a une épaisse tignasse blanche. Et il doit bien avoir soixante-dix ans passés.

Ce n'est pas lui! Ce n'est pas le prêtre du rêve... Je ne sais pas si je dois me sentir déçu ou soulagé. Un peu des deux, peut-être...

Mais c'est un prêtre tout de même, un prêtre qui voulait voir Roy! Il y a un lien, c'est évident!

Je saute sur le trottoir. Le feu tourne au vert et les piétons commencent à traverser. Je cours vers l'intersection, mais je percute de plein fouet un petit enfant qui se met à chialer.

— Faites attention! me crie sa mère.

Je balbutie quelques excuses. Lorsque j'arrive à l'intersection, essoufflé, le feu est redevenu rouge et les voitures passent devant moi à toute vitesse. Je m'élève sur le bout des pieds et regarde au loin. De l'autre côté de la rue, je vois le prêtre qui s'éloigne. Je me mets alors à crier:

— Mon père!

Plusieurs personnes se tournent vers moi. Tant pis pour la discrétion.

— Mon père! Hé, mon père!

Je suis ridicule de vociférer ainsi, mais enfin le vieillard m'entend et se retourne, intrigué. Je me mets à faire de grands signes avec les bras, l'air parfaitement grotesque.

— Ici! Ici, mon père!

Il me voit. Il rétrécit les yeux, indécis.

— Je suis le médecin de Roy! Le médecin de Roy!

Mais il y a trop de bruits: les gens, les voitures... Le prêtre met sa main devant son oreille en grimaçant. Mais qu'est-ce qu'elle attend, cette foutue lumière, pour passer au vert?

— Médecin! je hurle en pointant le doigt vers l'hôpital. Le médecin de Thomas Roy!

Mon manque de discrétion est inexcusable, mais je m'en fous. J'oublie que je suis en pleine rue, que des dizaines de gens peuvent m'entendre.

La main du prêtre quitte son oreille et il me montre du doigt, le regard interrogateur. Il a compris. Je lui souris et lui fais signe que je vais traverser dans une seconde.

Il a alors une réaction qui me laisse pantois : il me tourne le dos et s'éloigne rapidement.

Il me fuit ! Je me mets à crier :

— Mais... mais... mais qu'est-ce que vous faites ? Mon père, qu'est-ce que...

Déjà, je le perds de vue. Je me précipite pour traverser, mais un klaxon assourdissant me crève les tympans, tandis qu'une voiture me manque de peu. Je reviens à mon poste initial, fusillant le feu de circulation du regard. Je suis même sur le point de l'engueuler lorsqu'il se décide enfin à changer de couleur.

Je m'élance et, une fois de l'autre côté, me remets sur la pointe des pieds. Où est-il ? C'est un vieillard, il ne doit pas être très rapide !

Je le vois, devant, dans la mer de piétons. Manifestement, il se sauve, mais il ne va pas très vite. Je cours, me frayant tant bien que mal un passage parmi les gens. Je m'arrête, me hausse à nouveau. Là, à une cinquantaine de pieds, il tourne dans une petite rue transversale.

De nouveau, je me mets au pas de course. Je souffle bruyamment, bredouillant des excuses aux gens que je bouscule. Je me rappelle soudain ma douleur au cœur de l'autre jour. Si je ne fais pas attention...

Mais ce n'est pas le moment d'être prudent, ni de ralentir ! S'il m'échappe, je ne me le pardonnerai jamais... et Jeanne non plus. D'ailleurs, le simple fait qu'il veuille me fuir démontre que je suis sur le point de trouver quelque chose.

Après un temps qui me semble beaucoup trop long, j'arrive au coin de la petite rue. À bout de souffle, couvert de sueur, les mains appuyées sur mes cuisses, j'explore la rue de mes yeux embrouillés. Il n'y a que

quelques piétons, je repère rapidement mon fugitif. Il
est tout près. Il se retourne et me voit. Il tente d'ac-
célérer le pas, mais c'est peine perdue. Je le tiens.

Je me précipite de nouveau, l'estomac tordu de
crampes. Dans ma poitrine, la douleur commence,
gonfle déjà. Une voix alarmée retentit dans ma tête.

*Arrête ! Arrête tout de suite, sinon ta vieille patate
va exploser !*

Mais le prêtre est tout près, je m'approche de plus
en plus... Je ne peux pas m'arrêter, encore quelques
secondes, quelques enjambées, et...

La douleur devient fulgurante. Malgré moi, je me
mets à ralentir, la main sur mon cœur.

D'accord, j'arrête ! J'ai compris, j'arrête !

Je m'immobilise, mais la douleur augmente, augmente toujours. Penché en avant, je me mets à haleter,
pris de panique. Bon Dieu, il faut que ça s'arrête ! Je
ne cours plus, je suis immobile, pourquoi ça ne s'arrête
pas ? Pourquoi ça gonfle toujours ?

Une hache me fend la cage thoracique. Le choc est
si violent que je pousse un gémissement de souffrance.
Mes genoux percutent le sol. Un éclair de lumière,
aveuglant. Je ferme les yeux en serrant les dents.

Trop tard ! Trop tard !

J'ouvre les yeux. Tout est distordu, mais je distingue le ciel bleu. Sans m'en rendre compte, je me suis
étendu sur le trottoir. La douleur est telle que je n'arrive pas à bouger. Ma main est crispée sur ma poitrine
et je cherche mon air. Mes oreilles bourdonnent, je
voudrais crier, mais je n'arrive à pousser que quelques pathétiques hoquets.

*Ho, mon Dieu, je vais mourir ! Je vais mourir d'une
crise cardiaque, sur un trottoir, alors que je courais
après un prêtre, c'est trop grotesque ! Je vais mourir
dans le doute, c'est terrible, c'est épouvantable...*

Tout à coup, dans mon champ de vision tordu par la
douleur, le prêtre apparaît. Il s'approche lentement et,

de haut, me considère avec hésitation. Il semble tout
à coup très grand, grand comme une tour. Je tends
une main vers lui. Je veux dire quelque chose, mais
la souffrance monte d'un cran. Ma main retombe et
je me mords les lèvres, tandis que les larmes coulent
sur mes joues.

Ma vision s'estompe de plus en plus, mais je peux
encore voir le prêtre. Il se penche vers moi. Il est
essoufflé, son visage est recouvert de sueur, mais il
me fixe intensément de ses yeux bleus. Je comprends
qu'il va me parler. Sa voix parvient alors à mes oreilles, déformée et lente, comme sur un vieux disque
vinyle qui ne tourne pas à la bonne vitesse.

— Ne le laissez jamais sortir...

Ces mots me font oublier pendant une seconde ma
souffrance. J'ouvre de nouveau la bouche pour parler,
pour lui demander de m'expliquer, de tout m'expliquer... mais la longue aiguille de métal se plante
encore une fois dans mon cœur et un gémissement
déchirant réussit enfin à franchir mes lèvres.

Ma tête retombe sur le trottoir et ma vision devient
encore plus floue. Je distingue vaguement d'autres
piétons, qui approchent, qui m'encerclent, inquiets.
Des voix aériennes fusent de partout...

— ... monsieur, ça va ?...

— ... le cœur, c'est sûrement une crise cardiaque...

— ... il y a une cabine téléphonique, au coin...

— ... allez appeler le 9-1-1...

Tout s'obscurcit, sauf les silhouettes qui demeurent
blanches, comme sur un négatif photographique... Le
prêtre me regarde encore quelques secondes, ses yeux
bleus tellement vifs au milieu de ce visage ravagé par
la vieillesse... puis il s'éloigne, sans un mot... Je lui crie
mentalement :

Ne partez pas ! Je vous en prie, ne partez pas ! Ne me
laissez pas sur le seuil ! Vous devez m'en dire plus !
Vous devez me dire quelle porte je dois choisir ! Quelle
porte je dois...

Les silhouettes deviennent brumes de ténèbres. La douleur recouvre tout. Je ferme les yeux et bascule enfin.

◆

À l'hôpital, quand je me suis réveillé dans un lit blanc, au milieu d'une chambre blanche, un médecin habillé de blanc m'a expliqué que j'avais eu une crise d'angine de poitrine. On va me garder sous observation vingt-quatre heures. J'ai eu de la chance malgré tout, paraît-il. La prochaine fois, ça pourrait être une crise cardiaque.

On me demande si je veux prévenir quelqu'un. Je dis non. Inutile d'alerter Hélène chez sa sœur, elle est déjà assez inquiète. Et comme je vais sortir d'ici demain...

Vingt-quatre heures d'un ennui mortel, durant lesquelles je ne réussis qu'à établir un triste constat : je suis vieux. Voilà, c'est aussi simple que cela. Désormais, je fais partie de la grande famille des fragiles du cœur, je vais être suivi régulièrement par un médecin... Bonne nouvelle pour Hélène quand elle va revenir...

Je songe aussi au prêtre, que j'ai laissé filer... Je m'en taperais la tête sur le mur... Plusieurs fois, j'ai envie d'appeler Jeanne. Mais pas tout de suite. Demain, quand je serai chez moi. Si je l'appelle de l'hôpital, elle va s'inquiéter et venir me rejoindre illico.

Le lendemain, en milieu d'après-midi, je me fais gronder par le médecin : je traite mon corps comme un sac à ordures, je dois changer mon alimentation, faire un peu de sport, plus attention, un examen complet tous les mois, etc. J'écoute comme un élève qu'on réprimande. Oui, docteur. Bien, docteur. Promis, docteur. On me laisse enfin partir, les poches pleines de flacons de nitro.

Chez moi, j'écoute mes messages sur le répondeur automatique : Charles Monette a appelé. Il ne semble

pas de très bonne humeur et exige que je le rappelle.
J'hésite. Je devrais en parler à Jeanne, mais je sais
bien que nous allons le recontacter...

Assis dans le salon, je suis sur le point de m'allumer
une cigarette, mais je renonce. Ce ne serait pas très
sage après ce qui vient de m'arriver. Mieux vaut attendre quelques jours... L'idéal serait d'arrêter de fumer
complètement, mais je m'en sens incapable...

Puis, les derniers mots du prêtre me reviennent à
l'esprit.

«Ne le laissez jamais sortir...»

Il parlait de Roy, évidemment. Il a dit cela sur un ton
implorant, mais aussi tellement... tragique...

J'appelle Jeanne.

— Tu as de la chance, on se préparait à partir, Marc
et moi...

— Vos fameux dimanches romantiques... C'est vrai,
je n'y pensais plus... Je peux rappeler, si tu veux...

— Ça concerne Roy?

— Oui.

— Alors, vas-y.

Je lui raconte mon aventure. Comme je m'y attendais, elle commence par se mettre en colère: qu'est-ce
qui me prend, aussi, de courir comme un marathonien
de vingt ans? Et pourquoi ne pas l'avoir appelée de
l'hôpital? Elle serait venue aussitôt! Je la rassure,
longuement, puis elle finit par se calmer.

— En tout cas, les courses en pleine rue, c'est fini,
hein?

— Ça va, on m'a déjà fait la morale à l'hôpital...

Mais je souris, amusé. Normalement, c'est moi le
paternel avec Jeanne...

Elle revient au prêtre et son ton devient fébrile.
Maintenant qu'elle me sait hors de danger, l'excitation
éclate sans retenue:

— Le prêtre de Roy existe donc? C'est incroyable!

— Ce n'est pas le même, Jeanne... Il était très vieux, plutôt petit, une tignasse blanche, les yeux bleus... Celui de Roy est chauve, grand, les yeux verts, pas si vieux...

Elle soupire, perplexe.

— Deux prêtres... Plus on trouve de nouvelles informations, plus c'est mêlant...

— Une chose à la fois, Jeanne.

Et je lui annonce notre rendez-vous avec la sœur de Roy, lundi soir.

— On prend ma voiture? propose-t-elle.

— Si tu veux.

Elle revient au prêtre :

— Quand il t'a dit de ne jamais le laisser sortir... qu'est-ce qu'il voulait insinuer, tu penses ? Que Roy est dangereux? *Vraiment* dangereux?

Je me tais. Les deux portes. Fermées. En attente.

— Peut-être.

Je me ravise :

— Je ne sais pas...

On se laisse.

Durant toute la soirée, je regarde la télé, déployant des efforts surhumains pour ne pas fumer. Je réussis presque à oublier Roy.

Presque.

CHAPITRE 14

J'attends l'arrivée de Jeanne. Comme Hélène n'est pas revenue, je lui laisse un message.

Je suis parti à une réunion pour le travail. Je devrais être de retour vers vingt-trois heures. Désolé, mais c'était impossible d'y échapper. Si tu m'attends, nous parlerons. J'ai hâte de te voir.

À vingt heures moins le quart, je monte dans la Honda Civic de ma collègue. Sur le siège du passager, j'ai la surprise de voir le cahier d'articles de Roy.

— Qu'est-ce que tu fais avec ça ?

— Je t'expliquerai en route.

Nous roulons sur l'autoroute Ville-Marie, puis prenons la sortie du pont Champlain.

— Alors ?

— J'ai trouvé le numéro de Patrick Michaud et je l'ai appelé. Je lui ai dit que nous avions encore besoin du cahier, et je suis allée le chercher cet après-midi.

— Il t'a posé des questions ?

— Je lui ai dit que nous avancions. Pour le rassurer.

— Et pourquoi le cahier ?

Elle fouille d'une main experte dans son sac à main, les yeux toujours sur la route, et en sort une feuille de papier. Je la regarde manœuvrer avec admiration. J'ai déjà tenté de trouver des trucs dans le sac d'Hélène, sans succès.

Elle tend le papier vers moi en expliquant :

— Monette nous avait remis ça au *Maussade,* tu te souviens ? Il avait dressé la liste de tous les articles de journaux du cahier en les reliant aux livres de Roy.

Je me rappelle, oui. Je prends la liste.

— Je l'avais conservée, poursuit Jeanne. Lis le début.

— Mais je l'ai déjà fait, Jeanne, je me souviens...

— Lis quand même.

Je mets mes lunettes en soupirant et obéis :

FOI MORTELLE, nouvelle parue en mars 1974
article relié : *Un prêtre meurt dans un accident de voiture*, paru en décembre 1973 *(Le Journal de Québec)*

UN COUP DE TROP, nouvelle parue en novembre 1974
article relié : *Suicide d'un sans-abri*, paru en avril 1974 *(Le Journal de Montréal)*

Je fronce les sourcils et relis le premier paragraphe. C'est vrai, j'avais oublié : le premier article traite de la mort d'un prêtre...

— Je voulais vérifier dans le cahier si ça concordait, explique Jeanne.

J'ouvre le cahier à la première page. Il s'agit en effet d'un article de décembre 73, qui relate la mort d'un prêtre lors d'un accident de voiture.

— Tu penses que c'est là que... tout aurait commencé ? C'est là qu'il aurait rêvé au prêtre pour la première fois ?

Jeanne hausse les épaules.

— Peut-être. Peut-être aussi que le prêtre mort dans cet accident est celui qui apparaît à Roy dans ses rêves...

Je réfléchis à haute voix.

— Roy avait dix-sept, dix-huit ans... Il aurait assisté à l'accident de voiture et, depuis ce temps, il serait hanté par ce prêtre... Hanté à un point tel qu'il a l'impression d'être guidé par lui...

Il me semble que certaines pièces du puzzle se placent et je me sens soudain respirer avec plus de facilité.

— Ça, précise Jeanne, ce serait l'explication la plus logique. La plus rationnelle. Mais elle n'explique pas tout.

— C'est vrai...

J'examine encore la liste quelques instants, puis la range dans la poche de mon veston.

Peu avant vingt heures trente, nous arrivons à Saint-Hyacinthe et, après nous être informés dans une station-service, nous trouvons le bistro en question. Endroit sobre, propre, avec musique tranquille. La chaleur est torride, la terrasse est presque pleine. Mais j'ai l'impression que Claudette Roy nous attend à l'intérieur.

Dans le bar, il n'y a à peu près personne. Jeanne m'indique une femme assise seule au fond de la salle. Elle nous regarde attentivement. Nous marchons vers elle.

— Madame Claudette Roy?

La femme, dans la quarantaine avancée, a les cheveux longs noirs, le visage ovale et les traits délicats. Elle serait plutôt jolie sans son air fatigué et son regard si méfiant.

— Docteur Lacasse, je suppose?

Je souris en tendant la main. Elle me la serre sans enthousiasme. Elle jette un coup d'œil sombre vers Jeanne.

— Je croyais que vous viendriez seul...

— Le docteur Marcoux travaille avec moi sur le cas de votre frère.

Elle hoche la tête.

— Vous ne voulez pas que nous allions sur la terrasse? Il fait chaud ici, non?

— J'aimerais mieux qu'on reste ici...

Je n'insiste pas et nous nous assoyons. Nous commandons nos consommations à la serveuse, tandis que madame Roy regarde le ventre de ma collègue. Son visage s'adoucit un peu.

— Vous en êtes à combien ?

— Un peu plus de huit mois, répond Jeanne avec
fierté.

— Votre premier ?

— Oui. Je suis bien excitée.

— Je vous comprends.

— Vous avez des enfants ?

— Oui. Deux.

Même si elle conserve son air renfermé, madame Roy
semble un peu plus conciliante. Je souris intérieurement. Parfait. Cette entente tacite entre mères devrait
faciliter les choses.

La serveuse revient avec nos commandes, puis s'éloigne. Je croise mes mains sur la table.

— Voilà, madame Roy, nous aimerions que vous
nous parliez un peu de Thomas, lorsqu'il était plus
jeune...

— J'espère que ce sera pas trop long. Vous savez
déjà que je suis pas ici de gaieté de cœur...

— Nous savons, madame Roy, et nous vous en re-
mercions sincèrement...

Je sors un calepin avec un crayon, puis m'essuie le
front. Dieu, quelle chaleur !

— Vous m'avez dit que Thomas avait été adopté,
c'est ça ?

— Oui.

— Expliquez-moi.

Elle a un petit soupir, croise les bras et explique
mollement :

— Il n'y a pas grand-chose à dire... J'avais six ans
quand mes parents ont réalisé qu'ils ne pourraient
plus avoir d'enfants. Ils ont décidé d'adopter un petit
garçon.

— Comment s'est fait l'adoption ? Thomas vient-il
d'un pays étranger ?

— Non. On vivait à Lac-Prévost, dans ce temps-là,
pas loin de Québec. Il devait y avoir un orphelinat

dans le coin... Thomas avait quelques mois quand mes parents l'ont pris.

— Est-ce que vous considérez que Thomas a eu une enfance heureuse ? Que vos parents l'ont aimé comme leur véritable enfant ?

Je sens Jeanne qui s'agite, impatiente. Elle doit trouver mes questions trop « rationnelles ». Et manifestement, la chaleur l'indispose encore plus que moi.

Madame Roy, les bras toujours croisés, fait une petite moue, puis finit par dire :

— Oui... Pour le peu de temps qu'ils l'ont élevé, je dirais que oui...

— Pour le peu de temps ? Que voulez-vous dire ?

Elle soupire de nouveau.

— Mes parents sont morts pendant un voyage en Europe. L'autobus de touristes dans lequel ils se trouvaient est tombé dans un précipice, dans les Alpes. J'avais dix-huit ans, Tom en avait douze.

— Ho, je suis désolé...

Elle hausse une épaule.

— Ça fait longtemps, maintenant...

— Est-ce que cette mort a beaucoup marqué Thomas ?

Claudette Roy sourit pour la première fois, avec cynisme.

— C'est ce que vous espérez, hein ? Un traumatisme enfantin, ça pourrait expliquer ce qui lui est arrivé, c'est ça ? Je ne sais pas ce qui lui est arrivé, mais s'il est à l'asile, ça doit pas être très réjouissant...

— Ce n'est pas un asile, madame Roy, corrige doucement Jeanne.

Madame Roy ignore la remarque et elle lance avec rancune :

— Thomas a pas été traumatisé par la mort de nos parents. Pas du tout.

— Vous en êtes sûre ?

— Si je suis sûre ?

Son sourire devient amer.

— C'est moi qui le gardais, à la maison, pendant le voyage de nos parents. Quand la police est venue nous prévenir, Thomas a pas versé une larme. Pas une! Le soir, quand je suis allée le voir pour le consoler, il avait pas l'air vraiment triste, je vais vous dire! Moi, je pleurais comme une Madeleine, et lui, il a juste dit : « De toute façon, c'était pas mes vrais parents... » C'est-tu assez fort?

En effet, je ne m'attendais pas tout à fait à ça. Jeanne, sur un ton emphatique, marmonne :

— J'imagine que vous avez trouvé ça dur d'entendre ça...

Madame Roy regarde Jeanne longuement en rétrécissant les yeux. Elle se demande sans doute jusqu'où elle doit aller.

— Je vais vous avouer une chose... Je vous ai menti, au téléphone l'autre jour, quand je vous ai dit que je ne voulais pas de frère. Jusqu'à la mort de mes parents, j'aimais beaucoup Tom. C'était mon petit frère et j'en étais fière, vous avez pas idée à quel point. Mais quand il a dit ça, en parlant de p'pa et m'man... Quelque chose s'est brisé. À jamais...

Elle se cale au fond de sa chaise, toujours les bras croisés.

— Alors j'ai décidé que lui non plus, il n'était pas mon vrai frère.

Jeanne et moi nous taisons quelques secondes, mal à l'aise.

— Après la mort de vos parents, avez-vous été séparés? demande ma collègue.

— J'avais dix-huit ans, j'étais une adulte. Dans le testament, mes parents désiraient que je garde Tom avec moi jusqu'à sa majorité. Avec l'argent qu'ils nous laissaient, je pouvais subvenir à nos besoins. Et j'héritais de la maison. Mais je n'aimais plus mon frère, comme je vous l'ai dit. Je l'ai quand même élevé jusqu'à ce qu'il ait dix-huit ans... pour respecter la mémoire de mes parents...

— Mais est-ce que dans les semaines ou même les années qui ont suivi, Thomas a eu... des remords par rapport à son indifférence ? Est-ce qu'il a été perturbé ?

— Ce que vous voulez savoir, c'est s'il était déjà un peu fou quand il était jeune, c'est ça ?

Je corrige patiemment :

— Thomas n'est pas fou.

— Je le sais pas, ce qu'il est, pis ça m'intéresse pas. Mais si vous voulez savoir s'il était déjà bizarre, quand il était jeune, je peux vous affirmer que oui...

— Que voulez-vous dire ?

— Savez-vous ce qu'il a fait, une ou deux semaines après la mort de mes parents ? Il m'a fait lire une petite histoire qu'il venait d'écrire. Ça racontait la mort de deux adultes, dans un autobus ! C'était maladroit, mais il décrivait les corps en morceaux, les survivants qui appelaient à l'aide, le sang sur la ferraille... À douze ans !

Malgré la chaleur, je sens mes bras se hérisser de chair de poule. Madame Roy poursuit, emportée par l'indignation :

— Je lisais ça et j'arrivais pas à y croire ! Je lui ai demandé comment il avait pu se servir de la mort de p'pa et m'man pour écrire une telle horreur ! Il comprenait pas ! Il se demandait pourquoi je me choquais ! J'ai déchiré l'histoire devant lui, et il est parti en pleurant. Quand nos parents sont morts, pas une larme ! Mais quand j'ai déchiré son histoire, par exemple !...

— Est-ce qu'il avait déjà écrit des histoires, avant ?

— En tout cas, c'était la première fois qu'il m'en montrait une... Après ça, il en a écrit plein... mais je refusais de les lire. Je voulais plus jamais rien lire de lui. Même aujourd'hui, maintenant qu'il est célèbre, je lis aucun de ses romans...

Je sens qu'on s'en va quelque part, avec cette discussion, qu'on va se rendre plus loin qu'on ne l'espérait, Jeanne et moi... mais je ne sais pas encore où.

— Est-ce que...

Je m'arrête. Cette chaleur, Seigneur ! Je prends une gorgée de ma bière.

— Est-ce qu'il s'est passé d'autres choses de... particulier, dans les années suivantes ?

Elle se frotte le front, vaguement excédée.

— Écoutez, je vous en ai dit plus que je le voulais au départ, il me semble que...

— Il y a un prêtre qui est mort dans un accident de voiture, en 73, dans le coin de Québec, la coupe soudain Jeanne. Est-ce que Thomas le connaissait ?

Jeanne a été directe, mais au fond, n'est-ce pas là ce que je voulais aussi savoir ? En voyant le visage de Claudette Roy s'écrouler, je comprends que ma collègue a touché juste.

Madame Roy nous regarde tour à tour, éberluée, comme si nous venions de lui annoncer qu'elle était accusée de meurtre.

— Qui... qu'est-ce... comment vous savez ça ?

Je ressens une sorte de satisfaction égoïste de la voir aussi stupéfaite. Depuis quelque temps, c'est toujours Jeanne ou moi qui encaissons les nouvelles incroyables, les révélations chocs. Être celui qui, pour une fois, surprend quelqu'un me fait bêtement mais légitimement plaisir.

— On sait qu'un prêtre est mort dans le coin de Québec en 73 et que Thomas, peu de temps après, publiait sa première nouvelle qui traitait d'un sujet similaire. On se demandait, donc, s'il avait été... témoin de l'accident...

Pour la première fois, elle semble nous considérer avec sérieux.

— Vous êtes des psychiatres ou des détectives ?

À ce moment précis, je serais bien en peine de lui répondre. Mais je lui fais un grand sourire pour la rassurer, même si je n'en éprouve aucune envie.

— Nous soignons votre frère, et toutes les informations sur lui peuvent nous être utiles. Et puis, la mort du prêtre, cela a paru dans les journaux, ce n'est pas un secret...

Une lueur d'inquiétude traverse le regard de la femme et elle demande d'une voix moins assurée :

— C'est grave, ce qui est arrivé à Tom, hein ? C'est plus qu'une petite dépression... n'est-ce pas ?

Je cesse de sourire. Elle réalise que ce que nous faisons là, Jeanne et moi, n'est pas une démarche « habituelle » en psychiatrie.

— C'est plus que ça, oui...

Elle nous observe longuement, puis, revenue de sa surprise, nous corrige :

— Sa nouvelle sur l'accident du prêtre, c'est pas sa première publication. C'est sa deuxième. La première nouvelle qu'il a publiée est parue dans le...

— Revenons au prêtre, madame Roy, si vous voulez bien, l'interrompt Jeanne le plus poliment possible.

La sœur de Roy lui jette un regard noir et lui dit d'un ton sec :

— Sa première nouvelle est directement liée à l'histoire du prêtre... Vous voulez savoir ce qui s'est passé, oui ou non ?

Jeanne s'excuse, confuse, puis madame Roy poursuit :

— Sa première nouvelle est parue durant l'été 73, dans l'hebdo régional. Ce n'était pas un journal vraiment important, il ne desservait que les quatre ou cinq villages du coin. Comme je vous l'ai dit, je lisais pas ce qu'écrivait Tom. Mais la plupart des gens de Lac-Prévost ont lu la nouvelle de mon frère dans le journal. Ils en ont tellement parlé autour de moi que j'ai fini par la connaître presque autant que si je l'avais lue.

Ça parlait d'une secte maléfique qui se réunissait en cachette dans une église, ça finissait en tuerie, vous voyez le genre ? En tout cas, tout le monde avait l'air d'avoir aimé ça. Mon frère était devenu l'écrivain du village. Plusieurs disaient qu'il deviendrait un écrivain super connu...

Elle a un rictus amer.

— Là-dessus, ils se sont pas trompés...

— Qu'est-ce que vous en pensiez, vous, de ce succès local ?

— Quand le monde me racontait la nouvelle de mon frère, j'étais choquée. Une fois, je lui en ai parlé. Je lui ai demandé où il prenait des idées aussi dégueulasses. Il m'a dit qu'il avait rêvé à la secte de sa nouvelle.

— Rêvé ?

— Oui... Il m'a dit qu'il avait fait un rêve dans lequel un prêtre dirigeait une secte, dans une église, et qu'il obligeait les gens à faire des choses épouvantables... Il m'a dit que son rêve l'avait tellement marqué qu'il avait écrit une histoire là-dessus...

Ce n'est plus de la chair de poule que j'ai, mais un véritable frisson, très violent, qui me parcourt le corps de haut en bas. Je regarde Jeanne furtivement et je vois qu'elle pense la même chose que moi : tout a commencé *là*.

— J'y ai pas fait attention, continue madame Roy. C'est pas la première fois que les gens écrivent leurs rêves. Mais quelques mois après, en décembre, il s'est passé quelque chose...

Elle s'arrête et prend une gorgée de vin. Elle hésite, puis, résignée, poursuit :

— Je m'en souviens parfaitement. Ma maîtrise en mathématiques était presque terminée et je me disais que, six mois plus tard, Thomas aurait dix-huit ans. Je pourrais vendre la maison et aller enseigner à Montréal, seule... Il devait être seize heures. Je regardais la télé, Tom était dans sa chambre en train d'écrire (il écrivait tout le temps). On a sonné à la porte. C'était un prêtre. Un prêtre que je connaissais pas, qui était sûrement pas du village.

Mon cœur se met à battre à tout rompre.

— Comment était-il ?

Elle soupire.

— Ça fait longtemps, là, je sais plus trop...

— Chauve ? demande Jeanne.

— Chauve ? Non, il me semble que non... Je m'en souviendrais, un prêtre chauve... Non, il avait des cheveux pis il devait avoir une soixantaine d'années...

— Et c'est lui qui est mort dans un accident de voiture ?

— Oui.

Je secoue la tête, déconcerté. Avec celui qui est venu à l'hôpital samedi, ça fait trois prêtres ! Je sens un léger vertige.

— Continuez, propose Jeanne.

— Il m'a dit qu'il s'appelait le père je sais plus trop qui, qu'il venait de Mont-Mathieu, un village tout près du nôtre... Il voulait voir Thomas.

— Comment était-il ? Je veux dire : son attitude ?

— Un peu agressif, je me rappelle. Je me souviens surtout qu'il tenait dans ses mains un exemplaire du journal local, le numéro qui contenait la nouvelle de Tom. Là, j'ai compris : la nouvelle parlait d'un prêtre qui dirigeait une secte satanique dans une église... Ce curé de Mont-Mathieu l'avait sûrement lue par hasard... Les prêtres de village, c'est pas tellement ouverts d'esprit, vous savez... Ils pensent encore que la religion est intouchable... Pis en 73, vous imaginez !

Elle observe son verre de vin avec un sourire sans joie.

— J'avoue que l'idée de voir mon frère se faire sermonner par un curé me paraissait assez réjouissante... J'ai appelé Tom. Quand il a vu le curé, avec le journal dans les mains, je pense qu'il a compris lui aussi.

Courte pause, durant laquelle elle regarde au loin,
puis, agacée:

— Est-ce vraiment nécessaire que...

— S'il vous plaît, madame Roy, insiste doucement
Jeanne en s'épongeant le front.

Madame Roy semble la seule à ne pas être indisposée
par la chaleur.

— Le prêtre l'a fixé longtemps sans rien dire, comme
si mon frère le... le troublait, un peu. Mais il s'est
repris et il a fini par lui demander s'il pouvait lui parler,
seul. Il avait toujours ce ton agressif. Il était bizarre...
Il avait l'air un peu fanatique, vous voyez?... Tom a
eu l'air découragé. Il avait sûrement pas le goût d'entendre les réprimandes d'un vieux curé. Mais il a été
poli, il a dit de le suivre dans sa chambre. J'étais ben
déçue... Mais en me mettant près de la porte de mon
frère, j'ai réussi à entendre...

Elle prend une gorgée, puis continue, la voix plus
basse:

— Je me rappelle pas tout, mais... en gros, le prêtre
lui a demandé comment il avait eu l'idée de cette his-
toire-là... Thomas était patient, il lui a répondu qu'il
avait rêvé à l'histoire... Le prêtre, même s'il était un
peu agressif, ne le réprimandait pas vraiment... Il posait
juste des questions, mais très précises... Des drôles de
questions... Il demandait comment était le prêtre
maléfique dans le rêve... Thomas lui décrivait... Il lui
demandait aussi s'il savait qui c'était, s'il avait déjà
rêvé de lui avant... Thomas a dit que non, mais que
depuis une couple de nuits, il avait recommencé à
faire le même rêve... Cette fois-là, le prêtre maléfique
lui parlait, mais mon frère se rappelait pas trop ses
paroles... Tom répondait à tout, mais il trouvait ça
bizarre, ça paraissait dans sa voix. Il devait se demander où le curé voulait en venir...

« Tout à coup, le prêtre a dit à mon frère qu'il ne
devait plus écrire. Plus jamais. Il a dit ça avec force,

de façon un peu tragique, presque menaçant. Là, Tom a été moins patient. Il a dit qu'il était désolé de l'avoir offusqué avec son histoire, mais qu'il ferait ce qu'il avait envie de faire, qu'il avait d'ailleurs une autre idée concernant un curé et que c'est pas lui qui allait lui dire quoi écrire... Le ton a monté, la chicane a commencé. Je trouvais ça ben drôle... Finalement, le prêtre est sorti de la chambre, rouge écarlate, les yeux un peu fous. Il m'a fait peur, à ce moment-là... Il m'a même pas regardée et il est sorti de la maison. Je trouvais ça moins drôle, tout d'un coup. Par la fenêtre, je l'ai vu monter dans son auto et repartir. Il devait retourner à Mont-Mathieu. »

Son regard dérive vers la fenêtre panoramique du bar.

— Tom est sorti de sa chambre. J'ai fait l'innocente et je lui ai demandé ce qui s'était passé. Il avait l'air songeur, il a dit que c'était pas important. C'est là qu'on a entendu le bruit de l'accident. Un « bang » épouvantable. Tom et moi, on est allés à la fenêtre. Devant chez nous, il y avait une longue route plate. Comme il n'y avait pas beaucoup de maisons, on pouvait voir loin. À environ trois cents mètres sur la route, la voiture du curé était démolie, contre un arbre.

Je l'avais deviné, évidemment. Mais j'en reçois tout de même un douloureux choc. Comme si j'avais espéré stupidement que l'article du journal se soit trompé.

— Tom et moi, on met nos bottes, nos manteaux, pis on sort dehors. On court jusqu'à la voiture. Les voisins les plus proches ont fini par accourir aussi. On a vu le curé...

Elle nous regarde droit dans les yeux, maintenant, presque avec défi, comme si elle s'interdisait toute émotion.

— Il était passé à travers le pare-brise. Son visage était rentré dans l'arbre, il était complètement défiguré.

Elle se tait, mesurant son effet. Je crois bien qu'une grimace s'est dessinée sur mon visage, malgré moi. Tout à coup, je ne sentais plus la chaleur.

— Je me suis détournée, écœurée, horrifiée. Pis j'ai vu Thomas. Il était pétrifié. Il regardait la scène, effrayé et... fasciné en même temps. J'étais convaincue qu'il se passait quelque chose dans sa tête. Je sais pas quoi, mais... ça m'a effrayée...

Elle prend une autre gorgée. J'écoute sans oser bouger le petit doigt, avec l'impression d'avoir des fourmis dans les jambes. Je n'ose même pas jeter un coup d'œil vers Jeanne.

— Je l'ai pris par le bras et on est rentrés à la maison. Pendant qu'on marchait, il se retournait sans cesse vers l'accident... La police a dit que le curé avait dû perdre le contrôle de son auto, à cause de la neige. Pourtant, il n'y en avait pas tant que ça...

Elle termine son vin d'un coup sec. Ses yeux se posent sur son verre vide.

— On n'en a jamais reparlé, Tom et moi... Mais quelques mois après, il publiait pour la première fois dans un magazine important... J'ai pas lu l'histoire, mais encore là, on m'a l'a contée... Une histoire de curé qui meurt dans un accident...

Elle nous regarde de nouveau. Jeanne et moi ne respirons plus. Une sorte de satisfaction farouche traverse le regard sec de madame Roy.

— Jusque-là, je m'étais contentée de ne pas aimer mon frère. Mais à partir de ce moment-là, il m'a fait peur. Au mois de juin, quelques jours après la fête de Tom, quand le cégep de Saint-Hyacinthe m'a appelée pour m'offrir un poste, je suis venue vivre ici tout de suite. J'ai dit à Thomas que je lui donnerais pas mon adresse et que je voulais pas la sienne non plus. Il n'a pas eu l'air surpris. Pis on s'est pas reparlé depuis ce temps-là.

Elle baisse la tête, recontemple son verre vide. Je regarde stupidement mon carnet de notes. Je n'ai rien écrit, pas un seul mot. Je le remets dans ma poche.

Jeanne semble aussi perdue que moi.

La sœur de Roy lève la tête. Un sourire cynique et triste étire ses lèvres.

— Avouez que vous en espériez pas tant.

Nous ne répondons pas. Je sens de nouveau la chaleur du bar me coller la chemise à la peau. Le sourire de madame Roy disparaît, son visage redevient de marbre. Elle se lève. Dans cette position, sa froideur et son absence d'émotion nous écrasent littéralement.

— Je ne sais pas ce qui est arrivé à Thomas... mais je sais que cela a commencé il y a longtemps... pis je suis pas sûre que vous pouvez l'aider... Ni personne, d'ailleurs...

Elle fait le tour de la table et nous dit d'une voix parfaitement neutre :

— Si vous me rappelez, je vous jure que je vous raccroche au nez.

Je voudrais dire quelque chose, mais rien ne sort. Absolument rien.

Et elle s'éloigne, sans même nous saluer.

Je me tourne vers Jeanne.

Elle me fixe, sans bouger. Et son silence m'emplit la tête.

◆

Sur l'autoroute, tandis que nous roulons vers Montréal, Jeanne et moi restons un long moment sans rien dire. Trop d'idées tourbillonnent dans nos têtes. Ce n'est qu'à la hauteur de Belœil que je me décide :

— Qu'est-ce que tu en penses ?

C'est un peu lâche, comme si je n'osais pas m'exprimer en premier. Derrière le volant, Jeanne hausse les épaules :

— Roy a commencé à rêver à ce prêtre très jeune, comme on le croyait...

— Un prêtre qui dirigeait une secte maléfique... Je me demande s'il a déjà existé...

— Sûrement. Le vieux prêtre qui est allé rendre visite à Roy a sûrement reconnu quelqu'un en lisant l'histoire...

Je soupire.

— Et l'accident de voiture qu'il a eu, juste en sortant de chez Roy?

Jeanne secoue doucement la tête, l'air grave, mais ne répond rien.

Nouveau silence.

— Lis donc l'article qui parle de cet accident, dans le cahier de Roy, propose-t-elle soudain. Peut-être qu'on y trouvera quelque détail intéressant...

Je mets mes lunettes, ouvre le cahier et lis l'article de 1973. Le prêtre s'appelait Roland Boudrault, il avait soixante-deux ans et était effectivement prêtre à Mont-Mathieu, juste à côté de Lac-Prévost.

— Ça nous dit rien de plus, seulement son nom.

— C'est déjà beaucoup. Il faut trouver des renseignements sur ce père Boudrault, tu es d'accord?

— Ce serait une bonne idée. Mais je ne vois pas comment...

— Tu ne vois pas?

Je vois très bien, au contraire. La voix morne, je dis:

— Il m'a appelé, en fin de semaine. Mais je ne lui ai pas parlé...

— On le rappelle?

Je ne réponds pas. Jeanne a raison. Seul Monette peut nous trouver ce genre de renseignements. Et puis, il a découvert trop de choses pour que nous puissions le tenir à l'écart.

— À moins qu'on s'adresse à la police, propose ma collègue.

— Voyons, Jeanne! C'est pas sérieux! Est-ce qu'on peut accuser Roy de quoi que ce soit? Qu'est-ce que tu veux qu'on leur dise? Qu'on pense qu'il se passe des phénomènes inexplicables avec un de nos patients?

Je me frotte les mains nerveusement.

— Je peux fumer?

— Si tu ouvres la fenêtre, oui...

Je sors une cigarette. Tant pis pour le cœur, je n'en peux plus. Après une première et longue bouffée, je dis:

— Non, Monette, c'est... c'est mieux.

Je sens Jeanne satisfaite.

— Tu veux que je m'en charge?

Je lui suis reconnaissant de cette proposition. C'est déjà bien assez dur pour moi d'admettre que nous avons besoin de lui.

— S'il te plaît, oui...

Nous prenons la sortie qui mène à la 132. De l'autre côté du fleuve, le mât illuminé du stade olympique ressemble à une hache de guerre plantée dans la terre. Jeanne réfléchit à haute voix:

— Le prêtre qui est venu à l'hôpital, samedi... Celui que tu as poursuivi... Tu crois qu'il connaissait le père Boudrault?

— J'y ai pensé... C'est possible...

Je réfléchis une seconde, puis:

— Je pense que les trois se connaissaient: le père Boudrault, le prêtre qui est venu à l'hôpital samedi et le prêtre chauve du rêve de Roy...

— Ce prêtre chauve, tu penses donc de plus en plus qu'il existe?

— Oui... Oui, je le pense...

Je réfléchis encore et j'ajoute:

— Ce prêtre qui est venu à l'hôpital, samedi... Peut-être est-il aussi de Mont-Mathieu... Dans l'hypothèse qu'il connaissait le père Boudrault, il y a fort à parier qu'ils viennent tous deux du même village...

— Mais après tout ce temps, y est-il toujours?

— Je ne sais pas, mais pendant mon colloque à Québec, en fin de semaine, je pourrais aller faire un tour à Mont-Mathieu. Il paraît que c'est tout près...

— Tu espères y trouver le curé qui t'a échappé samedi ?

— On ne sait jamais... En tout cas, je n'ai rien à perdre...

Jeanne approuve en silence, puis dit :

— Peut-être que les trois prêtres faisaient partie de la secte maléfique dont a rêvé Roy...

— Peut-être...

Prêtres oniriques, secte maléfique, accidents de voitures, avertissements... J'ai encore peine à croire que je discute de tout cela avec autant de détachement. D'une voix lasse, je marmonne :

— Je pense que... je pense que j'aimerais mieux qu'on arrête de parler de ça, pour ce soir...

Le voyage se poursuit dans un silence total, inconfortable. Lorsque je sors de la voiture, Jeanne me dit :

— J'appelle Monette dès ce soir et je t'en reparle demain.

— Parfait...

À l'intérieur, Hélène est partagée entre trois émotions qui, mises ensemble, forment un résultat déroutant : la joie de me revoir, le malaise qui existe entre nous depuis quelque temps et l'inquiétude de me voir si mal en point.

Je l'embrasse sur le front et nous nous assoyons dans la cuisine. Je suis épuisé, mais je trouve la force de discuter avec elle.

Et puis, sans m'en rendre compte, je lui raconte tout. Tout ce qui concerne Roy. Tout ce que je ne lui ai pas dit depuis tout ce temps. Je parle pendant une heure, lentement, mais sans jamais vraiment m'arrêter.

Ensuite, je lui dévoile mes doutes. Les deux portes. La nécessité que je ressens de trouver une réponse.

Enfin, je lui demande :

— Qu'est-ce que tu en penses ?

Elle me fait un sourire un peu triste.

— Je ne me rappelle plus la dernière fois que tu m'as demandé mon avis.

Je baisse la tête. Elle soupire et, un peu ébranlée, dit :

— Je ne sais pas... C'est vraiment... une histoire très bizarre. Inquiétante, même. Je comprends que tu puisses douter...

Elle change de position sur la chaise :

— Mais toi, Paul... Au fond de toi-même... quelle explication souhaites-tu le plus trouver ? La folie... ou l'autre ?

Je hausse les épaules.

— La folie serait plus rassurante pour moi, aussi inexplicable soit-elle. Mais ce serait aussi la confirmation de l'échec de toute ma carrière, la confirmation de notre inutilité. L'autre explication ouvrirait de nouvelles perspectives... mais elle est tellement terrifiante...

— Et au fond de toi, qu'est-ce que tu penses que c'est ?

— Je ne sais pas, Hélène.

Mais est-ce vrai ? N'ai-je pas commencé à pencher d'un côté ? Puis-je être encore si indécis avec tout ce que je sais ?

... trop tôt... pas tout de suite...

Hélène semble soudain tourmentée, mais sa voix est solide :

— Et nous deux ?

Je ne peux plus éviter cette question. Mais je n'arrive pas encore à y répondre clairement. Si je lui dis de nouveau « je ne sais pas », même si c'est honnête, elle va repartir... pour de bon. Et elle aura raison...

— Quand j'aurai trouvé une réponse pour Roy, j'aurai l'esprit plus clair, plus libéré. Tant que je n'aurai pas de certitude à son sujet, j'aurai des doutes aussi sur moi. Et quand on doute de soi-même, on doute de tout, tu le sais...

Assise loin de moi, elle approuve de la tête, mais je vois ses yeux s'emplir de larmes. Je ressens tout à coup une véritable bouffée d'émotion pour elle, très intense. Je me lève et vais la prendre dans mes bras. Elle pleure doucement sur mon épaule. Je crois bien avoir pleuré aussi. Un peu.

Nous faisons l'amour. Pour la première fois depuis des mois, je me rends jusqu'au bout. Mais il y a quelque chose de désespéré dans cette communion, comme si nous le faisions pour la dernière fois.

Tandis que je m'endors, les deux portes réapparaissent.

L'une d'elles semble légèrement entrouverte. Je crie mentalement, avec effroi :

« C'est trop tôt ! Trop tôt ! »

Mais la porte reste entrouverte.

CHAPITRE 15

Je passe une nuit si atroce que, le lendemain matin, je me sens tout simplement incapable d'affronter la journée. Je reste donc au lit tandis qu'Hélène se lève pour aller travailler. Une heure plus tard, j'appelle ma secrétaire et lui explique d'une voix molle que je n'irai pas à l'hôpital. Puis, je me rendors.

Le téléphone me réveille vers onze heures du matin. C'est Jeanne.

— Tu m'appelles de l'hôpital?

— Oui... Alors, tu désertes le navire?

— J'ai passé une nuit d'enfer... Mais ça va déjà un peu mieux...

— C'est dommage, tu as manqué une petite bagarre, ce matin...

— Une bagarre? Qui ça?

— Un des patients de Louis, Marcel Bérubé, s'est battu avec un des tiens, Jean-Claude Simoneau...

Je me redresse dans mon lit, étonné.

— Mais... comment ça s'est produit?

— Une niaiserie, explique Jeanne d'un ton amusé. Tu sais que Simoneau voit des espions partout. Il a accusé Bérubé de travailler pour le FBI. Tout le monde est habitué, mais cette fois Bérubé ne l'a pas pris. Ça s'est terminé en bagarre.

— Une grosse?

— Assez. Même qu'une autre patiente s'en est mêlée : madame Pâquette. Une des tiennes, non ? Elle s'est jointe à la bagarre, je ne sais pas pourquoi.

— Madame Pâquette ! Elle est toute douce !... Comment ça a fini ?

— On les a séparés. Les deux hommes saignaient du nez et monsieur Bérubé a une dent cassée. Madame Pâquette est intervenue trop à la fin pour être blessée. (Jeanne ricane.) Elle était seulement très dépeignée.

Il est vrai que cet incident, en temps normal, serait plutôt amusant. Mais je me rappelle tout à coup la bagarre de samedi dernier, dans la cafétéria de l'hôpital. Malgré moi, je demande :

— Et Roy ?

— Quoi, Roy ?

— Pendant la bagarre, il était là ?

— Je ne sais pas... Pourquoi ?

Dans mon lit, je me frotte les yeux, éperdu. Je déraille, moi, je vois Roy partout. Pourtant, sans pouvoir l'expliquer, je suis convaincu que la bagarre a un lien avec lui. Devant mon silence, Jeanne m'annonce :

— J'ai appelé Monette. Il est très enthousiaste. Je crois qu'il a beaucoup apprécié que nous lui demandions enfin son aide...

— J'imagine, oui...

— Il a posé beaucoup de questions, évidemment... Il voulait savoir qui était ce père Boudrault sur qui nous lui demandons d'enquêter... Il voulait savoir si cela avait un lien avec Roy.

— Que lui as-tu répondu ?

— Je lui ai dit oui, bien sûr. J'ai ajouté qu'il en saurait plus s'il trouvait quelque chose... Il est d'accord. Il se met là-dessus dès aujourd'hui.

— Parfait.

Après avoir raccroché, je tente de dormir encore un peu, mais rien à faire : aussitôt que je m'endors, je rêve

de yeux. Ceux d'Archambeault... Ceux, crevés, de
Boisvert... Ceux de Roy... Tous ces yeux qui ont vu...
   ... qui ont vu...

◆

Mercredi, je reste à la maison et prépare mes dossiers en vue du colloque de Québec. Je pars dans deux
jours et je reviens le mardi 17. Comment vais-je pouvoir rester là-bas pendant presque cinq jours, alors que
je suis si préoccupé ? Mais je repense à mon idée d'en
profiter pour aller à Mont-Mathieu, et cela me donne
un regain d'intérêt.

Le téléphone sonne. C'est Nicole, l'infirmière-chef.

— Il s'est passé quelque chose de grave avec monsieur Roy, j'ai cru que vous aimeriez être informé.

J'écoute, sur le qui-vive.

— Il a essayé de se suicider, tout à l'heure.

Depuis son réveil, je redoutais qu'il ne pose ce geste.
En sortant de sa catatonie, Roy a regretté de ne pas être
mort. J'imagine qu'une nouvelle tentative de suicide
était inévitable... N'empêche, cette nouvelle me secoue.

— Il est hors de danger ?

— Oui, n'ayez crainte... Il a essayé de se couper les
veines avec un couteau de la cafétéria.

— Se couper les veines ? Sans doigts ?

— Il a tenu le couteau entre ses dents, je crois. Il a
fait ça dans sa chambre. Quand on l'a découvert, il venait à peine de s'entailler les poignets et il avait perdu
très peu de sang. On lui a bandé ses blessures et on le
surveille mieux depuis.

J'imagine Roy rapportant un couteau de la cafétéria,
entre ses paumes, puis, dans sa chambre, se le mettant
dans la bouche et, laborieusement, se tranchant les
veines... J'en ai la chair de poule.

— Il a expliqué son geste ?

— Le docteur Levasseur est ici, il a essayé de lui parler...

— Passez-le-moi...

Quelques instants plus tard, une nouvelle voix me parvient.

— Bonjour, Paul.

— Bonjour, Louis... Tu es bien aimable de t'être occupé de Roy...

— Ce n'est rien. De toute façon, il refuse de parler, ou presque. Il se contente de dire qu'il ne veut plus vivre, qu'on lui fiche la paix... Il se referme sur lui-même...

Je hoche la tête. Louis s'informe :

— Tu diagnostiques quoi, Paul ? Maniaco-dépressif ?

Mon pauvre Louis, si c'était aussi simple... Je réponds vaguement :

— Oui, quelque chose du genre...

— Dis donc, nos patients sont agités ces temps-ci, non ? Deux bagarres en une semaine...

— En effet, en effet...

J'ai envie de raccrocher, rapidement. Je m'empresse de le remercier une dernière fois, puis coupe la communication.

J'appelle Jeanne aussitôt. Personne. Je laisse un message. Elle me joint en fin d'après-midi et je lui raconte le suicide manqué de Roy. Elle n'est pas très surprise non plus.

— Alors, tu travailles un peu ? me demande-t-elle.

— J'en suis aux derniers préparatifs pour le colloque. Mais le cœur n'y est pas, je te jure...

— Marc trouve que j'ai pas l'air en forme ces temps-ci...

— Tu le tiens au courant de... de tout ça ?

— Oui, assez, mais... je t'avoue que j'ose pas lui confier tous les doutes que j'entretiens...

Nous nous taisons. Nous sommes fatigués tous les deux.

— Monette m'a appelée, dit-elle enfin.

Je me raidis, soudain attentif.

— Il dit qu'il n'a rien trouvé de spécial à propos de cet accident, ni du père Boudrault ; en tout cas, rien de plus que ce que l'article donnait. En désespoir de cause, je lui ai suggéré de chercher dans les années précédentes et de noter tout détail insolite concernant ce village, Mont-Mathieu... Je lui ai dit d'accorder une attention particulière à tout incident concernant la religion... J'ignore si c'est une bonne idée, mais je ne savais plus trop vers quelle piste le diriger... Mont-Mathieu est un tout petit village où il ne doit jamais rien se passer... S'il s'est produit quelque chose de spécial dans ce coin, Monette va sûrement le trouver.

— Oui... Oui, tu as bien fait...

— Il dit qu'il va nous rappeler demain.

— Il est rapide.

— Il est très excité, tu aurais dû l'entendre ! Il est là-dessus depuis deux jours. Mais il a une foule de questions à nous poser, tu imagines bien... et il va bien falloir lui répondre, Paul.

Je me tais, un peu renfrogné, puis concède :

— Je sais bien.

Nous nous donnons rendez-vous le lendemain soir au *Maussade*, puis je raccroche.

Je retourne à mes papiers. J'observe pendant quelques instants les résultats que je vais livrer au colloque, concernant la schizophrénie.

« Le schizophrène sombre, indubitablement, de plus en plus profondément, et rien ne peut le faire remonter, peu importe l'effort que nous y mettons. »

Je relis cette phrase plusieurs fois.

J'ai soudain la désagréable impression qu'elle résume exactement la situation que nous vivons, Jeanne et moi...

CHAPITRE 16

Il y a une drôle d'ambiance à l'hôpital. Mes patients sont renfermés, sombres, taciturnes. Visiblement, aucun n'est prêt à sortir de l'hôpital. Même la jeune Julie Marchand, qui allait si bien la semaine dernière, menace de sombrer de nouveau dans la dépression.

Monsieur Simoneau refuse de parler de sa bagarre de mardi. Il ne me fait pas confiance. Madame Pâquette, elle, se contente de dire qu'elle devait s'en mêler, tout simplement.

Quant à Édouard, ce n'est plus seulement de l'inquiétude que je sens en lui, mais une sorte d'obscure tourmente.

— Vous ne vous battez jamais, Édouard... Qu'est-ce qui vous a pris, samedi dernier ?

Sur sa chaise, mon patient ronge ses ongles, puis lâche d'une voix enfantine :

— C'est Dagenais qui m'a cherché...

— Mais je ne vous ai jamais vu agressif, Édouard. Jamais.

Il ne répond rien, légèrement mal à l'aise. Je change donc de sujet :

— Comment vous sentez-vous ? Vous pensez toujours que vous ne sortirez plus d'ici ?

Il me regarde avec tristesse :

— Moi, je sortirai plus... parce que d'autre chose entre...

— Que voulez-vous dire ? Qu'est-ce qui entre ?

— Ça entre...

Il n'en dit pas plus. Je finis par le quitter, perplexe.

J'entre dans la chambre de Roy. Il est recroquevillé sur son lit, les mains sous le menton. Je vois les bandages tout neufs à ses poignets. Lorsqu'il me voit, il grommelle un juron, puis se tourne de l'autre côté.

Sans un mot, je m'assois à côté de lui, puis, après un court silence, je commence d'une voix égale :

— Je sais que vous avez tenté de vous suicider à nouveau, hier, monsieur Roy. Honnêtement, je ne suis pas tellement surpris.

Il ne réagit pas. Je continue :

— Même si vous refusez de parler, nous sommes en train d'apprendre des choses. Nous savons, par exemple, que le père Boudrault est allé vous voir, quand vous étiez adolescent, et qu'il a voulu vous convaincre d'arrêter d'écrire. L'histoire de la secte maléfique que vous aviez publiée l'avait beaucoup perturbé, on dirait...

Cette fois, je crois le voir tressaillir, mais sans plus. Je me penche vers lui et poursuis :

— Écoutez-moi, Roy... Ce n'est plus le psychiatre qui vous parle... C'est l'homme qui veut comprendre ! Je sais qu'il se passe des choses pas ordinaires, je ne le nie pas ! Mais aidez-moi, je vous en supplie ! Vous devez nous dire qui est ce prêtre chauve dont vous rêvez ! Vous devez !

Me tournant le dos, Roy parle enfin, d'une voix si faible, si brisée, si pleine de détresse que j'ai peine à l'entendre :

— Je le sais pas ! Je le sais pas, comprenez-vous ça ? J'ai jamais demandé à rêver à lui, à sa secte ! J'ai jamais demandé qu'il me guide, jamais, jamais !

Je le regarde, incrédule ; il se met alors sur le dos, fixe le plafond et gémit :

— C'est pas fini... Rien n'est fini...

— Qu'est-ce que vous voulez dire ?

Avec une brusquerie fulgurante, il se redresse d'un bond et plaque ses deux paumes de chaque côté de ma tête. Le contact de ses mains sans doigts me procure une sensation d'horreur indéfinissable. J'en demeure pétrifié de saisissement.

— J'ai recommencé à avoir des idées ! me crie-t-il en pleine figure, les traits déformés par la colère et la terreur. J'ai de nouvelles idées, vous savez ce que ça veut dire ? !

Au même moment, j'entends quelqu'un entrer dans la chambre et, malgré les mains de Roy, je tourne la tête. Madame Chagnon est debout dans l'embrasure de la porte. Elle a toujours le même chignon, la même robe grise trop grande, mais son regard, habituellement morose, est empli d'une haine démentielle. Dans sa main droite, elle tient un long couteau, provenant sûrement de la cafétéria, et entre ses dents serrées, je crois voir l'écume scintiller.

— Madame Chagnon ? je balbutie stupidement.

Ce n'est pas moi qu'elle regarde. Ses yeux fous sont fixés sur Roy.

Elle pousse soudain un cri terrible, puis se précipite vers nous. Je veux l'arrêter, mais elle fait alors le dernier geste dont je l'aurais cru capable : elle m'allonge un coup de poing. J'en suis littéralement jeté sur le plancher et me mets à voir trente-six chandelles. Ainsi sur le dos, une seule idée tourne dans ma tête douloureuse : comment cette petite quinquagénaire qui a le gabarit de mère Teresa a-t-elle pu m'envoyer au tapis avec une telle force ?

Je finis par me relever, encore étourdi, et aperçois madame Chagnon, debout devant le lit de l'écrivain, le couteau dressé, prête à frapper, semblable à un ange destructeur. Et Roy, étendu sur le dos, à moitié redressé, fixe son assaillante avec une sorte de fascination malsaine. Je me mets à crier :

— Non, non, madame Chagnon, non !

Je crie, mais je suis incapable de bouger, paralysé par cette terrible scène.

Tout à coup, la main qui tient le couteau hésite, le regard de la démente défaille. Elle écarquille les yeux et blêmit, comme si quelque chose de terrible venait de s'imposer à elle. Et sans avertissement, sa main change d'angle et elle précipite la lame vers son visage.

Le ciment dans lequel je me trouve prisonnier craque enfin et je m'élance vers elle.

La lame du couteau, par manque de précision, percute l'arcade sourcilière de madame Chagnon. Comme elle lève de nouveau son arme pour s'attaquer une seconde fois, je saisis son bras et le secoue en tout sens.

— Lâchez-ça ! Lâchez-ça tout de suite !

Elle se met à crier en se débattant, son visage sanglant si déformé par la haine que je crois voir une sorte de goule infernale. Elle me frappe de sa main libre, me donne des coups de pied... J'encaisse en grimaçant, mais ne lâche pas son bras.

C'est à ce moment que trois infirmières entrent et la maîtrisent enfin. À travers ses cris hystériques, je réussis à articuler :

— À l'urgence ! Le plus vite possible ! Appelez-les, s'il le faut !

Les trois infirmières et la démente s'éloignent. Essoufflé, dépeigné, je me tourne vers Roy.

Il est redressé sur ses coudes. Son visage est impassible, comme si rien ne venait de se produire. Seuls ses yeux parlent : angoissés, tourmentés... et cette ombre, cette maudite lueur sombre qui danse toujours dans la pupille de son œil valide...

— Ça va ? je marmonne, à bout de souffle. Vous... vous n'êtes pas trop secoué ?

Après un moment de silence, il se contente de dire, la voix éteinte :

— Vous auriez dû me laisser mourir, hier...

Et il se retourne vers le mur.

Je l'observe longuement, immobile.

◆

— J'y ai pensé toute la journée, Jeanne...

Nous sommes tous deux assis à une table, au *Maussade*. Mais, cette fois, nous ne sommes pas sur la terrasse. Nous avons choisi une table à l'intérieur, complètement à l'écart.

Jeanne est impressionnée par ce que je viens de lui raconter. Elle secoue la tête, puis me console :

— En tout cas, tu peux être fier de toi : tu l'as empêchée de se mutiler gravement.

Je fixe ma bière, de façon presque hypnotique.

— Elle voulait se crever les yeux, Jeanne, tu imagines ?

— Oui, mais elle ne s'est que fendue l'arcade sourcilière. Grâce à toi.

Court silence, puis :

— Pourquoi voulait-elle attaquer Roy ?

— Je ne sais pas... Je suis allé la voir à l'urgence pour lui parler, mais elle ne dit pas un mot.

— Catatonique ?

— Non, elle nous voit, nous entend, elle réagit, mais elle ne parle pas.

— Cela a dû créer tout un émoi à l'hôpital...

— Pas tant que ça, c'est bien ce qui est le pire...

Jeanne m'interroge du regard. Je m'étonne.

— Ne me dis pas que tu n'as pas remarqué ! Tout le monde est de mauvaise humeur à l'hôpital, ces temps-ci ! Et pas seulement les patients ! À ma réunion de ce matin, j'avais l'impression d'être dans un salon funéraire ! Nicole avait l'air d'un chien prêt à attaquer ! Même toi, tu ressembles à un croque-mort, Jeanne...

— Moi, je suis fatiguée... Toi aussi, d'ailleurs...

Je soupire en me passant les mains sur le visage :

— Et ces deux bagarres, en deux semaines... et madame Chagnon qui attaque Roy ! Il se passe quelque chose, Jeanne, quelque chose de pas normal...

— Tu l'admets enfin, dit-elle sans aucune trace d'humour.

Je fixe toujours ma bière. Je songe aux deux portes... à l'une des deux qui est entrouverte...

Je consulte ma montre :

— Qu'est-ce qu'il fout, Monette ? Il t'a dit vingt heures quinze, non ?

— Oui. Il paraît qu'il a trouvé des choses intéressantes.

Elle hésite un instant, puis :

— Alors, on s'entend ? On lui dit tout ?

Je ne réponds rien. Je me mordille les lèvres en roulant mon verre entre mes paumes.

— On n'aura pas le choix, Paul... Et Monette est dans le coup, maintenant. Qu'on le veuille ou non...

Elle a raison. Si nous savons tant de choses sur Roy, aujourd'hui, c'est beaucoup grâce à lui. Et si nous voulons en savoir plus... J'acquiesce finalement.

— On lui dit tout.

Le regard de Jeanne se déplace vers la droite.

— Le voilà...

Le journaliste s'approche de notre table. Souriant, sûr de lui... et particulièrement fébrile.

— Docteur Lacasse, docteur Marcoux...

Nous le saluons. Monette s'assoit et dépose sa serviette sur la table, bien en évidence. Il veut qu'on la voie, qu'on sache qu'elle contient des « choses » intéressantes. J'ai l'impression de revenir un mois en arrière, lorsqu'on l'a rencontré ici même pour la première fois. À ce moment, je refusais presque de lui parler. Alors qu'aujourd'hui je serais prêt à le supplier de nous révéler ce qu'il sait.

Les choses ont tellement changé depuis...

Monette me regarde avec un petit air réprobateur.

— La dernière fois qu'on s'est vus, docteur Lacasse, vous avez pris congé de façon un peu... cavalière...

— Je sais, j'en suis désolé.

Pas de froideur dans ma voix, ni de mépris. Je ne peux plus me permettre cela. Jeanne l'a dit : Monette est dans le coup maintenant.

Le journaliste fait un signe débonnaire.

— C'est pas grave. Je suis pas rancunier. L'important, c'est qu'on se revoie pis qu'on continue de travailler ensemble...

Il insiste sur les deux derniers mots, attend une réaction de ma part. Je ne réagis pas. Il semble content, puis poursuit :

— Donc, si nous travaillons en équipe, il me semble que... que c'est à votre tour de me dire ce que vous savez, non ?

Jeanne et moi nous jetons un coup d'œil, puis je me penche vers le journaliste :

— On s'entend sur une chose, avant tout : vous ne publiez rien, absolument rien, tant que toute cette histoire n'est pas terminée et éclaircie... J'ai votre parole ?

Les yeux de Monette s'allument de convoitise. Ça y est, il va savoir, cela lui injecte de l'adrénaline jusque dans les pupilles.

— Juré, souffle-t-il.

Alors, sans remords, sans regret, je lui raconte tout. Absolument tout, sans rien omettre. Je n'ai pas de culpabilité à trahir l'éthique professionnelle : depuis quelque temps, ce que je fais n'a plus rien à voir avec la psychiatrie...

Je parle pendant une bonne demi-heure, Jeanne ajoute quelques détails ici et là. Monette écoute en silence, accroché à mes lèvres, le corps raide. Et plus je raconte, plus je vois la victoire rayonner sur son visage. Je le comprends : nous sommes en train de lui prouver qu'il avait raison, depuis le début. Et que ça va encore plus loin que ce qu'il imaginait...

À la fin, je bois la moitié de mon verre d'un trait. Monette se tait longuement, les yeux lointains. Il frotte sa barbe d'un air songeur et je comprends que mille idées sont en train de tourbillonner dans son crâne. Il dit enfin:

— Un prêtre chauve, hein?

Jeanne avance la tête:

— Oui, chauve... Pourquoi? Vous avez trouvé quelque chose sur lui?

Monette pose ses deux mains sur sa serviette et il prend de nouveau son petit air supérieur. Il a découvert quelque chose de gros. Encore une fois.

— J'ai cherché dans tous les grands quotidiens des articles ayant trait soit à ce père Boudrault, soit à la paroisse de Mont-Mathieu. Je suis même allé à Québec, vous imaginez? Pis tout ça juste en deux jours! Il a fallu que je remonte jusqu'en 1956 pour trouver quelque chose qui ait un lien avec la religion. Le 9 avril 1956, pour être précis...

Il nous regarde d'un air mystérieux:

— 1956, ça vous dit rien?

Je cherche dans ma tête lorsque Jeanne s'exclame:

— C'est l'année de la naissance de Roy...

Monette a une moue admirative.

— Une vraie fan, docteur Marcoux...

— L'anniversaire de Roy, c'est le 22 juin, non? dis-je pour ne pas être en reste.

— C'est ça, docteur. L'article date donc de deux mois et demi avant la naissance de Roy...

Il a les yeux brillants. Jeanne et moi ne tenons plus en place. Il ouvre enfin sa serviette et en sort deux feuilles de papier.

— Je vous ai fait chacun une photocopie de l'article que j'ai trouvé, explique-t-il en nous tendant les feuilles.

Je mets mes lunettes. *Le Soleil,* de Québec, 9 avril 1956 : UN PRÊTRE DE MONT-MATHIEU PORTÉ DISPARU. Une photo représente le visage d'un homme d'une quarantaine d'années, chauve, qui nous regarde avec un doux sourire. À son col romain, je reconnais un prêtre. Un long frisson me parcourt le corps et presque malgré moi, je chuchote :

— C'est lui...

— Il existe donc, fait Jeanne sur le même ton.

Monette est fier de son effet.

— Le père Henri Pivot, vicaire de Mont-Mathieu. Le curé de la paroisse a déclaré sa disparition le 8 avril. Devinez qui était ce curé ?

— Le père Boudrault, dis-je dans un murmure.

— Exactement. Je vous résume l'article : le père Boudrault a déclaré avoir vu le père Pivot pour la dernière fois le 5 avril au soir. Il revenait de Québec et peut assurer que le père Pivot était couché dans son lit, aux alentours de minuit. Le lendemain matin, le père Boudrault s'est levé vers sept heures et demie pour constater que le vicaire était sorti. Le père Boudrault a conclu que son confrère était parti faire une petite marche matinale, comme ça lui arrivait souvent.

Monette croise les bras.

— Sauf qu'il est jamais revenu. Dès la fin de la journée, le père Boudrault a appelé les prêtres des villages avoisinants. Personne avait vu Pivot. Il a ensuite appelé l'évêque. Aucune nouvelle. Finalement, au bout de deux jours, il s'est décidé à prévenir la police.

Monette désigne l'article.

— La police a aussi interrogé un autre prêtre, plus jeune. Il se trouvait à Mont-Mathieu depuis quelques mois pour y faire une recherche, quelque chose du genre. Comment il s'appelait, déjà... Le père Lemay, voilà. Il avait élu domicile au presbytère et avait donc côtoyé le père Pivot. Son témoignage a été identique à celui du père Boudrault.

Un autre prêtre, plus jeune... Je pense à celui que j'ai poursuivi, samedi, mais me tais pour l'instant. Monette continue :

— Pendant quelques semaines, plusieurs articles ont relaté le suivi de cette histoire : la police avait toujours aucun indice sur cette étrange disparition, le père Pivot demeurait introuvable... Après deux mois, on a classé l'affaire.

Une lueur passe dans le regard du journaliste :

— J'ai continué à fouiller, espérant en trouver plus sur ce Pivot... mais je suis tombé sur autre chose. Ça n'a aucun lien en apparence, mais c'est quand même intéressant...

Il sort deux autres photocopies et nous les tend. Cette fois, l'article date du 2 juillet 1956 : Vague de disparitions mystérieuses.

— L'article raconte en gros que près d'une vingtaine de personnes des environs ont été portées disparues. Les premiers appels pour signaler une disparition ont été faits le 16 juin... Il y en aurait eu plusieurs autres dans les jours suivants, pour atteindre l'incroyable chiffre de dix-sept le 20 juin, soit quatre jours plus tard. Dix-sept adultes, provenant de Mont-Mathieu ou des villages du coin, disparus sans laisser de traces !

J'examine l'article. Sous la phrase : « Appelez immédiatement si vous avez aperçu l'une de ces personnes dernièrement », dix-sept photos sont alignées sur trois colonnes. Hommes, femmes, de vingt à cinquante ans, souriant, l'air quelconque...

— Quelqu'un a fait le lien avec la disparition de Pivot ? demande Jeanne.

— Le journaliste mentionne qu'une disparition aussi mystérieuse a eu lieu quelques mois auparavant, mais pas plus. Vous imaginez bien que ces dix-sept disparitions ont été l'événement pendant de longues semaines. Le plus drôle, c'est qu'on a retrouvé les voitures appartenant à ces gens. Elles étaient toutes à Mont-Mathieu, stationnées dans différentes rues, éparpillées. Mais aucune trace des gens eux-mêmes. Rien. Mystère total. Moi, je continue à fouiller dans les archives... Pis cinq mois après...

Deux autres feuilles apparaissent sur la table. L'article date du 12 novembre 1956 : MACABRE DÉCOUVERTE. Monette résume :

— Deux chasseurs se rendent dans un petit bois près d'un rang, juste à la sortie du village. Un bois normalement fréquenté par personne. Il y avait de la neige, mais pas trop. L'un des chasseurs a fini par voir quelque chose de bizarre qui dépassait de la neige. Il a tiré dessus : c'était un os de jambe. Humain.

Monette recule sur sa chaise et met ses mains derrière sa nuque, prenant un air décontracté.

— Sur les lieux, la police a découvert plusieurs corps humains, en état très avancé de putréfaction. Néanmoins, on a pu les identifier presque tous. C'étaient bien les dix-sept qui avaient disparu cinq mois auparavant. Il y avait aussi plusieurs couteaux sur place. Ceux qui ont vraisemblablement servi à les tuer. Mais les corps étaient en pitoyable état, c'était dur d'identifier la cause des décès. Cinq mois, vous imaginez ? Le soleil, la pluie, la neige... pis les petits animaux des bois ! Une belle ratatouille, oui... Plusieurs corps étaient littéralement dépecés...

Jeanne lève une main :

— Ça va, monsieur Monette, laissez tomber les détails...

— En tout cas, les experts ont tout de même pu affirmer qu'il y avait eu coups de couteau dans certains cas. Est-ce l'œuvre d'un assassin ? De plusieurs ? Ont-ils été tués ensemble ? Séparément ? Impossible de savoir. Est-ce qu'on les a tués ailleurs pour apporter leurs cadavres dans le bois ensuite ? C'est l'hypothèse que semblait retenir la police.

Je demande soudain :

— Pivot se trouvait-il parmi ces cadavres ?

Monette prend une gorgée de son scotch, puis secoue la tête.

— Non. En apparence, il n'y a aucun lien entre les deux histoires. Personne n'en a fait, en tout cas. Et c'est normal. Pourquoi y en aurait-il un ?

Il a un petit sourire entendu et poursuit :

— J'ai fouillé encore, puis je suis tombé sur cet article de 1959...

Nouvelles photocopies. Le titre : UN PRÊTRE DISPARU DEPUIS TROIS ANS RETROUVÉ.

— Dans un champ abandonné de Mont-Mathieu, une grue a exhumé le cadavre. On était en train de creuser le champ dans l'intention d'y construire un édifice. Il ne restait plus que des os du corps ainsi qu'une petite croix d'or. Tout cela a permis d'identifier le père Pivot. Selon les experts, la mort remontait vraisemblablement à l'époque de sa disparition, à quelques mois près... Un journaliste ou deux ont fait un lien avec sa disparition et le meurtre des dix-sept villageois, mais sans rien en tirer de concret. D'ailleurs, la police a rejeté tout lien. Pivot a été retrouvé dans un champ très éloigné du bois, à l'opposé complètement. Si les assassins des dix-sept personnes étaient les mêmes qui avaient tué Pivot, pourquoi on aurait caché son cadavre dans un endroit différent ? Pis pourquoi on l'aurait enterré, lui, et pas les autres ? Un autre dossier qu'on a fini par clore, faute d'explications. J'ai continué à fouiller, mais cette fois plus rien. On a jamais résolu ces dix-sept meurtres. On a jamais résolu le meurtre du père Pivot non plus. On a jamais établi de lien formel entre les deux. Voilà.

Son sourire victorieux est plus éclatant que jamais.

— Pis ? Pas mal, hein ?

Il est tout fier, excité, emballé. Mais pas horrifié. Pas le moins du monde.

Jeanne et moi ne disons rien pendant un bon moment, puis j'avance enfin :

— Vous pensez qu'il y a un lien entre les deux histoires, n'est-ce pas ?

— Je crois que ces dix-sept meurtres ont un lien avec une secte... une secte que dirigeait le père Pivot...

— Et pourquoi croyez-vous ça ? Les journaux n'ont jamais fait de lien, ils n'ont même jamais émis l'hypothèse d'une secte ! Parce que Roy en a rêvé, parce qu'il a écrit une nouvelle sur ce sujet ? C'est pour ça que vous pensez que c'est arrivé pour vrai ?

Le sourire de Monette continue de flotter quelques secondes. Il avance la tête et croise les mains sur la table.

— Écoutez. Roy écrit des scènes sanglantes dans ses livres, pis ces scènes se réalisent ensuite dans la vie... Roy rêve à un prêtre chauve, pis on découvre que ce prêtre est réel... Alors si Roy rêve que ce prêtre a dirigé une secte dont les disciples ont été massacrés, il me semble qu'on a toutes les raisons de croire que ça s'est aussi produit dans la réalité, non ?

Jeanne et moi nous taisons. Je cherche quelque chose de sensé à dire, quelque chose de raisonnable ; mais je ne trouve rien. Monette poursuit :

— Quand Roy a écrit sa nouvelle, dix-sept ans plus tard, personne n'y a rien vu de particulier. Personne sauf le père Boudrault. Pourquoi ? Parce qu'il a reconnu le père Pivot, oui, mais c'est pas suffisant... Il a sûrement reconnu autre chose... la secte, par exemple...

— Vous voulez dire que le père Boudrault aurait caché des choses à la police ? Qu'il en savait plus qu'il le prétendait ?

Le journaliste hausse les épaules. Je me masse le front à deux mains, un peu étourdi. Jeanne secoue la tête, en regardant les autres clients assis plus loin. Elle semble complètement perdue.

— C'est... c'est déroutant... On dirait que deux histoires se forment, mais qu'on n'arrive pas à les lier ensemble... Pourquoi Roy a-t-il rêvé à ce prêtre dix-sept ans après, alors que cette histoire était terminée, enterrée ? Roy lui-même prétend qu'il ne connaît pas ce prêtre. Il n'a donc jamais entendu parler de lui ! Quel est le lien ?

— C'est sûrement ce que voulait savoir le père Boudrault, fait Monette.

Jeanne continue à réfléchir à haute voix :

— Les disparitions des dix-sept personnes ont commencé le 16 juin et se sont poursuivies pendant quelques jours... Et Roy est né le 22 juin...

— Et alors ? rétorque le journaliste. Ça explique rien.

Moi, je me tais, encore trop sonné. Je regarde bêtement mon verre de bière, comme s'il allait en surgir une révélation extraordinaire. J'en prends finalement une gorgée. La bière est tiède.

— À moins que...

Jeanne dresse un doigt, réfléchit une seconde, puis poursuit :

— À moins que le père Pivot soit le père de Roy... Son vrai père, je veux dire... Roy est adopté et n'a jamais connu son vrai père, ne l'oublions pas. En tout cas, ce serait un lien possible !

— J'y ai pensé, fait Monette. Mais au fond, ça explique quoi ?

Jeanne a un tic contrarié, puis elle se tourne vers moi avec impatience.

— Mais dis quelque chose, Paul ! Qu'est-ce que tu en penses, de tout ça ?

J'ouvre la bouche avec difficulté, comme si mes lèvres étaient prises dans de la glaise.

— Je crois qu'il faut vraiment que j'aille faire un tour à Mont-Mathieu, en fin de semaine...

Jeanne redresse le menton. Elle a compris mon idée.

— Tu penses au jeune prêtre dont parle l'article, ce père Lemay... Tu crois que c'est lui qui est venu à l'hôpital samedi ?

— Qui veux-tu que ce soit d'autre ? Et puis, les âges concordent : si ce Lemay était jeune en 56, disons dans la vingtaine, ça lui donne au-dessus de soixante ans aujourd'hui... Mon prêtre de samedi correspond à cet âge...

Monette se claque dans les mains :

— Oui, c'est vrai ! C'est sûrement lui !

— Mais peut-être n'en sait-il pas plus que nous ? fait Jeanne.

— Il sait sûrement quelque chose. Sinon, pourquoi serait-il venu à l'hôpital ? Pourquoi m'aurait-il fui ?

— Le seul moyen de le savoir, c'est d'aller voir, dit le journaliste.

Je regarde de nouveau mon verre :

— C'est ce que je vais faire...

— Vous êtes dans le coin de Québec en fin de semaine ?

— Oui, un colloque. Mais les conférences ont lieu le jour. Je pourrais peut-être aller à Mont-Mathieu samedi soir...

Monette approuve puis, après un court silence, il croise les bras sur la table et, les yeux brillants, nous lance :

— Palpitant comme histoire, non ?

Je le fusille du regard. Palpitant ! Monette continue de ne voir dans cette histoire qu'un immense *scoop*. Comme pour confirmer mes pensées, il ajoute :

— Vous imaginez le livre que je vais faire avec ça ! Je pourrais même vous citer comme mes collaborateurs !

Je me passe lentement la langue sur les lèvres, puis rétorque le plus poliment possible :

— Nous rediscuterons de ça, monsieur Monette...

Le journaliste fait un signe compréhensif, puis consulte soudain sa montre :

— Criss ! Faut que j'y aille ! J'ai été sur votre « enquête » à plein temps durant les deux dernières journées, ça m'a mis en retard dans mon travail...

Il met de l'ordre dans ses papiers.

— On se tient au courant, hein? Vous revenez quand de Québec?

— Mardi.

— Vous m'appelez dès votre retour, OK?

Il prend sa serviette, se lève, puis pousse un long soupir satisfait. Ses yeux brillent toujours d'excitation.

— Alors, voilà. J'attends la suite avec impatience.

Il tend la main vers Jeanne. Celle-ci la serre en disant:

— Merci beaucoup, monsieur Monette. Votre aide a été exceptionnelle. Sans vous, nous n'aurions pas fait tant de chemin. Et on vous tient au courant, n'ayez crainte.

Monette en rougit de plaisir. Puis, il tend la main vers moi, un rien narquois. Je la serre, en le regardant dans les yeux.

— Merci, Monette.

Ma voix est neutre. Un sourire se dessine dans la barbe du journaliste puis, tout en gardant ma main dans la sienne, il dit:

— Je sais que vous m'aimez pas, docteur, alors votre remerciement est d'autant plus apprécié...

— C'est vrai que je ne vous aime pas... Mais ça n'empêche pas que vous nous avez aidés. Beaucoup.

Le journaliste hoche la tête d'un air entendu, puis lâche ma main. Il répète une dernière fois:

— J'attends votre coup de téléphone mardi... Sans faute...

Et il y a un avertissement dans sa voix. Je le rassure:

— Sans faute...

Satisfait, il sort. Jeanne et moi restons un long moment sans rien dire. Je fixe de nouveau mon verre. Mon corps est engourdi. Je perçois la musique du bar qui semble provenir d'un point très éloigné... Ma collègue finit par parler:

— Tu y crois à ça, Paul ? Qu'il y a un lien entre la mort de ce Pivot et le meurtre des dix-sept villageois ? Qu'il y a une secte là-dessous, comme dans la nouvelle de Roy ? Tu y crois ?

De nouveau, je cherche quelque chose à dire, quelque chose de clair, de précis, qui mettra toutes les perspectives en ordre. Mais je ne trouve toujours rien. Je précise tout de même :

— Je ne sais pas à quoi je crois. Je veux seulement la vérité.

Et pour moi-même, j'ajoute :

— Peu importe derrière quelle porte elle se cache...

— Porte ?

— Non, rien...

Je me frotte les yeux. Des éclats mauves explosent derrière mes paupières closes.

— Je suis mort, Jeanne... Je vais aller me coucher...

— Oui, moi aussi...

Nous sortons du bar en silence. Sur le trottoir, elle me dit :

— Si tu découvres quelque chose d'important en fin de semaine, n'attends pas à mardi pour me le dire. Appelle-moi de ton hôtel...

— D'accord...

Un sourire se dessine sur ses lèvres, un sourire peu convaincu mais plein de bonne volonté.

— Foutue histoire, hein ?

Je voudrais sourire aussi, mais n'en ai pas la force. Nous nous embrassons, puis nous séparons.

Ce soir-là, je me couche tôt, mais mes yeux demeurent ouverts jusqu'à très tard dans la nuit.

J'étais prêt à affronter l'inconnu, à confronter mes convictions rationnelles...

Mais étais-je prêt à envisager *ça ?*

Il y a encore beaucoup de brouillard, et derrière ces ombres grouillent des choses que j'ose à peine imaginer...

Des preuves. Je veux des preuves.

Mais des preuves de quoi, au juste ?

Il faut que le prêtre actuel de Mont-Mathieu soit le même que celui qui est venu à l'hôpital samedi... Sinon il n'y aura plus aucune piste à suivre ; ce sera un cul-de-sac...

... et pour moi, le doute éternel...

CHAPITRE 17

Je prends toujours ma voiture quand je vais à des congrès. Je sais bien que le groupe de recherche me paierait mon billet de train, mais je préfère voyager avec ma voiture, quitte à payer les frais de déplacement. Les rares fois où j'ai voyagé en train ou en autobus ont été pour moi des expériences déplaisantes : trop de gens, trop de bruit...

Je dépose ma valise dans le coffre de la voiture, puis le referme. Je me tourne vers Hélène. Nous nous regardons, hésitants. Je lève la tête vers le soleil.

— Beau temps pour faire de la route, dis-je.

— Sois prudent.

Nous nous embrassons, longuement. Je monte dans la voiture et elle se penche à la vitre ouverte de la portière.

— Laisse-toi pas détruire par toute cette histoire, Paul...

Elle est au courant de la visite que j'ai l'intention de faire à Mont-Mathieu. Je lui souris pour la rassurer :

— En revenant, Hélène, c'est nous deux. Promis.

Elle me renvoie mon sourire, mais j'y perçois de l'inquiétude.

Tandis que ma voiture s'éloigne, je vois dans mon rétroviseur Hélène rapetissant graduellement, jusqu'à disparaître. Cette image me met mal à l'aise.

J'arrive à Québec un peu avant dix-huit heures. Le cocktail de bienvenue, à l'hôtel, réussit un peu à éloigner mes sombres pensées. Je rencontre plusieurs collègues que je n'ai pas vus depuis longtemps. Les retrouvailles sont agréables, nous discutons en prenant un verre, mais mon esprit préoccupé doit se deviner, car on me demande à quelques reprises si tout va bien, si je suis en forme. Je leur assure que oui.

Durant la soirée, je vais demander à la réception qu'on m'indique le chemin le plus court pour se rendre à Mont-Mathieu. On me donne un plan de la région. Je constate que c'est tout près, à trente minutes de route au plus.

Tandis que je marche vers la salle de réception, je réfléchis : ma première intervention a lieu demain, en début d'après-midi. Je crois bien pouvoir me libérer vers dix-sept heures, ce qui me laisserait toute la soirée de libre...

Je bois encore un verre, puis monte me coucher.

Dans l'obscurité de la chambre, les deux portes apparaissent. L'une des deux est toujours entrebâillée. Mais une silhouette se dessine soudain. Je reconnais le père Pivot. Il étend la main vers la porte entrouverte et fait mine de l'ouvrir plus grande, tout en tournant la tête vers moi. Son regard est de braise, son sourire terrible.

Et juste avant que sa main atteigne la porte, je m'endors profondément.

◆

Les conférences du lendemain me paraissent interminables. Vient le moment de ma présentation durant laquelle j'expose ma recherche sur la schizophrénie. Mes conclusions pessimistes suscitent un débat plutôt orageux. Si je peux compter sur quelques appuis, la majorité des psychiatres présents contestent mes résultats et certains vont même jusqu'à remettre en question ma compétence. Je défends mes arguments, mais je manque de conviction, d'assurance. Ma tête est ailleurs, cette conférence n'a plus aucun attrait à mes yeux. Vers dix-sept heures trente, je quitte enfin la salle, sous plusieurs regards rébarbatifs.

Je monte à ma chambre pour enfiler des vêtements plus décontractés, puis en profite pour appeler Jeanne. Marc, son « chum » (je ne m'habituerai jamais à ce mot ridicule !), me répond, puis j'ai enfin Jeanne au bout du fil.

— Je pars pour Mont-Mathieu dans deux minutes.

— Bien... Et comment va le colloque, jusqu'à maintenant ?

— Atroce... Je suis incapable de défendre mes idées... Tant pis, si tu savais comme je m'en moque... Et à l'hôpital, aujourd'hui ? Rien de... de nouveau ?

J'entends Jeanne soupirer.

— Roy a piqué une crise, ce matin. Il voulait qu'on lui donne une arme afin qu'il puisse se tuer. Il hurlait qu'il ne voulait plus vivre.

— Tu as pu lui parler ?

— Non. On l'a mis aux sédatifs, il s'est endormi. Tu sais quoi ? Dans sa chambre, sur sa table, j'ai découvert un crayon.

— Un crayon ?

— Oui... J'imagine qu'il peut écrire en tenant le crayon entre ses paumes... Sauf qu'il n'y a pas de cahier, ni de feuilles de papier nulle part dans sa chambre... Les infirmières ne sont pas au courant. En tout cas, s'il a recommencé à écrire, on ne sait pas où...

— Mais il faut lui demander !

— Il est sous sédatif, Paul, il est K.-O. pour la journée !

Je ne dis rien. Jeanne poursuit :

— Madame Chagnon est revenue dans sa chambre. Elle reste seule et ne parle à personne...

Elle prend alors un ton plus mystérieux.

— Il y a eu une nouvelle bagarre, aussi...

— Quoi ?

— Oui. Lorsque je suis arrivée à l'hôpital ce matin, quatre patients se battaient. Michel Sirois, Johanne Miron, Paul Lafond et Édouard Villeneuve.

— Édouard, encore !

— Mais tu ne sais pas le pire : une infirmière se battait avec eux.

Je m'assois sur le lit, estomaqué.

— Tu me fais marcher, Jeanne !

— Pas du tout. Après la bataille, elle a expliqué qu'elle avait d'abord voulu les calmer, mais qu'elle avait reçu un coup... Ça lui a fait perdre son sang-froid...

— Mais voyons, ce n'est pas une raison ! Jamais un membre du personnel ne doit se battre avec un patient, jamais !

— C'est ce que je lui ai dit, évidemment. Elle va avoir un blâme, tu t'en doutes bien... Le pire, c'est que Nicole semblait être de son côté...

— Nicole ?

— Oui... Elle a ronchonné qu'elle aurait agi de la même façon, ou quelque chose dans le genre...

Déconcerté, je demande :

— Et la bataille ? Grave ?

Jeanne émet un petit bruit embêté :

— Assez, oui... Madame Miron a dû être descendue à l'urgence, elle va avoir des points de suture au front. Villeneuve a perdu une dent... Lafond s'est fait casser le nez et deux doigts... C'est parce que... Sirois frappait avec son livre... Tu sais, son gros bouquin qu'il traîne tout le temps ?

— Mais pourquoi ? Comment ça a commencé ?

— Une histoire de petit déjeuner, je pense, quelqu'un qui a pris la place d'un autre... Une niaiserie...

Je ferme les yeux quelques instants.

— Trois bagarres en moins de deux semaines, Jeanne ! Et celle de ce matin avec des blessés... On n'a jamais vu ça !

— Je sais...

D'une voix incertaine, elle ajoute :

— Tu avais raison, Paul, il se passe quelque chose ici...

— Écoute, je crois qu'il faudrait qu'un ou deux gardiens de sécurité soient placés en permanence dans l'aile pour les prochains jours... Parles-en à Lachance, explique-lui les bagarres... Il va sûrement accepter...

Je me tais un moment. J'imagine les deux gardiens, postés dans le Noyau, tels deux chiens de garde... Je reprends :

— Je sais que ça semble un peu alarmiste comme mesure, mais...

— Non... Non, tu as raison...

Nouveau silence, plein de sous-entendus, de nervosité.

— Écoute, Jeanne, je file tout de suite...

— Parfait... Je pense que je vais retourner à l'hôpital lundi matin, pour m'assurer que tout va bien... Louis est là, bien sûr, mais... il ne sait pas ce qui se passe...

« Est-ce que quelqu'un le sait, ce qui se passe ? » ai-je envie de répliquer, mais je me contente d'approuver :

— Bonne idée... Bon, je te laisse...

Je raccroche. Je demeure assis, les yeux fixés sur le commutateur de la chambre.

Une autre bagarre.

Roy qui veut encore se suicider.

Et ce crayon...

« J'ai de nouvelles idées ! Vous savez ce que ça veut dire ? »

Du calme. Mont-Mathieu d'abord.

Deux minutes plus tard, je suis dans ma voiture, le volant dans une main, le plan de la région dans l'autre. Tandis que je sors de Québec, je me rends compte que je n'ai aucune idée de ce que je vais dire au prêtre... si je le trouve, bien sûr. Je me mets à réfléchir, mais aucune ligne directrice ne me vient à l'esprit. Je décide de faire comme avec mes patients : voir les réactions, et réagir à celles-ci.

Je me retrouve sur un petit chemin de campagne, sous un ciel couvert. Je croise quelques maisons, plutôt rares dans ce décor montagneux, puis je vois une pancarte qui proclame : MONT-MATHIEU, 5 KM.

La nervosité me gagne de plus en plus. Quand j'entre enfin dans le village, mes mains sont moites et glissent sur le volant. Je cherche l'église qui, dans un village si petit, devrait être facile à trouver. J'aperçois enfin le clocher. Je passe devant un magasin général, quelques petites maisons colorées, des piétons plutôt âgés qui me regardent d'un air méfiant... puis, je sors du centre du village. Étonné, je constate que l'église est plus loin. Je roule encore quelques instants dans la rue principale qui devient de moins en moins habitée, puis je tourne sur une route de terre. Au bout se dresse l'église.

Je m'arrête et sors de mon véhicule. Le calme est total. L'église est entièrement isolée, à l'exception du presbytère qui se trouve juste à côté. Je tourne la tête vers le chemin que je viens d'emprunter. Aucune autre maison sur cette route. Les premières habitations apparaissent seulement à un demi-kilomètre, dans la rue principale. On dirait vraiment que cette église est tombée du ciel. Qu'est-ce qu'elle fait ici, à l'écart du village ? Je l'observe quelques instants : elle est en pierres grises, avec un haut clocher qui se détache contre les nuages. Une grande statue du Christ se tient sur une corniche, juste au-dessus de l'immense porte de bois.

Une église bien banale, en somme... si ce n'était de son emplacement particulier.

Le presbytère, qui ne communique pas avec l'église, est construit dans la même pierre grise.

Toute ma nervosité revient d'un seul coup. Je m'avance vers le presbytère. Je gravis les quelques marches qui mènent au perron, lève la main pour sonner, puis stoppe mon geste.

Une angoisse terrible me paralyse soudain. De nouveau, je ressens cette impression que nous fouillons dans une histoire horrible, épouvantable, une histoire qui nous dépasse complètement. Et j'envisage alors très sérieusement de tourner les talons et de partir. Fuir. Finir mon colloque, retourner à Montréal et prendre ma retraite. Point final. Tant pis pour Roy, tant pis pour les explications.

Et vivre dans le doute éternel ?

Je ferme les yeux et sonne.

De longues secondes passent. Enfin, la porte s'ouvre. Une femme vieille comme la lune apparaît devant moi. Sa peau est verte et cuivrée, on dirait la tête d'une tortue. Elle est habillée de noir et porte un foulard sur la tête. Ses yeux sont tout petits, tout plissés, mais son regard est de braise, comme si ses pupilles demeuraient la seule chose encore vivante dans ce corps mort.

— Bonjour... Heu.. Suis-je bien chez le père Lemay ?

Elle me scrute longuement. Son visage est dur, un masque figé dans cette sombre expression pour l'éternité. Elle finit pas hocher la tête, sans un mot. Mon cœur se met à battre à tout rompre. C'est bien lui ! Je l'ai trouvé !

— Heu... Il est ici ?

Elle fait signe que non, imperturbable. Je commence à comprendre : elle doit être muette. Mais quel âge a-t-elle donc ? Quatre-vingt-cinq ? Peut-être plus ?

— Et... vous savez quand il va revenir ?

La vieille lève un long doigt osseux, déformé par l'arthrite.

— Dans une heure?

Elle approuve. Son regard continue de me fouiller l'âme, ce qui me met mal à l'aise.

— Très bien, je... je vais revenir tout à l'heure. Merci...

Je descends les marches. Tandis que je traverse la route, je sens quelque chose me chatouiller le dos. Je me retourne. La vieille est toujours là, debout dans l'embrasure de la porte, à m'observer avec son masque funèbre.

Je monte dans ma voiture, puis m'éloigne. Quelle sinistre chouette! Il doit s'amuser, le père Lemay, avec une telle servante...

Je retourne sur le chemin principal et m'arrête au premier restaurant que je vois, une sorte de snack-bar bon marché. À l'intérieur, je m'assois près d'une fenêtre et consulte le menu. Hamburgers, hot-dogs, poutines, club-sandwichs... De la haute gastronomie, quoi... Je finis par commander une salade césar à la serveuse souriante, qui me considère avec curiosité.

Je regarde par la fenêtre. Je vois le clocher de l'église, pas très loin. Je suis si nerveux que je me demande comment je vais pouvoir attendre une heure.

Je termine mon modeste repas en vitesse. Puis, pour passer le temps, je demande à la serveuse (qui n'est occupée qu'à se limer les ongles) pourquoi l'église de Mont-Mathieu n'est pas au centre du village.

— Je le savais ben que vous étiez pas du coin!

Elle vient carrément s'asseoir devant moi et, tout heureuse de se rendre intéressante, m'explique. Ses explications ne sont pas trop claires, mais il semble que, lorsqu'on a commencé à construire Mont-Mathieu, au début du siècle, on avait choisi comme centre du village l'endroit où se trouve présentement l'église.

On avait construit celle-ci et une dizaine de maisons, lorsqu'il y a eu des effondrements de terrain.

— Imaginez-vous ! La terre était trop molle, mais juste dans ce petit coin-là. L'église, elle, tenait debout sans problème ! Tout le monde a crié au miracle ! Ça fait qu'on a construit le village un peu plus loin, où la terre était correcte. Mais on a laissé l'église là ! On disait que c'était un signe du Très-Haut, la preuve que la maison de Dieu est indestructible !

— Vous êtes bien au courant, on dirait...

— Vous imaginez ben que c'est devenu un peu l'attraction du village, cette église-là... Pis qu'est-ce qui vous amène dans le boutte, au juste ? On a pas de la visite souvent.

— Justement, j'écris un livre sur les églises du Québec. Je viens rencontrer le père Lemay...

— Ah, le père Lemay... Il est ben fin, mais il a toujours l'air triste...

— Sa servante ne semble pas trop commode...

— La vieille Gervaise ?

Elle se penche, l'air mystérieux.

— Elle dit pas un mot, mais elle passe pas inaperçue quand même... Elle sort jamais du presbytère, sauf pour venir faire les commissions... Personne l'a jamais vue sourire. Elle fait peur, vous trouvez pas ?

— Quel âge a-t-elle ?

— Je le sais pas, mais elle doit être vieille en maudit : il paraît qu'elle est servante dans l'église depuis les années quarante... Voir si ç'a du bon sens !

Je consulte ma montre : vingt heures. L'heure est passée. Je la remercie, lui donne un bon pourboire, puis retourne à ma voiture.

Le ciel est de plus en plus couvert. En me stationnant devant le presbytère, je vois un prêtre, sur le perron, assis sur une chaise. Tandis que je traverse la route, je le reconnais graduellement : épaisse chevelure blanche, peau incroyablement ridée... Plus de doute possible, c'est bel et bien lui. Malgré moi, mon pas se ralentit, comme si j'éprouvais soudainement de la crainte.

Le prêtre, qui se berce dans sa chaise, me regarde approcher, vaguement intrigué. Il me salue en souriant:

— Bonsoir, mon fils. Je peux vous aider?

Voix rauque, vieille, mais douce en même temps, éduquée, agréable. Une voix d'un autre siècle, d'une autre époque.

Je ne réponds rien et avance de plus en plus lentement, cherchant désespérément une façon de l'aborder. Il m'observe toujours, et soudain ses petits yeux s'agrandissent au milieu de son visage ravagé. Il m'a reconnu. De loin, j'ose enfin:

— Père Lemay?

Il ne dit rien, pris au dépourvu. Il a presque l'air d'un évadé de prison qui vient de se faire prendre dans sa planque. Il se lève, ses vieilles lèvres blanches tremblotent, et il demande enfin:

— Comment... comment m'avez-vous trouvé?

Je fais un premier pas sur l'allée qui mène à son perron. Sans préambule, je dis:

— Je dois vous parler.

— Je... je n'ai rien à vous dire!

Il lève alors une main tremblante et dérisoire:

— Arrêtez-vous, vous êtes chez moi, ici!

J'obéis, à un mètre de la première marche. Le père Lemay se frotte les mains avec inquiétude, en jetant des regards en biais vers la porte à sa droite. Il doit avoir envie de rentrer chez lui et de me claquer la porte au nez. Pourtant, il hésite.

— Que voulez-vous?

— C'est moi qui aurais dû vous demander ça, la semaine dernière! C'est vous qui avez voulu voir Roy...

— Laissez-moi tranquille!

Et il fait mine de retourner à la porte du presbytère.

— Écoutez! Je sais qu'il y a eu un massacre ici, à Mont-Mathieu, il y a quarante ans! Dix-sept morts!

C'était une secte, n'est-ce pas ? Une secte dirigée par le père Pivot, qui a déjà pratiqué ici !

Le père Lemay blêmit, cherche quelque chose à rétorquer.

— Il y a bien eu dix-sept morts, mais... mais... mais pourquoi parlez-vous d'une... d'une secte ? Personne n'a jamais... n'a jamais avancé une telle idée, vous... vous...

Il esquisse un geste agacé. Il essaie de se fâcher, mais je distingue plus de peur que de colère sur son visage :

— Pourquoi ressortir cette vieille histoire ? Le père Pivot a été trouvé sans vie, lui aussi, mais il n'y avait pas de lien avec ces dix-sept morts ! Et personne n'a jamais parlé de secte, vous blasphémez ! Vous...

Il se tait et tousse douloureusement. Il réussit à râler :

— Allez-vous-en !

Et il me tourne le dos, saisissant la poignée de la porte. Je m'élance alors et, en gravissant deux marches, lui lance :

— Roy rêve au père Pivot ! Vous entendez ça ?

Le prêtre cesse tout mouvement. Je m'immobilise aussi, au milieu du petit escalier, la respiration suspendue, attendant une réaction.

Le ciel commence à rougir entre les nuages. Un oiseau chante derrière moi. Au loin, je crois entendre passer une voiture. Et le prêtre, la main toujours sur la poignée, ne bouge pas.

Sa voix me parvient enfin. Effrayante.

— Qu'est-ce que vous dites ?

Je hoche la tête. J'ai touché juste, cette fois. J'ajoute, plus doucement :

— C'est ce que le père Boudrault avait découvert en allant visiter Roy. Mais il est mort avec son secret.

Le vieillard, toujours de dos, se courbe légèrement, comme si quelque chose l'écrasait. Sans oser avancer davantage, je poursuis :

— Mon père, c'est inutile maintenant de me fuir...
Tout ça est allé trop loin. Il faut que vous me parliez.

Je vois alors sa tête tomber par en avant. Un long
soupir s'élève, comme si le père Lemay se vidait de
tout son air. Il marmonne quelque chose, et je réussis
à percevoir ces paroles :

— Tant pis... Après tout, j'ai toujours su que je
paierais, un jour...

Je me raidis, frappé par cette phrase. Plus que jamais, je sais que la clé se trouve ici... et plus que
jamais, j'ai envie de fuir...

Le père Lemay se retourne enfin. Son masque de
peur et de panique est disparu, révélant un visage las,
tragique et résigné. Un visage que le malheur a sculpté
minutieusement, année après année...

— Suivez-moi, se contente-t-il de dire.

Et il ouvre la porte.

TROISIÈME PARTIE

CEUX QUI ONT VU

CHAPITRE 18

Le presbytère n'est pas très gai. Petites fenêtres, meubles lourds et tristes, peu d'éclairage et de couleur. Cela me semble un peu cliché : l'image classique du prêtre sobre qui vit dans l'ennui. Mais cette ambiance sombre semble entretenue à dessein par le père Lemay. Comme s'il voulait vivre dans cette noirceur. Dans sa propre noirceur qui le ronge.

Nous nous assoyons dans un petit salon plongé dans une pénombre poussiéreuse. Je m'installe dans un divan, tandis que le père Lemay s'assoit dans un fauteuil profond devant moi. La clarté déclinante de l'extérieur parvient à se frayer un passage par la fenêtre sur ma gauche.

La vieille servante entre dans la pièce et s'immobilise à côté du prêtre. Elle ne bouge pas, attend, le visage terrible. Placée ainsi, debout à côté du père Lemay, elle ressemble autant à un gardien protecteur qu'à un oiseau de proie hostile.

— Vous voulez quelque chose à boire ? demande l'homme de foi.

Je refuse d'un signe de tête. Il se tourne légèrement vers la vieille :

— Nous ne prendrons rien, Gervaise, vous pouvez nous laisser...

La servante me jette un dernier regard ténébreux, puis sort sans un mot.

Nous gardons le silence de longues secondes, assis l'un en face de l'autre. Ainsi mangé par les rides, le visage du père Lemay ressemble à celui d'une statue antique. Je n'arrive pas à me débarrasser de cette impression que je ne devrais pas être ici, que je n'aurais pas dû venir. Mais maintenant, je serais bien incapable de partir. Je le sais.

Bientôt, le doute sera dissipé. Et l'une des deux portes s'ouvrira. Complètement. Je commence enfin, un peu platement.

— Il faut que vous me disiez ce que vous savez.

Je me rends compte que ma requête est trop large. Le père Lemay secoue la tête, imperturbable.

— Non, pas tout de suite. Vous-même devez me dire ce que *vous* savez.

Cette voix calme, riche, usée par l'âge mais tout de même raffinée... et tourmentée.

Je hoche la tête. Il a raison. Je croise ma jambe, voulant prendre un air décontracté, mais en vain. Je la décroise donc, gêné, puis décide de rester ainsi, les mains sur les genoux.

— Eh bien, voilà... Nous avons découvert Roy, il y a environ un mois dans...

— Je lis les journaux, je sais tout ça, me coupe doucement le prêtre. Allez à l'essentiel.

Je me racle la gorge.

— Je me nomme Paul Lacasse. Je soigne Roy depuis son internement.

Je lui explique le cas Roy, ses rêves, ainsi que nos découvertes par rapport au père Pivot et au père Boudrault. Le père Lemay m'écoute attentivement, les doigts de ses mains appuyés les uns contre les autres, sous son menton. Il finit par me demander :

— Et pourquoi monsieur Roy rêve-t-il au père Pivot ?

— Vous me demandez ça pour me tester ou vous ignorez vraiment la réponse?

Il se tait un moment.

— J'ai une vague idée de la réponse, mais... j'espère être dans l'erreur... C'est ce qui me permet de survivre depuis toutes ces années : l'espoir que je me trompe...

Il est beaucoup plus calme que tout à l'heure. Il ne combat plus.

Je soupire :

— Je ne sais pas si vous vous êtes trompé, mais ce que je vais vous dire ne vous rassurera sûrement pas...

Il demeure immobile, ses yeux bleu clair fixés sur moi. Je me gratte l'oreille, un peu mal à l'aise, puis explique :

— Roy semble croire que... Il dit que chaque fois qu'il a une idée de scène d'horreur... chaque fois qu'il commence à écrire cette idée, ce père Pivot lui apparaît en rêve pour le guider à un endroit où l'idée de Roy se produit... dans la réalité.

Je m'arrête et surveille la réaction de mon interlocuteur. La pénombre m'empêche de bien distinguer, mais je crois voir ses traits se crisper légèrement, tandis que son corps se raidit.

— Et vous y croyez? demande-t-il, la voix égale mais légèrement plus forte que tout à l'heure.

Pendant un moment, j'ai l'impression de me trouver à la confesse ; je chasse cette image déplaisante.

— Je sais que c'est farfelu. Mon travail ne m'autorise pas à croire à de telles choses, mais... On a découvert des détails qui sont, il faut l'avouer, plutôt troublants... Par exemple, Roy s'est trouvé, au cours des vingt dernières années, sur les lieux de plusieurs tragédies sanglantes... des tragédies dont il s'est toujours servi pour ses livres... Et on a pu prouver qu'effectivement il avait pensé à certaines de ces tragédies avant qu'elles surviennent dans la réalité...

Je secoue la tête, embêté :

— Je vous avoue que je ne sais plus trop quoi penser, mon père... Mais cette histoire est assez bouleversante pour que je m'y consacre corps et âme... non plus de façon professionnelle, mais personnelle. Chose que je n'ai jamais faite auparavant...

Je vois le père Lemay lever une main vers sa figure. Du bout des doigts, il se frotte le front, avec une douceur pleine d'angoisse.

— Mon Dieu ! marmonne-t-il de façon à peine audible.

Sa réaction m'effraie. Je suis tendu jusqu'au bout des ongles.

— Est-ce que c'est vrai ? Ce que raconte Roy est-il vrai ?

Ma question est un peu puérile, comme un enfant qui demande si le père Noël existe vraiment. Mais je m'en moque. C'est la seule vraie question, la seule importante.

La main du prêtre revient sur l'accoudoir de son fauteuil. Il bouge à peine, son visage reste dans l'ombre.

— Vous pensez vraiment que j'ai une réponse à ça ?

— Vous en savez plus que moi, en tout cas.

— Je ne sais pas tout...

Ses mots sont détachés, sa diction parfaite.

— Ne me dites pas ça ! je m'exclame. Ne me dites pas que je suis venu ici pour rien !

Il penche la tête sur le côté, intrigué.

— Pourquoi tenez-vous tant à une réponse ? Par quête de la vérité ou seulement pour faire disparaître vos doutes ?

J'accuse mal le coup. De nouveau, cette impression de confessionnal... Mais je réponds avec ce qui me semble le plus de sincérité :

— Les deux.

Court silence. J'entends le vieux prêtre soupirer.

— C'est un peu ironique comme situation, non ? La religion et la science qui se consultent... Il y a cinquante ans, quand les gens voulaient connaître la vérité, ils se tournaient vers la religion. Puis, peu à peu, par frustration, ils se sont tournés vers la science. Et nous voilà, l'un en face de l'autre... sans réponse claire.

Je l'écoute, inquiet, puis demande :

— Alors, qui connaît la vérité, selon vous ?

— Personne. Et il en sera toujours ainsi.

Je grimace. On dirait un cours élémentaire de philosophie et j'ai l'impression qu'on s'égare. Je reprends donc avec plus de force :

— Dites-moi au moins ce que vous savez, je suis sûr que... que ça m'aidera !

Il se tait une seconde.

— En tout cas, ça va sûrement m'aider, moi, précise-t-il. Cela m'aidera à purifier mon âme... Car si ce que Roy dit est vrai, je suis damné. Et le père Boudrault aussi... Peut-être est-ce la dernière épreuve avant la mort. J'ai soixante-huit ans, mais mon âme en a mille...

Soixante-huit ans ! Son visage semble tellement plus vieux ! Je répète d'un ton implorant :

— Dites-moi ce que vous savez ! Quel est le lien entre Roy et ce père Pivot ? C'est son fils, c'est ça ?

Il secoue la tête.

— Non. Si c'était aussi simple...

Je m'étonne, déçu.

— Mais vous connaissez le lien, j'en suis sûr...

Silence. Le prêtre respire un peu plus fort. Je continue avec impatience :

— Pivot dirigeait une secte, n'est-ce pas ? Vous et le père Boudrault, vous le saviez...

Il regarde de côté, vers la petite fenêtre pâle du mur. Et enfin il se confie sans quitter cette fenêtre des yeux. Il raconte. Et à sa voix calme mais malheureuse, je comprends qu'il le fait pour la première fois.

— Je suis arrivé ici en août 1955, environ dix mois avant la grande horreur... J'avais vingt-sept ans, je venais d'être ordonné prêtre. Avant de pratiquer dans une paroisse, je voulais effectuer une vaste recherche sur les pratiques religieuses des gens des petits villages. Comme terrain d'étude, j'avais choisi Mont-Mathieu. L'archevêché, enthousiasmé par mon projet, m'a présenté le père Boudrault. Celui-ci a accepté sans hésitation de m'héberger pour toute la durée de ma recherche, qui s'étendrait sur environ un an. Nous étions donc quatre à vivre ici, dans le presbytère : le père Boudrault, la servante Gervaise, moi-même... et le père Pivot...

« Le père Boudrault avait à cette époque quarante-quatre ans et était prêtre de Mont-Mathieu depuis une dizaine d'années. Il était un peu fanatique, comme certains prêtres de l'époque. Nous étions en plein duplessisme et le pouvoir de la religion était total. Le père Boudrault croyait à la Toute-Puissance de l'Église et pour lui, tous ceux qui ne venaient pas à la messe le dimanche étaient condamnés à brûler en enfer. Bref, la religion catholique était pour lui la seule voie de salut. J'avoue que je le trouvais un peu sévère... Je l'aimais néanmoins beaucoup, car c'était une âme des plus charitables, toujours prête à aider quiconque se trouvait dans le malheur.

« Gervaise est une énigme... Elle est muette, comme vous l'avez sans doute remarqué. Elle était la servante du père Boudrault depuis son arrivée à Mont-Mathieu. Lui-même ne sait pas grand-chose d'elle. L'archevêché l'avait trouvée, errant dans un village, sans parents, ni amis, ni maison... Les religieux l'avaient donc prise sous leur protection et en avaient fait une servante pour les prêtres. Elle était déjà une adulte à ce moment, donc personne ne sait quel est son âge exact. À l'époque, on lui donnait entre quarante et cinquante ans. Ça lui ferait donc aujourd'hui quelque chose entre quatre-vingt et quatre-vingt-dix ans... »

— Et elle est toujours servante ?

— Toujours. Vous pensez bien que j'essaie depuis des années de la convaincre de s'arrêter, d'aller terminer ses jours paisiblement dans une retraite... Mais elle refuse. Elle a toujours servi les prêtres de Mont-Mathieu, et elle le fera jusqu'à sa mort, je crois... Elle a d'ailleurs une santé étonnante, bien meilleure que la mienne, en tout cas...

Son regard devient lointain.

— Je la trouvais bizarre, au début. Pas seulement parce qu'elle était muette, mais aussi à cause de son attitude. Je ne l'ai jamais vue sourire, pas une seule fois en quarante ans. Ni pleurer. Ni exprimer la moindre émotion, d'ailleurs. Malgré son visage de marbre, elle était d'une efficacité parfaite, accomplissait toutes les tâches sans manifester le moindre signe de fatigue ou d'agacement. Tout comme aujourd'hui.

— Une vraie bénédiction, en somme.

Une drôle de lueur traverse son regard.

— Je n'en suis plus si sûr...

Cette remarque m'intrigue, mais le père Lemay poursuit aussitôt :

— Bref, malgré sa présence étrange et son visage peu avenant, Gervaise était devenue indispensable dans le presbytère. Le père Boudrault lui manifestait peu de signes d'affection, mais je savais qu'il l'aimait bien... Quant au père Pivot...

Il se tait un instant. Je lève le menton, redoublant d'attention. Le père Lemay se racle la gorge. Sa voix est tout aussi douce, mais plus sombre.

— Le père Pivot était vicaire de Mont-Mathieu depuis cinq ans. Il était la douceur même. Pendant nos soupers, lorsque le père Boudrault se fâchait de l'impiété de certains paroissiens et les envoyait brûler en enfer, le père Pivot, calmement, prenait toujours la défense des pécheurs en question. J'aimais beaucoup le père Pivot, mais je trouvais sa relation avec le père

Boudrault pas très nette. Ils s'entendaient bien, tous les deux, parlaient souvent, jouaient aux échecs... mais le père Boudrault le regardait parfois avec une crainte étrange...

«Pour ma recherche, j'interrogeais souvent les villageois et j'ai pu constater à quel point ils aimaient le père Pivot. Ses sermons étaient appréciés, il était gentil avec tout le monde. Il avait un physique impressionnant : grand, large, le crâne chauve... mais il dégageait beaucoup de douceur. Il souriait presque tout le temps, mais j'avais remarqué que dans ses yeux verts une sorte de lueur insatisfaite brillait constamment, un éclat tourmenté qui détonnait dans le reste de sa personnalité...»

Il se caresse doucement la joue. Par la fenêtre, le ciel prend des teintes de flammes. Le père Lemay poursuit :

— Je me rappelle, un soir de septembre... Le père Boudrault s'était absenté... Le père Pivot et moi étions seuls au salon, ici même... Il y avait de l'orage, dehors... Mon confrère avait l'air songeur. La lueur tourmentée de son regard brillait particulièrement, ce soir-là, et je lui ai demandé ce qui n'allait pas... Il a hésité, mais a fini par parler. Il était entré en religion parce qu'il croyait à la Puissance du Bien. Il avait voulu acquérir cette puissance en servant le Bien du mieux qu'il le pouvait. Mais il m'a avoué qu'il avait des doutes depuis quelques mois... Il ne sentait pas que cette Puissance bénéfique avait d'effets réels : il voyait du malheur autour de lui, des injustices, des gens qui croyaient de moins en moins... Il avait pensé que le Bien lui donnerait le pouvoir de régler tous ces problèmes, mais il se rendait compte que c'était plus compliqué. Cela m'avait paru quelque peu orgueilleux, mais il m'avait souri, de son sourire si chaleureux, et avait précisé : «Mais je continue à pratiquer le Bien... Je continue d'espérer...» Et nous avions changé de sujet...

« Quelques jours plus tard, j'ai raconté cet entretien au père Boudrault. Il s'est fâché et m'a dit : "Ne parlez plus de cela avec lui, André ! Vous m'avez compris ?" Il était donc au courant des interrogations de son collègue et semblait les trouver malsaines. Je n'ai donc pas insisté. »

Le père Lemay fait une pause ; une certaine tristesse envahit alors son visage.

« Un mois après, en octobre, un drame s'est produit. Les parents du père Pivot furent tués dans un accident de voiture. Avec eux se trouvait Christine, la filleule du père Pivot, qui avait cinq ans. Il était fou de cette fillette, il l'aimait comme sa propre fille. Elle était morte aussi, après des heures d'agonie dans la voiture. Selon la police, les parents du père Pivot ont aussi souffert le martyre. Il paraît même que son père, au comble de la souffrance, avait rendu l'âme en maudissant Dieu qui les abandonnait. Cette épouvantable tragédie a brisé le père Pivot. Plus que jamais, il s'est senti impuissant contre le malheur et l'injustice qui frappaient tous les jours. Il s'est refermé sur lui-même, morose, et un soir il nous a dit dans un éclat de colère : "À quoi me sert d'atteindre le Bien ultime si cela ne me donne aucun pouvoir ?" Cette phrase m'a beaucoup troublé... Je lui ai dit qu'au contraire son pouvoir était énorme, car il réconfortait les malheureux, leur parlait de Dieu... Il a regardé longuement dehors, puis a ajouté : "Des mots... Des mots qui viennent après la souffrance et la colère... Peut-être que la vraie puissance n'est pas dans le Bien... Elle est peut-être ailleurs..." Le père Boudrault s'est mis en colère et l'a sommé de cesser ces blasphèmes. Gervaise, elle, ne réagissait pas. Si elle entendait ces disputes, elle n'en montrait aucun signe. Finalement, le père Pivot est allé se coucher sans un mot.

« Les mois ont passé. J'avançais de façon satisfaisante dans mon travail de recherche. Le père Pivot était taciturne, sombre, de mauvaise humeur. Les paroissiens le remarquaient. Puis, au mois de février, son humeur s'améliora, il sourit de nouveau, et s'il avait toujours ce reflet tourmenté dans le regard, sa période noire semblait terminée. Les paroissiens en étaient ravis, comme le père Boudrault et moi-même.

«L'hiver passa ainsi, puis le printemps... Mais j'avais l'impression que le vicaire changeait. Il visitait moins les paroissiens, ses sermons étaient moins passionnants qu'auparavant... Il semblait... comment dire... moins zélé... Il s'absentait souvent, longtemps. Mais il souriait toujours, sa gentillesse ne se démentait pas. Puis, un soir d'avril...»

Il fixe alors ses mains et lorsqu'il recommence à parler, sa voix est plus grave.

— Il faut que vous sachiez que tous les mardis soir, le père Boudrault se rendait à Québec, pour assister le directeur d'une œuvre de charité. Je l'accompagnais chaque fois, ayant ainsi l'occasion de me rendre à la grande ville une fois par semaine pour effectuer des recherches à la bibliothèque et visiter des amis. Nous partions vers dix-neuf heures et revenions toujours tard, vers une heure du matin. Mais un mardi d'avril, pour je ne sais plus quelle raison, nous sommes revenus beaucoup plus tôt et sommes arrivés au presbytère vers vingt-trois heures trente. Le père Pivot était absent, ce qui nous étonna à une heure si avancée. Gervaise, elle, dormait depuis longtemps : chaque soir, elle se couchait à vingt et une heures tapantes.

«Tout à coup, nous avons entendu un cri ; il était à peine audible, mais c'était bel et bien un hurlement. Nous sommes sortis dehors. Cette route est inhabitée, comme vous l'avez sans doute remarqué, et la première demeure est à plusieurs centaines de mètres d'ici, dans la rue principale. Pourtant, nous avons entendu un autre cri, assourdi. Il ne pouvait provenir que de l'église...»

Il se tait et je dis, haletant :

— La secte! C'était la secte qui s'était réunie dans l'église, n'est-ce pas?

Il me regarde pour la première fois depuis qu'il a commencé à parler, et son visage se tord de détresse.

— Je vous jure, docteur Lacasse, qu'avant cette soirée nous ignorions que le père Pivot dirigeait une secte! Nous n'en avions pas la moindre idée! Ce n'est que lorsque nous sommes entrés dans l'église que...

Il soupire de nouveau.

— Ils devaient être une quinzaine, debout entre les premières rangées de bancs, exactement comme des fidèles à la messe. Dans la chaire, un homme au torse nu était attaché contre une statue de la vierge, et... derrière lui, le père Pivot le... fouettait... Oui, il le flagellait, avec un long fouet! Le dos du malheureux était ensanglanté et, à chaque coup, il poussait un cri, mais on voyait que... qu'il *acceptait* cette torture, qu'il se trouvait dans cette position de son plein gré! Et entre chaque coup de fouet, tout le monde clamait à l'unisson une phrase, une terrible phrase... «Le pouvoir du Mal... Le pouvoir du Mal... » Je... je crois que le supplicié lui-même la répétait...

J'écarquille les yeux, ahuri. Dans d'autres circonstances, je crois que l'évocation de cette scène m'aurait fait éclater de rire. Mais dans la bouche de ce prêtre, dans ce salon obscur, et en sachant le destin qui attendait cette secte...

— Le père Boudrault et moi, nous nous sommes figés sur place, vous imaginez bien... Au bout de quelques secondes, le père Pivot nous a vus et a arrêté son horrible besogne. Tout le monde s'est retourné. Je crois que nous nous sommes tous regardés comme ça pendant cinq bonnes secondes. C'est long, cinq secondes, docteur. Très long. Et puis, tout à coup, ç'a été la panique, mais une panique silencieuse. Tous les... les adeptes se sont précipités vers la sortie, en passant près de nous. Ils couraient, éperdus, gênés, mais ne criaient pas. Tous se cachaient le visage maladroitement, mais en vain. La plupart m'étaient inconnus, ils devaient venir des villages voisins, mais j'en... j'en ai reconnu quelques-uns... Le père Boudrault aussi, car il en montrait certains du doigt, les appelait par leurs noms et leur criait de ne plus jamais revenir à l'église, plus jamais ! Mais ils ne s'arrêtaient pas pour riposter. Ils se sauvaient sans demander leur dû. Je crois que... je crois qu'il y avait quelque chose d'immensément comique dans ce sauve-qui-peut grotesque... Oui, un spectateur objectif et non impliqué dans cette affaire aurait sûrement trouvé cela très drôle... mais pas nous. J'imagine que leurs voitures se trouvaient au village, puisqu'il n'y en avait aucune devant l'église. Pour ne pas attirer notre attention, au père Boudrault et à moi, j'imagine...

« Après quelques minutes, il ne restait plus dans l'église que nous trois... et le martyrisé. Doucement, le père Pivot l'a détaché et lui a dit avec gentillesse qu'il pouvait partir aussi. Il a mis sa chemise sur son dos ensanglanté et est sorti en courant, mal à l'aise.

« Le père Boudrault et moi étions incapables de dire quoi que ce soit. Moi, je me sentais complètement perdu, ne comprenant pas ce qui se passait. Je crois que le mot "secte" ne s'était pas encore imposé à mon esprit. Le père Boudrault, lui, s'est laissé tomber sur un banc, comme s'il allait s'évanouir. Le père Pivot a alors parlé. Il était d'un calme étonnant, comme s'il n'éprouvait aucun trouble de s'être fait prendre. En gros, il a expliqué que... enfin, j'étais moi-même dans le brouillard, alors c'est un peu confus, mais le père Pivot aurait commencé à former cette secte quelques mois auparavant... Son but était dément : puisque le Bien l'avait déçu, il voulait atteindre la quintessence du Mal pour ainsi vérifier si le pouvoir y était plus...

concret, réel. Comment a-t-il pu convaincre des gens de le suivre dans une telle hérésie, je l'ignore. Il nous a dit qu'il n'avait pas jusqu'à maintenant réussi, que le Mal ne s'était pas encore manifesté, mais que lui et ses disciples ne perdaient pas espoir... »

Mes lèvres sont sèches. Je les humecte et demande dans un souffle :

— Que voulait-il dire par « le Mal » ? Il voulait faire apparaître le Diable ?

Le père Lemay secoue la tête.

— Je ne crois pas. Jamais je n'ai entendu le père Pivot utiliser le terme « Satan » ou « Diable »... De même qu'il employait rarement le mot « Dieu ». Il parlait de Bien et de Mal... C'est tout...

Je frotte mes mains. Elles sont moites. Quelque chose se met en place, lentement... mais le résultat final demeure encore mystérieux.

— Il nous a parlé ainsi pendant quelques minutes, puis le père Boudrault a fini par exploser. Il n'a demandé aucune explication. Il a seulement crié au vicaire de partir, de quitter l'église, le presbytère, le village. Il lui a dit qu'il ne parlerait de cette histoire à personne à condition qu'il disparaisse à jamais. Le père Pivot n'a pas dit un mot. Il nous regardait avec mépris. Il était habillé de sa soutane, ce qui nous semblait le comble du blasphème. Ses yeux se sont posés sur moi, comme s'il attendait une réaction de ma part. Mais je ne disais rien. J'en étais incapable. Tout était trop embrouillé dans ma tête. Et finalement, très digne, il est sorti. Dix minutes plus tard, il quittait le presbytère avec un très maigre bagage, laissant la plupart de ses effets personnels derrière lui.

Abasourdi, je m'exclame :

— Attendez, qu'est-ce que vous racontez là ? Vous l'avez laissé partir comme ça ? Sans prévenir la police ?

— Il ne faisait rien de criminel, docteur.

— Mais fouetter un homme, quand même !

— Du plein consentement de ce dernier, ne l'oubliez pas... S'il y avait quelqu'un à prévenir, c'était l'archevêché, pas la police. Le père Pivot aurait ainsi été excommunié de l'Église catholique.

— Mais alors, pourquoi ne pas avoir appelé l'archevêché ?

— C'est exactement ce que j'ai demandé au père Boudrault, lorsque nous nous sommes retrouvés seuls dans le presbytère. Maintenant que le choc était passé, j'étais révolté et je souhaitais que le père Pivot soit excommunié. Mais le père Boudrault...

Il secoue la tête et ajoute :

— Je vous ai dit, tout à l'heure, qu'il était un peu fanatique, qu'il croyait que l'Église ne se trompait jamais, et que la religion était pour lui la dernière vraie vertu... Mais ce que j'ai compris, ce soir-là, c'est que le père Boudrault ne protégeait pas seulement l'Église catholique, mais surtout *son* église, *son* image. Cette église a été épargnée lors d'un glissement de terrain, et plusieurs ont vu là la preuve qu'elle avait été choisie par Dieu lui-même... Le père Boudrault partageait cette opinion... Il m'a expliqué que si on dénonçait le père Pivot, cette affaire prendrait des proportions alarmantes (n'oubliez que nous sommes en 56 !), et que la population finirait par apprendre toute l'histoire. Il m'a dit : « Vous imaginez la réputation de Mont-Mathieu ? Un vicaire irréprochable, qui pratique depuis des années, qui se retrouve à la tête d'une secte de fous qui invoquent le Mal ! Ce scandale aurait des répercussions sur le village ! Sur la réputation de notre église ! Sur moi ! Et sur vous ! La méfiance, la risée, la calomnie ! L'image de Dieu ne peut se permettre d'être ainsi bafouée devant ses serviteurs ! Nous devons rester purs, André, vous entendez ? Purs ! » J'étais renversé. Je le savais un peu fanatique, mais... il m'a convaincu.

Il me lance un frêle sourire d'excuse, très triste.

— J'étais un jeune prêtre, docteur. On m'avait recommandé le père Boudrault comme un exemple à suivre. Depuis huit mois, il me remplissait la tête de l'importance de l'Église, de sa Toute-Puissance... J'étais un peu son élève, vous comprenez ? Alors je me suis dit qu'il avait raison... que le père Pivot n'avait effectivement rien fait de criminel... L'important, c'était qu'il parte, et qu'il n'y ait aucun scandale. Je le croyais vraiment, vous savez, j'étais convaincu que c'était la meilleure solution pour notre village...

Je comprends très bien. Comment pouvait-il prévoir ce qui allait arriver ? J'en voulais davantage au père Boudrault : il avait profité de son expérience pour manipuler le jeune prêtre naïf qu'était alors Lemay. Celui-ci continue :

— Le lendemain matin, le père Boudrault et moi avons feint la surprise devant Gervaise en constatant l'absence du père Pivot. Le père Boudrault a très bien joué son rôle : il a appelé les curés des autres villages, puis l'archevêché... Finalement, deux jours plus tard, il a alerté la police. Celle-ci l'a interrogé, m'a interrogé moi-même... Nous avons livré le même témoignage : disparition complète, sans laisser de traces. Gervaise, qui n'était au courant de rien, s'est contentée de corroborer nos dires : elle répondait aux policiers par des signes de tête. Mais elle ne semblait pas du tout affectée par la disparition du père Pivot. Rien ne la bouleversait jamais...

Il frotte doucement sa joue, songeur.

— Quand on y pense, cette affaire était pleine de trous dangereux... Si le père Pivot décidait de réapparaître et d'aller défendre sa cause auprès de l'évêque ? Ou si on finissait par le trouver en train de s'occuper d'une secte dans une autre paroisse ? Comment le père Boudrault expliquerait-il son silence ? Mais il refusait de voir toutes ces failles, vous comprenez ? Il voulait sauver l'image, son image, et oublier tout cela le plus vite possible. C'était aussi simple et aussi... stupide que ça.

Il hausse les épaules, fataliste.

— Et, évidemment, ça ne s'est pas terminé là. Comment avons-nous pu y croire ? Moi, peut-être, j'étais naïf, mais le père Boudrault... Son fanatisme religieux l'aveuglait... En fait, pendant un certain temps, j'ai bien cru que ça fonctionnerait. Durant plusieurs semaines, le père Pivot n'a donné aucun signe de vie. La police avait fini par classer l'affaire. Le père Boudrault avait repris son quotidien sans histoire, je l'assistais aux messes et je poursuivais ma recherche... Mais deux mois après...

Sa voix se brise. Dehors, le soleil a presque disparu, l'éclairage qui entre par la fenêtre est de plus en plus ténu. Les ombres grandissent, envahissent la pièce. Le père Lemay se frotte le front, les yeux fermés.

— Mon Dieu, je ne sais pas si je vais pouvoir...

« Ça y est, me dis-je. C'est maintenant que ça va se passer... », même si je n'ai encore aucune idée de ce qui s'en vient.

— Il le faut. Vous vous êtes rendu trop loin, vous devez continuer...

Il me regarde, désespéré. Il paraît plus vieux que jamais, il ressemble à un centenaire qui a trop vu la vie. Son regard retourne à la fenêtre.

— Dans la nuit du 15 au 16 juin... Je venais de me réveiller, assoiffé, et je me suis levé pour aller boire un verre d'eau... Et c'est là que j'ai entendu... Des bruits lointains... On aurait dit des cris... Plusieurs cris, et des rires, aussi... C'était faible, mais il y avait quelque chose de malsain dans ces rires... Ça venait de dehors. La fenêtre était ouverte, j'ai passé la tête à l'extérieur... Je les entendais un peu mieux, mais encore étouffés... Cela provenait de l'église. Et aussitôt, j'ai pensé au père Pivot. Il était revenu ! Et il célébrait une autre cérémonie avec sa terrible secte ! Il avait dû conserver un double des clés de l'église. Effrayé, je suis allé réveiller le père Boudrault. Après avoir écouté quelques instants, il en est venu à la même conclusion que moi. Mais cela le mettait plus en colère qu'en épouvante. Rouge de rage, il a dit : « Allons-y ! », comme un colonel qui donne la charge. Nous nous sommes habillés en silence, pour ne pas réveiller Gervaise, et je l'ai suivi, en me disant que, cette fois, on préviendrait l'archevêché, qu'on n'aurait plus le choix.

« Le désavantage de ce presbytère, c'est qu'il ne communique pas avec l'église. Nous sommes donc sortis dehors. C'était la nuit noire. Nous avons marché vers l'église, et les bruits, cette fois, nous parvenaient plus clairement. C'était... »

Il grimace d'effroi.

— C'était terrible, docteur. Des cris de souffrance, des rires fous, des mots incompréhensibles, des clameurs d'une violence inouïe... C'était inhumain, je n'avais jamais entendu sons plus effroyables, à tel point que je me suis arrêté, pétrifié de peur. Le père Boudrault, qui est pourtant peu impressionnable, s'est aussi arrêté, et je l'ai vu blêmir. « Mais qu'est-ce qui se passe, là-dedans ? » a-t-il marmonné. Je me demandais la même chose, et même si je n'arrivais pas à m'imaginer quoi que ce soit, j'avais une certitude : ce qui se produisait dans l'église, à ce moment-là, c'était l'horreur. L'ultime horreur.

Il se tait de nouveau, ébranlé par ses souvenirs. Moi, je me sens terrorisé comme un enfant qui écoute l'histoire du Petit Chaperon rouge pour la première fois.

— Nous sommes restés de longues minutes immobiles, à ne rien faire. Nous étions vraiment incapables de bouger, cloués sur place par ces bruits monstrueux. Je crois que pendant ces minutes d'immobilité, nous avons compris que nous avions fait une erreur en camouflant ce qui s'était passé la première fois... Je crois, oui... Après un temps qui a paru très long, un temps durant lequel nous avons été incapables d'effectuer le moindre mouvement, les cris, les rires et tous les autres horribles sons ont diminué graduellement, jusqu'à disparaître. Et le silence est revenu... À ce moment-là seulement, nous avons osé nous remettre en marche... Nous étions terrifiés par ce que nous allions découvrir, mais nous y sommes allés tout de même... Juste avant d'entrer, j'ai suggéré au père Boudrault d'appeler la police. Je me rappelle exactement ce qu'il m'a répondu : « Nous devons assumer, André... » Je crois que je n'ai jamais autant assumé qu'aujourd'hui...

Il s'arrête et, soudain, il camoufle son visage entre ses mains. Je l'entends pousser un long gémissement. J'attends en silence, la bouche sèche, le cœur battant à tout rompre. Le visage toujours camouflé, le père Lemay poursuit d'une voix chevrotante :

— Je n'ai pas l'intention de vous décrire ce... ce que j'ai vu, c'est trop... trop... Ils étaient morts... Presque tous morts... Du sang partout, des couteaux, des... des...

Il fait un geste horrifié.

— Ils étaient morts, c'est suffisant ! Et même si quelques-uns râlaient encore, ils... ils ont rendu l'âme très peu de temps après...

Je cligne des yeux, abasourdi.

— Mais... morts comment ? Que s'était-il passé ? Que...

— *Ils s'étaient entretués ! Tous !* crie soudain le prêtre d'une voix éraillée. Ils s'étaient entretués avec des couteaux, à mains nues, à... Ils s'étaient entretués, n'est-ce pas suffisant ?

Il se met à pleurer. Je me tais, mal à l'aise. Je comprends que je n'aurai pas de détails, qu'il refuse de les évoquer, même après toutes ces années. Puis-je lui en vouloir ? Et les détails sont-ils nécessaires ? Je les imagine, tous ces corps éparpillés dans l'église, ensanglantés, mutilés... et cela suffit à me chavirer le cœur.

Le père Lemay pleure, à peine éclairé par les derniers voiles de luminosité qui tombent sur lui comme un suaire grisâtre. Gervaise apparaît soudain. Elle vient se poster près du prêtre et semble attendre un ordre. Son visage ne reflète aucune émotion. Le vieillard la voit enfin, puis, en reniflant, lui fait signe que ça va, qu'elle peut disposer. La servante sort de la pièce, sans un regard pour moi. Embarrassé, je me demande si elle écoute tout ce que l'on dit depuis le début.

Les mains du père Lemay retombent mollement entre ses genoux. Il est penché, le visage vers le sol, comme un homme qui n'a plus aucune force, mais il continue :

— Mon premier réflexe, après l'horreur, a été celui d'un serviteur de Dieu : j'ai voulu m'élancer vers les quelques survivants qui râlaient encore, leur donner les derniers sacrements avant qu'ils rendent l'âme... Mais le père Boudrault m'a crié quelque chose de terrible : « Ne les touchez pas, André ! Ne touchez pas à ces créatures maudites ! » Je me suis tourné vers lui pour répliquer quelque chose, mais j'ai vu qu'il fixait l'avant de l'église. J'ai suivi son regard. Dans la chaire, juste derrière l'autel, le père Pivot se tenait debout. Le père Boudrault s'est alors dirigé rapidement vers lui. Je crois que... que la fureur et l'horreur lui ont fait perdre la tête. Il enjambait les cadavres, les ignorant complètement, comme s'il se moquait de leur présence, et levait un poing menaçant vers le père Pivot en lui lançant des malédictions... Et moi, je... je l'ai suivi, j'avais peur que... qu'il lui arrive quelque chose, et j'avais peur de sortir seul et... et... Seigneur Jésus, j'étais éperdu, je ne savais plus quoi faire ! Une fois ou deux, je me suis arrêté pour donner les derniers sacrements à des moribonds ensanglantés... Mais ils me repoussaient ! Avec leurs dernières forces, ils crachaient vers moi et tentaient de... de m'agripper le visage, de me frapper, de me crever les yeux ! J'ai

donc abandonné et me suis remis à suivre mon confrère, au milieu de ce charnier, en implorant Dieu de
me réveiller, de me sortir de ce cauchemar !... Et le
père Boudrault continuait d'avancer vers le père Pivot.
Je crois qu'il avait l'intention de lui sauter dessus,
carrément, mais il s'est arrêté, et moi aussi. Car
maintenant que nous étions au pied de la chaire, nous
voyions mieux ce qui se passait...

Toujours en fixant le sol, le père Lemay ouvre lentement ses mains, comme s'il revoyait la scène. Il ne
pleure plus, mais sa voix reste cassée :

— Le père Pivot était debout derrière l'autel, mais il
vacillait... Il était recouvert de sang, sa toge en lambeaux... Il semblait faire un effort surhumain pour demeurer debout... Mais le plus épouvantable, c'est que...
il y avait une femme étendue sur l'autel, sur le dos...
Elle était nue et son ventre, gonflé, était en sang... Elle
était enceinte, et on l'avait... on l'avait éventrée !

Je ferme les yeux, écœuré. Mon Dieu, comment une
telle scène avait-elle pu se produire ?

— Le père Pivot nous a regardés... Et malgré le sang
qui recouvrait ses traits, je l'ai vu sourire... Un terrible
sourire... Et il a parlé... Sa voix était faible, la voix
d'un homme sur le point de mourir, mais il est parvenu
à articuler : « Trop tard... J'ai réussi... » Et alors, tenant
à peine debout, il a... il a...

Le père Lemay lève ses mains tremblantes.

— ... il a plongé ses mains dans le ventre béant de la
femme...

— Seigneur Dieu !

— Je... je ne sais pas si elle était morte, à ce moment-
là... En tout cas, elle n'a pas crié... Pas un son... Peut-
être était-elle seulement évanouie et est-elle morte
quelques instants après... Je ne sais pas...

Ses mains tremblent de plus en plus.

— Le père Boudrault et moi avons poussé un même
cri, mais... nous ne bougions pas, paralysés par cet ul-

time outrage... Je me rappelle les bruits atroces, le sang
qui s'est mis à se déverser de chaque côté du ventre,
le... les...

Il se couvre le visage et pousse un cri aigu, douloureux.

— Il a sorti le bébé du ventre de la femme ?

Je sursaute, surpris par cette voix, et je comprends
que c'est moi qui viens de parler.

Le père Lemay lève enfin la tête. Entre les ombres
de plus en plus dévorantes, je distingue son visage.
C'est un masque de misère, d'indicible misère humaine.

— Oui, continue-t-il d'une voix rauque. Il a sorti le
bébé des entrailles de la femme... Le petit être pleurait à pleins poumons, entre les mains rouges du père
Pivot. Puis, avec un sourire aussi doux que maléfique,
Pivot a penché la tête... et a collé sa bouche à celle du
bébé.

Je fronce les sourcils.

— Il l'a embrassé ?

— C'est ce que j'ai cru... Mais avec le recul, je n'en
suis plus sûr... On aurait dit qu'il... qu'il *soufflait* dans
la bouche du nouveau-né...

Une étincelle illumine soudain ma cervelle confuse et
je sens mes yeux s'écarquiller, tandis que je balbutie :

— C'était... L'enfant, c'était... Roy ?

Le père Lemay ne répond rien, mais son regard dit
tout. Je mets une main devant ma bouche, la respiration
sifflante.

Les morceaux du puzzle se placent. L'image se
forme. Mais le résultat est si dément, si dingue...

Et puis, quelque chose cloche... Roy est né le 22 juin,
et ce massacre a eu lieu dans la nuit du 15 au 16...
Mais le prêtre poursuit :

— Aussitôt que le père Pivot a collé sa bouche à
celle du bébé, le père Boudrault a bondi en poussant
un terrible cri. Ça m'a réveillé et je me suis élancé à

mon tour vers l'autel. Quand nous sommes arrivés dans la chaire, le père Pivot a éloigné sa bouche de celle de l'enfant et, en le regardant dans les yeux, a marmonné quelque chose... Mais je crois avoir très bien compris ce qu'il a dit...

Il me fixe avec une telle profondeur que je sens son regard plonger jusque dans mon ventre.

— Il a dit : « Le Mal ne meurt jamais »...

Ma main est toujours devant ma bouche. Si je l'enlève, j'ai l'impression que ma respiration va envahir la pièce.

Trop dément... Trop dingue...

Le père Lemay baisse de nouveau la tête.

— Puis, comme nous arrivions à l'autel, il a laissé l'enfant retomber sur le corps de sa mère, pour finalement s'effondrer sur le sol. Le père Boudrault m'a crié de m'occuper de l'enfant. Il gisait parmi les tripes de sa mère, c'était immonde. Je l'ai pris. Il pleurait entre mes mains, mais je l'entendais à peine. Le père Boudrault s'était penché et secouait le père Pivot en tout sens. Il lui hurlait des injures, lui criait qu'il brûlerait en enfer... Mais le vicaire était déjà mort. À voir ses blessures multiples, il avait reçu plusieurs coups de poignard.

« On s'est tout de suite occupés du bébé. On a coupé le cordon ombilical (les couteaux ne manquaient pas) puis on l'a amené dans le presbytère le plus rapidement possible. C'est là que... que le père Boudrault a fait un geste qui aurait pu nous coûter très cher... Il a réveillé Gervaise... et il lui a ordonné de prendre soin du bébé. Sans un mot d'explication. Gervaise a bien vu le sang sur nos mains, mais elle n'a eu aucune réaction, aucun signe de surprise. Calmement, elle a préparé du lait, a habillé le bébé de langes et s'est mise à le nourrir, comme si c'était la chose la plus normale du monde. Il a fini par s'endormir dans les bras de la servante. Il semblait en santé, avait une bonne grosseur : la mère devait être presque à terme. Puis, Gervaise l'a amené avec elle dans sa chambre... et ce, toujours sans la moindre émotion.

Il se tait, mais il ne semble pas libéré d'avoir parlé. Son visage est toujours aussi tourmenté, comme s'il n'avait pas terminé, comme s'il restait quelque chose de terrible à avouer.

Je repense soudain à un détail : la police avait découvert les dix-sept cadavres dans les bois...

Une idée insensée me traverse l'esprit et je demande, la voix blanche :

— Père Lemay... qu'est-ce que vous avez fait *après,* vous et le père Boudrault ?

Il masse doucement son front. Mes bras se recouvrent de chair de poule et je chuchote, incrédule :

— Mon Dieu, vous n'avez pas fait *ça !*

De nouveau, il tourne la tête vers la fenêtre. De profil, son visage est parfaitement camouflé par l'ombre.

— Je sais que je risque la prison pour ce que je vais vous dire... Mais ça ne peut être pire que l'enfer dans lequel je vis depuis toutes ces années... ni pire que celui qui m'attend...

Il hésite, puis se lance, presque avec hargne :

— Je voulais appeler la police ! *Moi,* je voulais l'appeler ! J'étais même en train de marcher vers le téléphone quand le père Boudrault m'a arrêté. Il m'a pris le bras et m'a interdit de toucher au téléphone. Je ne comprenais plus rien, je lui ai dit qu'il fallait prévenir les autorités, que nous n'avions pas le choix ! Mais le père Boudrault... Il était devenu comme fou... Je l'ai compris plus tard, mais pas sur le moment... J'étais moi-même tellement confus que... Il parlait à toute vitesse, il était quasi incohérent. Il m'a tenu le même discours que la fois précédente, mais là, cela prenait des proportions apocalyptiques ! Il a dit que le village ne se relèverait jamais d'un tel événement, que le mal serait victorieux, que la réputation de l'Église serait à jamais salie... Et que nous serions, lui et moi, maudits, bannis... Il me faisait peur... Il me tenait par les épaules, m'implorait et me menaçait en même temps, me disait que je devais tout faire pour sauvegarder l'image de Dieu... Sauf que je ne comprenais pas. Qu'est-ce qu'il voulait qu'on fasse, au juste ? J'ai fini par le lui demander et...

Il gémit. Le reste, je le devine aisément. Je pourrais même lui dire de se taire, que je connais la suite. Mais cela serait inutile. Il continuerait tout de même. Il doit aller jusqu'au bout et, d'une certaine manière, je dois entendre jusqu'au bout aussi.

— Il m'a dit qu'on pourrait... qu'on pourrait aller les dissimuler quelque part... Dans les bois... Que la police finirait par les découvrir de toute façon, mais qu'au moins nous ne serions pas impliqués... Je l'écoutais avec horreur, je refusais, je lui disais qu'il avait perdu l'esprit... Je me débattais pour aller au téléphone, mais il me retenait, me répétait tous ses arguments... Il a dit que tous ces cadavres étaient des pécheurs, des créatures du Diable, pourquoi risquer le scandale pour eux ? Je ne voulais pas l'écouter, mais je n'avais pas le choix... Je marchais de long en large, déchiré, malheureux... Il a fini par dire : « Qu'on les trouve morts ici ou qu'on les trouve morts dans les bois dans quelques jours, quelle est la différence ? » Je faiblissais, mais je refusais toujours... Il me répétait que c'est ce que voulait Dieu, que Sa réputation était plus importante que la Loi des hommes... Il était si convaincant, si passionné, ses yeux étaient si brillants... Il était devenu fou, je le sais bien, mais je crois que... que je l'étais un peu moi aussi, à ce moment-là... Fou de terreur, vous comprenez ? J'avais peur de retourner dans l'église, j'avais peur d'appeler la police mais j'avais peur aussi de ne pas l'appeler... J'avais peur du père Boudrault et, surtout, j'avais peur de Dieu ! Nous punirait-il si nous mentions aux autorités ? D'un autre côté, nous punirait-il si nous laissions un tel scandale éclabousser son Église?

Il reprend son souffle. Puis il ajoute, la voix résignée et triste:

— Quand je lui ai demandé ce qu'on ferait du bébé, il a compris que j'avais cédé...

Je le regarde avec effroi, mais il continue, en regardant ses mains qu'il tord nerveusement:

— Nous avions une petite camionnette... Nous l'utilisions pour aller faire des pèlerinages avec des paroissiens ou pour organiser des journées pastorales avec les enfants... Il pouvait entrer huit personnes assises... Nous... nous avons utilisé cette camionnette pour... pour transporter les corps... En les entassant, nous pouvions en transporter dix à la fois... Ils étaient dix-sept, il nous a fallu deux voyages... Comme la maison la plus près se trouve à cinq cents mètres, nous avons pu... agir sans être vus...

Un froid terrible envahit tout mon corps, mes membres, mon cœur.

— Mais comment... comment avez-vous pu faire ça?

Il a un sourire amer.

— Vous vous dites que jamais vous n'auriez été capable de faire une telle chose, n'est-ce pas? Vous seriez surpris de voir tout ce qu'on peut faire quand on a peur, quand on est désespéré... quand on est un jeune prêtre naïf trop influencé par son supérieur, qui réussit à installer en vous la peur de Dieu... Je n'essaie pas de me justifier... J'aurais pu dire non. Mais pour les raisons que je viens de vous donner, bonnes ou mauvaises, j'ai dit oui...

Sa voix redevient chevrotante, sur le point d'éclater en sanglots.

— Et je m'en souviens à peine... Je crois que mon cerveau a volontairement balayé ces souvenirs... Et je crois aussi que... que j'étais à moitié inconscient pendant que je le faisais... J'étais dans un état second, assommé par la peur, le remords et l'horreur... J'ai quelques bribes de souvenirs... Je crois me souvenir d'avoir... (il a un hoquet) d'avoir transporté des cadavres dans mes bras... Je crois me rappeler un peu lorsque nous roulions vers le bois, à la sortie du village... C'était la nuit, les rues sont désertes à cette heure dans un village, personne n'a pu nous voir... Le père Boudrault connaissait un petit sentier qui menait dans les bois... Comment le connaissait-il, je n'en sais rien... Je me rappelle surtout le sang... dans l'église, dans la camionnette, dans les bois, et sur moi... partout.

Son visage est maintenant complètement dissimulé, mais je l'entends pleurer doucement. Je réalise à peine que je mords la phalange de mon index, mes yeux horrifiés rivés sur mon interlocuteur.

Il lève la tête vers moi. Entre les centaines de rides profondes, les larmes forment des rigoles.

— Il y a une chose dont je me souviens parfaitement, dont je suis convaincu : pendant tout ce temps, je priais... Je priais... Je priais !

Son visage retombe entre ses mains, et les sanglots deviennent bruyants, pathétiques. L'image de ce vieillard brisé en train de pleurer comme un enfant me bouleverse à un point tel que je sens aussi mes yeux s'emplir de larmes, les dents toujours enfoncées dans mon doigt. Je ne peux pas lui en vouloir. L'horreur qu'il a vécue est sûrement la pire des punitions.

Il se calme, essuie ses yeux.

— Quand nous avons eu terminé, il devait être trois heures du matin. Il ne restait plus qu'un seul corps dans l'église : celui du père Pivot. Mais le père Boudrault m'avait dit qu'il s'en occuperait lui-même, sans mon aide. Je suis allé aux toilettes du presbytère et j'ai vomi. Le père Boudrault me regardait en silence. Il était terrible à voir. Il était couvert de sang, comme moi, mais il était d'un calme incroyable, le visage dur, les yeux fous. Il ressemblait à un ange destructeur... Il a fini par me dire de me laver et de me coucher, qu'il s'arrangerait avec le reste. « Et le corps du père Pivot ? » l'ai-je interrogé. « Ne vous occupez pas de ça », a-t-il répondu. Puis, il est sorti. Gervaise s'est alors approchée de moi en me tendant une serviette et du savon. Pour la première fois, je me suis demandé ce qu'elle savait. Nous avait-elle vus, par la fenêtre, transporter les cadavres ? Sûrement ! Et nos corps couverts de sang ! Et le bébé ! Seigneur ! elle allait sûrement réagir, prévenir la police ! Et tandis qu'elle me tendait la serviette et le savon, j'essayais de deviner ses pensées dans son visage. Mais comme d'habitude, elle demeurait impassible. Les yeux brillants et sombres. J'ai voulu lui dire quelque chose, me justifier, expliquer... Aucun son ne sortait de ma bouche. Elle m'a regardé longuement, puis s'est éloignée... J'ai pris ma douche. En sortant, j'ai vu Gervaise, au salon, qui nourrissait le bébé pour la seconde fois. Sans tendresse ni rudesse. Elle le faisait, tout simplement. Je suis allé dans mon lit, l'esprit plus confus que jamais... et alors que je croyais que je n'arriverais pas à fermer l'œil, j'ai dormi comme une masse... J'ai fait des cauchemars terribles... Je rêvais que je me noyais dans du sang et que des cadavres m'entraînaient vers l'abîme en me tirant par les pieds...

« Quand je me suis réveillé, très tard dans la matinée, le père Boudrault entrait dans le presbytère. Il avait un seau dans une main, un sac de chiffons souillés dans l'autre, une vadrouille sous le bras. Il était sale, blême, il avait les yeux cernés... Il n'a pas dit un mot et est allé prendre sa douche. Tandis qu'il se lavait, Gervaise continuait de s'occuper du bébé. Je suis allé voir la camionnette. Propre. Le soleil m'a donné du courage car, en tremblant, je suis entré dans l'église. Impeccable. Comme si rien ne s'était produit. Aucune trace des horreurs de cette nuit. Quand je suis ressorti, le père Boudrault marchait vers moi, habillé et lavé. Il

semblait parfaitement normal. Seuls ses yeux cernés
montraient qu'il n'avait pas dormi de la nuit, et il y
avait encore une lueur de folie dans son regard. Je ne
sais pas comment il a pu faire ça, tout nettoyer seul,
en si peu de temps... Je l'imagine, dans la noirceur de
l'église, à genoux, frottant furieusement tout le sang...
Cette image me fait frissonner. Mais il était si convaincu de ce qu'il faisait, il était si certain qu'il agissait
pour la Gloire de Dieu... cela a sûrement décuplé son
énergie, l'a empêché de craquer...

Je ne dis rien. Boudrault était-il fou, comme le suggère le père Lemay ? Peut-être. Le fanatisme religieux
peut devenir une sorte de folie. L'Histoire ne manque
pas d'exemples pour nous le rappeler.

— J'ai voulu dire quelque chose, mais il ne m'en a
pas laissé le temps. Il m'a dit d'aller chercher le bébé,
que nous partions avec lui à l'hôpital. Sa détermination
m'empêchait de répliquer quoi que ce soit. Je suis
retourné dans le presbytère. Gervaise semblait m'attendre. Elle a tout simplement tendu l'enfant endormi
vers moi. Je l'ai pris, tout en examinant la servante
avec attention : ses yeux me pénétraient l'âme, mais
impossible d'y lire quoi que ce soit... Mal à l'aise, je
suis allé rejoindre le père Boudrault qui m'attendait
dans la camionnette.

« En route, le père Boudrault m'a montré une lettre
qu'il venait de rédiger. Elle donnait l'impression
d'avoir été écrite par une jeune fille, qui se disait désolée d'abandonner son enfant mais trop jeune pour
s'en occuper. Elle disait aussi qu'il était inutile de la
rechercher, qu'elle parcourait le pays depuis des semaines et qu'elle serait loin lorsque nous trouverions
son enfant. Le père Boudrault a précisé : « Je dirai que
j'ai trouvé ce bébé ce matin, abandonné à la porte de
l'église, et que cette lettre l'accompagnait. » Je n'ai rien
ajouté. Cela me paraissait la meilleure chose à faire.

« À l'hôpital, il m'a ordonné d'attendre dans la camionnette. Il devait avoir peur que je craque : j'étais encore trop troublé pour affronter les gens. Il est entré avec le bébé et est ressorti une demi-heure après, les mains vides. Sans un mot, nous sommes repartis. En entrant au presbytère, nous sommes allés au salon et j'ai enfin osé lui parler. Je lui ai demandé si nous avions bien agi. Il m'a dit oui. Je lui ai avoué que j'avais peur. Et Gervaise ? Elle savait, c'était évident ! Il m'a dit de ne pas m'inquiéter pour Gervaise. Elle avait été élevée pour obéir, elle ne ferait rien. Elle se mêlerait de ses affaires et continuerait sa vie de servante. Il m'a alors regardé, avec ses yeux cernés mais effrayants. Je me rappelle parfaitement ce qu'il m'a dit : "André, je vais me coucher. Lorsque je me lèverai, cet après-midi, nous ne parlerons plus jamais de cette histoire. Jamais." Et sans attendre que je réponde, il est entré dans sa chambre. Quelques heures plus tard, il s'est levé. Nous avons soupé à la cuisine, tandis que Gervaise nous servait les plats, comme chaque jour. C'était une scène grotesque, surréaliste. À chaque seconde, j'avais envie de hurler. Mais je me taisais. Et j'ai continué à me taire.

Le silence s'étire pendant un long moment.

— Et vous n'en avez jamais reparlé ? Vraiment ?

— Pendant les premières journées, j'en ressentais un désir irrépressible, mais je revoyais alors l'image du père Boudrault, couvert de sang, le regard étincelant... et je me taisais. Les jours ont passé, puis les semaines... Jusqu'au mois de novembre, lorsqu'ils ont découvert les corps. Mais ils n'ont jamais fait le lien avec nous, évidemment. Ni avec le père Pivot. À ce moment, j'ai bien failli en reparler au père Boudrault. Je suis allé le voir dans son bureau, avec le journal qui parlait de la découverte des corps. J'ai dit : « Vous avez lu le journal ? » Il a répondu oui. Et le regard qu'il m'a jeté m'a enlevé toute envie d'en dire plus. Je suis ressorti sans ajouter un mot.

Il fait une pause et regarde de nouveau vers la fenêtre.

— J'ai terminé ma recherche à la fin de 1956, puis on m'a nommé vicaire de Mont-Mathieu. J'aurais pu refuser, j'imagine, mais le père Boudrault insistait, alors j'ai accepté. Par peur? Par lâcheté? Je ne sais pas. Je crois que le terrible secret que nous partagions nous liait plus que je ne l'aurais admis. Le temps a passé. Pas une seule journée ne se déroulait sans que je repense à cette épouvantable nuit... mais comme il ne nous arrivait rien, comme cette histoire commençait à retomber dans l'oubli, j'ai fini par me convaincre que le père Boudrault avait eu raison, que nous avions vraiment accompli la volonté de Dieu. Trois ans plus tard, les journaux ont parlé de ce squelette découvert enterré dans un terrain vague. On l'a identifié comme étant le père Pivot. C'est comme ça que j'ai su ce que le père Boudrault avait fait avec le corps de son ancien vicaire... Et de nouveau, nous n'en avons pas parlé. Et la vie a continué son cours.

— Et... et la servante?

— Gervaise? Elle nous a toujours servis comme si rien ne s'était produit.

Je secoue la tête, incrédule. Le père Lemay poursuit:

— J'aurais peut-être fini par oublier. J'aurais peut-être pu retrouver le bonheur... Mais dix-sept ans plus tard, un peu avant la Noël de 1973, le passé est revenu...

Il soupire. Sa voix est de plus en plus lasse, de plus en plus éteinte, mais il ne s'arrêtera pas. Après toutes ces années, il ira enfin jusqu'au bout.

— Ce matin-là, le père Boudrault est entré dans mon bureau avec une copie du journal régional en main. Il était démoli, bouleversé et même effrayé. Il a jeté le journal sur mon bureau et m'a demandé de lire la petite histoire qui se trouvait à telle page. Je me suis exécuté, intrigué. Et au fil de ma lecture, des images que j'avais presque oubliées ont resurgi, plus atroces, plus douloureuses que jamais...

Malgré l'obscurité, je crois voir son regard se tourner vers moi.

— Vous savez ce dont il s'agit. C'était la nouvelle de Thomas Roy. Cette nouvelle qui racontait une histoire de secte dirigée par un prêtre dont les membres se massacraient dans une église. Le nom du village était inventé, les noms des personnages aussi, mais il n'y avait pas d'erreur possible : il y avait une ressemblance frappante avec la secte de 1956. À la fin, une petite note bibliographique expliquait que l'auteur avait dix-sept ans et qu'il vivait à Lac-Prévost. Dix-sept ans... Il était donc né en 56... Vous imaginez le choc ? Le père Boudrault m'a alors dit : « C'est lui, c'est l'enfant. » C'était la première fois depuis tout ce temps qu'il faisait allusion à la grande horreur. La première fois. J'en ai eu la chair de poule.

Il prend une longue inspiration.

— Je lui ai dit que c'était impossible, que même si c'était l'enfant, il ne pouvait pas savoir, pour la secte. Personne ne savait ! Comment aurait-il pu ? Ou, alors, ce n'était qu'un hasard... Le père Boudrault a dit : « C'est ce dont je veux m'assurer. » Il a cherché l'adresse du jeune homme, l'a trouvée, et comme Lac-Prévost est tout près, il m'a dit qu'il allait le voir, tout de suite. Il avait le même regard fou que je lui avais vu, durant la grande horreur, et j'ai eu l'impression de revenir dix-sept ans en arrière. Il est monté dans la voiture, puis est parti.

Dans la pénombre, je vois sa bouche trembler, et il ajoute faiblement :

— C'est la dernière fois que je l'ai vu. Quelques heures après, la police m'a annoncé qu'il s'était tué en voiture.

Je repense à la discussion que j'ai eue avec la sœur de Roy, et un courant froid me glace tout le corps.

— Est-ce qu'il avait eu le temps de voir le jeune Roy ? Vous m'avez dit que oui, mais à ce moment-là, je n'en savais rien. J'avais l'impression que oui. Et le fait qu'il soit mort après... Mon Dieu, pouvais-je encore croire au hasard? J'étais terrifié. J'aurais voulu contacter moi-même le jeune Roy, mais je n'osais pas, j'avais trop peur... J'étais maintenant seul avec le secret... Et il y avait Gervaise, bien sûr. À la mort du père Boudrault, elle n'a eu aucune réaction, comme d'habitude.

Il s'arrête un instant. J'entends le bois qui craque, au-dessus de ma tête. Peut-être la servante qui marche en haut...

— Je suis devenu le curé de Mont-Mathieu. Comme il y avait de moins en moins de prêtres, on ne m'a pas envoyé de vicaire. Je vivais donc seul ici avec Gervaise. La vie continuait, mais j'étais tourmenté par le doute. Et puis, quelques mois plus tard, en lisant une revue à grand tirage, je suis tombé sur une autre nouvelle de ce Roy. Ça racontait l'histoire d'un prêtre qui meurt dans un accident de voiture...

Le casse-tête s'assemble de plus en plus, et une sorte de logique insensée s'y inscrit avec une sinistre évidence.

Mais il manque encore des morceaux... des morceaux importants...

Le père Lemay recule dans son fauteuil. Il émet un très long soupir, le plus long qu'il a poussé depuis le début.

— Alors, j'ai compris, poursuit-il. *Ce Roy était bel et bien l'enfant*. J'ai compris qu'il s'était passé quelque chose de terrible, cette nuit-là, lorsque le père Pivot avait collé sa bouche à celle de l'enfant... et j'ai renoncé à communiquer avec Roy. Lâchement. Depuis, je vis dans la peur et le remords.

Il regarde de côté, vers le couloir.

— Et Gervaise qui est toujours là, qui refuse de s'arrêter, d'aller vivre dans une maison de retraite et d'y mourir tranquille... Sa présence constante, son masque de momie, son regard perçant... Elle s'accroche à moi comme une malédiction...

Pendant un instant, il y a une sorte de haine dans sa voix, mais elle disparaît aussitôt. Il pousse un autre très long soupir. Sa confession est terminée. Il est libéré, mais surtout brisé. Éclaté. En mille morceaux.

— Quand j'ai vu Roy, au fil des années, devenir de plus en plus populaire, quand j'ai vu sa gloire devenir mondiale... alors j'ai su que le père Pivot avait raison.

Sa voix devient lugubre :

— Le Mal donne un grand pouvoir...

— Qu'est-ce que vous voulez dire ?

Il m'observe en silence. Ses yeux jettent des reflets singuliers.

— Que s'est-il passé, durant cette horrible nuit ? Pour que tous ces gens acceptent de s'entretuer, que s'est-il donc passé ? Pivot a-t-il réussi à invoquer le Mal ? Et qu'a-t-il invoqué, au juste ?

— Vous croyez qu'il a fait apparaître le Diable ? Allons, c'est ridicule !

— Je ne vous parle pas du Diable ! lance le prêtre avec agacement. Je ne vous parle pas d'un être avec des cornes et une queue fourchue. Bon sang ! je suis peut-être prêtre, mais nous ne sommes plus au Moyen-Âge ! Je vous parle du Mal ! Du *Mal* !

Je me tais, impressionné malgré moi. Le père Lemay est penché vers l'avant, ses deux mains agrippent fermement les bras de son fauteuil, et il poursuit, la voix forte :

— Henri Pivot était un être orgueilleux, qui est devenu prêtre en espérant profiter du pouvoir que procure le Bien ! Ça n'a pas fonctionné, alors il a voulu atteindre la puissance du Mal ! Et cette fois, il a réussi ! De quelle façon, nous ne le savons pas, et nous ne le saurons jamais ! Mais dix-sept personnes ont été massacrées ! Et quand Pivot est mort, il est devenu... quelque chose ! L'âme ne meurt pas, docteur Lacasse !

Et ne me parlez surtout pas de croyance, Dieu n'a rien à voir là-dedans ! *L'âme existe !* Va-t-elle au paradis, en enfer, je n'en sais rien, mais elle existe et ne meurt pas ! L'âme de Pivot existe encore, et elle a *touché le Mal !* Qu'arrive-t-il quand une âme réussit à s'approprier une telle puissance, docteur ? Que devient-elle ? Un instrument du Mal ? Ou une partie même de ce Mal ?

Je le dévisage, déconcerté. Ce n'est plus un vieillard de soixante-dix ans que j'ai devant moi, mais une tempête, une tempête qui ose enfin souffler tout le vent qu'elle retient depuis trop longtemps. Mais ce vent n'a pas de sens, ce vent est démentiel. J'étais prêt à entendre beaucoup de choses, mais... mais pas... pas *ça !* Je balbutie d'une voix à peine audible :

— Vous êtes fou...

— Vraiment ? Roy n'a jamais connu Pivot et il n'en a jamais entendu parler ! Et, pourtant, il rêve à lui !

— L'inconscient peut reculer loin ! Roy est venu au monde dans des conditions très particulières que son inconscient a pu enregistrer...

— Et ça expliquerait que cette image de Pivot guide Roy ? Allons donc ! Car c'est bien ce que vous m'avez dit, non ? Que Roy était convaincu que Pivot le guidait à des endroits où ses idées de romans se concrétisaient dans la réalité ? C'est ça ?

Il est soudain pris d'une quinte de toux. Je me frotte le visage à deux mains, éperdu. Ça va trop vite, tout à coup, je ne peux plus raisonner... Le père Lemay cesse enfin de tousser, respire longuement, puis reprend plus calmement :

— Roy ne sait rien, docteur, vous l'avez dit vous-même. Il est une victime. Un instrument.

— Qu'est-ce que vous insinuez ? Que Pivot, maintenant mort, provoque ces... ces tragédies ? Pour aider Roy ?

— Je n'en sais rien ! articule le prêtre avec force, insistant sur chaque mot. Je vous l'ai dit tout à l'heure : la totale vérité demeure inconnue ! Elle le demeurera toujours ! Mais je sais que durant cette terrible nuit de juin 1956, Pivot a réussi quelque chose de monstrueux, de plus monstrueux que tout ce qu'on peut imaginer... Et les répercussions de cette affreuse réussite se poursuivent à travers Roy...

— Et... quand vous êtes venu à l'hôpital, la semaine dernière... C'était pour ça ? Pour me dire tout ça ?

— Docteur Lacasse, avant que vous entriez ici, je ne savais à peu près rien sur Roy. Je ne savais pas qu'il rêvait au père Pivot, que ses idées macabres se concrétisaient dans la réalité, et tout le reste... Vous m'en avez appris beaucoup plus que moi je ne vous en ai appris... Mais quand j'ai lu, il y a quelques semaines, que Roy avait été interné à la suite d'une tentative de suicide, j'ai su que quelque chose se préparait.

— Quoi donc ?

— *Je n'en sais rien !* répète-t-il avec impatience, en donnant un faible coup sur son genou.

Je crains tout à coup qu'il ne se remette à tousser. Mais je l'entends prendre de grandes respirations.

— C'est pour cela que je suis allé à l'hôpital. Pour essayer de comprendre. Comme j'étais de passage à Montréal, je me suis dit que c'était le moment idéal. Mais à l'hôpital, on m'a dit que je ne pouvais le voir. Et c'est là que j'ai compris mon erreur : comment avais-je cru pouvoir rencontrer Roy sans passer par les médecins ? Il aurait fallu m'expliquer, dire qui j'étais... Et ça, il n'en était pas question. Je suis donc parti rapidement... et quand vous m'avez retrouvé, dans la rue... j'ai paniqué.

— Vous n'auriez pas dû, dis-je d'un ton amer. Si vous m'aviez parlé, nous aurions gagné du temps...

— Pour vous raconter quoi ? Que Roy était né durant la tuerie d'une secte ? Que mon collègue était mort à la suite d'une rencontre avec lui ? J'étais convaincu que vous alliez me prendre pour un fou. Je ne savais pas que vous aviez découvert tant de choses sur lui. Si j'avais su...

J'ai mal à la tête, je me sens assommé par cette discussion, étourdi par tant de révélations incroyables. Et, surtout, je ne peux m'empêcher de ressentir une certaine insatisfaction. Comme si je me parlais à moi-même, je dis :

— Je me suis promis que je trouverais une explication. Rationnelle ou non, mais une explication complète et claire...

Il secoue doucement la tête. Un nuage cache soudain la lune et les ténèbres avalent complètement le prêtre. Je n'entends plus que sa voix, aérienne et triste.

— Et c'est une erreur. Je vous l'ai dit, tout à l'heure. Nous ne pouvons envisager la vérité totale, seulement des morceaux. Je suis prêtre, je suis bien placé pour le savoir... Je me suis lancé en religion en croyant que tout me serait révélé... Pauvre naïf...

Il se tait un instant. Je distingue à peine sa silhouette.

— Vous êtes psychiatre, docteur Lacasse... Vous savez de quoi je parle, n'est-ce pas ?

Je baisse la tête, pris d'une infinie lassitude.

De nouveau, le fantôme soupire.

— Voilà. J'ai tout dit. Je ne mourrai pas avec ce secret. Mais c'est une faible consolation, je vous assure...

Quelque chose m'intrigue. J'ose enfin lui poser la question :

— Pourquoi tant de remords ? Même si vous aviez prévenu la police cette nuit-là, cela n'aurait rien changé en ce qui concerne Roy. Il serait né de la même façon...

— C'est vrai. Mais il aurait appris, plus tard, les circonstances de cette naissance, et ainsi il aurait peut-être pu combattre. En ce moment, il ne sait même pas ce qui lui arrive. Mais vous avez raison : peut-être que cela n'aurait rien changé. Non, la grande faute que nous avons commise, le père Boudrault et moi, ce n'est pas d'avoir gardé le silence cette nuit-là... C'est de l'avoir gardé quelques semaines avant, lorsque nous avons su pour la première fois que le père Pivot dirigeait une secte. À ce moment, nous aurions dû le dénoncer. Nous lui avons seulement dit de disparaître. Il a quitté le village, mais il n'a pas dû aller bien loin, se cachant chez un de ses disciples... Il a sûrement continué à pratiquer ses célébrations maléfiques ailleurs. Il est revenu à notre église pour la dernière grande cérémonie. Si nous l'avions dénoncé au tout début, le scandale l'aurait rejoint et il aurait été obligé de s'exiler très, très loin...

La silhouette ténébreuse semble s'affaisser légèrement.

— Si nous l'avions dénoncé dès le départ, tout aurait été différent... Tout.

Je comprends alors sa souffrance et, de nouveau, une certaine pitié coule en moi. La lune se découvre entre deux nuages, et une luminosité spectrale traverse la fenêtre. Le visage du prêtre surgit de l'ombre, blafard et dévasté.

— Parfois, je ne peux m'empêcher de penser que le père Boudrault et moi avons été les instruments du Mal, sans le savoir... C'est pour ça que nous sommes damnés...

— Vous croyez que vous serez damné pour ça ?

Il lève un œil vers moi. Un pauvre sourire se creuse entre les rides.

— Vous êtes un scientifique, docteur. Vous ne croyez évidemment pas à l'enfer, avec le feu et les tourments éternels... Moi non plus, d'ailleurs... Je ne sais plus trop à quoi je crois... Plus on cherche la vérité, plus on doute de tout...

Il avance la tête et des ombres effrayantes se dessinent sur son visage antique.

— Mais il existe d'autres damnations que celles de l'enfer...

Un doigt glacé sillonne mon dos de bas en haut. Je ne pourrais expliquer ce qu'il veut dire et pourtant, d'une certaine façon, je le comprends parfaitement. La lune se cache de nouveau et le visage tragique retourne aux ténèbres.

Nous nous taisons un moment. Le détail qui me chicotait me revient subitement à l'esprit.

— Vous dites que tout cela est arrivé dans la nuit du 15 au 16 juin...

— Oui, peu après minuit...

— Roy est donc né le 16 juin... Pourtant, sa date d'anniversaire est le 22...

— Il a été adopté, souvenez-vous. Nous sommes allés le porter à l'hôpital le 16, dans la journée, mais j'imagine qu'à l'orphelinat l'administration a choisi le 22 parce que c'est la date où il a été officiellement inscrit, ou quelque chose du genre... Comme il était évident qu'il n'était âgé que de quelques jours, ça ne faisait guère de différence... Mais moi, je sais qu'il est réellement né le 16. La même date d'anniversaire que le père Pivot....

— Qu'est-ce que vous dites ?

— Henri Pivot est né le 16 juin 1916. Cette nuit d'horreur s'est déroulée au moment de son quarantième anniversaire. Pour lui, cela devait être symbolique... Roy croit qu'il aura quarante ans dans plus d'une semaine... Mais il les aura véritablement lundi, dans deux jours...

De nouveau, il avance la tête. Mais cette fois, plus aucune lueur n'éclaire ses traits. Seuls ses yeux bleus scintillent comme ceux d'un chat.

— Si j'étais vous, je serais près de lui lundi...

Je mords ma lèvre inférieure. Je ne sais que penser.

— Peut-être qu'il ne se passera rien, vous savez...

— Peut-être, se contente de dire le prêtre. En tout cas, moi, je serai ici. Et j'attendrai.

Je trouve sa remarque énigmatique et lui fais observer :

— Même s'il se passe quelque chose, lundi, vous ne le saurez pas...

Il se renfonce dans son fauteuil. Sa voix devient souffle.

— Ho ! oui, je le saurai...

Le silence se prolonge. J'aurais encore mille questions à poser, mais j'entends le père Lemay marmonner :

— J'aimerais être seul, maintenant...

Sa voix n'est plus qu'un écho.

Je me lève, maladroit, un peu instable. Le prêtre ne bouge toujours pas. Le salon est aussi sombre qu'une grotte. Une silhouette entre alors dans la pièce et, silencieusement, va se poster près du prêtre. Gervaise. Même si je ne distingue pas son visage, je suis convaincu qu'elle me regarde avec intensité. J'ai soudain envie de partir. Je marche vers la porte qui mène au couloir, presque à tâtons, et au moment de quitter la pièce je me tourne une dernière fois. Deux ombres, l'une debout, l'autre assise, comme deux vieilles statues lugubres, figées dans l'éternité...

— Et vous... qu'est-ce que vous allez faire, maintenant ?

La voix sort de nulle part :

— Prier. Je ne sais pas si je crois encore à l'utilité de cette pratique, mais c'est la seule ressource qui me reste.

Partir, immédiatement, vite...

Je sors sans un mot.

Dehors, l'air frais me fait du bien. Une légère pluie rafraîchit mon visage. Je marche en titubant vers ma voiture, comme si j'étais ivre. Ivre d'émotions folles, contradictoires. Juste avant d'ouvrir la portière, je tourne la tête vers l'église.

Elle se dresse contre le ciel noir, imposante. Tout à l'heure, je l'ai trouvée calme, pittoresque. Maintenant, elle me semble terrible et menaçante. J'ai l'impression que des secrets immondes s'y trouvent camouflés et que, si j'ouvrais la porte, un flot de sang et de cadavres déferlerait jusqu'à mes pieds.

En grimaçant, je monte dans ma voiture et démarre. Je roule à toute allure et, tout au long du trajet, j'essaie de calmer mes esprits. Mon malaise diminue, mais l'angoisse qui me tenaille persiste. J'imagine le père Lemay, seul dans son salon, toujours assis dans la même position, la tête vers le sol, englouti par les ténèbres... Et Gervaise, à ses côtés, qui le surveille... pour l'éternité...

Je rejette cette idée loin de mon esprit tourmenté.

Dans ma chambre d'hôtel, je songe à appeler Jeanne. Mais je me sens trop fébrile, trop confus, je ne saurais pas quoi lui dire encore. Je m'assois donc sur le lit et prends mon visage entre mes mains.

Je regarde le mur devant moi. Mes oreilles bourdonnent, comme si des milliers de voix essayaient de me révéler des choses inadmissibles.

— Impossible !

Peu à peu, les bourdonnements s'éloignent et une voix se distingue, plus nette. Celle de Jeanne.

«Tu as dit que tu étais prêt à n'importe quelle explication, Paul ! Rationnelle ou non...»

Je secoue la tête en grognant faiblement. Même si j'accepte cette... cette histoire, est-ce que tout s'explique pour autant ?

Le père Lemay a raison, la vérité complète demeure dans l'ombre...

Et même si je pouvais atteindre cette vérité, serais-je capable de la recevoir ? Est-elle seulement envisageable ?

Je sens les larmes me monter aux yeux. Pourquoi suis-je tombé sur Roy, pourquoi ? Pourquoi ne l'a-t-on pas amené dans un autre hôpital, cette nuit-là ? Ma vie était morne, vide, mais tranquille ! Maintenant...

Maintenant...

Roy aura quarante ans lundi... comme Pivot a eu quarante ans lors de son ultime cérémonie...

Vais-je retourner à l'hôpital lundi ? Si j'y retourne, n'est-ce pas une façon d'admettre qu'il va *réellement* se passer quelque chose ?

Je me laisse tomber par en arrière et ma tête atterrit sur l'oreiller. Je fixe le plafond, complètement perdu.

Devant moi, les deux portes sont toujours là. Celle qui est entrebâillée s'entrouvre un peu plus. Que je le veuille ou non.

Je ne pourrai plus rester sur le seuil longtemps. D'ailleurs, c'est ce que je souhaitais : franchir une des deux portes, peu importe laquelle.

Désormais, je ne sais plus si je le désire tant. Je ne sais plus du tout.

◆

J'entre dans l'église. C'est le chaos à l'intérieur. Il y a du sang partout, des cris, et surtout des gens... Archambeault, qui tire sur des enfants qui défilent devant lui... Boisvert, qui court partout avec ses yeux crevés... Deux punks qui s'entretuent dans un coin... Une femme qui traîne deux cadavres de bébés par les cheveux... Des brûlés, des noyés, des assassinés, des suicidés... Je marche au milieu de cette foule macabre. Devant l'autel, je reconnais le père Pivot. Grand, chauve... comme sur la photo que j'ai vue dans le journal. Mais son visage est maléfique, et son sourire mauvais. Il lève un bébé ensanglanté au-dessus de sa tête et me hurle :

*— Le Mal ne meurt jamais, docteur! Jamais! Et sa
Puissance est fabuleuse!*

*Dans ses mains, le bébé se met à grandir, à vieillir. Il
devient Roy adulte. Je l'implore au milieu des hurlements de souffrance des moribonds qui m'entourent.*

*— Qui êtes-vous? Qu'êtes-vous devenu? Que s'est-il
passé, durant cette terrible nuit? Dites-moi tout!*

*Pivot me regarde avec des yeux de flammes. Il tient
toujours Roy adulte au-dessus de sa tête. Je crie:*

— Je veux la vérité!

*— La vérité? se met à beugler le prêtre. Vous l'auriez
en pleine figure que vous ne pourriez la comprendre!*

*Sur quoi, il lance Roy dans ma direction. Je vois
arriver l'écrivain vers moi, hurlant. Et ses yeux... ses
yeux s'agrandissent, deviennent immenses... Quelque
chose apparaît dans son œil valide... cette ombre
familière, que j'ai toujours entrevue sans réellement la
comprendre... et qui maintenant semble vouloir se révéler, dans toute son horreur, dans toute son... son...*

Le Mal! Le Mal! Le Mal!

◆

Je me réveille en criant. Un véritable cri que je pousse
dans les ténèbres de ma chambre d'hôtel.

J'ai failli voir! J'ai failli voir! Une seconde de plus, et
j'aurais vu! J'aurais vraiment *vu!*

«Et tu ne l'aurais pas supporté», ajoute une voix dans
ma tête.

Je me laisse retomber sur mes draps humides, trem-
pés de sueur. Je crois que je pleure, sans vraiment m'en
rendre compte...

Est-ce vrai? Aurais-je été incapable de supporter
cette révélation?

Archambeault, Boisvert... Roy... Et tant d'autres...

Pivot, lui, n'a pas seulement vu... Il a... il a...

« La vérité ? Vous l'auriez en pleine figure que vous ne pourriez la comprendre ! »

Ce n'était pas qu'un rêve... C'était plus que ça, c'était... c'était...

Je pose mon bras devant mes yeux et je me mets à gémir, comme un enfant perdu au milieu des bois, loin de sa mère, de sa maison.

Et pour la première fois depuis très, très longtemps, j'ai réellement peur. Peur à en être malade.

CHAPITRE 19

La journée du dimanche est un calvaire.

Je réussis à assister à presque toutes les conférences, mais je n'entends rien. Je repense à mon rêve, au père Lemay, et mon front est continuellement moite.

Au milieu de l'après-midi, je dois participer moi-même à une conférence, mais je me désiste en prétextant un malaise, ce qui n'est pas loin de la vérité. Je monte à ma chambre et me couche quelques heures, me débattant dans un sommeil tourmenté qui m'épuise encore plus. Je prends des aspirines et, vers dix-huit heures trente, je me sens légèrement mieux.

Je n'ai toujours pas pris de décision : dois-je repartir à Montréal ce soir même ou attendre la fin du congrès, mardi ?

Je me décide enfin à appeler Jeanne. Je tombe sur son répondeur. C'est vrai, je me rappelle : le dimanche, c'est la « journée-de-couple » de Jeanne, c'est sacré... Elle doit être au cinéma avec Marc ou au restaurant. Je raccroche sans laisser de message.

Je me mets à tourner en rond dans la chambre. Celle-ci est envahie par la fumée des cigarettes que je fume l'une après l'autre. Je pense alors à toutes ces batailles, depuis quelque temps, à l'hôpital... À l'ambiance sombre qui y règne...

Et, surtout, au crayon qu'on a trouvé dans la chambre de Roy...

Ne pouvant plus tenir, j'appelle à l'hôpital. Je tombe sur l'infirmière de soir. Je décline mon identité, puis lui demande si tout va bien à l'hôpital.

— Eh bien, ça fait juste une heure que je suis arrivée, mais Nicole m'a dit que l'après-midi avait été épouvantable.

— Comment ça?

— Il y a eu des bagarres, il paraît... Une sorte de mini-émeute... Ils étaient dix à se battre, je crois. Nicole a dit que c'était assez important : il y avait deux gardiens de sécurité, mais ça n'a pas été suffisant, on en a fait venir d'autres...

Je sens ma fièvre revenir avec force.

— Et... est-ce qu'il y a des blessés?

— Oui, quelques-uns, il me semble... En tout cas, tout est rentré dans l'ordre. Il y a maintenant trois gardiens de sécurité ici... Disons que l'ambiance n'est pas rose, mais au moins tout est calme...

— Que font les patients en ce moment?

— Ils sont presque tous dans leur chambre... Je crois que la bagarre de cet après-midi les a rendus moroses. (Elle ricane.) Il paraît qu'ils n'ont pas été très faciles, cette semaine, non? Nicole elle-même n'a pas l'air en forme ces temps-ci...

— Et monsieur Roy? Où... où est-il?

— Dans sa chambre aussi. Mais il a piqué une crise, il y a une demi-heure... Il disait qu'il voulait mourir, qu'on ne devait pas l'empêcher de se tuer... Du délire quoi. On lui a donné un sédatif.

La tête me tourne un peu et je la remercie maladroitement.

Une fois le téléphone raccroché, je me laisse tomber dans un fauteuil, les bras entre les jambes.

Roy... Roy qui ne comprend pas, mais qui *sait* que quelque chose va se passer... que c'est *en train* de se passer...

Et soudain, j'oublie la logique, j'oublie le bon sens.
Je me lève et fais ma valise. Rapidement.

En bas, je trouve un collègue à qui j'explique mon
départ : problèmes à la maison, urgences... n'importe
quoi. Il se dit désolé et m'assure qu'il préviendra les
autres.

Dans ma voiture, tandis que je roule sur l'autoroute
vers Montréal, je me traite d'idiot, d'imbécile. Je réagis
avec trop d'émotion. Ces bagarres ne prouvent rien :
il s'agit qu'un seul patient soit en crise pour que les
autres décident de...

« Arrête. Arrête de rationaliser. Tu veux y aller parce
que tu as peur. Tu as peur que tout soit vrai, que quelque chose de grave se produise, demain, au véritable
anniversaire de Roy. Assume-le. »

J'arrête aussitôt de me justifier. La panique grimpe
en moi et j'accélère de façon imprudente. Une petite
voix me dit que je devrais faire attention, que je n'ai
pas à me dépêcher ainsi, mais on dirait que je suis
incapable de raisonner. Je dépasse toutes les voitures,
provoquant souvent des concerts de klaxons sur mon
passage. Je roule ainsi, en insensé, pendant plus d'une
heure. Je suis sur le point de dépasser un dix-roues
lorsqu'une idée fait tout basculer en moi. Je repense
au récit du père Lemay...

... au père Pivot derrière l'autel de l'église...

... penché sur une femme enceinte...

... une femme enceinte éventrée...

— Ho ! mon Dieu !...

Cette pensée m'éblouit avec une telle horreur que
pendant une seconde je ne vois plus la route, je ne vois
plus rien. Je ne me rends pas compte que ma voiture
tire vers la gauche et c'est le long hurlement d'un
klaxon derrière moi qui me ramène enfin : j'étais en
train de couper une voiture qui voulait me dépasser.
Affolé, je donne un furieux coup de volant sur la droite,
mais avec trop de violence. Je perds le contrôle com-

plètement, puis ma voiture sort de la route. Elle parcourt plusieurs centaines de mètres dans le champ, bondissante, chaotique, tandis qu'à l'intérieur j'ai l'impression qu'un géant fou secoue mon véhicule en tout sens.

Ça y est, je vais me tuer! Ma voiture va chavirer, ou elle va percuter un poteau, ou...

Mais elle finit par s'immobiliser. Ahuri, je regarde autour de moi. Je suis au milieu du champ, sain et sauf. Je pousse un long soupir de soulagement. J'ai eu une chance incroyable. Mais qu'est-ce qui me prend, aussi, de rouler comme un cinglé? Que j'arrive à Montréal à vingt et une heures ou à minuit ne changera rien! Alors, du calme!

Je remets ma voiture en marche, puis actionne le levier de transmission. Il est complètement lâche. Cassé!

Je pousse un cri de rage et frappe durement le volant de mon poing. Je me calme, puis réfléchis. Quelle est la dernière sortie que j'ai croisée? Drummondville, il me semble... Je prends mon téléphone cellulaire.

Une demi-heure plus tard, une dépanneuse nous amène, ma voiture et moi, dans un garage de Drummondville.

— Impossible de réparer à soir, il est passé neuf heures, m'explique le conducteur. Y aura pas un garage d'ouvert. Ça va aller à demain matin. Pis si c'est la transmission, ça risque d'être long...

Je grimace.

— Mais vous pouvez laisser votre char dans la cour de mon garage jusqu'à demain, si vous voulez...

Je le remercie. Avec mon cellulaire, j'appelle au terminus d'autobus et à la gare: plus aucun départ ce soir. Mais il y a un train demain matin, à huit heures trente, pour Montréal.

Sur le trottoir, je réfléchis en me mordillant les lèvres. Bon. Je pourrai être à l'hôpital demain en fin

d'avant-midi... C'est assez raisonnable, il me semble...
Après tout, j'ai paniqué pour rien, tout à l'heure, à
Québec... S'il doit se passer quelque chose, ce sera
demain, à l'anniversaire de Roy...

De toute façon, je n'ai pas le choix...

Je pourrais toujours aller coucher chez la sœur
d'Hélène, qui demeure à Drummondville, mais je ne
veux inquiéter personne. Vaut mieux qu'Hélène ne
sache pas ce qui vient d'arriver, elle n'en dormirait pas
de la nuit...

Je trouve donc un petit motel bon marché. Une fois
dans la chambre, je décide d'appeler Jeanne. Vingt et
une heures quarante. Elle doit être revenue de sa soirée
romantique.

Elle me répond. J'en crierais de joie.

— Jeanne, c'est Paul !

— Paul ! Seigneur, j'espérais ton appel ! Je crois que
je n'aurais pas pu attendre jusqu'à mardi. Alors, tu as
vu le prêtre ?

— Oui, je l'ai vu... C'est bien le père Lemay ! Et il
m'a dit... il m'a dit des choses bouleversantes, Jeanne...

Ma collègue devient presque hystérique. Elle veut
que je lui raconte tout, immédiatement.

— Non, non, ce serait trop long... Écoute, je vais être
à Montréal demain...

— Demain ? Ton colloque ne se termine pas mardi ?

— Oui, mais...

J'hésite. Je réalise que tout ce que je vais dire risque
de l'inquiéter encore plus.

— La fête de Roy, ce n'est pas le 22... C'est le 16 !
Sa vraie date de naissance, Jeanne, c'est demain !

— Ah bon ? Comment ça ?

Elle ne comprend pas, évidemment. Comment le
pourrait-elle, elle n'est au courant de rien ! Je m'embrouille, je m'égare... Il faut que je me calme, que
j'aille à l'essentiel.

—Écoute, Jeanne, je t'en reparlerai plus en détail quand on se verra, mais... il risque de se passer... des choses graves, demain, à l'hôpital...

— Des choses graves ? Comme quoi ?

Je ne le sais pas, Jeanne ! C'est ça le plus fou, je ne le sais pas ! Et peut-être qu'il ne se passera rien du tout !

Et soudain, l'épouvantable idée qui m'a effleuré l'esprit dans la voiture, juste avant mon accident, revient me frapper de plein fouet.

— Jeanne, écoute, je... je sais que tu étais supposée aller à l'hôpital, demain, pour visiter Roy, mais... n'y va pas...

— Comment ?

— Ne va pas à l'hôpital, demain... Le lundi n'est pas journée de travail pour toi, tu n'es pas obligée d'y aller, alors...

— Mais voyons, Paul, toi-même, tu me disais que ce serait une bonne idée que...

— Jeanne !

Je ferme les yeux. Peut-être que je délire, peut-être que je me fais des idées... mais ce que j'ai pensé, tout à l'heure... ce que j'ai envisagé...

— Jeanne, s'il te plaît, écoute-moi : je ne peux pas t'expliquer tout de suite, mais je te conjure... je te *supplie* de ne pas y aller ! Je te le demande avec... avec toute l'affection que j'ai pour toi...

Long silence, et enfin elle soupire.

— D'accord. D'accord, je n'irai pas... Mais tu me jures de m'appeler en arrivant demain et de tout me raconter ?

— Juré !

Je m'apprête à raccrocher, mais elle me demande alors :

— Paul... Tu as trouvé une explication à tout ça, n'est-ce pas ?

Je me sens confus. Je repense au père Lemay. Aux parcelles de vérité...

— Pas vraiment...

Je raccroche.

Je m'étends sur le lit.

Je me calme de plus en plus. Demain, je serai à l'hôpital. Tout ira bien. Peut-être même que je rirai de tout cela, plus tard.

Tout ira très bien.

◆

Je me réveille en sursaut à sept heures quinze. Je sors d'un rêve angoissant dans lequel j'arrive à l'hôpital pour ne trouver qu'un trou vide. Plus de bâtiment, plus de patients, rien. Et j'entends la voix de Jeanne qui crie au loin : « Tu es arrivé trop tard, Paul... »

Ce cauchemar m'angoisse tellement que je prends à peine le temps de manger une bouchée avant de filer au garage en taxi. Il est sept heures quarante quand j'arrive devant la porte : le garage n'ouvre qu'à huit heures trente. Pas le temps d'attendre. Je sors mon carnet et j'écris une note dans laquelle j'explique que je suis pressé, que je dois retourner à Montréal immédiatement et que je rappellerai plus tard dans la journée. Je vais à ma voiture, en sors ma valise, puis glisse mon message sous l'essuie-glace, bien en vue.

Moins de dix minutes plus tard, je suis à la gare et je fais les cent pas en attendant l'arrivée de mon train. Il est huit heures pile. Encore une demi-heure, bon Dieu, je vais devenir fou !

Je sors mon cellulaire et appelle à l'hôpital. Juste pour me rassurer.

Après cinq sonneries, je commence à m'inquiéter lorsqu'on répond enfin. C'est Nicole.

— Oui ?

Sa voix est agitée.

— Nicole? C'est le docteur Lacasse... Est-ce que...

— Ah, docteur Lacasse! me coupe-t-elle, la voix plus posée mais encore rapide. Je ne peux pas vous parler longtemps, il se passe des choses ici... Je suis entrée depuis à peine dix minutes, mais la bagarre a commencé avant même que j'arrive...

Ma main serre le combiné avec force.

— La bagarre?

— Il y a encore des patients qui se battent! Ils...

Elle se tait une seconde, et je l'entends parler à quelqu'un d'autre. En bruit de fond, provenant de très loin, j'entends des exclamations, des cris. Je commence à m'humecter les lèvres nerveusement lorsque Nicole revient à moi:

— Vous êtes là, docteur?

— Oui, oui... Et monsieur Roy, où est-il?

— Monsieur Roy? Dans sa chambre, je crois... Il paraît qu'il a piqué une crise épouvantable, très tôt ce matin...

— Il y a encore des gardiens de sécurité pour vous aider?

— Oui, oui, ils sont trois... Le docteur Levasseur devrait arriver bientôt, ça va nous aider... Et le docteur Marcoux aussi...

Quelque chose se fige en moi.

— Le docteur Marcoux?

— Oui, elle a appelé juste avant vous, pour avoir des nouvelles de monsieur Roy... Je lui ai expliqué la situation ici, et elle a dit qu'elle arrivait tout de suite, pour nous donner un coup de main...

Ma bouche devient sèche, complètement.

— Nicole, il faut la rappeler immédiatement et lui dire de ne pas...

Mais l'infirmière-chef m'interrompt:

— Je suis vraiment désolée, docteur, il faut que je vous laisse, j'en ai plein les bras! Je ne sais pas ce qui se passe ici depuis une semaine, mais...

— Nicole, écoutez-moi... !

— Rappelez tout à l'heure...

Et elle raccroche. Je regarde longuement mon téléphone cellulaire, comme s'il allait me mordre...

Une autre bagarre, Seigneur... Et une importante, on dirait...

Et Jeanne qui va y aller...

J'aurais dû rentrer hier...

Je me mets à réfléchir à toute vitesse. Le train va prendre une heure trente pour se rendre à Montréal, pas moins... Après, le taxi... Merde, je ne pourrai pas être à l'hôpital avant dix heures trente !

Trop long ! Trop long, bordel, trop long !

J'appelle à la centrale de taxis. D'une voix fiévreuse, j'explique que je suis prêt à donner trois cents dollars pour qu'on m'amène immédiatement à Montréal. On me dit qu'on m'en envoie un sur-le-champ.

Je vais à un guichet automatique et retire la somme d'argent convenue. Je sors pour attendre impatiemment, et trois minutes après, un taxi s'arrête devant moi. Je grimpe à l'arrière, dépose ma valise à mes côtés, tandis que le conducteur, un jeune au visage hilare, me lance joyeusement :

— Hé, on s'en va à Montréal, il paraît ? Vous devez être pressé pour vrai !

Je lui tends les trois cents dollars en répliquant d'une voix autoritaire :

— Oui, très. Alors, raison de plus pour filer tout de suite !

Il prend l'argent, les yeux ronds.

— On est partis, monsieur !

La voiture démarre. Huit heures vingt. Si ce jeune file à bonne allure, je peux être à l'hôpital pour neuf heures trente... Oui, ça me semble très possible...

Sur l'autoroute, la voiture roule à environ cent quinze. Le soleil est splendide, une superbe journée s'annonce. Le jeune essaie de piquer un brin de jasette, mais je réponds par monosyllabes, trop nerveux. Je regarde ma montre toutes les cinq minutes. Je me trouve idiot. J'essaie de me calmer, sans résultat.

Tout va bien aller. C'est ce père Lemay qui m'a fait peur, en me parlant de la vraie date d'anniversaire de Roy...

... et de cette femme enceinte, éventrée...

« S'il arrive quelque chose, je le saurai, soyez-en sûr. »

Le ton avec lequel il a dit ça...

À huit heures cinquante, j'appelle de nouveau à l'hôpital. Jeanne doit être arrivée, je veux lui parler.

Encore plusieurs sonneries. Presque une douzaine. De nouveau, la voix de Nicole.

— Oui?

Elle crie presque. On dirait qu'elle est en colère.

— Nicole? C'est le docteur Lacasse, je...

— Écoutez, docteur, je peux pas vous parler, je vous l'ai dit, c'est le bordel, ici, un ostie de bordel!

Ces mots me coupent le souffle. Jamais Nicole ne m'a parlé ainsi! Ni à quiconque, d'ailleurs! Je ne trouve rien à répliquer pendant une ou deux secondes. J'entends toujours des bruits de pagaille à l'arrière-plan, mais plus forts... Plus près...

Je réussis enfin à parler. Je crois que ma voix tremble légèrement:

— Est-ce que le docteur Marcoux est arrivée?

— Le docteur Marcoux? Ouais, elle est ici... Elle nous aide, mais je vous jure que...

— Est-ce que je peux lui parler?

Parce que je veux lui dire de s'en aller, de fuir immédiatement!

La voix de Nicole explose soudain:

— Mais je viens de vous dire qu'on a pas le temps! C'est une émeute ici, docteur, vous comprenez? *Une véritable émeute!* Y a moi, le docteur Levasseur, le docteur Marcoux, Manon, cinq gardiens, les infirmières...

Mais c'est pas assez, criss ! On va être obligés d'appeler la police si ça continue !

Quelque chose de malsain gargouille en moi et ronge mes tripes. Je balbutie :

— Je... mais qu'est-ce... qu'est-ce qui se passe au juste ?

— Ah ! Pis sacrez-moi la paix ! lâche-t-elle avant de couper la communication.

Je dépose le téléphone sur mes genoux, angoissé à en avoir mal. De nouveau, je pense à mon rêve. L'hôpital qui a disparu. La voix de Jeanne qui crie... « Tu arrives trop tard, Paul... Trop tard... »

— Quelque chose de grave ?

C'est le conducteur qui m'a posé la question. Je m'humecte plusieurs fois les lèvres, puis demande enfin, la voix trop aiguë :

— Est-ce que... est-ce que ce serait possible que vous alliez plus vite ?

Le jeune me regarde dans son rétroviseur. Il n'est plus souriant du tout. Pour la première fois, il réalise que la situation est grave.

— Oui, c'est possible...

Je vois l'aiguille monter jusqu'à cent trente. Je regarde la route fixement, me rendant à peine compte que je mords ma lèvre inférieure avec force. Je regarde les pancartes qui défilent. Il y en a tant ! Bon Dieu, ils ont ajouté des villes pendant la nuit ou quoi ?

Je consulte ma montre encore une fois : neuf heures ! J'ai appelé il y a dix minutes à peine, je ne vais quand même pas...

Je compose.

Cette fois, ça sonne trois coups seulement, puis on répond.

— C'est qui ça ?

Je ne reconnais pas cette voix surexcitée, rageuse et inquiétante. Je garde le silence pendant un moment suffisamment long pour entendre le fond sonore, maintenant parfaitement audible. C'est un mélange de cris terribles, de bruits de coups, de gémissements douloureux, de clameurs terrifiantes, inhumaines. J'écoute cette symphonie démentielle pendant de longues secondes, tremblant de tout mon corps. La voix hystérique répète alors :

— C'est qui ça?

Avec stupeur, je reconnais enfin la voix de Jeanne !

— Jeanne ! Seigneur Dieu, qu'est-ce qui se passe là-bas? On dirait que c'est la fin du monde !

— Paul, c'est toi?

— Mais oui, c'est moi, je...

— C'est l'enfer, ici, Paul ! L'enfer !

Elle dit cela très rapidement, mais curieusement je ne sens aucune peur dans sa voix. Elle semble même excitée.

— Jeanne ! Va-t'en tout de suite ! Ne...

— Mais inquiète-toi pas ! On va leur faire la peau...

Je me tais, estomaqué, n'arrivant pas à croire ce que je viens d'entendre.

— Qu... quoi? Qu'est-ce que...

Au milieu des hurlements de fond, j'entends Jeanne émettre un drôle de petit bruit. Serait-ce un ricanement?

— On va les saigner, Paul... Ça leur apprendra... Les saigner comme des bœufs...

Je ne reconnais plus du tout sa voix : elle suinte la méchanceté, des désirs fous, des envies morbides. Affolé, j'implore :

— Jeanne, mais qu'est-ce qui t'arrive? Pour l'amour du ciel, qu'est-ce qui...

— *Les saigner comme des bœufs* ! hurle-t-elle soudain.

Puis, un bruit sourd, comme si le combiné venait de tomber sur le bureau.

— Allô? Allô?... Jeanne? Jeanne, je t'en supplie !... Jeanne !...

Elle n'est plus là. Tout ce que j'entends, ce sont ces bruits fous, horribles, insoutenables. Et, en effet, j'ai soudain l'atroce impression que j'appelle en enfer.

Les mots de Roy me reviennent à l'esprit.

« J'ai recommencé à avoir des idées ! Vous savez ce que ça veut dire ? »

Le crayon dans sa chambre... Je me mets à crier :

— Jeanne ! Jeanne, Jeanne !... Jeanne !

Un bruit étrange, comme de la friture, un autre coup sourd, puis plus rien. Aucun son. Aucune tonalité. Le néant.

Je coupe la ligne et rappelle, frénétique. Mes doigts tremblent tellement que je dois me reprendre trois fois. Ça sonne. Dix. Quinze. Vingt. Chaque sonnerie est un coup de couteau dans mon estomac.

— Répondez ! Répondez, je vous en supplie...

Puis, avec fureur, je lance le téléphone contre la portière à ma droite et il éclate en morceaux. Je lance des coups d'œil paniqués autour de moi, comme si j'étouffais dans cette voiture... et je vois enfin le conducteur. Il me regarde toujours dans le rétroviseur. Cette fois, il est blême. Presque effrayé. Nous nous observons en silence un court moment, et il ose enfin demander d'une petite voix :

— Que... qu'est-ce qui se passe au juste ? Ça... ça marche pas, hein ?

Je réponds brutalement :

— Il faut que vous alliez plus vite ! Il le faut absolument !

— Écoutez, si on poigne un ticket, c'est pas ça qui va vous...

— Laissez faire ça, pis allez plus vite !

Il a vraiment peur cette fois. Il doit regretter d'avoir accepté cette course, le pauvre. Il monte jusqu'à cent quarante. Moi, je me mets à fumer, malgré l'auto-collant qui l'interdit. Je perds complètement la notion du temps. Je suis englouti dans un tourbillon de panique qui me donne mal au cœur. Je crie presque de stupeur lorsque le jeune, craintif, me dit :

— On... on va où, monsieur ?

Abasourdi, je regarde à l'extérieur. Longueuil ! On arrive ! Je regarde ma montre : neuf heures dix. Dix minutes depuis le dernier coup de téléphone. Mon Dieu, il peut s'en passer des choses, en dix minutes !

— À l'hôpital Sainte-Croix, rue Notre-Dame ! Prenez le pont Victoria...

Le jeune hésite encore, puis demande :

— Quelqu'un que vous connaissez a des problèmes à l'hôpital, c'est ça ?

Je ne réponds pas. Je regarde dehors en me mordant les doigts.

Quelques minutes plus tard, nous sommes sur le pont. C'est un miracle que la police ne nous ait pas arrêtés. C'est peut-être un signe d'espoir...

Nous arrivons rue Notre-Dame. On dirait que les images vont en accéléré devant moi. Je suis couvert de sueur, je crie des injures sans arrêt aux automobilistes devant nous. Je dois paraître complètement cinglé, le jeune est littéralement terrifié.

Et soudain, je le vois ! L'hôpital est là, au loin ! Je pousse un cri de joie, hystérique.

Mais ma terreur revient aussitôt lorsque je vois deux voitures de police qui bloquent la rue, bien avant l'hôpital. Un terrible pressentiment s'empare de moi.

— On peut pas continuer, me dit le jeune en s'arrêtant, la rue est bloquée ! On peut peut-être faire un dét...

J'ouvre la portière et descends d'un bond.

— Hé ! Votre valise !

Mais je ne l'écoute pas et avance au pas de course. Plus j'approche, plus il y a de l'animation dans la rue : voitures de police, foule de plus en plus dense... Et ces médecins, ces civières qui passent devant moi...

On évacue l'hôpital !

— Ho ! non... Non, non, non...

Je redouble de vitesse, me frayant un passage dans la foule compacte et grouillante. Des sirènes de police me parviennent aux oreilles : d'autres voitures arrivent.

Devant le stationnement de l'hôpital, plusieurs policiers m'empêchent de passer.

— Vous ne pouvez pas entrer, monsieur...

— Qu'est-ce qui se passe ? Je veux le savoir !

— Allons, c'est une affaire policière, circulez...

Il veut rester calme, mais je le sens nerveux. Rapidement, je sors ma carte et la lui montre.

— Je suis psychiatre, je travaille ici ! C'est dans l'aile psychiatrique qu'il y a du grabuge, c'est ça ?

Le policier scrute ma carte. Je suis si fébrile que je me retiens pour ne pas hurler. Autour de moi, on se presse, un brouhaha terrible se mêle aux sirènes. Des gens sortent de l'hôpital : médecins, infirmières, patients à pied ou en civière... Tous semblent très inquiets, apeurés. Je regarde l'hôpital avec appréhension. Il semble si calme, si paisible, alors qu'à l'intérieur...

Le policier, qui examine toujours ma carte, est incertain.

— Laissez-moi passer ! Je connais les patients de l'aile psychiatrique, je... je pourrais sûrement aider...

Le policier consulte ses coéquipiers du regard, puis :

— D'accord... On va vous accompagner.

J'en soupire de soulagement. Trois policiers me disent de les suivre. Nous traversons la cour d'entrée, puis entrons dans l'hôpital. Les corridors sont pleins de gens qui s'empressent vers les sorties ; certains paniquent, ne sachant pas ce qui se passe. Je suis étourdi par tant de mouvements, je sens la peur grandir en moi. Ce n'est pas mon hôpital, ça ! Ce n'est pas ici que je viens travailler deux fois par semaine, c'est pas possible...

Dans l'ascenseur, l'un des policiers appuie sur le bouton « trois ». Mon cœur bat à tout rompre.

— C'est seulement dans l'aile psychiatrique que ça se passe ?

Un policier hésite, puis répond :

— Oui... Mais on préfère évacuer tout l'hôpital, au cas où... ça s'amplifierait...

— Mais qu'est-ce qui arrive, au juste ?

Nouvelle hésitation. Les trois policiers semblent effrayés, dépassés. Le plus vieux me dit :

— On... on le sait pas... On a reçu un appel de détresse, pis... Ça fait une dizaine de nos gars qui montent, mais... ils redescendent pas...

Le silence tombe. Je me frotte les mains, le souffle court.

L'ascenseur s'ouvre enfin. Un policier apparaît devant nous.

— Michel ! s'exclame celui qui m'a répondu. Criss, on a pas de nouvelles de vous autres, en bas ! Qu'est-ce qui se passe ?

Le dénommé Michel ne répond pas. Il regarde les trois policiers, l'air hagard.

Il y a quelque chose dans ses yeux... Quelque chose de pas normal... une ombre familière...

Sans un mot, il lève mollement son bras. Il tient un revolver. J'ai à peine le temps de deviner ce qui va se passer qu'il se met à tirer ! Sur ses collègues ! Je me plaque contre le mur, terrifié. Il tire cinq fois, très rapidement. Je vois des jets de sang jaillir, et je me dis furtivement : « C'est donc vrai ? Il y a vraiment du sang qui fuse comme ça, quand on se fait tirer dessus ? C'est pas juste dans les films ? » À peine deux secondes plus tard, les trois policiers qui m'escortaient gisent sur le sol, morts.

Morts ! Morts, morts, là, à mes pieds ! Tués par un de leurs collègues !

Le policier fou s'approche alors de moi. Toujours contre le mur, je cherche mon souffle, paralysé par la peur. Mon cœur commence à me faire mal... Ça y est, il va éclater... Le tueur lève son arme vers moi, tout près de mon cou. Je vais mourir, il va me tuer moi aussi, c'est épouvantable ! Il approche son visage du mien, penche la tête sur le côté, puis sourit. Un sourire atroce, dément, un sourire qui me rappelle... qui ressemble à celui du père Pivot, dans mon rêve...

D'une voix basse, impossible, pleine de nuit et de soufre, je l'entends alors murmurer :

— Trop tard...

J'en oublie ma douleur au cœur. J'écarquille les yeux, refusant de croire ce que je viens d'entendre.

D'un mouvement rapide, le policier tourne le canon de l'arme vers son visage, l'introduit dans sa bouche, et appuie sur la détente.

Un flot de sang éclabousse mon visage.

Je pousse un long hurlement et, avant même que le corps ait atteint le sol, j'appuie avec frénésie sur le bouton « rez-de-chaussée ». Je veux descendre, sortir d'ici, ne plus revenir, ne plus voir ! Mais l'ascenseur ne bouge pas. L'une des balles du revolver a sûrement bousillé quelque chose. Je me plaque de nouveau contre le mur. Je respire comme une locomotive, le cœur de plus en plus douloureux. Je regarde les cadavres à mes pieds, et de petits gémissements franchissent mes lèvres.

Les portes de l'ascenseur demeurent ouvertes. De l'autre côté, c'est le corridor. Et du bout de ce corridor, où se trouve l'entrée de l'aile psychiatrique, des bruits inhumains parviennent à mes oreilles bourdonnantes.

Cris, rires, supplications, coups de feu, hurlements...

C'est l'Horreur, là-bas ! L'Horreur qui s'est déclenchée de nouveau ! Quarante ans plus tard !

Je suis toujours incapable de bouger, appuyé contre le mur, le cœur fou...

Il faut que je bouge, que je fasse quelque chose ! Il faut que je sorte d'ici ! C'est trop tard, trop tard !

Et soudain, une envie immonde, inconcevable, s'empare de moi.

... prendre un des revolvers, là, par terre... entrer dans l'aile psychiatrique... pis tirer... tirer sur tout ce qui bouge...

On va les saigner comme des bœufs!

Cette idée me fait soudain crier de terreur. Je me bouche les oreilles, comme pour faire taire ces pensées démentes... et, surtout, pour ne plus entendre ces bruits, tous ces bruits...

... m'en aller... sortir de cet enfer...

Mon cœur, il me fait trop mal... D'une main tremblante, je fouille dans mon veston et en sors ma bouteille de nitro. J'en avale rapidement un comprimé, puis prends de grandes respirations, en me rebouchant les oreilles. Après un temps qui me paraît immensément long, mon cœur ralentit. Les idées de meurtre ont quitté mon esprit égaré. J'enlève lentement mes mains de mes oreilles. Il n'y a plus de coups de feu. Il n'y a plus de cris. Il n'y a plus de bruits du tout. J'entends encore un ou deux gémissements, puis le silence.

Je regarde vers le couloir, hagard.

C'est fini.

Je comprends que je suis dans la même situation que l'étaient le père Boudrault et le père Lemay, en 56, lorsque, immobiles devant l'église, ils ont entendu les clameurs s'arrêter.

Et, comme eux, je vais aller voir. Je le comprends avec un calme déroutant. Je vais aller constater. Pas par courage. Pas par grandeur d'âme. Pour voir. Pour voir jusqu'au bout. Pour descendre jusqu'au fond.

Et pour Jeanne...

Je me décolle enfin du mur. J'enjambe les corps morts et, d'un pas lent mais ferme, sors de l'ascenseur.

Je suis dans le corridor. Il y a trois ou quatre cadavres sur le sol, des policiers. Je les regarde à peine. Je fixe l'entrée de l'aile psychiatrique, à quelques mètres devant moi, grande ouverte.

Le silence est mortel.

Je reste immobile quelques instants.

Vas-y! Il faut que tu y ailles. Tu le sais! Va jusqu'au bout! Va ouvrir la bonne porte!

Est-ce encore possible?

Jeanne... Peut-être n'est-elle pas...

Cet espoir me donne du courage et je marche vers l'entrée. J'ai peur à en crever, la terreur me torture, me fait souffrir physiquement. Je mords ma lèvre inférieure avec tant de force qu'un goût de sang envahit ma bouche.

J'entre dans l'aile psychiatrique.

CHAPITRE 20

La première chose que je vois, c'est le sang. Sur les murs et les planchers blancs, il ressort cruellement. Il y en a partout, comme si on avait balancé des barils de peinture rouge contre les murs.

Et je vois les corps, aussi. Il y en a tellement, vingt, trente, je ne sais pas...

Je ne pourrai pas entrer là-d'dans...

Mais sans vraiment m'en rendre compte, je fais un pas. Puis un autre, pour finalement marcher au milieu de ce charnier. Je suis obligé d'enjamber certains corps. Et même si j'essaie de ne pas les regarder directement, je ne peux m'empêcher d'en reconnaître plusieurs.

... Simoneau, étendu sur le sol, le ventre ouvert...

... Dagenais, attaché sur le bureau de la réception avec des pansements, la gorge en lambeaux, un coupe-papier enfoncé dans l'œil...

... Julie Marchand, tordue dans une position affreuse, étendue dans une flaque de sang...

... Nicole, mon Dieu, Nicole, si gentille, si douce... pleine de sang, le visage éclaté, les deux bras arrachés...

... et des policiers, aussi... Tous morts, tous mutilés...

Je m'arrête au milieu du Noyau, titubant, suffoqué par l'abomination. C'est trop. L'horreur est trop grande, elle va venir à bout de moi. Pourquoi suis-je

entré ici, pourquoi ai-je tenu à affronter ça ? Pour
Jeanne ? Pour espérer trouver la vérité ? Quelle folie !
Ça sent le sang, comme si des flots gluants m'entraient
dans les narines et venaient congestionner mon cerveau.
La tête me tourne soudain et, tandis que je cherche un
point d'appui, j'entends un gargouillis atroce sur ma
gauche. Je me retourne.

J'imagine que je n'avais pas encore tout vu. Qu'il
fallait que je monte d'un cran dans l'insupportable
pour que je craque.

Dans un coin, un homme à genoux, pantalon baissé,
s'affaire sur une femme inerte. Je prends un certain
moment à comprendre qu'il est en train de la pénétrer ! Ses assauts sont faibles, il est recouvert de sang,
mais même à la porte de la mort, il met ses dernières
énergies dans cet ultime outrage. Je reconnais la femme
sur laquelle il s'acharne : c'est madame Chagnon !
Écorchée, lacérée, les yeux ouverts sur le néant. Soudain, le moribond tourne la tête vers moi : Seigneur
Dieu, c'est Louis Levasseur ! La moitié de son visage
est arrachée et pend le long de son cou, comme un
vieux morceau d'écorce mort. Malgré cette chair en
charpie, je le reconnais ! Et tandis qu'il continue à violer le cadavre de sa patiente, un rictus innommable étire
ses lèvres déchiquetées...

Je mets ma main devant ma bouche, sur le point de
vomir. Tout se met à tourner plus vite autour de moi,
je ne reconnais plus le décor, et enfin je disjoncte. Je
me mets à courir, éperdu, n'ayant aucune idée de l'endroit où je vais, comme si le seul fait de fuir allait tout
effacer. Je cours pendant des siècles, en balbutiant des
mots inintelligibles, aveuglé par la terreur et la démence. Je crois que je hurle tout le long de ma course.
Mes jambes trébuchent alors contre un corps, je
perds l'équilibre mais réussis à m'appuyer à un mur.
Là, je demeure immobile, les yeux fermés, poussant
des hoquets de terreur.

... vais me réveiller tout ça ne peut pas être vrai je ne peux pas être en train de vivre ça ce genre de chose ne peut pas arriver...

Malgré le chaos dans mon crâne, je perçois des bruits de pas. J'ouvre mes yeux pleins de larmes et regarde autour de moi.

Je suis dans le couloir numéro trois. Il y a encore plein de cadavres sur le sol. Des couteaux plantés. Des peaux déchirées, lacérées. Les portes des chambres sont ouvertes, et à l'intérieur je devine d'autres scènes d'épouvante.

Les pas viennent du bout du couloir. Je regarde dans cette direction, paralysé, m'attendant au pire.

Le son est traînant, sinistre. Dans le silence, il prend des proportions insoutenables. Haletant, je regarde toujours vers le bout du couloir. Je me dis que je ne veux pas voir. Je veux que ces pas cessent, disparaissent, ne viennent pas jusqu'à moi.

Une silhouette tourne le coin. Elle me voit, puis avance vers moi. Titubante. Même si la terreur tord ma vision, je réussis à reconnaître Édouard Villeneuve ! Sa main droite est contre son ventre, mais étrangement je ne vois pas ses doigts. Je comprends enfin : sa main est enfouie *dans* son ventre ! Elle disparaît dans une plaie sanglante, donnant l'impression qu'elle est coupée au poignet ! Il est en slip et l'une de ses jambes nues, ensanglantée, bouge bizarrement. Une excroissance semble avoir poussé sur le tibia. C'est un os qui a percé la peau et qui dépasse !

Je suis paralysé, encore une fois. Édouard s'approche de moi, la main engloutie dans la plaie de son ventre. Son tibia saillant fait un bruit affreux en frottant contre les muscles à vif. Il est tout près de moi, maintenant, et je vois son regard. Ses yeux sont fous, déments, je le reconnais à peine. Il lève sa main libre vers moi et je regarde avec terreur ces doigts tremblants qui s'approchent de mon visage, ces doigts que je ne peux plus fuir...

Édouard ouvre la bouche. Un flot épais de sang déborde de ses lèvres. Des sons métalliques et mous se font entendre et je devine, dans sa bouche, des lames de rasoir. Un flot de bile monte dans ma gorge, mais je ne peux toujours pas bouger. Il se met alors à parler et malgré son élocution toute déformée, je réussis à comprendre ce qu'il dit :

— C'est entré ! C'est entré, docteur ! C'est entré !

Ses doigts sont à quelques millimètres de mon visage... S'il me touche, je vais devenir fou, fou à lier...

Et soudain, pendant une ultime seconde, son regard redevient celui du pauvre Édouard Villeneuve, un regard plein de terreur et de désespoir.

— Édouard... je réussis à chuchoter.

Mais la démence envahit de nouveau ses traits et, en poussant un long cri, il retire la main de l'intérieur de son ventre. Un bruit gluant, atroce, explose dans mes oreilles, tandis qu'un long boyau se déroule de sa plaie sanglante. Édouard titube vers l'arrière, hurle de plus belle, mais il continue à s'arracher les tripes du corps ; et entre ses hurlements, il répète sans cesse :

— C'est entré ! C'est entré ! C'est entré !

Je ferme les yeux, me bouche les oreilles, et me mets à hurler, à hurler de toutes mes forces, pour ne plus entendre, ne plus voir, ne plus penser !

Assez, c'est assez, *c'est assez, j'ai assez vu, c'est assez !*

J'arrête de crier. Je découvre mes oreilles. J'ouvre les paupières.

Silence. Édouard est sur le sol. Mort.

Des taches de lumière apparaissent devant mes yeux. Je vais m'évanouir. Très bientôt...

J'entends alors des sanglots, sur ma droite. Je tourne faiblement la tête, priant le ciel de m'épargner une nouvelle horreur.

La porte de l'infirmerie est ouverte. Et c'est de l'intérieur que proviennent les pleurs.

... Jeanne...

Cette pensée me donne une énergie nouvelle et tout signe d'évanouissement disparaît. D'un pas vif, je marche vers l'infirmerie et m'arrête devant la porte ouverte, n'osant pas la franchir.

À l'intérieur, il y a quelques cadavres sur le sol. Sur le bureau, une femme, dont je vois mal les traits, est attachée avec des pansements, manifestement inconsciente. Un homme se tient devant elle, debout. C'est lui qui pleure. Avant même qu'il se tourne vers moi, je devine qu'il s'agit de Roy. Comme je devine aussi qui est la femme sur le bureau.

— Jeanne !

Roy se retourne avec la rapidité de l'éclair. Son apparence est si terrible que je stoppe mon élan. Ses vêtements sont déchirés, il y a plusieurs taches de sang sur lui, mais il ne semble pas blessé gravement. C'est son visage qui fait peur. Ses cheveux sont en désordre, sa face est blanche comme neige, et son œil valide est exorbité par la démence. Mais le plus terrible, c'est qu'il a perdu son œil artificiel... Son orbite gauche est béante, ensanglantée et noire à la fois.

— Mon Dieu, Roy...

Je fais un pas dans la pièce, mais l'écrivain lève soudain ses deux bras au-dessus de Jeanne. Car c'est bien elle, je la reconnais maintenant, étendue sur le dos, maintenue par des pansements qui la lient au bureau par les bras et les jambes. Elle est heureusement inconsciente, mais elle bouge légèrement les lèvres.

Elle est vivante ! Il y a donc de l'espoir !

Je reviens à Roy et vois qu'il tient un couteau entre les paumes de sa main, un couteau de boucher de la cafétéria. Il le maintient au-dessus du ventre de Jeanne, ce ventre gonflé qui jaillit de sa chemise déchirée. L'horrible idée qui m'a traversé l'esprit sur la route était donc vraie... atrocement vraie...

Quarante ans plus tard...

... car le Mal ne meurt jamais...

Mais il n'est pas trop tard !

Gonflé à bloc par cette pensée, je marche vers Roy en levant une main.

— Ne faites pas ça, Thomas !

Ma voix est pleine de peur et de haine à la fois. L'écrivain approche le couteau du ventre.

— Arrêtez-vous ! s'écrie-t-il, la voix sifflante. Arrêtez-vous tout de suite !

Je m'arrête aussitôt. Même si Roy n'a pas de doigts, je suis convaincu que ses paumes maintiennent l'arme avec suffisamment de force pour...

— Je vous en conjure, ne faites pas ça !

Il se met à haleter, son souffle entrecoupé de gémissements. Il se met à pleurnicher, éperdu, tourmenté.

— C'est pas moi ! C'est pas moi qui l'ai attachée ! Je... je l'ai trouvée comme ça !

Je sais qu'il ne ment pas. Comment aurait-il pu l'attacher, sans doigts ? Ce sont sûrement d'autres patients qui...

— C'est pas moi qui ai fait tout ça ! *Ça vient de moi, mais c'est pas moi ! C'est pas moi ! C'est lui ! C'est lui !*

— Je vous crois ! dis-je avec un calme et une douceur qui m'étonnent au milieu de tant d'atrocités. Je sais tout ça ! Mais il n'est pas trop tard, Thomas ! Vous pouvez encore... vous en sortir...

Je me rends à peine compte de ce que je dis. Je ne pense qu'à Jeanne et, tout en parlant, je ne la quitte pas des yeux, les nerfs à vif. Je la vois gémir doucement dans son inconscience.

Mon Dieu, rien n'est perdu... Je peux encore la sauver... Je peux encore éviter le pire, la plus grande des horreurs...

— Vous pouvez encore être sauvé, Thomas, dis-je en faisant quelques pas vers lui.

Une lueur d'espoir traverse alors son œil valide, une lueur qui efface momentanément toute folie et toute détresse de son visage. Mais la lueur diminue rapidement, puis disparaît. L'œil redevient fou, et la folie le défigure à nouveau.

— Non ! sanglote-t-il douloureusement. Non, il est trop tard ! Trop tard ! Je vous l'avais dit, ciboire, je vous l'avais dit que j'avais d'autres idées ! Je le voulais pas, mais j'avais d'autres idées !

En hurlant ces derniers mots, il lève de nouveau son arme au-dessus du corps de Jeanne et je sens mon cœur arrêter de battre.

— Thomas, non !

— Sortez ! Sortez immédiatement !

Si je n'obéis pas, il va la tuer, c'est évident. Je me mets donc à reculer, sans cesser de l'implorer, ne pouvant croire qu'il n'entendra pas raison. Lorsque je suis enfin sorti de la pièce, il se met en marche vers moi et me crache au visage :

— Vous auriez dû m'écouter ! *Vous auriez dû me croire ! Vous auriez dû me laisser mourir !*

Et il dit cela avec un désespoir affreux à voir, un désespoir plus horrible que tous les cadavres que je viens d'affronter.

Mais son visage disparaît aussitôt, car d'un coup de pied il ferme la porte brutalement. J'entends un déclic : il a poussé le bouton qui verrouille la porte. C'est un simple bouton à pression, il peut très bien l'actionner sans doigts.

Je saisis la poignée à deux mains et la tourne en tout sens. Inutilement. Un vent de panique me fait perdre toute prudence et je me mets à donner des coups d'épaule dans la porte.

— Roy ! Roy, faites pas ça ! Pour l'Amour de Dieu, faites pas ça !

— Bougez pas ! Les mains en l'air !

Je me retourne vivement, stupéfait. Quatre policiers viennent d'entrer dans le couloir et me tiennent en joue. Ils sont en pleine panique eux aussi, blêmes et les yeux écarquillés d'épouvante. Leur entraînement dans la police ne les a pas préparés à un tel spectacle. D'ailleurs, qui peut être préparé à ça?

— Je travaille ici! je crie avec une rage folle que je ne peux retenir! Venez ouvrir cette porte, criss, dépêchez-vous!

— Je le reconnais! s'écrie un policier. Les gars l'ont fait entrer dans l'hôpital, tout à l'heure...

Ils ne bougent toujours pas, pris entre la peur et leur devoir. Ma colère prend des proportions dangereuses et, oubliant leurs fusils, je marche vers eux avec fureur, sans cesser de les invectiver:

— Une femme va se faire tuer dans deux secondes si vous ne...

Un cri me coupe la parole. Un cri horrible, plein de souffrance et de détresse; un cri que je reconnais et qui hantera mes nuits durant des années. Jusqu'à ma mort.

— Non! Non, non, pas ça, non, pas Jeanne, non!

Je me mets à frapper sur la porte, à coups de poing, à coups de pied, refusant de toute mon âme ce que je viens d'entendre, ce qui se passe derrière ce stupide morceau de bois.

Tandis que je hurle et que je frappe, j'entends un des policiers crier:

— Tassez-vous, on va défoncer!

Deux mains me repoussent sans ménagement et deux paires d'épaules vigoureuses percutent la porte. Au deuxième coup, le bois craque et la porte s'ouvre d'un coup.

Nous entrons tous, dans un désordre total, pour aussitôt nous arrêter. Pétrifiés. Figés.

Pendant une brève, très brève seconde, j'ai l'impression étrange d'être dans une église. De voir un autel, devant moi. D'apercevoir un prêtre chauve, se penchant sur une femme éventrée. Oui, pendant cette poussière d'instant, je crois réellement voir cette scène.

Mais cette image s'estompe et je reconnais Roy qui plonge ses mains dans le ventre de Jeanne, ouvert et ensanglanté. Roy qui fouille dans ces entrailles avec des bruits écœurants, humides. Et même si j'ouvre la bouche pour hurler devant cette abomination, rien ne franchit mes lèvres, pas même un souffle.

Car il n'y a aucun mot, aucun son qui peut rendre ce que je ressens.

L'univers sonore se transforme, comme si j'étais dans une masse épaisse mais élastique. J'entends quatre déclics métalliques, quatre revolvers qui se pointent vers Roy, tandis qu'une voix, glauque et liquide, se met à crier:

— Arrête! Lève les mains en l'air, ostie de maniaque!

Roy sort lentement ses mains du ventre de Jeanne, qui ne crie plus, les yeux révulsés. Il tient entre ses paumes une petite créature rouge et mouillée, qui crie, qui gigote, qui pleure. Je vois toute cette scène avec une netteté incroyable, comme si ma vision n'avait jamais été si précise.

J'entends les cris d'horreur des policiers, irréels. Puis, l'un d'eux qui hurle de nouveau:

— Lâche l'enfant! Lâche-le tout de suite!

Roy lève enfin la tête. Regarde les policiers. Puis moi. Nous nous observons, longuement, comme si l'horloge cosmique s'arrêtait pour nous permettre cet ultime regard. Je vois ses deux orbites, la vide et la pleine. À travers le vide, j'essaie de percevoir son âme... son âme qui a été touchée par le Mal, il y a quarante ans. Mais je ne vois que le néant.

Sur ses lèvres se dessine le sourire de la perte totale. Le sourire le plus résigné, le plus triste que j'aie vu de toute ma chienne de vie.

Au même moment, quelque chose meurt en moi.

Puis, lentement, l'écrivain penche la tête... et colle sa bouche à celle du bébé.

— Visez les jambes ! crie un des policiers, la voix lointaine, comme s'il se trouvait à des kilomètres d'ici.

Deux coups de feu. Roy relève la tête en grimaçant et lâche l'enfant, qui retombe mollement dans les tripes de sa mère. Mais faiblement, il dirige ses mains sans doigts vers le bébé. De nouveau, les revolvers crachent. Plusieurs fois. Mais pas aux jambes. Le corps de Roy est propulsé vers l'arrière, percuté d'une dizaine de balles, et s'effondre finalement sur le sol, derrière le bureau.

Et pour la première fois depuis que je suis entré dans le bureau, je respire. Une longue et douloureuse expiration, dans laquelle se trouvent des effluves de mort, s'exhalant du cadavre de mon âme.

Les policiers se précipitent. Certains se penchent vers Roy, d'autres vers Jeanne. Lentement, je vais les rejoindre.

— Elle vit encore ! crie l'un.

Mais cela ne me rassure pas. Il est trop tard.

Depuis quarante ans, il est trop tard...

Je me penche vers ma douce, ma si douce et tendre Jeanne. Deux policiers lui tiennent la tête, tentent de la rassurer. Jeanne respire par hoquets, les yeux agrandis par la souffrance et l'effroi. Elle me voit soudain. J'ai mal, si mal. Un des policiers vient détacher sa main droite. Aussitôt, elle me saisit le poignet, avec une force étonnante.

— Paul ! croasse-t-elle, la voix gargouillante.

Je vois des gouttes tomber sur son visage. Je comprends que ce sont mes larmes. Des larmes qui me font autant souffrir que si je pleurais du métal en fusion. Pourquoi elle ? Seigneur Dieu, pourquoi elle ? Elle était l'espoir, le combat, la vie ! Moi, je ne suis plus rien depuis si longtemps ! Je suis mort depuis des années, c'est moi qui devrais crever, moi, moi, moi !

— Jeanne, je... je...

Ma voix se brise. Je ne peux rien dire. Elle balbutie:
— Je l'ai vu, Paul!

Ses yeux me regardent avec une intensité effrayante,
et au-delà de la souffrance, je perçois autre chose.
Cette lueur sombre, familière... que j'ai failli voir
parfaitement, l'autre nuit, dans mon rêve...

— *Je l'ai vu!* crache-t-elle dans un dernier sursaut
d'énergie.

Et soudain, sa main lâche mon poignet. Sa tête
retombe sur le côté, ses yeux pleins d'horreur figés
dans leur secret.

Je la contemple silencieusement, jusqu'à ce que mes
larmes troublent ma vision au point que je ne discerne
plus rien. Je suis alors convaincu que ces larmes seront
les dernières que je verserai pour le restant de ma vie.

Ma vie.

Finalement, je me tourne vers Roy.

Les policiers sont penchés au-dessus de lui. Roy est
mort. Je le regarde et ne ressens rien. Absolument
rien. La mort de Jeanne a créé le vide en moi. Un vide
que je ne pourrai plus jamais combler.

Je veux voir l'œil valide de l'écrivain, pour la dernière fois; je me penche légèrement vers lui.

Mais son œil est fermé.

◆

Je suis en train de sortir. Je suis à peine conscient de
ce qui m'entoure. À l'extérieur, des journalistes m'as-
saillent, mais je les regarde d'un œil éteint. Les policiers
les repoussent aussitôt, puis se mettent à me parler. Je
crois comprendre qu'il faut que je dépose ma version
des faits... Je réponds évasivement que oui... mais pas
maintenant... On me demande si je veux voir un médecin... Je réponds non...

Je traverse la foule qui se presse vers l'hôpital. Je
me sens tout engourdi. J'entrevois des caméras de

télévision, des journalistes... C'est la confusion totale.
Mais moi, je suis détaché de tout ça. Je suis tellement
loin d'ici. Je ressens toujours l'horreur, mais elle-même
semble engourdie.

Et soudain je vois un homme barbu. C'est Monette.
Aucun sentiment de mépris ne s'empare de moi, aucun
agacement. Il est tout rouge, excité, complètement
renversé. Et encore une fois, je réalise qu'il *aime* ça!
Comme s'il était en plein orgasme.

— Docteur Lacasse! Vous êtes pas à Québec? Criss,
qu'est-ce qui s'est passé là-d'dans? Je les ai vus sortir
plein de corps, des dizaines de corps! Est-ce que Roy
est mort?

Je le regarde longuement, toujours incapable de me
mettre en colère. Et soudain, la voix neutre, je dis:

— C'est fini, Monette. On n'a plus rien à se dire.
C'est fini.

— Quoi? Qu'est-ce que vous voulez dire?

Sans un mot de plus, je m'éloigne. Il m'interpelle
plusieurs fois, puis sa voix disparaît dans le brouhaha
de la foule.

Je marche toujours dans cet état d'apesanteur. J'ai
l'impression de tourner en rond, comme si je cherchais quelque chose.

Et soudain je vois un ambulancier traverser la foule.
Dans ses bras, il tient un bébé. L'enfant de Jeanne.
L'hôpital étant évacué, on l'amène lui aussi ailleurs...

« Tout est fini », ai-je dit à Monette.

Je regarde longuement cet enfant prématuré qui pleure
à pleins poumons et qu'on transporte vers une ambulance, poursuivi par une horde de journalistes.

Enfin, mon insensibilité craque, se fissure, et l'Horreur, ma nouvelle compagne, resurgit doucement.

APRÈS

Le nombre total de morts s'élève à quarante-trois. Vingt et un patients, neuf membres du personnel et treize policiers. Aucun survivant. Personne pour raconter quoi que ce soit.

Sept mois ont passé. L'histoire a évidemment fait le tour du monde.

Les jours qui ont suivi ont été étourdissants. J'ai donné ma version des faits à la police. Je leur ai dit que je passais à l'hôpital pour rejoindre une collègue, puis j'ai raconté ce que j'ai vu. Rien de plus. Quand ils m'ont demandé ce que j'en pensais, j'ai émis l'hypothèse d'une crise d'hystérie collective. Ils ont dit que ça n'expliquait pas que certains policiers aient participé à la tuerie, une fois à l'intérieur. J'ai dit que l'hystérie pouvait atteindre n'importe qui. Ils n'ont pas paru très satisfaits. Je les comprends.

Des dizaines de journalistes m'ont appelé. J'ai refusé de leur parler, à tous. Monette m'a joint rapidement. Devant mon refus de lui dire quoi que ce soit, il a piqué une crise de rage.

— Je vais écrire mon livre quand même, vous savez ! J'en sais déjà pas mal ! Je dois pas être loin de la vérité !

— Personne ne connaît la vérité, ai-je tout simplement rétorqué.

Il a essayé de me rappeler, mais j'ai filtré ses appels. Il a fini par se lasser. Mais il n'a pas perdu de temps. Son livre est sorti il y a un mois. Il s'intitule très subtilement *Thomas Roy : quand l'horreur rejoint la réalité*. Il est à la tête des meilleurs vendeurs. Je ne l'ai pas lu. Il doit y avoir quelques détails véridiques, bien sûr (Monette nous a appris tant de choses), mais il y a tant de choses qu'il ignore. Je l'ai vu à la télé il y a deux jours, et il ne nous a nommés ni Jeanne ni moi. Il s'accapare tout le mérite. Ça fait bien mon affaire. Les journalistes et chroniqueurs plus sérieux traitent Monette de sensationnaliste et d'opportuniste. Il s'en moque : son livre doit lui rapporter plein d'argent. Je le méprise plus que jamais. De toute façon, son bouquin va intriguer les gens un temps, puis ils se lasseront.

Michaud m'a aussi appelé, la journée même du massacre. Il était en larmes. Il me traitait de tous les noms, disait que tout était ma faute, exigeait des explications, m'accusait même d'être l'assassin de son ami. Il m'a dit qu'il me traînerait en justice, et tout le bataclan. Je ne lui en veux pas. Il est brisé, comme moi, mais pour d'autres raisons. D'ailleurs, je n'ai plus entendu parler de lui depuis.

Je n'ai eu aucune nouvelle de Claudette Roy. Ça ne m'étonne pas du tout.

J'ai appelé le père Lemay quelques jours plus tard. Il était sûrement au courant de toute cette affaire par la télévision. Je voulais l'entendre, je m'inquiétais pour lui. J'ai appris qu'il s'était suicidé. J'ai demandé ce qu'il était advenu de sa servante, Gervaise. On m'a dit qu'après la mort du père Lemay elle s'était enfin retirée dans une pension pour vieillards.

Quelques semaines après le drame, je suis allé une dernière fois à l'aile psychiatrique de l'hôpital. La direction, pour effacer le passé, a l'intention de la transformer en département cardiaque. J'avais besoin de revoir cet endroit dans une ambiance plus normale pour me débarrasser des images atroces qui ne cessent de me hanter. Tandis que les architectes se promenaient et parlaient entre eux des différentes possibilités de transformation, je déambulais dans les couloirs, réconforté par l'absence du sang et des cadavres. Évidemment, je n'ai pas pu m'empêcher de retourner dans la chambre de Roy. Et là, par hasard, sur le mur près de son lit, j'ai découvert des écritures. Des mots maladroitement écrits, plutôt incompréhensibles. Je me suis alors rappelé le crayon sur son bureau. Voilà sur quoi il s'était remis à écrire. Je l'ai imaginé, couché sur le côté, dans son lit, tenant le crayon entre ses paumes et écrivant fiévreusement, malgré lui, sur le mur. Cette image m'a fait frissonner. Et même si ce gribouillis était à peu près indéchiffrable, j'ai cru reconnaître les mots « hôpital », « folie » et « massacre ».

« J'ai de nouvelles idées, vous comprenez ce que ça veut dire ? »

J'ai aussitôt regretté d'être venu et je suis sorti rapidement de l'hôpital, me sentant tout à coup très mal.

Je suis à la retraite. Je ne vis plus avec Hélène. J'ai essayé de repartir à zéro avec elle, j'ai tout fait pour y arriver. En vain. Elle s'est lassée et est partie. Triste, déçue, mais solide. Je la comprends très bien. Je ne pouvais plus, c'est tout. Je ne pourrai jamais plus, je crois...

Sept mois, donc. Il arrive qu'on parle encore de cette histoire dans les journaux, à la télé. Beaucoup moins que les premières semaines, mais tout de même. Des spécialistes proposent encore des explications, toutes plus farfelues les unes que les autres. Mais bientôt, cet horrible cas rejoindra les rangs des grandes tueries inexplicables, qui sont commémorées une fois l'an. Les gens, sans oublier complètement, finiront par ne plus y penser vraiment.

Pas moi.

Je m'étais dit que si je ne trouvais pas d'explications sur Roy, je ne pourrais pas être en paix. Bien sûr, j'ai trouvé quelques bribes. Je sais qu'il s'est passé quelque chose le 16 juin 1956, et que *cela* s'est répété quarante ans plus tard.

Mais qu'est-ce que ça explique, au juste?

Ma retraite est donc loin d'être sereine. Elle est pire que tout ce que j'aurais pu imaginer. Je n'espérais pas le bonheur, mais je ne souhaitais pas une telle tourmente non plus.

Car je ne vois plus personne. J'habite seul dans un luxueux appartement et je ne sors plus. Je reste chez moi à lire, à regarder la télé, à ne rien faire. Mes deux filles viennent parfois me visiter (elles sont d'ailleurs bouleversées de me voir dans un tel état de renfermement), mais c'est tout.

En réalité, ce n'est pas tout à fait vrai. Je vois une autre personne: Marc, le «chum» de Jeanne. Il a appelé le bébé Antoine, comme le voulait Jeanne. Marc n'est plus qu'une épave, mais il élève son enfant du mieux qu'il le peut. Il m'en veut un peu, je crois. Nous nous sommes vus une dizaine de fois jusqu'à maintenant. Nous avons parlé longuement. De Jeanne. De Roy. Il était au courant de beaucoup de choses, Jeanne lui avait raconté tout ce qu'elle savait. De mon côté, je ne lui cache rien non plus. Et même si je sens un peu de rancune, il m'écoute, essaie de comprendre. Comme moi. Nous nous aidons dans la mesure de nos moyens.

Mais ce qui m'intéresse vraiment, durant ces visites, c'est l'enfant. Il rampe sur le tapis, sourit, ânonne des sons. Charmant, comme tous les bébés. Mais je l'observe chaque fois attentivement. Je veux continuer à le voir régulièrement. Je veux le regarder grandir, le suivre dans sa croissance.

Ne jamais le perdre de vue.

Car j'ai parfois des pensées qui me font frémir.

Presque tous les soirs, depuis sept mois, je rêve aux deux portes. Celle qui était entrouverte s'ouvre maintenant lentement, toute grande. Je marche enfin vers elle.

Mais derrière, il n'y a que le néant. Un précipice sans fond qui s'enfonce dans les ténèbres.

Alors, dans mon rêve, je m'arrête, angoissé, sur le seuil.

REMERCIEMENTS

Je tiens à remercier Sophie Dagenais, pour son amour, son support et ses critiques si pertinentes.

Je remercie également Suzanne Bélair, Marc Guénette, Jean-François Houle, Mélanie Ouellette et Martin Tétreault pour leur lecture et leurs critiques.

Enfin, je remercie de façon particulière madame Carole Dagenais, infirmière, monsieur Benoît Dassylva, médecin psychiatre, et madame Johanne Hamel, ergothérapeute, pour leurs précieux conseils d'ordre médical.

Patrick Senécal

PATRICK SENÉCAL...

... est né à Drummondville en 1967. Bachelier en études françaises de l'Université de Montréal, il enseigne depuis quelques années la littérature, le cinéma et le théâtre au cégep de Drummondville. Passionné par toutes les formes artistiques mettant en œuvre le suspense, le fantastique et la terreur, il publie en 1994 un premier roman d'horreur, *5150, rue des Ormes*, où tension et émotions fortes sont à l'honneur. Son troisième roman, *Sur le seuil*, un suspense fantastique publié en 1998, a été acclamé de façon unanime par la critique. Après *Aliss* (2000), une relecture extrêmement originale et grinçante du chef-d'œuvre de Lewis Carroll, *Les Sept Jours du talion* (2002), *Oniria* (2004) et *Le Vide* (2007) ont conquis le grand public dès leur sortie des presses. Outre *Sur le seuil*, porté au grand écran par Éric Tessier, des adaptations de tous ses romans, y compris *Le Vide*, sont présentement en développement, tant au Québec qu'à l'étranger.

EXTRAIT DU CATALOGUE

Collection « Romans » / Collection « Nouvelles »

VOUS VOULEZ LIRE DES EXTRAITS
DE TOUS LES LIVRES PUBLIÉS AUX ÉDITIONS ALIRE ?
VENEZ VISITER NOTRE DEMEURE VIRTUELLE !

www.alire.com

SUR LE SEUIL
est le dix-septième titre publié
par Les Éditions Alire inc.

Ce huittième tirage
a été achevé d'imprimer
en octobre 2009 sur les presses de

**IMPRESSION
IMPRIMERIE GAGNÉ**

IMPRIMÉ AU CANADA